CW01102979

Esta vez
será
mejor

Esta vez será mejor

CHRISTINE RICCIO

CROSS BOOKS

Título original: *Again but Better*

© 2019, Christine Riccio

Publicado por acuerdo con New Leaf Literary & Media, Inc.
a través de International Editors 'Co.

Traducción: Jimena Zermeño Mendoza

Derechos reservados

© 2021, Editorial Planeta Mexicana, S.A. de C.V.
Bajo el sello editorial DESTINO INFANTIL & JUVENIL M.R.
Avenida Presidente Masarik núm. 111,
Piso 2, Polanco V Sección, Miguel Hidalgo
C.P. 11560, Ciudad de México
www.planetadelibros.com.mx

Diseño de portada: Kerri Resnick
Ilustraciones de portada: Jeff Östberg
Fotografía de la autora: © Jenna Clare

Primera edición en formato epub: abril de 2021
ISBN: 978-607-07-6598-8

Primera edición impresa en México: abril de 2021
ISBN: 978-607-07-6556-8

Este libro es una obra de ficción. Todos los nombres, personajes, compañías, lugares y acontecimientos son producto de la imaginación del autor o son utilizados ficticiamente. Cualquier semejanza con situaciones actuales, lugares o personas —vivas o muertas— es mera coincidencia.

No se permite la reproducción total o parcial de este libro ni su incorporación a un sistema informático, ni su transmisión en cualquier forma o por cualquier medio, sea este electrónico, mecánico, por fotocopia, por grabación u otros métodos, sin el permiso previo y por escrito de los titulares del *copyright*.

La infracción de los derechos mencionados puede ser constitutiva de delito contra la propiedad intelectual (Arts. 229 y siguientes de la Ley Federal de Derechos de Autor y Arts. 424 y siguientes del Código Penal).

Si necesita fotocopiar o escanear algún fragmento de esta obra diríjase al CeMPro (Centro Mexicano de Protección y Fomento de los Derechos de Autor, http://www.cempro.org.mx).

Impreso en los talleres de Litográfica Ingramex, S.A. de C.V.
Centeno núm. 162-1, colonia Granjas Esmeralda, Ciudad de México
Impreso y hecho en México – *Printed and made in Mexico*

Para mis padres, los amo.

Primera Parte
2011

1
CORRER EL RIESGO

Me voy del país porque no tengo amigos.

A eso se reduce todo. Las personas pueden seguir adelante por cualquier camino, aunque sea desagradable, si tienen al menos un amigo cerca. Al no tener ni uno, me vi obligada a cambiar de planes. Ahora vuelo a miles de kilómetros sobre el Atlántico, en un enorme cilindro alado, camino a un programa de estudios irrelevante para mi carrera.

Mis padres no saben nada sobre la parte irrelevante. Cada vez que pienso en eso, mis manos comienzan a temblar.

Me sujeto del reposabrazos del asiento más cercano a la pared. «No hay vuelta atrás». Me inclino hacia el frente, intentando no golpear con mi cabeza el asiento de delante, y saco de mi mochila, que está en el piso, la pluma y el cuaderno; por lo general, escribir ayuda. Me resulta catártico desahogarme por medio de la tinta y el papel. En estos días, todos mis cuadernos son como Horrocruxes, por lo que comencé a titularlos así. Todos los Horrocruxes, del primero al octavo, están apilados dentro de un tupper bajo mi cama en Nueva York.

Este cuaderno nuevo hace un sonido delicioso cuando lo abro y volteo la cubierta para ver mi primera entrada.

1 de enero de 2011
UNIVERSIDAD, TOMA DOS: OBJETIVOS DE ESTUDIAR EN EL EXTRANJERO

1) Ser una becaria increíble. Hacer que te contraten para el verano.
2) Hacer amigos con los que te guste pasar el tiempo y a los que les guste pasar tiempo contigo.

Voy a conseguir nuevos amigos, lo haré. Hablaré con los desconocidos como si ya nos conociéramos, ese es el secreto. He visto a mi primo Leo hacerlo por años en la escuela y estoy lista. Tanto tiempo sin amigos exige medidas extremas. Oprimo el botón de la pluma retráctil y escribo cuatro objetivos más.

3) Besar a un chico que te guste. Olvidar el bloqueo para besar.
4) Tener aventuras en la ciudad donde estés. No has hecho nada en Nueva York durante los dos años y medio que viviste ahí, idiota.
5) Intentar emborracharte un poco. Sin quedar inconsciente ni nada de eso, descubre una forma de hacerlo en un ambiente controlado y consciente. ¡En el Reino Unido puedes beber legalmente!
6) Comenzar tu gran novela americana. Ya has pasado una absurda cantidad de tiempo buscando la primera oración perfecta. Olvida eso. Solo escribe.

—¿Qué es eso?

Me sobresalto, por instinto dirijo mi brazo hacia el cuaderno para cubrir la página. La mujer a mi lado, delgada, de unos cuarenta y tantos y con una brillante cabellera roja, me mira con impaciencia.

—¿Qué? —balbuceo.

—¿Cómo es posible que alguien tenga un bloqueo para besar? —cuestiona con un exasperado acento británico.

Mis ojos se salen de su órbita.

—Yo...

—¿Cuántos años tienes? —pregunta.

Guardo silencio antes de murmurar:

—Veinte.

Tuerce la boca de forma alarmante.

—¿Quieres decir que tienes veinte años y nunca has besado a nadie?

Solo a mí me podría regañar una extraña en un avión. Desvío la mirada con descaro, no pienso confirmar ni negar nada. No vale la pena discutir esto. La gente no puede manejarlo; adoptan una actitud condescendiente, como si de pronto te transformaras en una niña de diez años. Aquí un consejo general: las personas que han besado a alguien no son mejores que las que no lo han hecho. Tranquilícense. Y el bloqueo para besar es real. Yo lo he vivido. He estado a punto de hacerlo unas cuantas veces, con tipos desconocidos de fraternidades en fiestas a las que mis compañeros de dormitorio me arrastraron. Cuando llegó el momento, me di la vuelta con terror puro. Creo que mis pensamientos exactos fueron: «¡Demonios, demonios! ¡Está muy cerca de mi cara!».

—Qué interesante. Asumo que tampoco tienes amigos, ¿cierto? —La pelirroja me trae de vuelta al avión.

Muevo la cabeza sin poder creerlo, bajo la mirada hacia mi lista y luego la levanto hacia ella.

—Dios mío.

—¿Por qué no tienes amigos? —Inclina la cabeza hacia un lado.

Exhalo, nerviosa.

—Tengo amigos en casa, pero no en la universidad porque lo hice todo mal.

No miento. Solo que no son amigos cercanos. Más que nada, conocidos que Leo me presentó antes de la pubertad. Hoy en día, Leo y yo no hablamos mucho y, en consecuencia, sus amigos y yo tampoco.

¿Leo contó como amigo alguna vez? ¿Los primos cuentan como amigos?

—No sabía que podías hacer todo mal en la universidad. —La mujer pone los ojos en blanco.

Contengo un tosido, pienso de nuevo en la lista que anoté en el octavo Horrocrux el mes pasado:

CÓMO HACER TODO MAL EN LA UNIVERSIDAD
1) No hacer amigos fuera de tu dormitorio.
2) No inscribirte a actividades extracurriculares que podrían interesarte.
3) Pasar muchísimo tiempo viendo cualquier programa que ofrezca internet.
4) Escoger una carrera superdifícil para complacer a tus padres.

—Bueno, pues es posible —respondo con un tono tranquilo—. Voy camino a Londres para corregirlo.

—¿Londres te dará amigos? —La mujer suena divertida.

—Es un nuevo comienzo. —Mi voz se tensa.

Ella levanta una ceja. Subo y bajo la barbilla, más para mí que para ella, antes de voltear hacia la ventana.

—Bueno, es una lista posible. Creo en ti —termina.

Sus repentinos ánimos golpean mi pecho. Observo la oscuridad de afuera con los ojos llorosos. El miedo me irrita el estómago, me hace retorcerme, incómoda.

Cuando vi por primera vez el programa de Literatura y Creación Literaria en el sitio de estudios en el extranjero de la Universidad de Londres, mi corazón abandonó mi cuerpo, se subió a un avión y escribió en el cielo un gigante «SÍ» con letras del tamaño de un edificio. La idea de dejar atrás mi vida presente —Biología, Química, Física, el examen de admisión para la escuela de Medicina, incluso a mi familia— y empezar de cero lo era todo.

La semana pasada no podía pensar en otra cosa. El domingo, mi familia y yo estábamos en Florida, recién salidos de la iglesia (citando a mi padre: «Solo porque estamos de vacaciones no significa que olvidemos la iglesia, somos buenos católicos»), y papá me descubrió sola, leyendo en una pequeña bahía lejos del bullicio de los demás. Horrorizada, vi cómo me arrebató el libro de las manos. «¿Qué haces? Entra al agua. Habla con nosotros. ¡Pasa tiempo con tus primos!».

Me apresuré a sentarme en la orilla de la piscina, donde mis primos socializaban. Mis diez primos son chicos que van de los once a los diecinueve años. Unirse a ellos en la piscina significa ser blanco de algún ataque verbal en cualquier momento.

Quizá *ataque verbal* suene dramático; más bien, significa ser voluntaria para convertirte en objeto de bromas.

No siempre fue así, sobre todo con Leo. Pero así es ahora. Ellos comienzan a hablar sobre beber: «Shane, ¿por lo menos vas a fiestas? ¿Por qué carajos vienes a casa cada quince días?». Luego, grandes carcajadas: «¡Antisocial!». Finalmente, llega la charla sobre chicas: «Shane, ¿alguna vez hablas con alguien que no sean tus padres? ¿Por qué nunca has tenido novio?». A veces intento reírme con ellos. Pongo los ojos en blanco sin parar, con las mejillas encendidas, los labios sellados. Permanezco en silencio porque me superan en número. Es superdivertido.

Cierro el cuaderno. Me tomo un segundo para admirar la frase: *Nos vemos en otra vida* que tracé en la portada mientras esperaba para abordar, antes de volver a guardarlo en mi mochila. Vuelvo a ponerme los audífonos que cuelgan alrededor de mi cuello y pongo a los Beatles en mi iPod. Mis padres los escuchan desde que tengo memoria y sus canciones se han convertido en un mecanismo para tranquilizarme. Faltan cuatro horas para mi nueva primera impresión. Nuevas clases, nuevos alrededores, nuevo país. «Intenta dormir, Shane».

2
HACER UN CAMBIO

No concilié el sueño, pero sí me encontré con una fila de taxis afuera del aeropuerto, un brindis por eso. Ahora, Londres se abalanza por mi ventana mientras avanzamos por el lado equivocado de la calle, rumbo a mi nueva casa: el Karlston.

Según el folleto *¿Así que estudiarás en el extranjero?*, que leí un millón de veces, una vez que baje del avión, debo tomar mi mochila en la banda de equipaje, encontrar un compañero de mi vuelo que también esté solo y se dirija al Karlston para compartir un taxi. Por desgracia, soy alérgica a encontrar un compañero. Fracasé incontables veces en esa misión. En la banda de equipaje, me paré estratégicamente junto a una chica de abrigo azul, con edad para ser universitaria. Después me quedé de pie durante cinco minutos, intentando reprimir el titubeo mientras ensayaba mentalmente lo que le diría. Algunas variaciones de: «¡Hola! ¿Te diriges al Karlston?». «¡Hola! Voy al Karlston». «¡Hola! ¿Tú, yo, Karlston?». Antes de que consiguiera el valor para abrir la boca, su maleta pasó por el torniquete. La vi seguirla con los ojos. Y observé en silencio cómo la tomaba para alejarse.

Así que estoy en este taxi, sin nadie con quien compartir la tarifa de cincuenta libras. Esta experiencia contará como mi primer ensayo. Una vez que llegue al Karlston, hablaré con gente nueva. Iniciaré conversaciones.

Al otro lado de la ventana, veo pasar tiendas que jamás había visto. Diferente. Todo es tan diferente y no puedo evitar sentir la distancia. Estoy a cinco mil quinientos kilómetros de todas las personas que conozco.

Ayer, mis padres me miraron con una expresión solemne mientras me dirigía al control de acceso del aeropuerto. Me hicieron sentir que partía hacia la guerra o algo así.

Por costumbre, meto la mano a la mochila para sacar mi celular y revisar si tengo mensajes. Está muerto. Lo dejo caer al fondo otra vez. De cualquier forma, estaba condenado a ser solo un ladrillo inútil en Inglaterra. Mi LG no es suficientemente nuevo para soportar llamadas internacionales. De acuerdo con *¿Así que estudiarás en el extranjero?*, debo comprar un celular de plástico pequeño y barato, como los fugitivos en los programas de televisión.

El taxi se detiene en una calle que, a ambos lados, tiene bonitos edificios blancos con aire sofisticado y adornados con columnas. Elegantes. Arrastro mis maletas por los cuatro escalones y entro en el que hay una placa que reza: EL KARLSTON.

El interior es un lobby pintoresco con alfombra color vino. A la izquierda se encuentra el típico mostrador curvo y a la derecha hay una pequeña mesa con dos personas sentadas detrás: una pálida mujer rubia en sus treinta y un hombre negro y calvo de unos cincuenta. Se presentan como los directores del programa en Londres, William y Agatha. Ella me da las llevas de mi departamento; estoy en el tercer piso, habitación C. William señala una puerta a la izquierda, delante del escritorio, así que hacia allá dirijo mi equipaje. Jalo la puerta y encuentro unas escaleras. ¡Escaleras! Esta es la puerta del sótano. Me encuentro en la parte superior de unas escaleras alfombradas que llevan al sótano. ¿Viviré en el sótano? Suspiro. «Está bien. Lo estás haciendo. Universidad, toma dos. No lo eches a perder».

Tengo tres piezas de equipaje: una mochila escolar, una maleta de mano y otra gigante. Me pongo al hombro la mochila escolar, cargo la otra de frente y me preparo para arrastrar la maleta gigante detrás de mí.

Apenas doy un paso cuando algo se atora a mis espaldas y me precipito hacia abajo.

—¡Mierda! —maldigo. Sacrifico el equipaje de mano y me aferro al pasamanos, sujetándome para salvar mi vida mientras la maleta continúa sin mí. Su estruendoso camino se detiene al pie de los veinte escalones. Después de un instante, me levanto, apoyándome contra la barra de madera, y vuelvo a la posición erguida.

Volteo y veo mi abrigo de invierno enredado en el barandal. Cómo morir sin haber llegado siquiera a tu habitación. La voz de Leo hace eco en mi cabeza: «¿Puedes hacer algo sin armar una escena?».

Lanzo un suspiro, me libero y bajo lentamente con lo que queda de mi equipaje. Una vez que llego al pie de la escalera, esquivo la mochila que cayó y analizo el área. Hay un pasillo a mi derecha, otro a la izquierda, uno más detrás de mí, paralelo a la escalera.

—¿Estás bien? —Una voz resuena desde arriba. Volteo y, en el descanso, me encuentro a una chica voluptuosa de piel morena y ojos castaños, vestida con un abrigo de lana verde.

¿Por qué todos usan abrigos elegantes? ¿Los abrigos de lana están de moda? Tiene puesta una boina blanca sobre el oscuro cabello que llega hasta sus hombros, con las puntas hacia afuera, como una chica de los años sesenta. Se ve tan bien y tan sofisticada, para nada como alguien que acaba de bajarse de un avión.

Siento la falta de sueño mientras, por un segundo, se me dificulta responder.

—Eh, sí. Estoy bien.

La chica de la boina comienza a bajar las escaleras con su gigante maleta roja.

—Solo me tropecé y se cayó mi mochila... —murmuro. «No murmures».

—Pensé que te habías caído. ¡Los ruidos fueron épicos!

Mis mejillas arden. Carraspeo.

—Genial, pero... estoy bien. No te preocupes.

Recojo la mochila del piso y camino por el pasillo paralelo a la escalera.

—¿A dónde vas? —pregunta la chica mientras baja el último escalón. Volteo de nuevo.

—Estoy en el 3C. Supongo que es por aquí.

—Dios mío, no lo puedo creer. ¡Yo también! —Me lanza una enorme sonrisa. Siento cómo se forma la mía.

Al final del pasillo, nos encontramos entre dos puertas de madera: 3B a nuestra izquierda, 3C a la derecha.

Giro mi llave en la cerradura del 3C. Con un poco de presión, se abre y golpea ligeramente la pared. Recorro el espacio con la mirada. Estamos frente a la pared de un cuarto rectangular con alfombra gris. Hay tres paredes sin ventanas y un par de literas recargadas sobre dos de ellas. Una está justo frente a mí, del otro lado de la habitación, y otra a la izquierda de la puerta de entrada. Cuatro clósets portátiles con forma de alacena, de un tono café claro, están junto a las paredes, apretujados en los huecos donde el espacio lo permite. La tercera pared está ocupada por un espejo de cuerpo completo y la puerta del baño. La cuarta pared es una ventana. Bueno, no es una ventana por completo, es cuarenta por ciento pared, sesenta por ciento ventana gigante. Las persianas están cerradas por ahora y, frente a ella, hay una gran mesa. Arrastramos nuestro equipaje a través de la puerta y la cerramos detrás de nosotras.

—¡Me encanta! —exclama la chica de la boina; olvida sus cosas junto la puerta y me pasa de largo, caminando hacia la cama de abajo—. Esta cama tiene mi nombre —dice mientras levanta un folder azul del colchón.

Recargo mi equipaje contra la pared y me acerco para ver el folder en la otra cama de abajo. No es para mí. Trepo por la escalera para ver si hay un folder en la cama de arriba, pero no hay nada. La mía debe ser la que está sobre la litera de la chica de la boina. «Dile tu nombre, Shane».

Volteo desde la escalera de la segunda litera.

—Oye, por cierto, soy Shane.

La chica me mira desde abajo. Ya está guardando su ropa en uno de los enormes cajones debajo de su litera.

—Yo soy Babe.

—Babe, ¿igual que el puerquito en esa película de animales de granja que hablan?

Babe levanta la mirada, sin dejar de sonreír.

—Amo a ese puerco.

Bajo de un salto y me subo a la primera litera. Ese folder azul tiene una pequeña etiqueta con mi nombre: Shane Primaveri. La cama ya está tendida con sábanas y un cobertor negro. Tentador. Lástima que apenas son las once de la mañana.

Bajo por la escalera. Supongo que debo desempacar. Levanto la mochila con libros y saco mi laptop, la acomodo en la mesa cerca de la ventana.

—¿Babe? —pregunto dudosa. Mi MacBook emite un ruido cuando la enciendo.

—¿Sí? —Levanta la mirada de su maleta.

—¿Te molesta si pongo un poco de música mientras desempacamos? ¿Los Beatles o algo?

—Dios mío, amo a los Beatles. ¡Sí, por favor! —responde efusiva y aplaude para enfatizar.

—Maravilloso. —Vuelvo a mi computadora, abro iTunes. «A Hard Day's Night» resuena por las bocinas de la computadora. Cierro mis ojos por un segundo. «Estoy en Inglaterra». Hago un bailecito mientras camino hacia mi maleta.

Trabajo en los últimos detalles de mi clóset. La compañera de cuarto número tres llegó y es tan alta que intimida. Creemos que no hay compañera número cuatro porque no hay folder azul en la cama restante. La cama vacía está por convertirse en un almacén para nuestras maletas. Babe acabó de desempacar. Está acostada en la cama con su laptop encima. La pared cercana a su litera ya está decorada con varias fotografías y recortes de Mickey Mouse, entre ellos el de una revista con una frase escrita con la ondulada fuente de Disney: «El lugar más feliz del mundo».

La compañera número tres, Sahra (se pronuncia Seira), aún desempaca. Tiene unos enormes ojos oscuros y piel bronceada. Cada vez que nos echa un vistazo a mí o a Babe, su cabello lacio y castaño oscuro, largo hasta la altura de los hombros, vuela alrededor de su rostro como si estuviera en un comercial de shampoo. Ya estoy un poco celosa de su genial estilo, por el que no parece esforzarse. Ahora mismo usa unos botines casuales, jeans ajustados y un fino suéter holgado color crema.

Sahra está en un curso para entrar a la escuela de Derecho, espera hablar con su novio por Skype antes de dormir. Ya hay una foto de ellos dos pegada en su pared. Después de las presentaciones iniciales y una breve conversación, las tres nos mantenemos en un cómodo silencio mientras guardamos nuestras pertenencias en los muebles asignados.

Cuelgo mi último suéter en mi clóset lleno y cierro la puerta. Nos esperan en una plática de orientación a las doce y media, que es en aproximadamente treinta minutos. Me pongo una linda blusa blanca y jeans negros, una ligera capa de perfume, me cepillo los dientes, esponjo mis rizos rubios y retoco el maquillaje que me puse ayer por la mañana, en horario de la Costa Este. Estoy demasiado cansada para saber hace cuántas horas fue eso. Saco de mi neceser la gruesa pulsera de goma que me regalaron en Navidad y la pongo en mi muñeca. La uso desde entonces, por lo que me sentí un poco desnuda sin ella en el avión. Es negra, grabada con números verdes fluorescentes: 4, 8, 15, 23, 42. Es una referencia de *Lost*, el mejor programa de televisión de todos los tiempos. Llevar físicamente un fragmento de él me brinda una emoción extraña. Quiero que la gente me pregunte sobre eso para poder propagar el amor por *Lost* entre todos los ignorantes. Me la quité para el vuelo porque me pareció un tabú usarlo en el aire, pues todo el programa gira en torno a un accidente aéreo.

Me paro frente al espejo de cuerpo entero una última vez para examinar mi apariencia. Mis ojos, a veces azules, hoy se ven grises, y mi cabello ondulado cae a media espalda. Era una especie de vampiro grisáceo mientras desempacaba, pero un poco de rubor me devolvió el color humano.

Mi laptop (la llamo Sawyer, en masculino) aún está en la mesa, reproduciendo música. Las persianas de la ventana están cerradas. Atravieso la habitación con pasos largos y volteo hacia Sahra mientras mis dedos sujetan el bastón de plástico para abrir las cortinas. Ella está amontonando en su clóset lo que parece ser su vestido negro número quinientos. «Háblales como si ya fueran amigas».

Hablo un poco más fuerte de lo necesario para asegurarme de que ambas escuchen.

—Chicas, me pregunto cómo será nuestra vista viviendo en el sótano. ¿Esto siquiera es una ventana?

Babe asoma su cuerpo fuera de la litera y me sonríe.

—Es cierto. Quizá sirve para darnos la ilusión de no estar en un calabozo.

Sahra cierra su clóset y se tira sobre la cama.

—Ábrela —ordena con una sonrisa reservada.

—Okey. —Giro la cosita de plástico. Las persianas se abren y revelan un patio. Bueno, *patio* es una palabra muy generosa. La risa se me escapa.

—Ja. —Sahra sonríe un segundo antes de encender su laptop.

Fuera de la ventana, hay un espacio de tres metros cubierto de concreto y después otra pared con una ventana gigante. A través de ella, tenemos la clara vista de una cocina. Tal vez es nuestra cocina. Se supone que este departamento, o «piso», como les dicen en Europa, tiene una cocina compartida. Parece que la ventana de la cocina da a nuestra habitación.

Estas persianas nos proveen de privacidad, así que supongo que es genial. Es casi como si tuviéramos una ventana espía hacia la cocina. Qué decisión arquitectónica tan extraña. ¿Quién pone una ventana gigante en una habitación en un sótano que da a la cocina comparti...?

Un chico.

Hay un chico en la cocina. Un chico justo en la ventana frente a mí. ¿Cómo no lo vi de inmediato? Está lavando platos con una gran esponja amarilla. El fregadero debe estar justo ahí, debajo de la ventana.

Es un chico lindo. Un chico lindo que lava platos. ¿Hay algo más atractivo que un chico lavando los platos? No dejo de mirarlo y, después de unos segundos, levanta la vista. Nuestras miradas atraviesan las ventanas y los tres metros de concreto hasta encontrarse, me sonríe. Exploto.

No literalmente. Pero ¿conoces esa sensación de electricidad que circula por tus venas cuando ves a un chico guapo y, de pronto, explotas por dentro por la emoción de que aquel chico guapo se dio cuenta de tu existencia, que eres un ser humano del que potencialmente podría enamorarse y comenzar una relación?

No puedo evitarlo. Mi corazón salta directo a:

3) Besar a un chico que te guste. Olvidar el bloqueo para besar.

Le devuelvo la sonrisa y entonces desvío la mirada para no parecer una rara estatua que lo observa. ¿Cómo conocer a ese chico? El instinto me dice que me retire, que vaya a mi computadora y espere hasta encontrarlo más tarde.

Le lanzo otra mirada. Con él está un chico de cabello oscuro al que no puedo ver bien, sentado en un sillón negro de piel al otro lado de la habitación.

¿Tal vez puedo fingir que voy a la cocina? Pero no quiero ir sola. Quizá olvide las palabras y alguien tendría que llenar el aire vacío. Mi corazón palpita. Volteo hacia Sahra y Babe, aflojo el cuerpo en un intento de parecer relajada.

—Oigan, chicas, ¿no quieren ir a ver la cocina? —pregunto rápidamente.

La última vez que puse en práctica una jugada para acercarme a un chico guapo fue en segundo de secundaria. Fue lo primero que abrió el abismo entre mis primos y yo. Antes de eso éramos amigos, en especial Leo y yo, pues tenemos casi la misma edad y su familia vive en la misma calle. Él solía ir a mi casa y esconderse en mi cuarto cuando hacía algo que molestaba al tío Dan, lo que ocurría muy a menudo.

Cuando yo tenía trece años, tuve el valor de enviarle un mensaje instantáneo a Louis Watson. Terminamos mensajeándonos un domingo, durante una de las parrilladas semanales de la familia Primaveri. Estaba usando la computadora de mi tío Dan mientras todos convivían afuera, en la piscina. Leo, de doce años, entró, me vio y le dijo a toda la familia que yo estaba enamorada de Louis Watson. Todos se burlaron de mí el resto de la noche. Comenzó con Leo, luego los demás chicos, después mis tíos y por último mi papá. Para el final de la velada, yo no era más que una incandescente fuente de vergüenza. Esa fue la última vez que hablé con Louis Watson. Aquí no hay miembros de mi familia para juzgarme. «Hablaré con el chico guapo».

Babe se une a mí en la misión de la cocina. Juntas regresamos por el pasillo, giramos a la izquierda cuando llegamos a la escalera. «Sé extrovertida, sé extrovertida, hagas lo que hagas, sé extrovertida».

Nos encontramos con un obstáculo fuera de la cocina. Hay una cerradura de código. Al parecer, necesitamos uno para entrar.

—¿Nos dijeron algo del código? —le pregunto a Babe.

—Tal vez está en la información que viene en esos folders azules que dejaron en nuestras camas —especula.

Por suerte, hay dos ventanas delgadas a los lados de la puerta, así que los chicos pueden vernos desde adentro. Un chico alto, asiático, con pelo corto y cálidos ojos castaños, abre la puerta. Es el chico que vi en el sillón.

—¡Hola! —exclama con una enorme y tonta sonrisa. Es muy delgado y usa una holgada playera negra de manga larga y unos jeans apretados—. Bienvenidas a la cocina. Yo soy Atticus.

—Hola —decimos Babe y yo a coro.

—Soy Babe.

—Soy Shane.

El chico que me sonrió por la ventana está frente a nosotras, aún junto al fregadero. Cruzamos miradas y me sonríe de nuevo. No una sonrisa enorme con los dientes, sino una media sonrisa, tranquila y relajada. Sostiene una toalla de cocina y está recargado sobre la barra, tiene puesta una camisa a cuadros de manga larga y jeans. Su cabello castaño claro está alborotado. Es de tez clara, aunque no se acerca al nivel fantasma en el que yo me encuentro; su piel es rosada y parece recién quemada por el sol. Es esbelto y tiene un aire ligero y genial, todo él es genial. ¿Qué estoy haciendo? Parada así, de forma tan extraña en medio de la habitación junto a Babe. Deliberadamente, pongo mi mano sobre la cadera. La bajo porque parece muy forzado. La vuelvo a subir. La bajo. Oh, Dios mío.

—Hola, soy Pilot —dice.

«Sé extrovertida».

—Pilot. ¿Como *piloto* en inglés? —Las palabras se escapan de mi boca antes de que pueda pensarlas bien.

«¿Qué?».

—¿Sí? —responde; parece un poco confundido.

—¡Como el primer episodio de un programa de televisión! —continúo. «Deja de hablar».

—¡Sí, exactamente así! —Atticus suelta una risita mientras se echa sobre el sillón negro otra vez.

Estoy a punto de decir: «*Lost* tiene un increíble capítulo piloto». Pero antes de que pueda hacerlo, Pilot habla de nuevo.

—Sí, a mis padres les gusta mucho la televisión.

—¿Qué? —exclama Babe con incredulidad.

—Dios, a mí me encanta la televisión —intervengo.

Atticus y Pilot se ríen.

«Oh, no, era una broma». Mis mejillas comienzan a arder y agacho la cabeza. Cuando hablo con chicos guapos tiendo a experimentar un balbuceo incoherente y mi cerebro se vuelve más lento.

Suelto una risa discreta, mantengo los ojos clavados en los azulejos bajo los pies de Pilot mientras la vergüenza se desvanece. Un momento después, la puerta de la cocina se abre detrás de nosotras y Agatha asoma la cabeza.

—Oigan, piso 3, estoy haciendo una ronda. La plática de orientación está a punto de comenzar. Sería maravilloso que subieran.

3
RESPIRA, SOLO RESPIRA

Han pasado treinta horas desde la última vez que dormí. La plática de orientación acabó hace veintitrés minutos. Nos llevaron afuera, a la banqueta, y cuatro tutores residentes de unos veintitantos años nos dividieron en grupos. Acabé separada de todos. Observé, deprimida, cómo Pilot, Atticus, Babe y Sahra caminaron en dirección opuesta con un guía diferente. Sabía que se trataba solo de un estúpido recorrido de orientación, pero sentí como si fuera un momento importante.

El guía nos llevó por el área general, nos mostró la lavandería (ya olvidé dónde está), la sala de cine (se llama ODEÓN), y nos llevó a un Orange (una tienda de telefonía).

Mi nuevo celular es una pequeña caja gris salida del 2003. Tiene botones de verdad, sin ninguna cubierta que los proteja. Cuando lo encendí, se estableció como imagen de pantalla la fotografía predeterminada de un jardín. No había muchas opciones, pero la cambié por la toma cerrada del rostro de un tigre. La cara de un tigre tiene un efecto más desafiante que la imagen de un jardín. En el camino de vuelta al Karlston, nos detuvimos en un café en el que ordené quesadillas con un apetito voraz. Nota mental: no pedir más comida mexicana en Inglaterra. No la hacen bien. Ya empiezo a sentirme hambrienta de nuevo. El guía mencionó algo sobre un supermercado en algún lugar cercano, pero los detalles ya se escaparon de mi mente. No pueden esperar que recuerde cosas complicadas como el camino a la tienda cuando no he dormido nada.

Ya tengo el código para la cocina —que, de hecho, estaba escrito en algún lugar del folder azul—, tomé a Sawyer y me acomodé en la mesa para escribir. Quiero escribir sobre mis experiencias en Inglaterra, así que comencé a trabajar en una publicación sobre mis primeras horas aquí. Tengo los Horrocruxes para albergar mis pensamientos más profundos, pero en un blog publico los textos más pulidos, como los cuentos que he acabado. Mientras esté en el Reino Unido, quiero convertirlo en un blog sobre estudios en el extranjero y publicar historias cortas sobre mis aventuras.

Dejo que las palabras me desborden y se vacíen en el espacio digital, hasta que el documento está lleno con todos los pensamientos relacionados con el viaje con los que he batallado durante el día. «Lucy in the Sky with Diamonds» suena suavemente y mis dedos aún danzan sobre el teclado cuando escucho la puerta abrirse detrás de mí. Me enderezo sobre el asiento, anticipo la necesidad de comenzar una conversación. «Tú puedes».

Me doy vuelta sobre mi asiento. El «hola» que preparé muere en mi lengua cuando veo a Pilot. Recorro el cuarto con la mirada, nerviosa, mientras la puerta se cierra a su espalda. «No te quedes callada».

—Hola —lo saludo de manera forzada.

—Hola. Shane, ¿verdad? —pregunta, mirándome a los ojos.

Asiento y él camina alrededor de la mesa y se sienta del otro lado, frente a mí.

—¿Pilot?

—Como el primer episodio de una serie —deja escapar casualmente.

Me cubro el rostro con la mano y se ríe.

—¿En qué estás trabajando?

Observo mi laptop y le regreso la mirada. Sus ojos son verdes, como aceitunas.

—Oh, eh, en realidad nada. Solo escribía. Me gusta escribir cuentos y esas cosas.

Sonríe.

—Parecía que tecleabas con mucha intensidad cuando entré.

Emito una risa gutural.

—Solo es un recuento caótico de mis primeras catorce horas fuera del país.

—¿Escribir es lo que quieres hacer? ¿Ser una escritora o algo así? —Me observa con curiosidad.

Titubeo un poco y, nerviosa, juego con mi cabello.

—Eh, sí. Me encanta leer, escribir y todo eso, así que eso sería increíble.

—Eso es genial. ¿Un día de estos podría leer algo de lo que escribes?

Parpadeo sorprendida. ¿Qué está pasando? Solo hemos intercambiado dos palabras ¿y quiere leer algo que he escrito? Desvío la mirada hacia mi computadora porque no puedo lidiar con el intercambio de miradas que se prolonga tanto. ¿Está coqueteando? Parece y se escucha de verdad interesado.

Esta lucha interna debe acabar, porque claro que puede leer lo que he escrito.

Mi mirada vuelve a él, una sonrisa se asoma por mi rostro.

—Sí, claro. Tengo un blog en el que a veces publico cosas. —Hago una pausa e intento mantener el contacto visual—. ¿Tú escribes?

Él sonríe.

—Sí, lo hago.

Mis labios forman un «oh».

—¿En serio?

—Bueno, escribo música.

Él. Escribe. Música.

—Oh, ¡Dios mío, eso es genial! Entonces, ¿tocas algún instrumento?

—Sí, la vieja y confiable guitarra. Estoy trabajando en un álbum, intentaré terminarlo mientras esté aquí. —Con las manos, tamborilea una cancioncilla sobre la mesa.

Muevo a Sawyer ligeramente a un lado.

—Vaya, ¿qué tipo de música escribes?

—Ya sabes, algo como jazz acústico.

Sonrío de nuevo, intento imaginar a qué suena el jazz acústico.

—Es increíble. ¿Eso es lo que quieres hacer?

Él dirige su mirada a la mesa.

—Eh, bueno, me gustaría hacer algo relacionado con la música, pero es más un hobby. Estudio finanzas. Estoy en el programa de negocios aquí.

—Oh, pues... me... me encantaría escuchar algo de lo que haces —murmuro y él me sonríe con modestia. «¡Estamos hablando!».

—Deberíamos hacer algo todos juntos esta noche —sugiere y le da una palmada a la mesa. Sonríe a medias—.

Una actividad de integración o algo. Quizá tomar unas cervezas y pasar el rato.

Levanto las cejas.

—Ah, es cierto, somos adultos aquí. También quisiera ir a la tienda y comprar algo de comida. Ya sé que comimos en el recorrido de orientación, pero ya muero de hambre otra vez.

—¿Quieres ir ahora? —me pregunta.

Miles de mariposas revolotean en mi estómago.

—Eh, no recuerdo dónde está la tienda —tartamudeo.

—El tipo que me dio el recorrido nos habló de ella, así que tengo idea de dónde está. Creo que podría encontrarla. Soy bueno con las direcciones.

—Yo, quiero decir, ¿está bien?

—Voy por mi chaqueta. ¿Te veo en las escaleras en un minuto?

Lo miro por un segundo sin terminar de creer lo que pasa. ¿Qué demonios? Solo he estado aquí como por cuatro horas. Esto parece convenientemente maravilloso.

—Genial —logro decir. Lo sigo, salimos de la cocina y caminamos... hacia mi cuarto. De último momento, gira a la izquierda y abre a la puerta frente a la mía.

—¡Oye! —grito con fuerza—. ¡Somos vecinos!

Me mira por encima de su hombro y se ríe antes de entrar a su habitación.

—Vaya, qué sorpresa —escucho que dice imitando un acento sureño mientras me interno en mi habitación en busca de un abrigo.

4
CREO QUE ESTE LUGAR ME GUSTARÁ

Caminamos juntos por la banqueta en Londres. Pilot y yo. Yo y Pilot. Un chico guapo que está siendo amable conmigo, con el que tuve una conversación. Mi corazón está bailando como si estuviera de fiesta. También se pregunta: ¿esto es una cita?

No, no lo es. Pero es... algo.

El sol se pone en el horizonte y las calles están llenas de gente que va de un lado a otro. Unos enormes autobuses rojos de dos pisos pasan cada tanto con un zumbido. No puedo evitar la tonta sonrisa que se dibuja sola en mi rostro mientras lo observo todo como una persona que nunca ha salido al mundo. Cuando intento convertirla en una expresión más relajada, la sonrisa surge de nuevo por propia voluntad.

—¡Hay autobuses rojos de dos pisos como en las películas! —Mi voz está llena de emoción—. Es tan irreal. Nunca había salido del país. Y ahora estoy aquí.

Le lanzo un vistazo a Pilot y luego regreso la mirada hacia el frente, después a él, después al frente. ¿Cada cuánto debería verlo? ¿Es raro que no deje de verlo o es más raro que no lo vea? Lo miro de nuevo. Él sonríe de una forma más sutil. Sus ojos brillan como si también estuviera emocionado por Londres, pero lo hacen bajo una cortina de tranquilidad.

Avanzamos despacio por Kings Gate en dirección a donde se supone que se encuentra la tienda. Pilot tiene las manos metidas en los bolsillos de su chamarra. Pasamos frente a hermosas casas blancas con columnas, una tras otra, hasta que llegamos a un cruce con tráfico.

—¿Crees que aquí es donde damos vuelta? —pregunto.

Levanto la mirada para buscar los altos letreros verdes de metal con los nombres de las calles, esos que tanto amamos en Estados Unidos, y no encuentro nada. Ya extraño el GPS de mi celular.

—Creo que... —Da un vistazo alrededor—. Es en la siguiente cuadra.

Me alejo un poco para verlo con cuidado.

—Solo suenas sesenta y dos por ciento seguro.

Se lleva la mano a la barbilla y mira de un lado a otro de forma dramática.

—Yo diría que estoy más como un treinta y nueve por ciento seguro.

—¿Dónde están los letreros de las calles? —Mi cabeza gira de una esquina a otra. No hay ninguna placa. Esto es tan confuso.

El folleto *¿Así que vas a estudiar en el extranjero?* habla en detalle de un fenómeno conocido como «choque cultural». En ese momento me burlé, porque realmente suena tonto. Pero, no sé, creo que está comenzando.

—Bueno, estoy cuarenta y tres por ciento seguro de que debemos seguir derecho una cuadra más.

Sonrío y me encojo de hombros.

—Okey.

Volteo a la izquierda y doy unos pasos hacia la calle.

—¡Shane! —Pilot sujeta mi brazo y me jala hacia atrás mientras un auto pasa a unos centímetros de mi cara.

Mis pulmones absorben todo el aire de alrededor mientras la adrenalina corre por mi cuerpo. Pilot me suelta el brazo mientras volteo para verlo a la cara, mortificada.

—Mierda, olvidé que los autos circulan por el otro lado. ¡Dios mío! —Me cubro el rostro con las manos por un segundo.

Apenas llevo cuatro horas aquí y casi provoco que un auto me atropelle y mi muerte al caer por las escaleras.

—No te preocupes. Casi muero un par de veces ayer cuando llegué. —Pilot cruza la calle y yo lo sigo con calma—. Pero, bueno, no morí, porque recordé ver a ambos lados antes de poner un pie en la calle. —Voltea para sonreírme cuando llegamos a la otra banqueta.

Le lanzo una sonrisa de sorpresa.

—¡Cállate! —estallo y le doy un golpe en el brazo. Medio segundo después, veo con horror mi propio brazo—. Dios mío, lo siento. No quise golpearte. Tengo esta costumbre de golpear a la gente a veces.

Me interrumpe con su risa.

—¿Tienes la costumbre de golpear gente?

—¡No! —exclamo con voz aguda—. O sea, no golpear gente. Cielos.

—Ajá, sí...

—Quiero decir, darles golpes, suaves, a veces.

Entrecierra los ojos.

—¿Es un problema serio? ¿Vas a reuniones para tratarlo?

Dejo escapar una carcajada.

—¡No!

—Sí, claro. —No deja de sonreírme.

—¿Por qué sonríes? —me quejo, pero no deja de hacerlo—. ¡Basta! —grito. Sin darme cuenta, le doy otro golpe en el brazo. Oh, Dios. Tartamudeo para disculparme.

Su sonrisa crece mientras da un salto con un horror burlón.

—Otra vez con la violencia. Acabo de salvar tu vida y así me agradeces.

Hundo mi rostro entre mis manos mientras me río.

Llegamos al final de la siguiente cuadra y damos vuelta en la calle sin nombre. Me cuesta trabajo enfocarme en cualquier cosa que no sea Pilot, en lo cerca que caminamos, en cómo me mira con los labios fruncidos, como si contuviera una sonrisa.

Exhalo un suspiro.

—Tal vez sí tengo un problema —admito lo más solemne que puedo—. Intentaré mantenerlo bajo control.

—La aceptación es el primer paso —dice con una arrogante voz y me da un golpecito en el hombro. Dejo escapar otra risita. Frente a mí, noto un letrero rojo con letras brillantes: TESCO. El nombre me parece familiar.

—Esa es la tienda, ¿no? Tes-co. —Saboreo la palabra en mi boca—. Es un nombre interesante para un supermercado.

—Shane. Es un nombre interesante para una chica —se burla.

Frunzo el ceño.

—Pilot, interesante nombre para un humano.

Él resopla.

Cuando la puerta del Tesco se abre, nos da la bienvenida una serie de sonidos familiares: golpeteos de carritos, música ambiental de elevador sonando de fondo y los repetitivos *bips* mientras la gente paga en las cajas.

—Entonces, ¿qué música escuchas, Shane? —pregunta Pilot mientras levanto una canasta.

—¿Música? ¿Quién habló de música? Estamos comprando comida. —Río descaradamente por mi franqueza. No suelo decirle cosas como esa a la gente que acabo de conocer. Miro a Pilot de nuevo—. No quiero responder eso, sospecho que es una trampa.

—Es solo curiosidad —dice con inocencia.

—Escribes música, así que hay un noventa y nueve por ciento de posibilidades de que seas un presuntuoso en ese tema.

—No soy presuntuoso. —Hace una pausa y tuerce los labios—. Solo un poco.

Mi sonrisa es grande y tonta otra vez.

—¿Quieres caminar por todos los pasillos? ¿Está bien? Porque yo de verdad, en serio, quiero pasar por todos los pasillos. —Acelero el paso y Pilot me sigue—. Pilot, mira estas botellas de refresco. ¿Las ves? ¡Son ligeramente más delgadas que nuestras botellas! —Hago un ademán frente al estante lleno de botellas.

Él sonríe.

—Estabas a punto de decirme qué tipo de música escuchas —vuelve a insistir y damos vuelta al siguiente pasillo.

—Escucho todo tipo de música —respondo de forma diplomática mientras tomo un frasco de Nutella para arrojarlo a la canasta—. Aprecio la música en general. —Pasamos frente a la crema de cacahuate y las mermeladas—. Me gustan los Beatles.

—Espera. —Pilot se detiene de pronto a medio pasillo.

—¿Qué? —pregunto dudosa.

—¿Los Beatles? —Respira ruidosamente—. No puede ser. ¿Te gustan? No, no puede ser.

Pongo los ojos en blanco.

—Basta —protesto.

—No puede ser.

—¡Basta! —Mi voz alcanza niveles agudos desconocidos por la humanidad.

—¡Los amo! Pensé que yo era el único que los conocía. —Sonríe.

Huyo hasta el siguiente pasillo y lo escucho reír detrás de mí, mientras entramos a la sección del pan. Definitivamente me gusta este chico. Sigo de frente hasta un anaquel lleno de pasta del Reino Unido. Toda la pasta está en bolsas. ¡Qué extraño! En Estados Unidos guardamos la pasta en cajas.

—¡Toda la pasta está en bolsas! —Volteo a ver a Pilot esperando que comparta mi emoción.

Parece que está a punto de burlarse de mí otra vez. Intento no sonreír.

—No puede ser, porque en Estados Unidos la mayoría de las pastas ¡se guarda en cajas! —Agita la cabeza, sonriendo.

—Este es un dato curioso, Pilot. En el futuro, estarás feliz de que lo haya señalado, cuando necesites saberlo... en un programa de concursos, para responder la pregunta sobre cómo los ingleses empacan su pasta.

Lanzo una bolsa a mi canasta y salto («Oh, Dios mío, ¿de verdad salté?») por el pasillo en busca de salsa de tomate; me detengo en forma abrupta, volteo ligeramente para asegurarme de que no olvidé nada y dejo escapar un suspiro involuntario.

Pilot aparece a mi lado.

—¿Estás bien?

—Es solo la sección de la salsa —explico.

Tuerce la boca.

—¿La salsa te ofendió?

—No, pero mira, aquí solo hay dos tipos de salsa de tomate. ¿En qué mundo vive Inglaterra si solo hay dos tipos de salsa? —Hago un amplio ademán para hacer énfasis.

Él da un paso atrás, ahora con una gran sonrisa, y señala hacia las salsas y después a mí.

—¿Suspiraste... suspiraste por la salsa?

La sangre sube hacia mis mejillas.

—La salsa es un asunto importante.

Con torpeza, tomo un frasco para poder salir de este pasillo. Mientras lo recojo del estante, un segundo frasco se desliza con él. Contengo el aliento y me esfuerzo por alcanzarlo en el aire, pero no soy lo suficientemente rápida. Retrocedo mientras el segundo frasco se estrella contra el piso. El vidrio se rompe y el contenido me salpica los pies.

Quedo paralizada, con la mirada fija en el piso. No puedo creer que tiré un frasco de salsa frente a Pilot. Maldita, maldita sea.

Después de un segundo, alguien me toma del brazo y me saca del pasillo, lejos de la zona de desastre. Es Pilot... Está tocando mi brazo otra vez. Se ríe. Damos vuelta en un pasillo lleno de alcohol.

Suelta mi brazo y me mira a los ojos.

—Asesinaste a esa salsa, Shane.

Niego con la cabeza.

—Fue un accidente —gimo.

Pilot ve las repisas de arriba abajo antes de agacharse para tomar un paquete de una cerveza inglesa llamada

Strongbow. Chasquea la lengua, mueve la cabeza y contiene una sonrisa mientras nos acercamos a las cajas.

—Y la violencia continúa.

Volvemos al Karlston a paso lento. De pronto decido que quiero decirle Pays a Pilot, aunque no sé si eso esté bien. Es gracioso decir Pays, y somos amigos, ¿no? O ¿somos algo? Donde hay un apodo hay un lazo. Eso es lo que siempre digo.

—¿Te puedo llamar Pays? —pregunto de pronto en medio de la noche—. Lo siento, no debí preguntar, pero de verdad quiero decirte Pays —añado con algo de duda.

Cuando lo veo, sonríe. Relajo un poco mis hombros.

—Claro que puedes, asesina de salsas.

Me río.

—Aunque preferiría que no me llames asesina de salsas —le pido con cortesía.

Él resopla.

—¿Muchas personas te llaman Pays?

—Nop, eres la primera.

Mi corazón se alegra un poco por la idea de haber inventado un nuevo apodo que nadie más usa con él.

—¿Cómo te llaman las personas? —pregunto con curiosidad.

—Pilot... o Pi.

—¿Pi? ¿Como en matemáticas? No eres Pi como el número. Eso es algo frío. Eres más como un pay. Los pays son tibios y maravillosos y deliciosos —me interrumpo. Okey, una cosa es ser extrovertida, otra es esto.

Me mira con diversión. Mis ojos caen al piso mientras una nueva ola de vergüenza atraviesa mi cuerpo. Caminamos en silencio por un momento.

—¿Vas a escribir en tu blog sobre esta aventura en el supermercado?

—Oh, por supuesto —respondo y aprovecho el cambio de tema—. Estoy planeando todo un ensayo sobre el fenómeno de estas bolsas de pasta comparado con las cajas.

—No puedo perdérmelo —afirma con seriedad y me río—. ¿Cómo se llama tu blog?

Lo miro con sorpresa. No pensé en la parte en la que tendría que decirle cómo se llama mi blog. Me sonríe otra vez. Mi corazón salta como un loco. No puedo manejar esta situación. Bajo la mirada.

—Eh, ¿sabes? No es nada. No creo que quieras saberlo. —Acelero el paso. Creo que estamos a una cuadra del Karlston. Quizá pueda evitar esta pregunta.

—Dijiste que podía leer tus cosas —protesta con tranquilidad.

—Es un nombre raro —confieso.

—¿Cómo se llama? —repite.

Me quedo callada, camino más rápido.

—¡Shane! —Acelera para seguirme el paso, se ríe y me mira a los ojos—. Debes decírmelo.

Sonríe de oreja a oreja y me hace sentir que floto. Estoy agitada y flotando. Se detiene, me detengo, nos sonreímos.

—Es *sandíafrancesadiecinueve* —murmuro, las palabras suenan juntas.

Pilot se ríe.

—Perdón, ¿qué dijiste? ¿Sandía... Francesa... Diecinueve? —repite, despacio.

—*Sandíafrancesadiecinueve*. —Junto los labios para que mis dientes no se asomen.

Su sonrisa es amplia. Se encoge de hombros con indiferencia.

—Está bien, Sandía Francesa Diecinueve. ¿Qué hay de raro en eso? Es tan normal. Incluso aburrido. Conozco como a cinco otras personas que se apodan Sandía Francesa Diecinueve en internet. ¿Eres francesa?

—Nop. —Me siento avergonzada. Intento que mi rostro refleje la vergüenza.

Él levanta las cejas y dejo caer la mirada sobre sus pies.

—Soy gran fan del pan francés.

—Yo también, ¿quién no? —responde de inmediato.

Levanto la mirada otra vez. Él está más cerca. ¿Cómo se acercó tanto? Estoy temblando. La ansiedad sube por mis piernas. Me siento inestable, como si una ráfaga de viento pudiera llevarme volando. No estoy segura de qué pasa ahora. El juego de miradas es fuerte. Mis palabras salen en un murmullo.

—También amo las sandías y el número diecinueve, así que hice lo que cualquier ser humano racional habría hecho: junté todas las palabras en una palabra amorfa que me seguirá por el resto de mi vida.

Él asiente.

—Así que Sandía Francesa. —¿Se acercó más?

—Diecinueve —termino. ¿Qué pasa? ¿La calle se está moviendo?

—Creo que es un nombre fantástico.

Estamos parados muy cerca. Sus ojos se encuentran a unos centímetros de mí. Me aferro a la bolsa del supermercado. Un tren de carga ha tomado el lugar de mi corazón.

Y después mi mirada cae hacia una grieta en la banqueta superlimpia de Londres. Cuando la levanto un segundo después, Pilot está otra vez a un metro de mí. Voltea a ver el Karlston.

—Mira nada más. Volvimos. —Me mira de nuevo—. ¿Lista para encontrarte con los demás y echar a andar la integración?

Lo observo fijamente.

—Eh, sí, claro. Llevo despierta treinta y cuatro horas, ¿qué más dan unas cuantas más? Tengo cargados en el iPod algunos juegos perfectos para romper el hielo.

Él sonríe y sube corriendo los escalones de la puerta principal. Dejo escapar el aliento que he contenido los últimos treinta segundos.

Nuestra habitación es muy oscura. Sahra duerme, pero parece que yo he recuperado energías. En lo alto de la litera enciendo mi laptop para iluminarme, tomo una pluma y abro una página en blanco en el nuevo Horrocrux.

11/01/11, 1:03 a.m.

Acabo de agregar a todos mis nuevos compañeros en Facebook: Babe Lozenge, Sahra Merhi, Atticus Kwon, Pilot Penn, y escribí un corto email para avisarles a mis padres que todo salió bien hoy. Aún no encuentro la mejor manera para hablar con ellos, puesto que solo tengo cierto número de minutos en mi teléfono desechable. Las luces están apagadas, así que me ilumino con la luz que emite la pantalla de Sawyer. Funciona.

Después de las compras con Pilot, todos nosotros (menos Babe, quien después de la orientación se fue a visitar a un amigo en el segundo piso) nos reunimos en la cocina, sentados alrededor de la mesa, que, por cierto, tiene unas sillas muy incómodas. Atticus habló sin problemas durante unos minutos sobre lo emocionado que estaba por sumergirse en la escena teatral de Londres mientras el resto de nosotros agregaba una o dos palabras, pero en realidad nadie llevaba más allá la conversación. Estuve a punto de hundirme en un mar de ansiedad social, pero Pilot rompió el silencio cuando sacó las cervezas que compró. Y entonces yo saqué el Taboo. Bueno, la versión de Taboo que tengo en mi iPod Touch, llamado Word Kinish. Nada rompe mejor el hielo que una ronda de Word Kinish. (Obviamente, llené mi iPod con un montón de actividades de grupo con el fin de ser extrovertida).

Me puse un poco competitiva, pero creo que todos nos divertimos. Intercambiamos equipos. El mío siempre ganó porque soy una profesional para jugar Taboo/Word Kinish. Mis primos y yo solíamos jugarlo todo el tiempo durante el verano cuando empezaba nuestra adolescencia.

Sahra fue la peor jugadora. Se ponía nerviosa con facilidad cuando no podía pensar en formas de describir la palabra que necesitaba para que su equipo adivinara sin necesidad de usar palabras ilegales que los obligarían a beber. En lugar de hablar, hacía ruidos de molestia hasta que el tiempo se agotaba. No estoy segura de qué pensar sobre Sahra. Es agradable, pero también es un poco fría. No sonríe cuando me habla y siempre se comunica con oraciones cortas. No sé si no le caigo bien o si ella es así.

Me arrepiento de no haber traído una baraja conmigo. Debo conseguir una por ahí. Hay algo mágico en jugar a las cartas cuando a todos les gusta. Así era cuando jugábamos después de la cena en las reuniones Primaveri. En general, los Primaveri son ruidosos y con opiniones fijas. Normalmente, prefiero observar más que participar en sus discusiones porque prefiero que me ignoren a que me juzguen por decir algo equivocado. Pero cuando jugamos cartas es como si ese miedo se desvaneciera. La incomodidad con mis primos desaparece. De inmediato me siento más segura y tengo cosas que decir.

Espero que a Pilot le guste jugar cartas. Hoy le encantó el juego. No de la misma forma que a mí, pero sí de una forma divertida. A Atticus también.

Atticus estudia teatro. Es muy fácil hablar con él. Tiene cierto encanto torpe que hace que me sienta menos sola de inmediato. Acaba de terminar de leer *El símbolo perdido*. Estoy emocionada por hablar con él sobre Dan Brown en cuanto haya una oportunidad. Siente una gran pasión por el teatro y quiere hacer prácticas en el teatro West End mientras esté aquí. Terminó con su novio hace poco por estudiar en el extranjero, pero se ve tranquilo. Dijo que estaba emocionado por relacionarse con británicos. Mientras Sahra y Pilot jugaban tranquilos, sentados alrededor de la mesa, Atticus se unió a mí, gritando y saltando.

Intento con mucho esfuerzo contener el tsunami de emoción que se ha formado dentro de mí desde que vi a Pilot en la cocina esta tarde, pero ahora que estoy sentada aquí en la oscuridad, antes de dormir, no puedo evitar que todos estos vertiginosos pensamientos inunden mi cerebro. ¿Podríamos ser algo más? Hubo un momento esta noche en el que, estoy segura, casi nos besamos.

Pilot es tan... tan genial. Él definitivamente ya ha besado a otras personas. No haber besado a nadie es como un enorme talón de Aquiles. Odio sentirme tan poco experimentada. Odio que esto sea algo que no puedo aprender a través del estudio. Odio sudar de los nervios cuando alguien menciona el juego de yo nunca-nunca, porque me asusta mucho tocar los temas sexuales. ¿Cómo puedo tener veinte años y no haber tomado jamás la mano de un chico? Estaría bien si yo jamás lo hubiera querido, pero no es así. Y ni siquiera estuve cerca de hacerlo.

Pero ahora, la oportunidad está... justo frente a mí.

La palabra *novio* ya danza en mi mente. Cada tantos meses, durante los últimos siete años, mi familia me molesta con la existencia de un novio. ¿Cómo podría no pensar en eso? Me las he arreglado bien estando sola el último millón de años, pero quiero saber cómo es tener a alguien que se preocupe por ti de ese modo, que te rodee con los brazos cuando está de pie detrás de ti. No quiero este talón de Aquiles.

5
ABRE LOS OJOS Y MIRA

Abro los ojos de pronto. Un ruido agudo resuena. Me toma un segundo, pero el día de ayer vuelve a mi mente. Estoy en Londres. Ese ruido es mi nuevo celular de plástico. Deben ser las nueve de la mañana.

Uno de los clósets está pegado a mi litera y la parte superior llega al nivel de mi colchón, así que lo convertí en mi buró improvisado, cerca de mis pies. Ahí es donde está mi celular ahora, sonando a la distancia. Lo apago y bajo la escalera para comenzar a arreglarme. Todos en el programa iremos a un recorrido en barco por el Támesis hasta Greenwich.

Debemos estar en el piso de arriba a las diez y quince. A las nueve cuarenta, Babe y yo ya estamos vestidas, así que vamos juntas a desayunar a la cocina. Sahra aún no está lista, pero nos asegura que nos verá ahí.

Babe carga alrededor del cuello una nueva Canon DSLR.

—¡Linda cámara! —La admiro mientras estamos en la barra, untando mantequilla en nuestros bagels. Yo llevo una cámara digital Casio en mi bolsa, pero las fotografías de una DSLR son otro nivel.

Cuando terminamos de comer, se abre la puerta y entran Pilot y Atticus, listos para partir. Mi corazón se acelera, reviso mi celular para ver la hora: diez con cinco minutos.

Pilot nos sonríe, su mirada aterriza sobre mí.

—¿Están listas para ir a Greenwich?

Atticus bosteza.

—Por supuesto. —Me levanto de mi asiento en un solo movimiento y dejo mi plato en el fregadero—. Debemos... —Escucho un gran estruendo detrás de mí. Jadeo y pego un brinco, y entonces veo que fue mi silla al caer. El calor sube por mi cuello.

Babe se ríe junto a mí. Atticus se carcajea. Mis ojos se encuentran con los de Pilot. Él también ríe.

—Diablos. —Sonrío a mi pesar, molesta, pero contenta por estar rodeada de personas que se ríen. La otra alternativa es una mirada de desaprobación. Mi familia me ha condicionado a esperar la mirada de desaprobación.

Los cuatro nos unimos a un enorme grupo de estudiantes en una peregrinación hacia la estación de metro más cercana. Pilot y Atticus caminan y hablan un par de metros por delante de mí y Babe.

Tengo puesta mi chaqueta larga, negra y acolchonada, porque es la única que tengo. Debajo de ella, uso mis jeans favoritos y un suéter blanco de manga larga. Encima, cargo mi bolsa nueva con asa cruzada. Hay un montón de historias de terror sobre cómo en Europa los ladrones andan por ahí con cuchillos para cortar las bolsas de las mujeres: caen, los ladrones las recogen y corren. La sociedad estadounidense (sobre todo tías, tíos y parientes) me recomendó que usara una bolsa de asa cruzada para que cortarla fuera más difícil. Estoy segura de que el nivel de miedo en Estados Unidos es un poco exagerado, pero, con el fin de sentirme más segura que arrepentida, también decidí usar la bolsa debajo de la chaqueta. No se ve muy extraño porque la bolsa es muy pequeña, aunque sí se nota un poco. Un pequeño bulto sobresale del área trasera de mi cadera. Pero eso no importa. «Intenten cortar mi bolsa ahora, ladrones. ¡Tendrán que encontrarla primero!».

—¿Qué hiciste anoche? —Me dirijo a Babe.

—Pasé un rato con mi amigo Chad. Está aquí en el programa, con nosotros. Los dos estábamos en la Universidad Yeshiva. Salimos por comida y después estuvimos con otras personas en su departamento en el piso de arriba. —Babe usa su lindo y sofisticado abrigo verde. Sus labios están pintados con un fuerte rojo cereza. Me siento pasada de moda.

Hago una pausa, con la vista al frente y no hacia ella.

—¿Tú y Chad son como... algo? —le pregunto, dudosa. No estoy segura de si estamos en el punto de nuestra amistad en el que las pláticas de chicos están permitidas. Pero Babe parece amable y quiero ser su amiga. Las amigas hablan de esas cosas.

Cuando la miro de nuevo, ella agacha la cabeza. Piensa en mi pregunta por unos segundos antes de buscar mi mirada.

—Somos... No... no estoy segura. Más o menos, es una larga historia. —Guarda silencio.

Supongo que aún no llegamos a ese punto. Cambio el tema de inmediato mientras damos vuelta sobre Gloucester Road.

—¿Y qué estudias en la Universidad Yeshiva?

—Hotelería.

—Oh, ¡genial! ¿Qué quieres hacer cuando te gradúes?

—Quiero trabajar en Disney World. Yo, bueno, en realidad mi objetivo es abrirme camino hasta volverme la presidenta del parque. —Me sonríe, la emoción se forma en su voz. Su entusiasmo es contagioso.

—O sea, ¿como la presidenta de Disney World? —aclaro, sorprendida por esa idea.

Babe me cuenta cómo es el proceso para que alguien pueda un día convertirse en presidente de Disney World.

Salimos del sorprendentemente limpio sistema de transporte de Londres, muy cerca del London Eye, y nuestro enorme pelotón aborda un ferry que espera a la orilla del río Támesis. Una vez arriba, logro ver a Sahra y le hago una seña para que se una a nuestro grupo.

Los cinco nos paramos juntos en la cubierta superior del bote. Está abierta, como uno de esos autobuses turísticos de Nueva York, y un micrófono con estática proyecta la voz de nuestro guía. Murmuramos «oooh» y «aaah» mientras pasamos flotando bajo el London Bridge y junto al edificio en forma de pepinillo que los londinenses llaman Gherkin. Tomo fotografías de todo.

Quiero una fotografía de los amigos del departamento 3. ¿Todos estarán de acuerdo con aparecer en una fotografía juntos? ¿Nos conocemos lo suficiente como para que lo sugiera? ¿Es muy pronto para que nos tomemos retratos de amigos? ¿Es muy tonto preocuparme por esto? Busco fuera de nuestro pequeño círculo. Una nueva ansiedad me invade ante la idea de pedirle a alguien que tome la fotografía.

Pasamos debajo de otro puente y me paro de puntitas cuando veo el posible fondo para una fotografía de grupo. Junto valor, aprieto los labios con determinación y hago contacto visual con un chico bajito que usa una boina; está parado cerca de Atticus. «Es solo una fotografía», me digo.

—Hola, ¿podrías tomarnos una foto? —le pregunto rápidamente.

—Sí, claro —responde el tipo de la boina. Le doy mi cámara. El departamento 3 voltea, se une para la foto. Ni siquiera tuve que pedirlo. Pilot está a mi lado izquierdo y, cuando se une, me rodea con su brazo; todo en mi interior da vueltas. Sé que es solo una fotografía, pero no tenía por qué poner su brazo alrededor de mí, ¿cierto?

El chico de la boina hace una cuenta regresiva, toma la foto y me devuelve la cámara. Sonrío. Tengo una fotografía real de este momento. Una prueba real de que esto pasó. Los amigos reales que hice están conmigo en este viaje real, en este país real en el que vivo ahora. Y un chico atractivo, lindo y divertido, me rodea con el brazo. Me tomo un breve instante para inspeccionar la imagen. El encuadre está un poco chueco, pero el triunfo hace que no me importe.

Greenwich parece un gigante y sofisticado parque verde. Está plagado de enormes edificios de mármol blanco y estructuras con columnas. Juntos nos dirigimos al Museo Nacional Marítimo (todos los museos en Inglaterra son gratis). Babe, Atticus y yo nos morimos de la risa tomando fotografías tontas con todas las estatuas. Pilot se ríe de nosotros y accede en participar en una que otra foto. Sahra se aparta un poco y nos observa con una ligera sonrisa.

Después del museo, subimos una colina cubierta de pasto hasta el Observatorio Real y caminamos por las exposiciones. Tomo una fotografía de todas nuestras manos tocando la piedra más antigua de la Tierra: cuatro billones y medio de años. Tomamos nuestro turno para pararnos en el principal meridiano del mundo. Tomo fotografías de todos cruzando del hemisferio oriental al occidental. Babe toma la cámara para retratarme a mí. Tomo una bocanada de aire mientras pongo un pie a cada lado de la línea, exhalo sabiendo que me encuentro en dos partes del mundo al mismo tiempo. En mi mente, veo el globo terráqueo con el que solía jugar en la primaria y la línea en relieve que yo seguía con mi dedo de arriba hacia abajo. Me invade una sacudida de asombro. No pensé que disfrutaría los museos tanto como lo hago ahora.

Los cinco morimos de hambre mientras bajamos la colina del Observatorio, así que nos detenemos en el primer bar y nos acomodamos en una mesa vacía. Una mesera se acerca para saludarnos y nos reparte menús.

—Así que ¿todos quieren viajar mientras estén aquí? —Pilot nos pregunta mientras escogemos qué pedir. Está sentado frente a mí, sonríe con la boca cerrada.

—¡Sí! — exclaman Babe y Sahra de inmediato. Ladeo la cabeza con sorpresa.

—Yo quiero viajar en algún momento, pero el programa de Teatro es superdemandante —agrega Atticus—. Debo estar aquí para ver todos los espectáculos este fin de semana.

Yo no estoy segura de qué responder. No había pensado en viajar más. Ya crucé el planeta para estar aquí. Estamos en un país extranjero. No puedo atravesar la calle sin casi morir. Apenas aprendí que los letreros de las calles están en las paredes de los edificios en lugar de postes metálicos en las esquinas de los cruces. Pensé que ya estábamos viajando y que ahora exploraríamos el lugar en el que estamos.

Pero después de la aventura de hoy en Greenwich, no lo sé. Me gustaría hacer más de esto. Me gustan las aventuras con estos amigos. Me he divertido más con ellos en dos días que con mis compañeros de cuarto el año pasado. ¿En qué otro momento viviré tan cerca de otros países europeos? ¡Italia! He tomado clases de italiano desde los catorce. Podría ir a Italia.

La mirada de Pilot cae en mí. La siento antes de verla, porque cuando alguien te gusta, desarrollas un superpoder que te permite sintonizar de forma inconsciente con todos sus movimientos. Puede estar del otro lado de la habitación y voltear hacia ti y, en el momento que pasa, lo sabes: «Me está viendo desde el otro lado de la habitación. ¡En guardia!».

Respiro profundamente, encuentro los ojos de Pilot.

—Sí, quiero ir a Italia —le digo mientras la mesera distribuye vasos de agua en la mesa.

—¡Entonces vamos este fin de semana! —responde de inmediato.

Me quedo boquiabierta.

—Oh, Dios mío, ¡sí! — exclama Babe.

—¿Este fin de semana? Pero eso es, como ya. Y llegamos ayer, literalmente.

—Estoy de acuerdo —añade Sahra y levanta su agua para darle un trago.

Busco las palabras.

—Bueno, pues vamos a Roma... ¿el fin de semana? —pregunto con incredulidad.

—Roma el fin de semana. —Pilot me hace eco con seguridad. Yo parpadeo varias veces, asombrada.

—¡Okey! —digo abruptamente.

—¡Roma el fin de semana! —Babe levanta su bebida para brindar. Todos nos unimos y chocamos nuestros vasos.

—¡La van a pasar increíble! —nos anima Atticus.

Le doy un trago largo a mi agua y dejo caer el vaso sobre la mesa. Delante de mí, Pilot salta como si alguien lo pellizcara.

—¡Ey! —Levanta las manos frente a mí.

—¿Ey qué? —Arqueo las cejas.

—¡No mates al vaso! —exclama.

Inclino la cabeza a la izquierda.

—¿De qué hablas? ¿Matar al vaso? No pasó nada.

—Toma agua de nuevo.

Le lanzo una mirada de sospecha y, despacio, levanto el vaso de la mesa. Doy un trago y lo bajo de nuevo. Una sonrisa de diversión se dibuja en su rostro. Babe se ríe.

—¿Qué? —exijo saber.

—Él tiene razón —dice entre risas.

—¿De qué hablan? —Me río también.

—Azotas el vaso cuando lo pones en la mesa —explica Babe—. Como un marinero después de darle un trago a su cerveza.

—No es cierto. —Levanto mi vaso, le doy un trago otra vez y ahora me concentro en lo que hago. Lo bajo y hace un fuerte ruido al golpear la madera—. Oh, vaya. —Nunca había puesto atención a eso. La revelación debe notarse en mi cara porque, del otro lado de la mesa, Pilot se carcajea en silencio—. Yo... —balbuceo, perpleja—. Ni siquiera me había dado cuenta. ¿Ustedes son silenciosos con sus vasos?

Pilot levanta el suyo. Sus ojos no me pierden de vista mientras se lo lleva a la boca, da un trago y lo pone de vuelta sobre la mesa. Casi no hace ruido.

—Todo es cuestión de técnica. Debes relajarte, entrar en estado zen.

Junto a él, Babe da otro trago y baja su vaso. Suena un tintineo sordo.

—¿Lo ves? Ella lo entiende —dice mientras señala a Babe.

Levanto mi vaso y bebo de nuevo. Veo a Pilot con los ojos bien abiertos mientras lo regreso a la mesa a la velocidad de un caracol. Hace un pequeño ruido cuando entra en contacto con la madera. Él sonríe.

—¿Satisfecho? —pregunto con un tono melodramático.

Me mira con los ojos entrecerrados.

—Con unos meses de práctica.

Lo interrumpo con un resoplido burlón y él se echa a reír.

6
NADA SE INTERPONE EN MI CAMINO

¡Ayer por la noche compramos boletos de avión para Roma! Faltan dos noches más para ir a Italia.

Todos comenzamos clases hoy. Ninguno de mis compañeros de departamento está en clase conmigo, así que vuelvo a sentirme sola mientras me acomodo en mi asiento, pero entonces entra el profesor. Lo primero que hace es repartir postales, una para cada alumno.

—Como saben, hoy no es el día en que nos reuniremos regularmente. A partir de la próxima semana, la clase será los lunes y los viernes —comienza—. Profundizaremos en la creación literaria en cada clase y, para practicar y que empiecen a acostumbrarse, todas las clases recibirán una postal. Escriban a alguien en Estados Unidos sobre sus experiencias aquí. Es una forma simple, fácil y efectiva de poner palabras en papel. Tienen diez minutos. Saquen una pluma y comiencen.

Observo mi postal del London Bridge, la volteo al lado en blanco y comienzo a escribir. Quiero que se vea bien así que escribo con la letra cursiva que no uso desde la primaria.

12 de enero de 2011

Mamá y papá:

Aún me cuesta trabajo hacerme a la idea de que estoy en Londres. Ayer paseé en un ferry bajo el puente que ilustra esta postal. Estoy en mi primera clase universitaria de escritura y ya estoy segura de que me encanta. El apellido del profesor es Blackstairs, lo que me recuerda una serie de libros que amo; él dice que haremos ejercicios de escritura cada clase. Podría jugar con los ejercicios de creación literaria todo el día. Muero de alegría en este momento.

Los ama,
Shane

Poco después de que terminé, el profesor Blackstairs se pone de pie.

—Se acabó el tiempo. Genial. ¿Se sienten bien? Guarden las postales, saquen sus computadoras. Que comience la diversión.

Deslizo la postal en mi mochila. Fue lindo escribir esas palabras en papel incluso si no las puedo enviar. El profesor nos reparte tiras de papel, en cada una se lee la primera frase de un libro muy conocido. Cuando deja caer la mía sobre el escritorio, la levanto: «En el Campamento Lago Verde no hay ningún lago».

Dejo escapar una risita, la emoción florece en mi estómago mientras una historia empieza a formarse en mi cabeza.

—Escriban un cuento empezando con esa oración. Tienen una hora a partir de ahora.

Saco a Sawyer, abro un documento en blanco y derramo mis ideas sobre la página. Mis dedos viajan por las teclas mientras vierto una historia, escrita desde el punto de vista de una atrevida chica, sobre el campo lunar en el que sus padres se conocieron. La pantalla me ilumina por los siguientes cincuenta y cinco minutos. Cuando el tiempo se agota, el profesor Blackstairs comienza una profunda disertación sobre la importancia de la oración inicial. Revisamos muchísimos ejemplos. Las tres horas pasan volando. Es, honestamente, la clase más divertida que he tomado en la universidad.

Cuando regreso al departamento, cerca de las tres de la tarde, Babe está en nuestra habitación hablando por Skype con sus padres, así que me dirijo a la cocina para darle los toques finales a mi historia sobre el Campamento Lago Verde y a trabajar en la publicación del blog sobre el paseo a Greenwich que hicimos ayer. De todos modos, la cocina es un espacio más social que nuestra habitación y estoy intentando salir al mundo.

Sahra pasa por aquí alrededor de las tres y media para tomar un café antes de ir a comprar víveres. Atticus aparece a las tres cuarenta y cinco, llena su estómago con comida de microondas y sale corriendo, balbuceando que va atrasado a la entrevista para sus prácticas. Son casi las cuatro de la tarde y yo observo la bandeja de entrada de mi Gmail.

Mis padres escribieron pidiendo más detalles sobre mis primeros días aquí. Mi respiración es temblorosa y escribo una breve actualización describiendo a mis nuevos compañeros de departamento. Les envío un link a las primeras dos publicaciones en mi blog: «Estadounidense se muda a Londres: las primeras ocho horas», y el más reciente: «¿Qué es Greenwich?». Presiono enviar. Saco el noveno Horrocrux de mi bolsa.

12/01/11, 4:40 p.m.

Estoy pensando en organizar una noche de cartas en el departamento 3. Me parece que es un paso conveniente y extrovertido hacia la amistad a largo plazo. Eso suena patético, pero es el punto en el que me encuentro ahora mismo. Anoche hubo una plática sobre una posible salida a un bar después de las clases, ya que es legal beber aquí. Quizá mañana podamos quedarnos y jugar cartas. El viernes por la mañana tenemos clases otra vez y, después de eso, Pilot, Babe, Sahra y yo nos dirigiremos al aeropuerto ¡para ir a Roma! Qué locura.

Me sobresalto cuando la puerta se abre, rápidamente cierro mi cuaderno y tiro la pluma sobre la mesa. Pilot entra a la cocina con un sándwich largo y delgado. Mi corazón corre en todas direcciones, como un perrito cuando hay una visita en la puerta. «Por favor, tranquilízate, corazón».

—¡Ey! —Toma asiento frente a mí y desenvuelve su comida—. ¿Estás escribiendo?

—Estaba. —Empujo el noveno Horrocrux a un lado.

—Guau, ¡con una pluma de verdad y todo! —Se levanta para servirse un vaso de agua—. ¿En qué estás trabajando?

Juego con mis dedos.

—Mmm, bueno, no es nada en realidad. Es algo así como un diario, supongo.

—Ah, bien, eso suena a algo que haría un escritor. —Regresa y se sienta frente a mí—. ¿Ya comenzaste a escribir tu libro? —Sonríe.

Parpadeo, sorprendida, antes de soltar una carcajada.

—¿Mi libro?

—He escuchado que los autores los escriben —agrega mientras levanta su sándwich.

Me río otra vez.

—De hecho, uno de mis objetivos este semestre es comenzar mi —dibujo un par de comillas en el aire— «gran novela norteamericana», pero es una tarea muy abrumadora, así que ya veremos.

—¿De verdad? Eso es magnífico —dice con entusiasmo—. Ayer por la noche leí algo de lo que has escrito. —Me quedo quieta, un escalofrío recorre mi cuerpo mientras él le da una mordida a su sándwich.

Eso fue rápido. ¿Qué pensará de lo que escribo? No puedo creer que haya leído las cosas que escribí. ¿Qué significa que haya leído mis cosas? ¡Leyó lo que escribo! «Leyó lo que escribo».

—¿De verdad? —dejo escapar un chillido. ¿Estará bien preguntarle qué historia leyó?

Traga la comida antes de volver a hablar.

—¡Sí! No te sorprendas. —Noto un poco de risa en su voz—. ¿Cómo sería posible resistirse a buscar sandiafrancesa19.com? Tus textos son divertidos. Los disfruté en verdad.

Tengo ganas de correr en círculos.

—¿De verdad? —repito. «Shane, ya habías preguntado».

—La publicación sobre tu primer día aquí fue genial. Esa donde hablas de todas las diferencias, como los letreros de CAMINE, NO CAMINE. Después leí la historia sobre los ermitaños de una isla lejana que van por primera vez a McDonald's. Fue supergracioso. —Sonríe.

Me muerdo el labio mientras él habla como el cliché de un libro para adultos jóvenes, pero es la única forma en que puedo tener bajo control mi nivel de sonrisa. Relajada. Estoy relajada. Él leyó mi publicación de «Las primeras ocho horas» y un cuento que escribí en vacaciones. A mí me gustaron mucho esos dos.

—¡Gracias! —digo de golpe.

—¿Aún sigue en pie ir al bar más tarde para cenar y beber algo? —pregunta.

—Eh, sí. Creo que todo sigue en pie.

—¡Muy bien! Parece que el departamento 3 se apoderará de la ciudad esta noche.

Subo y bajo la cabeza.

—¡Sí!

Quiero preguntarle sobre la noche de juegos de cartas. Pasan unos segundos mientras Pilot come y yo abro mi computadora; intento armarme de valor para preguntar si le gusta jugar cartas. ¿Por qué me da miedo preguntar?

—¿Te gusta jugar cartas? —pregunto velozmente.

Los ojos de Pilot se iluminan.

—¿Que si me gusta jugar cartas? —dice sonriendo—. ¿El agua moja?

Sonrío y frunzo el ceño.

—¿Por qué la gente dice esas cosas en lugar de solo decir que sí? Es mucho más rápido y menos confuso.

—¿Tú juegas cartas?

—Sí, es mi juego favorito. Estaba pensando en salir a buscar una baraja para que podamos hacer una noche de juegos, ¿quizá mañana con todos?

—Cuenta conmigo. ¿Quieres ayuda para encontrar la baraja? —pregunta.

Parpadeo varias veces, un poco desconcertada.

—¿Quieres venir conmigo a buscar una?

Voy por la calle con Pilot. Esta es nuestra segunda caminata en tres días. ¿Es una segunda cita? Creo que le gusto a este chico. Creo que él siente lo mismo que yo y apenas puedo contener la necesidad de ir saltando todo el camino.

Aún hay luz mientras caminamos por la fila de elegantes edificios blancos. Me gusta que las banquetas aquí nunca están tan abarrotadas de gente como en Nueva York, y cuando digo nunca, me refiero, claro está, a los últimos tres días.

—Entonces, ¿cuáles son los posibles lugares para encontrar una baraja? Pienso que podría ser en Tesco, Wait- rose o incluso Sainsbury, otra tienda que todavía no conozco, pero me han hablado de ella. No sé dónde más conseguirlas si no es en un supermercado, así que con suerte las encontraremos ahí. ¿Tal vez en una tienda más pequeña? —Tras mi parloteo, levanto la mirada hacia Pilot, que sonríe para sí mismo—. Disculpa, me emocionan mucho las cartas.

—Las encontraremos —asegura—. Pero vamos a buscarlas a otra zona, para explorar más de la ciudad.

—Está bien —asiento y acomodo mi cabello detrás de las orejas.

—¿Qué te parece si vamos a Hyde Park? Está al final de la calle. —Señala el final del camino hacia una amplia zona residencial.

Levanto las cejas.

—Guau. Una idea atrevida. Podríamos perdernos. —Eso pretendía sonar desafiante y sarcástico, pero sonó alegre. Esta sonrisa excesiva se ha apoderado de mi voz.

—No te preocupes, yo nos traeré de vuelta cual Magallanes.

—Descuida, no estoy preocupada —afirmo y sonrío. Pilot me devuelve el gesto.

—Bien.

Caminamos en un cómodo silencio mientras recorremos la cuadra y cruzamos la calle hasta Hyde Park. No estoy a punto de morir esta vez, así que las cosas ya van mejor que en nuestra caminata pasada. Entramos por la gran abertura en las altas rejas negras que rodean el parque. Es un lindo día, por lo que montones de dueños de perros andan por ahí. Algunas personas leen, recostadas sobre mantas, a la sombra de los árboles. Tomamos un camino pavimentado entre el pasto.

Miro de reojo a Pilot.

—Así que has leído algunos de mis textos —comienzo.

—¿Sí? —Sonríe. Tiene las manos en los bolsillos de su chamarra. Yo tengo una mano en el bolsillo de la sudadera de cierre blanca que me puse, y otra cuelga sobre mi bolsa de piel, de nuevo cruzada sobre mi pecho.

—¿Cuándo podré escuchar tu música? —pregunto.

Resopla, pero sus ojos brillan como cuando hablas de algo que te apasiona.

—Oh, bueno... —Levanta la mirada al cielo—. Pues... mi primer álbum está en iTunes.

—¿Qué? —Incrédula, golpeo su brazo con mi bolsa. Él me lanza una mirada dramática—. ¡Oh, rayos! ¡Lo siento! —Mi voz suena más aguda mientras intento contener la risa. Dejo escapar una bocanada de aire para estabilizar mi respiración—. Discúlpame, lo que quise decir es: ¿de verdad tu álbum está en iTunes? ¿Por qué no lo mencionaste antes?

Él pone esa sonrisa a medias, típica de un tipo tranquilo-modesto-genial.

—Sí, es verdad que está en iTunes. No es tan difícil que tu disco esté ahí.

—Pays, eso es genial. ¿Puedo encontrarlo con tu nombre? ¿O cómo lo busco?

—Aparece con el nombre de mi banda.

—¿Qué? ¿Tienes una banda? Omitiste muchos detalles sobre tu vida musical.

—Solo somos yo y mi amigo Ted, así que en realidad no es una banda completa.

—¿Cómo se llaman?

—Los Mensajeros del Swing —responde con una gran sonrisa.

Se me escapa una breve risa.

—Guau, me encanta. Es casi tan genial como mi blog. O sea, no es tan ingenioso, pero suena muy bien.

Pilot suelta un bufido.

—Está bien, tranquilízate, Sandía Francesa. No todos podemos estar a tu nivel. —Sandía Francesa suena ultrarridículo cuando él lo dice.

—Voy a descargar tu álbum cuando regresemos.

Él frunce los labios.

—Esperaré emocionado tu reseña.

—¿Puedo compartirlo con los *roomies*?

Mueve la cabeza y sonríe.

—Adelante.

—Esto es tan emocionante. —No salto exactamente, pero mis pies hacen un pequeño bailecito.

Doy un vistazo a todo lo que nos rodea. No he mirado alrededor lo suficiente. Nos acercamos a una de las salidas posteriores que dan a la calle.

—¿Crees que debamos tomar este camino?

Pilot se detiene y pone su dedo índice sobre la frente.

—Mi radar de cartas está indicando... esa dirección.

Pongo los ojos en blanco.

Tomamos un pequeño camino calle abajo antes de encontrarnos con un Starbucks. La familiaridad en medio del «choque cultural» de las últimas veinticuatro horas me hace parar en seco. Me detengo para admirarlo desde el otro lado de la calle. Pilot retrocede unos pasos y se para a mi derecha.

—¡Starbucks! —exclamo, apuntando con el dedo—. ¿No sientes como si fuera un viejo amigo?

Se encoge un poco de hombros con las manos aún en los bolsillos.

—¿Has ido desde que llegamos? —pregunta.

—No, aún no.

—¿Deberíamos ir a visitarlo? —sugiere con una sonrisa.

—¿Visitarlo?

—O sea, es tu amigo, ¿no? No quiero caminar hacia un extraño cualquiera —responde con una sinceridad burlona.

—Fue un decir.

—Oh, de hecho, me parece muy ingenioso. —Pilot usa la versión masculina de la voz de una chica tonta, sus palabras suben y bajan de tono. Yo hago ruidos de una risa ahogada.

Con pasos dobles me dirijo a Starbucks y me formo al final de la fila. Nos movemos en silencio, esperando nuestro turno para ordenar. Me balanceo sobre los tobillos por la emoción de pedir mi bebida acostumbrada. Cuando llego a la caja, me quedo boquiabierta. La barista es una mujer alta de unos cuarenta años con el cabello rojo amarrado en un chongo. ¿Es la mujer grosera del avión?

—¡Hola, querida! Veo que estás haciendo amigos. —Su mirada pasa de mí a Pilot, regresa a mí y me guiña el ojo. Agito la cabeza, atónita. «Dios mío, mujer, no digas nada más»—. ¿Qué van a ordenar?

—Yo, eh, un té verde latte, por favor —respondo.

—Oh, no tenemos de esos.

—Ah, qué extraño. Está bien, ¿me podrías dar un latte de especias dulces grande, por favor?

—¿Un qué?

—Latte de especias dulces.

—No tenemos latte de especias dulces. —Sonríe.

—De acuerdo. Supongo que tomaré un latte de canela grande, por favor.

Ella niega con la cabeza, divertida.

—Jamás he escuchado eso.

—Estás bromeando, ¿cierto?

—No tenemos latte de canela.

Presiento que Pilot se ríe detrás de mí.

—¿Qué tipo de Starbucks es este? —murmuro.

Nos vamos de ahí cinco minutos después, ambos con un latte de vainilla. Eso fue tan extraño. Volteo hacia Pilot para contarle sobre la mujer del avión.

—¿Así que ese era tu amigo? —Chasquea la lengua antes de que yo tenga la oportunidad de hablar—. Bueno, no sabías qué había en el menú, así que yo diría que son medio conocidos.

Paso una mano por mi rostro; intento no burlarme de su terrible intento por prolongar el chiste de que Starbucks es un viejo amigo.

—Pensé que era mi amigo, pero resulta que solo era una cafetería cualquiera que tomó la poción multijugos para hacerse pasar por mi amigo.

—Oh, no. Exageraste. —Sacude la cabeza mientras sonríe—. Lo arruinaste con la referencia a la poción multijugos.

—¿De qué estás hablando? Eso es inteligente. Tú fuiste quien exageró.

—No, yo lo hice perfecto. Tú lo llevaste a un nivel ridículo.

Mis mejillas duelen por la fuerza de mi sonrisa. Estamos a punto de dar vuelta a la izquierda en el siguiente cruce cuando logro ver algo colorido a contraesquina. Me quedo sin aliento.

—Pays, mira. —Señalo mi descubrimiento y lo veo abrir mucho los ojos.

—¿Es lo que creo que es?

—¡Es una tienda de los Beatles! ¡Toda una tienda de los Beatles!

—Oh, espera, es esa banda que te gusta, ¿cierto? —se burla.

—Estoy conteniendo las ganas de golpearte el brazo. —En realidad quisiera tomar su mano y conducirlo por la calle, pero mi brazo no obedece mi orden, le da miedo el rechazo.

Cruzamos la calle con prisa, las manos separadas. Cuando el semáforo cambia en la siguiente calle, corremos para atravesar la banqueta hacia la tienda de los Beatles.

—¡Guau! —Observo la hermosa y brillante vitrina en la ventana—. Es *beatlermosa*. —Volteo a ver a Pilot con una sonrisa gigante y tonta. En su rostro se dibuja una mueca divertida.

—No tengo palabras para eso.

—¿Lo entiendes?

—Claro que lo entiendo —afirma.

—Eso fue inteligente. —Él niega con la cabeza—. Vamos, fue inteligente —insisto.

—*Let it be,* Shane. *Let it be.* —Pilot entra a la tienda y me quedo de pie en la banqueta por un segundo, procesando.

—Dios —murmuro, antes de seguirlo.

«Love Me Do» suena de fondo en la tienda. Entramos al país de las maravillas de los Beatles: CD, viniles, suéteres, gorras, calcetines, llaveros. Sé que a Pilot le gustan los Beatles. Se mantiene tranquilo, pero puedo notar que sus ojos brillan mientras inspecciona las baratijas. Me agacho para ver mejor un juego de algo que parecen ser matrioskas, esas típicas muñecas rusas, con tema de los Beatles en una vitrina. Pilot se agacha a mi lado. Su costado me roza.

—¡Oh, mira los tamaños! John es el más grande, Ringo es el más pequeño. Qué groseros.

Me volteo para verlo.

—Mira quién se sabe los nombres de los Beatles. —Solo por un segundo, sonríe como un tonto, después vuelve a su sonrisa desenfadada. Cuando nos ponemos de pie, empieza a señalar los diferentes viniles que él tiene.

—Shane —escucho que Pilot me llama desde atrás mientras caminamos por otro pasillo—. ¡Una baraja de los Beatles!

Me apresuro a su lado.

—¿Qué?

—Una baraja de los Beatles, Shane. Objetivo conseguido. Misión cumplida.

Caminamos de regreso por el parque mientras el sol se oculta en el horizonte.

—¿Cuál es tu canción favorita de los Beatles? —pregunta Pilot.

—¿Cuál es tu canción favorita de los Beatles? —Le devuelvo la pregunta.

—Yo disparé tu respuesta primero —dice con calma.

—¿A qué te refieres con eso? ¡No puedes disparar mi respuesta primero! —Me río.

—Eh, primera regla del juego: puedes disparar lo que quieras disparar —responde con una voz de tonto.

Obedezco e intento poner los ojos en blanco de forma sarcástica, pero fracaso.

—Mi favorita es «Hey Jude», creo, o «Yellow Submarine» o «Hello, Goodbye». O, o... «Ob-La-Di, Ob-La-Da». ¡Esa me encanta!

Él cierra los ojos y asiente con una leve sonrisa.

—Bien, buenas elecciones, buenas elecciones.

Un grupo de corredores jadea al rebasarnos en el camino.

—Ahora tú dime las tuyas —exijo, expectante.

—«Helter Skelter», probablemente, o «I Am the Walrus» u «Octopus's Garden» o «Eleanor Rigby». No sé, es que tienen tantas buenas.

—¿Cómo te atreviste a burlarte de mí por decir que me gustaban los Beatles?

Se encoge de hombros.

—Eres más como del tipo Taylor Swift.

—Mmm, discúlpame —protesto—. Sí soy una chica tipo Taylor Swift. Muchas gracias. Ella es maravillosa. —Le lanzo una segunda mirada y volteo agitando mi cabello de forma teatral—. Músico pretencioso.

Él lanza la cabeza hacia atrás para reírse. Cálidas vibraciones burbujean dentro de mí. Desconozco la ciencia detrás de las vibraciones o de cómo burbujean, pero así se siente.

7
OLVÍDALO

Encuentro a Babe sentada sobre su cama, viendo una película animada en su computadora. Levanta la mirada cuando la puerta se cierra detrás de mí. Del otro lado de la ventana, veo a Sahra en el sillón de la cocina hablándole a su laptop.

—¡Hola! —exclama.

—¡Hola! ¿Qué ves?

—*Ratatouille*. —Sonríe de oreja a oreja.

—Nunca la vi.

—¿Nunca viste *Ratatouille*? ¡Es hermosa!

Arrastro una silla hasta la cama de Babe para poder conversar.

—¿Sabías que Pilot tiene un álbum en iTunes?

—¿Qué? Ni siquiera sabía que hacía música. —Minimiza la ventana de *Ratatouille* y abre iTunes en su computadora. Me acerco para ver—. ¿Está a su nombre? —Empieza a escribir «Pilot Penn».

—No, su banda se llama Los Mensajeros del Swing.

—¡Los Mensajeros del Swing! —Se ríe—. ¡Ah, me encanta! —Escribe el nombre en la pestaña de búsqueda y pulsa enter. Observamos con suspenso mientras carga la página. Aparece un álbum llamado *Trampolín de porcelana*, a la venta por casi siete dólares.

—¡Oh, Dios mío! Es real. —Me río.

—¿Siete dólares? ¡Pero claro! —Babe da clic en el botón de compra.

Pasamos la siguiente media hora escuchando a Los Mensajeros del Swing sentadas frente a nuestras computadoras. Me gusta. Tiene un aire relajado, vintage, como de jazz. Cuando es el momento de prepararnos para ir al bar, cambio la música a Britney Spears. Sahra vuelve a la habitación y todas nos arreglamos. Yo me pongo mi falda favorita: es negra, de cintura alta con botones; la combino con una blusa corta con un tigre de ojos azules impreso. Nada muy elegante, pero más sofisticado que los simples jeans y la playera azul de Nueva York que tenía puestos cuando salí a caminar con Pilot.

Los cinco nos sentamos alrededor de una mesa circular en el bar Queen's Head. Estoy a la mitad de mi primera bebida alcohólica legalmente ordenada: una copa de vino tinto. El vino me desagrada menos que cualquier otro tipo de alcohol y, ya que estoy intentando probar nuevas cosas, decidí darle una oportunidad. La gente dice que el vino es un gusto adquirido, así que trabajaré en adquirirlo.

Pilot, Atticus y Babe están en su segunda Guinness y Sahra casi termina su primera copa de tinto. Nos cuenta sobre su novio, Val, y cuánto lo quiere su familia. El año pasado lo invitaron con ellos a Líbano.

Cuando la conversación se agota, Pilot sugiere un juego para beber llamado veintiuno. Nunca he escuchado nada de él, pero resulta increíble. Nos carcajeamos todo el juego. Todos deben crear reglas arbitrarias que se relacionen con los números entre uno y veintiuno. Babe inventa una ridícula que nos obliga a ponernos de pie y cambiarnos a la silla de la derecha. En cada turno nos movemos alrededor de la mesa como si estuviéramos representando alguna coreografía extraña, y cada vez que nos levantamos para hacerlo nos carcajeamos incontrolablemente. Me duele el abdomen cuando terminamos.

—¿Han usado Skype para llamar a casa? —pregunta Sahra, mientras nos recuperamos del juego—. Pueden comprar minutos y después usarlos para hablar a Estados Unidos en lugar de gastar millones de dólares en teléfono. Es genial. He hablado así con Val porque aquí la conexión para las videollamadas apesta.

—Supongo que debería hacerlo —comento—. Aún no he hablado con mis padres desde que estoy aquí. Nunca he usado Skype, pero ya escuché historias —agrego dramáticamente—. No puede ser tan difícil, ¿o sí?

—¿Cómo es que nunca has usado Skype? —pregunta Pilot incrédulo. Babe se ríe.

—Es superfácil, hasta mis padres pueden hacerlo. Tenemos una cita en Skype mañana para hablar del viaje a Roma.

—Sí, no tendrás problema. Se explica solo —añade Sahra con una sonrisa.

Le devuelvo el gesto, feliz (las sonrisas de Sahra son escasas), y le doy otro pequeño trago a mi vino. Intento no hacer muecas cuando la acidez cubre mi lengua.

—Yo hablé por Skype con mis padres hace un rato —dice Atticus—. Lo que me recuerda: ¿pudiste hablar con tu novia, Pilot? Disculpa que estuviera tanto tiempo en el teléfono.

El tiempo se detiene.

Parpadeo.

¿Qué?

¿A qué se refiere con novia? ¿Qué quiso decir con eso? ¡¿Cómo que novia?! Mi estómago da quinientas volteretas mientras volteo a ver la reacción de Pilot. Está a medio trago de cerveza. Intento cruzar miradas, pero él se enfoca en Atticus.

—Yo, eh, no. Está bien, no te preocupes —responde antes de bajar la mirada hacia su bebida.

Intercambio miradas con Babe, su expresión de sorpresa es como un espejo de la mía, o eso me imagino. Después veo a Sahra, quien no se inmuta, como es usual.

Babe habla primero.

—¿Tienes novia? —exclama y traduce mis pensamientos en palabras.

Mi boca se siente seca. Creo que me estoy hundiendo lentamente en el piso. Choqué con un iceberg.

—¿No lo sabían? —dice Atticus, suena emocionado por revelar algo que ninguno de nosotros sabía.

Pilot mira a Babe.

—Sí, pero solo hemos salido por tres meses —aclara, como si le restara importancia. Sus ojos se mueven por toda la mesa y se detienen en los míos. Mantiene la mirada un segundo antes de desviarla.

«Solo tres meses».

—Oh —murmura Babe, como si eso explicara algo.

—Sí, le pregunté si podíamos dejar las cosas en pausa mientras estaba fuera del país porque quiero viajar. Así no tendríamos que preocuparnos por la larga distancia, pero no le gustó la idea. —Se ríe nervioso—. ¿Alguno de ustedes tiene novio? Bueno, ya sé que Sahra sí.

—Nop —responde Babe animada.

—Soltero —canta Atticus.

La mirada de Pilot aterriza sobre mí. Me siento abrumada, como si estuviera hundiéndome bajo el agua. Lo miro por un segundo antes de que repita la pregunta directamente para mí.

—¿Y tú?

«Contrólate. Vuelve a la superficie», me digo. Aclaro mi garganta.

—Eh, no. Nunca... Nunca he... salido con alguien que... me guste suficiente como para seguir viéndolo —explico en voz baja.

Puedo escuchar a mis primos burlándose: «Nunca has salido con nadie». Una onda de calor sube por mi cuello. En cambio, la expresión de Pilot se ilumina.

—¡Me pasa igual! —Babe asiente con fuerza. Mis axilas están hirviendo.

—Nunca tuve ganas de estar en una relación —prosigue Pilot— y, eh, entonces conocí a Amy y empezamos a salir, ella es la primera relación real que tengo.

Inhalo. Exhalo.

—¿Entonces van a continuar juntos a larga distancia? —pregunta Babe.

Él frunce el ceño.

—No lo sé en realidad. Ya veremos qué pasa.

«¿Veremos qué pasa?».

Aparece el bote salvavidas. Me aferro a él e intento respirar con normalidad mientras Pilot habla sobre mi idea de la noche de cartas mañana en el departamento 3. No digo nada. Babe expresa su emoción. Sahra quizá se una, pero no parece muy entusiasmada. Atticus tal vez pueda unirse después del teatro.

13/01/11, 2:00 a.m.

Tiene novia. Claro, claro que la tiene. ¿Cómo podría ser soltero? Mi estómago se revuelve de enojo y vergüenza. ¡Y culpa! ¡¿Tiene novia?!

Mi cabeza no deja de reproducir la conversación en el bar. Me siento como una tonta.

¿Qué hemos hecho entonces? Solo han sido tres días, pero siento que hemos salido a caminar y coqueteado toda la vida. Se sentía como si estuviéramos saliendo juntos o algo así. Me formé todas estas esperanzas. Ahora están por ahí hechas pedazos en el piso del bar.

¡¡Tiene novia!!

Parece que lo de su novia no es serio. ¿Para qué tener una novia a larga distancia si no es algo serio? Definitivamente no le pides a una chica de la que estás enamorado que haga una pausa de cuatro meses en la relación mientras estás en otro país. No empiezas a hablar de tu novia con otras personas con la frase: «Solo hemos salido por tres meses» si estás enamorado. No dices: «No lo sé, ya veremos» como respuesta a la pregunta de si seguirán juntos a distancia si estás enamorado. No, simplemente no. No lo haces. No. No. No. Simplemente no y no.

¡¿Por qué no vi eso en Facebook?!

¿Ahora cómo actuaré cuando esté cerca de él? ¿Como si todo estuviera bien? ¿Como si todo siguiera igual? ¿Terminarán?

Él dijo: «Veremos qué pasa». O sea, ¿qué demonios?

Se arranca el cabello, metafóricamente

Otras noticias menos deprimentes: me preparo para usar Skype por primera vez.

8
QUIERO SER LA TORMENTA, NO UNA CASA HECHA CON NAIPES

Es jueves y llueve a cántaros. Puedo escuchar cómo la lluvia golpea al Karlston. Estoy instalada en la cocina con Sawyer y un bagel. En mi bandeja de entrada encuentro un correo con el nombre y la dirección del lugar en donde haré prácticas: una revista de viajes llamada *Maletas Hechas*. Debo entrevistarme con ellos antes de que sea definitivo. Mi cita está programada para mañana a mediodía, unas horas antes de tomar el avión a Roma.

Estoy condicionada a pensar en los trabajos creativos como entes mágicos. Encontrar uno equivale a encontrar un unicornio. Cuando llené la solicitud para entrar a la universidad hace tres años, mis padres estaban en la habitación conmigo, echando vistazos sobre mi hombro. Al poner el cursor sobre el programa de Creación Literaria y elegirlo como mi carrera, papá pegó un brinco detrás de mí.

—¿Qué haces? —gritó.

—Escojo una carrera.

—Cariño, por años hemos sabido que quieres ser médico. —Mamá sonrió para motivarme.

—Bueno, lo he pensado.

—No. —El tono de papá fue contundente.

—¿Qué hay de Periodismo? —Moví el cursor y lo seleccioné.

—¿De dónde salió esto? Obtuviste calificaciones perfectas en todas tus clases de ciencias y matemáticas: serás un gran médico —insistió mamá.

—Lo sé, es solo que este año tomé una materia optativa sobre escritura y fue tan divertido. Me hizo pensar que tal vez...

—No hay nada de tal vez. Ya lo hablamos, esa materia fue solo diversión. No voy a tirar a la basura cincuenta mil dólares al año para que te gradúes sin posibilidad de obtener un trabajo. ¿Qué pretendes realmente? —añadió papá.

—No pretendo nada.

—Mírame —ordenó. Volteé para verlo a los ojos—. ¿Confías en mí? ¿Confías en tu padre? —Sentí cómo mis labios comenzaron a temblar. Los apreté y asentí rápidamente—. Sabemos lo que es mejor para ti.

Los entiendo, pero *Maletas Hechas* es de hecho la vida real: una revista muy conocida que puede llevarme a la posibilidad de un empleo real.

Paso la mañana en la cocina, alternando el tiempo entre investigar sobre *Maletas Hechas* y leer el volumen tres de la serie *Vampire Academy: Bendecida por la sombra*. Cuando hago una pausa al mediodía y me aventuro por el pasillo, está lleno de música. Una guitarra. Camino con pasos ligeros y me detengo junto a mi habitación.

Enfrente, la puerta de Pilot está abierta de par en par. Él está sentado en una cama matrimonial azul y toca una guitarra brillante de color oscuro. Hay un gran mapa del

Reino Unido en la pared detrás de él. Le toma unos segundos darse cuenta de que lo observo. Cuando lo nota, se detiene.

—Hola —saluda de manera abrupta.

—Hola. —Dudo un momento antes de cruzar el pasillo para recargarme en el marco de su puerta. «Sé extrovertida, actúa normal»—. Pudiste traer tu guitarra contigo —digo suavemente.

—Claro. No podría pasar cuatro meses sin tocar. La traje en el avión.

Noto una sonrisa en mi cara.

—¿Tiene un nombre?

—¿Quién? ¿Mi guitarra?

—No, tu cama —bromeo.

Me mira nervioso y siento cómo mis mejillas se ruborizan. Oh, Dios mío. «Oh, Dios».

—¡Sí, tu guitarra! —agrego rápidamente.

—Eh... —Él lo piensa por un momento—. No tiene nombre, pero ahora que lo mencionas, lo merece.

—Merece un nombre —concuerdo—. Mi computadora se llama Sawyer.

Se ríe.

—¿Como Tom?

—Como James Ford, el estafador con corazón de oro que se cambió el nombre a Sawyer, como Tom Sawyer.

Pilot pone una cara de confusión.

—Es algo de *Lost*.

—¡Ah! —exclama al entender—. Nunca vi ese programa.

—Solo es una de las mejores series de todos los tiempos —aclaro con voz engreída.

Hace una mueca con los labios, fingiendo desagrado.

—La agregaré a mi lista de Netflix.

—Entonces, ¿tu guitarra? —insisto.

—Entonces, mi guitarra. —La recuesta bocabajo sobre su regazo y pasa su mano por las orillas—. Estoy pensando que se siente como una Lucy.

—¿*In the Sky with Diamonds*?

—*In the Sky with Diamonds* —confirma con una sonrisa.

Se genera un momento de silencio. Mi corazón salta nervioso.

—Ayer escuché *Trampolín de porcelana*. —Rompo el silencio.

Su mirada se anima.

—¿Y...?

Y... ¿por qué no preparé una hermosa reflexión como reseña? No estoy segura de qué decirle. Me gustó, pero estoy molesta por lo de anoche y me cuesta trabajo hacerle un cumplido.

—Es muy bueno. Lo califiqué con cuatro estrellas de cinco.

Su sonrisa se ensancha.

—¿Cuatro de cinco? ¿Por qué no cinco de cinco?

Tartamudeo en busca de una respuesta.

—Pues... si te doy cinco de cinco, ya no hay espacio para crecer. Quizá la próxima te dé cinco estrellas.

—Está bien, solo bromeaba —dice entre risas.

Asiento y me concentro en la guitarra, no en su rostro.

—¿Estás trabajando en algo nuevo?

—Sí, bueno, como te dije, espero sacar el siguiente álbum mientras esté aquí.

—Oh, sí. Entonces el álbum de cinco estrellas ya está en camino. ¿Londres te ha inspirado? —pregunto bromeando.

Él deja escapar un suspiro.

—De hecho, son cosas de familia —responde con reserva. Me inquieta el cambio en su tono de voz. Cuidado. No debí hacer una pregunta tan personal. Dudo por un segundo. «Cambia el tema».

—Deberías comenzar un canal de YouTube para que la gente escuche tu música.

Él levanta su guitarra, rasguea un poco y se detiene.

—No lo sé, tal vez. —Suena poco convencido—. En fin, el nuevo disco casi está listo. Solo debo agregar algunas cosas aquí y allá y enviárselo a Ted para que le dé los toques finales.

—Casi tienes dos discos en tu carrera. Eso es genial. —Camino de vuelta a mi habitación cuando empieza a tocar de nuevo, pues no quiero interrumpirlo.

—Shane —me llama mientras giro la llave en la cerradura. Volteo.

—¿Sí?

Él sonríe.

—¿A qué hora jugaremos cartas esta noche?

Las vibraciones burbujean otra vez.

La llamada por Skype que agendé con mis padres comienza antes de que yo esté preparada. Les marco a las cuatro en punto y me trago el nudo de nervios que tengo en la garganta. Segundos después, sus rostros pixeleados aparecen frente a mí; en un lindo encuadre, debo agregar. Mis clases sobre cómo encuadrar una fotografía han rendido frutos. Intercambiamos saludos y formalidades básicas. Me sudan las palmas de las manos.

—¿Y cómo te va? —pregunta mi mamá con emoción—. ¿Cómo van las clases? ¿Tus compañeros de habitación también estudian Medicina? Estaba viendo el folleto hoy y parece que será difícil, deberías hacer amigos en tu programa.

Mis padres tienen un folleto sobre *Estudios en la Universidad de Londres. Curso de preparación para la escuela de Medicina* que les llevé el semestre pasado. Entré a la oficina de estudios en el extranjero, tomé un folleto de cada uno de los programas en Londres y maquiné un plan maestro.

—¿Adivinen qué? ¡Iré a Roma este fin de semana! —desvío el tema.

Mamá se queda sin aliento por la sorpresa.

—Pero si acabas de llegar.

Mi padre arruga el entrecejo.

—¿Cuánto costará?

—No se preocupen, usaré el dinero que ahorré en las vacaciones.

Los labios de mi madre forman un gesto preocupado.

—¿Y qué pasará cuando se acabe? —cuestiona papá con brusquedad.

Las cejas de mamá se levantan.

—¡Sal!

—¿Qué? Solo me preocupo por nuestra hija.

—Trabajaré en el verano. Papá, esta es una oportunidad única en la vida.

Suspira.

—Bueno, es maravilloso, supongo. Camino a la madre patria, ¿no? —Sonríe como si hubiera estado en Italia alguna vez.

—Y ustedes pensaron que estudiar italiano no sería útil —presumo con una voz tonta. Las manos de papá se mueven en un ademán desdeñoso.

Mamá acerca su silla al escritorio y se inclina hacia la cámara.

—¡Asegúrate de ser cuidadosa! Estás usando la bolsa con el asa cruzada como lo hablamos, ¿cierto?

—¿Cómo van las clases? ¿Ese viaje no afectará a tus estudios? —interviene papá.

—¿Ya hiciste amigos en tu programa? —pregunta mamá, sonriente—. ¿Estás durmiendo bien? ¿Comes bien?

—Sí, estoy bien, ma, y todo va de maravilla. Y sí, una de mis *roomies* está en mi programa. Sahra está en el curso de Medicina.

La sonrisa de mamá se amplía.

—¡Bien! Eso es grandioso, Shane. —De pronto, deja de sonreír—. ¡Oh, Dios mío, Shane, tus uñas!

Rápidamente, saco de cuadro mis manos.

—¡Ma!

—¿Qué te dije sobre dejarte el barniz en las uñas? No es profesional. Déjame ver tus uñas otra vez. Se ven terribles, Shane. Sal a comprar un quitaesmalte.

—De acuerdo. Compraré uno.

Papá interrumpe.

—¿Estás viendo chicos allá?

Me cubro la cara con las manos.

—Papá —replico de mal humor.

—Shane, en serio, tus uñas.

Pongo mis manos debajo de mis muslos.

—No, nada de chicos. Solo he estado aquí tres días. ¿Qué les pasa?

Papá habla directo a la cámara con los ojos bien abiertos.

—Sabes que está bien que salgas con chicos. Jamás dije que no pudieras hacerlo. —Esta es la tercera vez que me suelta ese discurso. A papá ya le preocupa que vaya a morir sola. Eso o le preocupa que sea lesbiana. Debo aguantar la mierda homofóbica de papá y el tío Dan todo el tiempo.

Pongo los ojos en blanco.

—Por Dios, papá, jamás dije que lo hicieras.

—Debes dejar de rodearte de libros todo el tiempo.

Cierro los ojos y exhalo profundamente. Mamá suspira.

—¿Las clases son más difíciles o más fáciles que en Yeshiva?

Me encojo de hombros y agito suavemente las manos para restarle importancia.

—Pues, sí, son diferentes. Mis profesores tienen acentos y eso.

—¿Eso qué quiere decir? ¿Los acentos lo hacen más difícil?

—Oh, Dios mío. ¡Esperen! Aún no les cuento sobre el supermercado. —Salto a la historia del Tesco y me deleita notar que reaccionan de la misma manera drástica que yo cuando les hablo de la sección de las salsas. Apenas termino la historia, les digo que debo irme.

Mamá se acerca otra vez a la cámara.

—Muy bien. ¡Te amamos! ¡Sé cuidadosa! ¡Sé inteligente!

—Sí, escucha a tu madre.

—Siempre la escucho y siempre soy inteligente.

—¡Arregla esas uñas! —exclama mamá.

Termino la llamada, suspiro de alivio.

13/01/11, 11:45 p.m.

Malas noticias: mentirles tanto a mis padres comienza a carcomerme por dentro.

Buenas noticias: ¡la noche de cartas fue un éxito!

Creo que establecí un vínculo con Sahra. Justo cuando pensé que ella no quería ser mi amiga, se ofreció para conseguir comida para la noche. Iba camino a su entrevista de pasantía y volvió y me dijo: «Oye, ¿traigo *shawarmas* para la noche?».

Yo no tenía idea de lo que era un *shawarma*, pero obviamente dije que sí. Babe, Pilot y yo éramos ignorantes de los *shawarmas* antes de esta noche.

Shane conoce el shawarma: *el recuento*

Sahra abrió con cuidado la comida envuelta dentro de una bolsa blanca de papel y la distribuyó entre nosotros. Antes de que yo tocara mi *shawarma*, Pilot desenvolvió el suyo y le dio una mordida.

—Está muy bueno —nos dijo con la boca llena. Babe estuvo de acuerdo y lo expresó con un vigoroso movimiento de cabeza.

—Lo sé. —Sahra se sentó a la mesa con nosotros.

Bajé la mirada hasta el paquete frente a mí. Había pepinillos. No soy gran fan de los pepinillos, pero olía increíble, como a pollo bien marinado, así que quité el papel a la velocidad de un caracol antes de darle una mordida titubeante. Después otra, porque era delicioso y lleno de nuevos sabores que jamás había experimentado. De pronto pensé que los pepinillos habían sido hechos para estar en un *shawarma*.

—¡Esto es genial! —Levanté la envoltura—. Deberíamos repetirlo la próxima semana.

—Voto por que hagamos una noche de *shawarma* del departamento 3 cada semana —propuso Babe.

—¿Miércoles de *shawarma*? —preguntó Sahra entre risas. Parecía encantada.

—*Shawarmiércoles* —dijo Pilot.

—Estoy de acuerdo. —Sahra sonrió.

Y así, esta noche, nació el *shawarmiércoles*.

Usamos mi baraja de los Beatles. Me lucí un poco y barajeé las cartas con elegancia. Leo y yo una vez pasamos un día completo aprendiendo trucos con cartas. Su hermano menor, Alfie, era nuestro juez.

Babe estaba impresionada conmigo.

—¿Cómo haces eso?

Les dije que era una profesional y después lo arruiné todo, dejando caer sin querer las cartas sobre la mesa. La vergüenza me golpeó por una milésima de segundo, pero después me encogí de hombros, Pilot se burló de mí y todos nos soltamos a reír.

Les enseñé a jugar Rummy 500. Sahra dio una buena batalla. Nos enfrentamos a una mano cara a cara, pero gané. La novia de Pilot salió a colación una vez. De la nada, Babe le preguntó si a Amy (así se llama) le gusta jugar cartas. Pilot respondió que no era lo suyo. A la pregunta siguió un silencio incómodo. Comencé a sudar, me levanté para tomar un vaso de agua y mi silla cayó hacia atrás; el ruido del metal al golpear el suelo llenó el vacío. Lancé un quejido, Babe y Pilot estallaron en risas otra vez y Atticus apareció por la puerta justo a tiempo para unirse a la siguiente ronda. Así que, después de todo, fue una buena noche.

9
TAL VEZ PODAMOS VER EL MUNDO JUNTOS

Dentro de mí, cosquillean por igual una buena dosis de ansiedad y otra de emoción mientras camino a la cocina para el desayuno. Tengo la mochila, como siempre, pero hoy está a reventar con ropa y un neceser para Roma. Dejaré a Sawyer porque no habrá internet en nuestro hotel. Llevaré el hermoso teléfono ladrillo y el Horrocrux Nueve. Estoy subiendo las escaleras para irme a clases cuando Pilot aparece camino a la cocina.

—¡Roma el fin de semana, Sandía Francesa! —grita sin detenerse a mirar atrás. Subo las escaleras trotando, sin parar de sonreír.

Como lo prometió, la clase del profesor Blackstairs comienza con otra postal.

14 de enero de 2011

Mamá y papá:

No les he dicho esto todavía, pero hoy después de clases, ¡tendré una entrevista de trabajo en una revista! Son solo prácticas, pero las prácticas pueden llevar a un empleo pagado. Sé que ustedes piensan que mi obsesión con las historias es tonta, pero no estoy de acuerdo. Sé que quieren que me olvide de esto, pero no puedo. Espero que me den la oportunidad de probar que se equivocan. Creo que lograré hacerlo.

Besos y abrazos,
Shane

Meto la postal en mi mochila, junto a la del London Bridge del miércoles. La clase es maravillosa otra vez. Hablamos sobre escribir historias de suspenso y después pasamos la última hora tecleando nuestro propio cuento de suspenso. Escribo sobre una niñera, quien es atacada inesperadamente por su jefe.

Cuando nos dejan salir, corro a tomar el metro hacia Covent Garden para mi entrevista. Mis piernas tiemblan nerviosas mientras veo a través de la ventana cómo las estaciones se vuelven borrosas.

Es temprano cuando pongo un pie en el alto edificio blanco que corresponde a la dirección de *Maletas Hechas*. En el primer nivel hay una cafetería, lo que hace todo un poco confuso. Camino alrededor de la construcción hasta encontrar otra puerta. Esta tiene un timbre con una pequeña placa plateada que reza: MALETAS HECHAS. Es en el segundo piso. Estiro el brazo y oprimo el botón.

—¿Hola? —pregunta alguien por el interfón.

—Hola. Soy Shane Primaveri. Vengo a una entrevista.

Un fuerte zumbido me hace saltar un paso atrás. La puerta delante de mí se abre. La empujo y subo las escaleras. En el último escalón, hay una puerta blanca con una ventana circular decorada con el logo de *Maletas Hechas*.

Dejo escapar un «guau» inaudible en cuanto entro a la oficina. Una sonrisa cosquillea en mi boca. La habitación está iluminada, es blanca y moderna. Las paredes están adornadas con hermosas fotografías tamaño póster de ciudades de todo el mundo. Mis ojos son veloces para reconocer Nueva York entre ellas. Una onda de orgullo me recorre. Pongo mi atención en el mostrador plateado en forma de media luna frente a mí. Detrás de él, una pálida mujer de unos veintitantos, con pecas y cabello rubio hasta los hombros, me mira desde su asiento.

—¡Hola! —Tiene un fuerte acento irlandés.

—Hola, soy Shane Primaveri. Vengo a una entrevista con Wendy. —Junto los pies.

La recepcionista se presenta como Tracey. Tomo asiento en una moderna silla plateada junto a la puerta mientras Tracey busca a Wendy. Cuando abre con cuidado la puerta de cristal de lo que, supongo, es la oficina de Wendy, logro echar un vistazo. En el centro del espacio abierto hay escritorios plateados, computadoras de alta definición y empleados jóvenes. Tracey me ve y de inmediato bajo la mirada.

—¿Shane?

Levanto la vista de nuevo y me encuentro con una mujer alta de oscuro cabello largo y piel dorada. Usa pantalones de cintura alta y un blazer naranja. Parece una modelo.

—¡Hola! —Salto de mi asiento al tiempo que la mujer extiende el brazo para saludarme.

—¡Hola, soy Wendy! Dirijo las cosas por aquí. Mucho gusto. ¡Hablemos!

La sigo hasta su oficina. Tiene un enorme y elegante escritorio de cristal. Tímida, tomo asiento en una de las dos sillas plateadas frente a él. Una esquina del escritorio está cubierta por pequeñas baratijas en forma de monumentos icónicos: una pirámide, la Torre Eiffel, el Coliseo, la Estatua de la Libertad, el London Eye.

—Cuéntame un poco sobre ti, Shane. Nos entusiasma la posibilidad de que hagas prácticas aquí los próximos meses.

Presiono mis manos contra las rodillas para forzarlas a que se queden quietas.

—Eh, bueno, estoy haciendo un intercambio, en el programa de escritura. Me encanta leer, escribir, contar historias. Me gustaría trabajar como escritora algún día. Me interesa la fotografía... ¡Tengo un blog! Publico mis textos a veces, lo convertiré en un blog sobre estudios en el extranjero durante los siguientes meses.

—¡Eso es grandioso! —Me sonríe y eso hace que me sienta mejor. Le devuelvo el gesto—. Bueno, aquí en *Maletas Hechas* estamos trabajando para expandir nuestro repertorio en línea. No sé si has visto nuestro sitio web.

—¡Sí, me encanta!

Se ríe.

—Entonces has visto nuestras guías de ciudades.

—Las he visto. Tienen guías para ciudades de todo el mundo, con los mejores lugares para hospedarse, los mejores sitios turísticos por visitar, dónde comer, a dónde salir. Es genial.

—Estamos trabajando para expandir esa serie y agregar lugares más exóticos. También nos interesa agregar otros temas y puntos de vista. Quizá como proyecto final podrías hacer un trabajo para nosotros. Podríamos trabajar juntas en una *Guía para estudiar en Londres*. Creo que las guías para estudiar en el extranjero podrían atraer un nuevo público.

Por un momento, siento que me ahogo. ¿Yo? ¿Escribir un artículo? ¿Para una revista de verdad? Me cuesta trabajo no lanzar un grito.

—Me... me encantaría. ¡Suena increíble!

—¡Bien! —Me sonríe otra vez—. ¿Has viajado mucho?

—No, aún no. Bueno, vine aquí, pero quiero viajar más. De hecho, este fin de semana iré a Roma —explico, emocionada.

—¡Fantástico! Te encantará —agrega con entusiasmo, aunque sin dejar de verse sofisticada—. En este lugar somos muy relajados. Todos amamos viajar, así que si quieres recomendaciones o consejos, no dudes en preguntarnos. Espero que aprendas mucho mientras estés aquí. Tracey será tu guía si tienes alguna pregunta y te presentará al personal en tu primer día. Esperamos que te unas al equipo.

—¡Muchas gracias!

Se levanta y me da la mano otra vez. ¿Eso fue todo? ¡Trabajaré en una revista de viajes!

10
ROMA MA-MA

Nuestros asientos resultan estar repartidos por todo el avión. El de Babe es junto a la ventana, justo detrás de mí. Sahra va unas filas adelante. Pilot, unas filas atrás, en el asiento de en medio. Hay una pareja ebria sentada junto a mí que no deja de intentar conversar conmigo. Me río de sus chistes sin mucho ánimo y vuelvo a mi lectura de *Bendecida por la sombra* o me asomo por la ventana. De vez en cuando, me siento sobre mi pie y volteo alrededor para verificar cómo van todos. Babe no es una ávida lectora, pero ahora está leyendo *Soy el número cuatro*, porque la película saldrá pronto. Debería darle una lista de recomendaciones de libros para cuando termine. Quizá pueda convertirla en una lectora constante. Pilot pide un bloody mary porque las bebidas están incluidas en este vuelo (como lo demuestra la pareja a mi lado). No puedo ver nada más que la punta de la cabeza de Sahra. Probablemente está leyendo algo muy intelectual. Noté que un libro de no ficción se asomaba por su bolsa hace un rato.

Nos toma menos de dos horas llegar a Roma. Mientras caminamos por el aeropuerto, me golpean sacudidas de emoción con cada letrero. Están en italiano y sé lo que significan. Seguro es molesto, pero no puedo dejar de leerlos en voz alta y traducirlos de inmediato.

—*Uscita*, ¡eso significa salida! *Cibo*, ¡comida, chicos! *Bancomat*, ¡eso es cajero automático!

Es odioso, pero como todos están igual de emocionados, me toleran sin quejarse. Pasamos la aduana llenos de entusiasmo. Ponen el sello de Roma en mi nuevo pasaporte. Sonrío antes de guardarlo en mi mochila.

Camino al hotel, nuestro taxi pasa justo al lado del Coliseo. «¡El Coliseo!». Lo pasamos casualmente en el camino. Está todo iluminado desde adentro con luz dorada. No más de dos minutos después, el taxista se detiene y nos indica que hemos llegado.

Caminamos por una calle empedrada y estrecha. Edificios antiguos se alinean a ambos lados del camino. Llegamos hasta el número 42, la dirección de nuestro hospedaje. Los números están grabados en una piedra gris junto a una enorme puerta arqueada de madera, el tipo de puerta que se ve en los castillos de las películas.

Intercambiamos miradas con expresiones dubitativas.

—Es aquí, ¿no? —le pregunto a Babe.

—Es aquí. —Estira el brazo hasta un timbre pequeño y oscuro ubicado a la izquierda, opacado por el tamaño de la puerta. Hace un zumbido y, unos segundos después, la puerta se abre revelando a un pequeño hombre italiano.

El interior es pintoresco y acogedor. El hombre se presenta como Paolo, el posadero. Nos ofrece un mapa de Roma (que Pilot le arrebata de inmediato) y un juego de dos llaves (Babe las toma): una para la habitación, otra para la puerta de entrada al castillo. Son grandes, de hierro forjado, como salidas de un cuento de hadas.

La puerta de nuestra habitación, que sí es de tamaño normal, hace un clic cuando Babe gira la llave en la antigua cerradura. Hacemos un inventario. Hay dos camas matrimoniales con brillantes edredones rojos y una tamaño *queen*. Es espaciosa y colorida. Todos estamos hambrientos, así que dejamos nuestras cosas. Saco mi bolsa de la mochila y dejo lo demás.

Afuera, puedo ver el Coliseo brillando con la luz amarilla a la distancia. Ahí nos dirigimos. Los cuatro avanzamos por pequeños callejones empedrados y con cientos de Fiat estacionados. Toda la arquitectura tiene un aire antiguo, como si estas construcciones hubieran formado parte del paisaje de la ciudad desde siempre.

La zona alrededor del Coliseo está gloriosamente vacía. Lo admiramos desde lo alto de una colina de la que desciende una larga y curveada escalera. No puedo creer que esto sea real. No puedo creer que esa construcción lleve miles de años de pie. No podremos ir hasta mañana que esté abierto, pero Babe y yo sacamos nuestras cámaras y nos hacemos una sesión fotográfica afuera del pedazo de historia solitario.

Terminamos en una *trattoria* cercana que aún está llena de clientes. Babe pide una jarra de vino tinto para la mesa.

—¡Italia es famosa por su vino! —exclama y sonríe—. Es obligatorio probarlo.

Todos ordenamos grandes cantidades de comida italiana. Yo pido ravioles, están exquisitos. Sahra levanta su copa a la salud de Roma y todos brindamos. Conversamos por horas y nos acabamos la jarra. Siento los efectos del alcohol mientras caminamos de regreso a nuestra habitación, bromeando y riéndonos de todo. Mi pecho está caliente y confundido cuando me meto en la cama.

Me despierto con un sobresalto, respiro profundo antes de recordar dónde estoy. Tengo la boca seca. Lanzo una mirada hasta el pequeño reloj digital en el buró. Apenas son las siete y media de la mañana. Me escabullo hasta el baño y comienzo a alistarme porque planeamos levantarnos a las ocho. Mis labios están agrietados, así que regreso junto a mi cama y busco mi bolsa en el suelo: la guardiana de mi ChapStick.

No la veo en el piso, así que me arrodillo y empiezo a gatear hasta mi mochila. Mi mano se mueve entre la ropa y el neceser sin encontrar nada parecido a mi bolsa. El miedo sube por mi pecho.

No, no, no, no. Mi pasaporte está en esa bolsa. Mi teléfono está en esa bolsa. Mi dinero está en esa bolsa. La tenía en el restaurante. Estaba en mi silla. ¿La olvidé?

Mis tres compañeros de viaje aún duermen. Levanto mi mochila del piso y regreso al baño para cambiarme. Debo volver al restaurante. Necesito encontrar mi bolsa.

«Qué estúpida. Soy una estúpida».

Salgo del baño dos minutos después y me paro frente al espejo de cuerpo completo para, frenéticamente, ponerme un poco de maquillaje.

—Shane, ¿por qué corres?

Me congelo, bajo la mirada a mi izquierda, sosteniendo el delineador junto a mi ojo. Pilot se incorpora en su cama, mirándome con ojos adormilados. Su cabello castaño está alborotado.

Mi respuesta sale con palabras apresuradas.

—No encuentro mi bolsa. Mi pasaporte está ahí. Creo que la dejé en el restaurante, así que debo volver para recuperarla.

Mientras lo digo, me viene a la mente una serie de imágenes fugaces: yo detenida en el aeropuerto, atrapada en Roma sola, mis *roomies* volviendo a Londres sin mí, yo hablando por teléfono con mis padres, ellos haciendo llamadas para sacarme de este problema y así descubrir que no hay un programa de Medicina en Londres, mi padre desheredándome.

De pronto, escucho la voz de Pilot.

—De acuerdo. Voy contigo.

Asiento y le repito un trillón de veces:

—Okey, okey. Gracias.

Pasa junto a mí y entra al baño con su propia mochila. Diez minutos después, estamos listos para salir. Son casi las ocho. Babe y Sahra se remueven en la cama cuando nos dirigimos a la puerta.

—Hola —murmura Babe con voz ronca y se sienta abruptamente.

—Hola. —Apuro la explicación—: Perdí mi bolsa, creo que la dejé en el restaurante, así que iremos a ver si podemos recuperarla.

—Espera, podemos vestirnos.

—No, está bien —respondo.

—Iremos nosotros —interviene Pilot—, podemos encontrarnos en el Coliseo. Llevo mi teléfono, solo avísenme cuando estén en camino.

Asiento para darle la razón y le lanzo a Pilot una mirada de agradecimiento. No puedo sentarme y esperar a que estén listas mientras mi bolsa, cargada con pasaporte y dinero, está perdida.

—De acuerdo —balbucea Babe. Se levanta y va al baño.

Camino a la puerta, me siento desnuda sin mi bolsa de asa cruzada. ¿Cómo pude dejarla así en un restaurante? Me siento tan mal.

«Es tu culpa, vino».

Pilot y yo caminamos en silencio hasta el restaurante. Estoy tan afligida por mi bolsa que apenas agradezco que Pilot se ofreciera a venir conmigo; por cierto, no es mi yo regular, sino una versión silenciosa, sudorosa, un poco enojada, en pánico. Ella no es divertida. «¿En qué estaba pensando cuando lo dejé venir?».

Cuando la *trattoria* está a la vista, acelero el paso hasta que estoy frente a frente con la puerta cerrada. Mis ojos se enfocan en el diminuto papel pegado a la ventana que anuncia la hora de apertura. Está cerrado. Ni siquiera pensé en que son las ocho de la mañana. Abren hasta las tres.

Doy vueltas, lanzo los brazos al aire.

—¡Está cerrado! —grito desesperanzada.

Pilot se acerca para leer lo que dice el letrero.

—Pays, está cerrado —repito. Doy unos pasos en sentido contrario a la puerta y volteo de regreso—. Está cerrado y yo no tengo dinero ni pasaporte ni bolsa, y estamos en un país extranjero, y quizá ni siquiera está aquí, ¡y está cerrado! —Me llevo las manos a la cabeza y agacho la mirada.

¿Y ahora qué? Debo quedarme aquí y esperar que alguien abra el restaurante para recuperar mi bolsa. Es muy importante.

No debí tomar vino. ¿Por qué me fui de Londres? Ni siquiera he comenzado mis prácticas. Si perdí mi pasaporte, ya lo arruiné todo. No lo pensé bien. Toda esta experiencia depende de que mis padres no sepan nada del programa. ¿En qué estaba pensando cuando tomé el riesgo de dejar el país?

Siento una mano fría sobre mi antebrazo y levanto la mirada.

—Oye. —Pilot quita suavemente mis brazos de mi cabeza—. Shane, estás dando vueltas en círculos. Deberías sentarte por un momento.

Me suelta con cuidado, mientras se sienta sobre la banqueta frente al restaurante cerrado. Agito los brazos en un intento por deshacerme de los nervios que se apoderan de mí y me dejo caer junto a él. Mis talones suben y bajan. Nos mantenemos en silencio por un rato antes de que Pilot hable de nuevo.

—Oye —repite—, sé que ahora es estresante, pero míralo de esta forma: pase lo que pase, tendrás una gran historia que contar en el blog. —Sonríe.

Le lanzo una mirada severa y agito la cabeza.

—No debí confiar en mí y salir de Inglaterra. —Dejo caer la cabeza entre mis manos, zapateando nerviosamente sobre los adoquines—. Lo siento. Deberías buscar a las demás. Yo esperaré aquí. Debo esperar a que abran porque es muy importante, mi pasaporte está ahí. Siento haberte traído. Puedes volver, pero yo debo quedarme. Mis padres me matarán si... si pierdo todo. —El estrés forma un nudo en mi garganta.

—Shane.

—¿Qué? —No quito la vista del piso.

—No me hiciste venir, yo me ofrecí.

Suspiro y pienso en *Los juegos del hambre*. Él me da un empujoncito con el hombro y levanto la cabeza para mirarlo.

—Tus padres entenderán.

—No los conoces —continúo después de unos segundos—. Mi papá me castigó en preparatoria por leer *El código Da Vinci*.

—¿Qué? —Se ríe—. ¿Por qué?

—Porque somos católicos y la Iglesia tuvo problemas con eso y bla bla bla.

—¿Ustedes son superreligiosos?

—Yo no. —Hago una pausa de un segundo, la curiosidad crece—. ¿Y tú?

—Para nada. Bueno, mi familia es judía. Festejo Hanuka.

Asiento, comprendiendo lo que quiere decir.

—¿Así que no tuviste un increíble Bar Mitzvá rockero alternativo?

Él sonríe.

—Pues...

—Oh, Dios mío. ¿Tuviste un Bar Mitzvá rockero alternativo? —En mi boca se forma una diminuta sonrisa con labios cerrados.

—Más bien punk rock —aclara con una sonrisa.

Resoplo con burla y volteo para ver la puerta del restaurante. A la distancia, se distingue el Coliseo. Pilot sigue mi mirada.

—Si pudieras viajar en el tiempo, ¿te detendrías aquí para ver una pelea entre gladiadores? —pregunta.

«Intenta distraerme». Chasqueo la lengua.

—Supongo, ¿y tú?

—Obvio —responde con una voz tonta.

Contengo una sonrisa. Me pongo en modalidad contadora de historias.

—¿Y si solo pudieras escoger tres momentos para volver en el tiempo? ¿Este sería uno de ellos? Y no puedes hacer cosas como volver y matar a Hitler, solo puedes observar los eventos y eso. Tal vez puedas dar tu opinión sobre ellos.

Pilot frunce el ceño por un momento.

—Esa es difícil. —Su mirada se pierde a la distancia—. Creo que primero tendría que ir a uno de esos conciertos épicos de tu banda favorita.

Sonrío.

—¿De Taylor Swift o...?

Suelta una casi risa mezclada con una trompetilla.

—Creo que iría a ver a los Beatles y... creo que debo pensar bien los otros dos.

—A mí me gustaría estar en la habitación donde se redactó la Constitución —reflexiono—. Quizá vestida como hombre, para poder dar mi humilde opinión y que ellos me escuchen.

Pilot me lanza una sonrisa de sorpresa. Regreso mi atención a la puerta del restaurante. El silencio se prolonga por unos segundos. Vuelven las sacudidas de pánico.

—Supongo que debemos ir a buscar a Sahra y Babe —dice Pilot.

Volteo para verlo a los ojos.

—Sí, ve con ellas. Yo me quedaré aquí a esperar.

Deja caer la cabeza hacia el frente.

—Shane, abren hasta las tres.

—Sí, ve. Yo me quedo.

—¿Crees que te dejaré aquí sola, sentada sobre la banqueta?

Desvío la mirada, me siento culpable.

—Ve con ellas. Estaré bien.

Me pregunto cuál es protocolo que debes seguir cuando pierdes el pasaporte en un país extranjero. ¿Por qué eso no venía en el folleto?

—Vamos por algo de comer, después buscaremos a Sahra y Babe —sugiere.

Vuelvo a fruncir el ceño. Hago mi mejor esfuerzo para no levantar la voz.

—Pilot, no tengo dinero. No tengo nada. Debo quedarme y esperar a mi bolsa.

Sus cejas se juntan mientras responde con seriedad.

—Oh, ¿tu bolsa te verá aquí?

Exhalo aire por entre los labios y paso los dedos por los números en mi pulsera, le doy vueltas sobre mi muñeca. La idea de arruinar el viaje para mí y para Pilot es una carga demasiado pesada. Perder un pasaporte arruina los viajes.

—¿Qué significa tu brazalete? —pregunta.

—Es algo de *Lost*. Debes verlo. —Ignoro su nuevo intento por distraerme y me siento mal de inmediato.

—Una vez perdí mi cartera. —Lo intenta de nuevo.

Lo interrumpo.

—Esto no es lo mismo, Pays.

—Discúlpame, ¿puedo contar mi insignificante historia? —Levanta las cejas. Me encojo en mi lugar y clavo la vista en el piso.

—Pues estaba en Florida con mis *roomies*, primer año de la universidad, vacaciones de primavera; tomamos un taxi a la playa.

Por un segundo me distraigo pensando en Pilot paseando en la playa sin camiseta. Levanto la mirada y lo observo hablar.

—Cuando llegamos, instalamos un campamento cerca del agua y entonces me di cuenta de que mi cartera no estaba en mi bolsillo.

Levanto las cejas sarcásticamente. Él continúa.

—Era nuestro único día en la playa y me pasé casi una hora volviendo sobre mis pasos por la arena hasta que llegué otra vez a donde estaban mis amigos. Uno de ellos me prestó su teléfono e intenté hablar a la compañía de taxis. Les di la información de mi hotel y el número de mi amigo en caso de que la encontraran. Después pasé el resto del día estresado, caminando de un lado a otro, preocupado.

—Ajá, sí... —Entrecierro los ojos y él sonríe.

—Después, más o menos a las cuatro, recibí una llamada. El conductor había encontrado la cartera y fue a dejarla a mi hotel. Cuando volvimos, ahí estaba.

Lo analizo con escepticismo por un segundo.

—¿Cuál es el punto? —Intento sonar distante.

—No vale la pena estresarse. Solo estaremos aquí dos días. No puedes desperdiciar uno sentada en la calle frente a un restaurante por seis horas.

—Pero ¿qué tal si...?

—Vamos por un helado. —Se pone de pie y me ofrece su mano.

—¿Qué? Son las nueve de la mañana —respondo desde el piso.

—¿Y?

—Y no tengo dinero —agrego con tristeza.

—Yo invito.

Volteo a ver la *trattoria* detrás de mí. «¿Por qué estás cerrada? Te necesito ahora». Cuando volteo de nuevo, Pilot aún estira la mano hacia mí. Tengo hambre. No tengo dinero, así que no podré comer si dejo pasar esta oferta e insisto en quedarme.

—¿Y después podemos volver y ver qué pasa con el restaurante? —pregunto y tomo su mano.

Me jala para ayudarme a ponerme de pie y luego suelta mi mano, que tiembla cuando la dejo a mi costado. Obligada, lo sigo cuesta abajo sobre el empedrado.

—Después veremos a Babe y a Sahra en el Coliseo.

No respondo por el momento. Quizá tenga razón. ¿Estoy siendo la típica Shane que se pierde de todo por miedo? Aunque si por casualidad abrieran temprano, yo estaría ahí.

Suspiro.

—Pero ¿y si necesito ChapStick y empiezo a deteriorarme por no tenerlo?

Frente a mí, Pilot se voltea y me lanza una mirada sarcástica. Veo que hace un esfuerzo para no sonreír.

—Si te pones muy mal, yo mismo te llevaré al hospital.

Los extremos de mi boca se levantan. Pilot gira a la izquierda en la siguiente esquina y se detiene abruptamente frente a una heladería. Está abierta. ¿Qué demonios?

—¿Cómo sabías que estaba aquí?

—Pasamos por aquí ayer en la noche.

—¡Estaba oscuro! —exclamo, incrédula.

Pone un dedo sobre su sien.

—Soy bueno con las direcciones.

Pilot me compra un helado de sandía y caminamos hacia el Coliseo, lleno de turistas. Encontramos a Sahra y Babe en la fila para entrar. Mientras esperamos, expreso mi enorme tristeza por no poder documentar el día, pues mi cámara digital está en mi bolsa. Sin pensarlo, Babe ofrece prestarme su cámara cuando quiera tomar alguna fotografía. Me esfuerzo por no cubrirla con abrazos de agradecimiento porque no quiero parecer muy dramática. Me siento conmovida por un segundo mientras mi mirada salta de Babe a Pilot. Soy muy afortunada de estar en el departamento 3.

16/01/11, 11:50 p.m.

Pensé que estaría cansada después de pasar dos días caminando por Roma y después por el viaje de vuelta al Karlston, pero me siento llena de energía en este momento. Estoy experimentando una emoción postviaje. Ya edité todas las fotografías, las subí a Facebook y acabé de dramatizar el primer borrador de la horrible historia sobre cómo casi pierdo mi pasaporte para mi blog. La titulé: «La vez que perdí mi pasaporte». Me está gustando, pero aún necesito agregarle un toque más personal al recuento del fin de semana para no olvidar ninguno de los detalles que lo hizo supermaravilloso.

EL VIAJE A ROMA
14/01/2011 - 16/01/2011
LO MÁS SOBRESALIENTE

Exploramos el Coliseo

Cuando llegó el momento adecuado, me puse en el papel de fotógrafa y le pedí la cámara a Babe para tomar fotografías de ella, Pilot y Sahra. Después, Babe me quitó la cámara y nos puso a Pilot y a mí frente a ella. Me puse alerta y nerviosa de inmediato. ¿Está bien salir en una foto sola con Pilot? Babe tomó la fotografía. Entonces Pilot le pidió la cámara, les dio a las chicas la instrucción de pararse junto a mí y tomó una fotografía de las tres.

Vimos ruinas en ruinas

Subimos las colinas que rodean el Coliseo, en las que se reparten ruinas de todo tipo de arquitectura antigua. Nos tomamos tiempo, nos detuvimos para admirar todo, boquiabiertos. Terminé secuestrando la cámara de Babe durante todo el paseo, dirigía a todos y les indicaba distintas poses frente a las hermosas y gigantes estructuras. Estas cosas no se ven en Estados Unidos. Somos tan nuevos. Todo en Roma parece antiguo, desgastado y lleno de personalidad.

Comí más ravioles

A mediodía, nos detuvimos por más comida italiana. Sahra ofreció pagar mi parte. La abracé. Ella acarició amablemente mi espalda hasta que la solté. Le dije que le pagaría en cuanto volviera a tener acceso a mi dinero. Ellos tres bebieron más vino italiano y yo me preocupé más por mi bolsa. Pilot prometió que iría conmigo a buscarla a la *trattoria* después de comer, así que devoré rápidamente los ravioles más deliciosos que he probado.

Encontramos mi bolsa

¡Gracias al cielo! Los apuré a todos para volver a la *trattoria*, estaba abierta y tenían mi bolsa detrás de la barra. Babe gritó. Sahra sonrió y Pilot soltó un «¡viva!» de triunfo. Mi alivio era evidente. Fue casi imposible no estallar en lágrimas mientras describía las cosas que contenía y el dueño me la entregó sobre la mesa de la entrada. Me senté en el piso y abracé la bolsa contra mi pecho, me sentí tan bendecida por poder continuar. Esta aventura no ha terminado.

Vimos el Panteón

Pilot guio el camino al Panteón con el mapa que cargaba en su bolsillo trasero. Caminamos cuesta abajo por una estrecha calle llena de pequeñas tiendas, que culminaba en una plaza abierta en la que dominaba una sola construcción gigante: el Panteón.

En la preparatoria, hice todo un proyecto sobre el Panteón, así que entrar ahí se sintió más irreal que cualquier otro lugar que hayamos visitado. Con gran respeto caminé entre el jardín de columnas hasta la caverna circular en su centro. Sobre la circunferencia de la cámara se alinean nichos, cada uno contiene alguna estatua o tumba de valor histórico y, cuando levantas la mirada al techo, hay un enorme agujero en el centro llamado óculo. ¡Se puede ver el cielo! Mientras lo devoraba con la mirada, Pilot dijo: «Dame tu cámara»; volteé a verlo, estaba justo frente a mí. Se la entregué. Retrocedió unos pasos y tomó una foto de mí dentro del Panteón. Babe lo vio tomar la fotografía, se acercó, le quitó la cámara y le dijo que se parara junto a mí. Mi piel se erizó cuando él se deslizó hasta mi lado y rodeó mi cintura con su brazo. Otra fotografía de los dos. Esta, con mi cámara. Esa estaría (está) en mi álbum en Facebook.

Los cuatro caminamos alrededor de la circunferencia, exploramos todos los nichos y leímos todos los carteles llenos de historia. Robert Langdon y cuestiones de cultura general venían a mi mente. De pronto, no pude contenerme más y hablé del tema con emoción.

Yo: *agitada* Chicos, ¿recuerdan cuando Robert Langdon vino aquí en *El código Da Vinci?*

Pilot, Babe y Sahra: *grillos cantando*

Les recomendé la lectura de *Ángeles y demonios* y *El código Da Vinci*.

Vimos la Fuente de Trevi

Todos lanzamos una moneda sobre nuestros hombros y pedimos deseos. La fuente era fantástica. Había tantos detalles en cada estatua. No me sorprendería que de pronto cobraran vida (aunque eso sería horrible; en esa fuente hay muchísimos hombres prácticamente desnudos y de mirada intensa).

Subimos hasta el maldito Vaticano

Domingo (esta mañana), nos montamos en un autobús hasta una zona lejana llena de una impresionante cantidad de pilares gigantes. Se sintió como si estuviéramos caminando por el monte Olimpo. Los cuatro avanzamos hasta llegar a una plaza que nos robó el aliento. Nunca vi arquitectura tan grandiosa, tan épica.

Dentro del Vaticano, subimos por sinuosas escalinatas interminables. Los escalones giraban a un lado y ascendían junto a la pared hasta alcanzar la parte más alta de la iglesia. Me encantó.

Todos nos quedamos sin aliento cuando por fin llegamos a la cima. El camino nos llevó hacia afuera, a un estrecho balcón en la punta del domo. Los cuatro nos dispersamos entre la multitud de turistas. Cuando encontré una zona libre, me deslicé para poder ver la ciudad. Intenté memorizar el paisaje, la sensación de estar maravillada, la satisfacción del logro, la alegría que corría por mis venas.

Vimos al papa

De vuelta a la plaza de San Pedro, había una enorme congregación de gente que dirigía la mirada a un edificio color arena. Nos acercamos para ver qué causaba el alboroto, entrecerrando los ojos por el sol. Y ahí, cinco pisos arriba, asomado desde su balcón, con los brazos extendidos, estaba el papa. ¡Qué tal!

No puedo creer que estuvimos solo dos días. Vimos tanto. Nunca soñé con hacer tantas cosas en dos días. ¡Pero es posible! No puedo esperar para hacer lo mismo en otros países. Hay tantas posibilidades. Estoy mucho más emocionada por mis prácticas en *Maletas Hechas*.

11
¿AHORA QUÉ SIGUE?

17 de enero de 2011

Mamá y papá:

Hoy recibí el email de confirmación para las prácticas en la revista *Maletas Hechas*. Comienzo el próximo jueves. Tendré que mentirles sobre dónde estoy trabajando cuando hable con ustedes por Skype, aunque no quisiera hacerlo. Espero que la parrillada de este domingo haya salido bien. ¿Alguien notó mi ausencia?

Besos y abrazos,
Shane

Guardo la postal con la colección, que comienza a crecer, mientras el profesor Blackstairs nos devuelve la primera tarea. Casi me caigo del asiento cuando la mía aparece sobre mi escritorio. Saqué diez.

Después de una hora y media de clase, el profesor Black-stairs nos deja salir para una pausa de quince minutos. Muchos estudiantes salen por algo para comer o para tomar el aire. Supongo que podría hacerlo. Hay un Café Nero sobre la calle, podría ir por un latte. Me levanto de mi asiento y salgo.

—¿Shane?

Me detengo en los escalones en la entrada del edificio, levanto la mirada y veo a Pilot a unos metros de mí, sobre la banqueta.

—Hola. —Me acerco a donde está.

—¿Ya acabaste tu clase? —pregunta, confundido.

—No, tengo un descanso de quince minutos. Iba por un latte —respondo encantada por haber salido del salón.

Agita la cabeza y sonríe con incredulidad.

—Oh, yo también. Supongo que nuestros profesores se coordinaron hoy.

Camina de manera despreocupada, con las manos en los bolsillos, un poco encorvado contra la brisa mientras avanzamos por la calle. Yo también meto las manos en los bolsillos.

—Así que el fin de semana de Roma terminó —dice con media sonrisa en los labios.

Me sale un poco de la energía residual de Roma.

—Sí, pasó tan rápido, ¡pero vimos tantas cosas! Bueno, la Capilla Sixtina estaba cerrada, pero...

—Pero —interviene, feliz— nos divertimos con el papa.

—Eso hicimos, eso hicimos.

—¿Cómo calificarías el viaje del uno al diez?

Lo pienso por un momento, frunzo los labios.

—Ocho, creo. Lo cual es excelente, pero deja espacio para mejorar. Si un día hacemos un viaje in-cre-í-ble, por ejemplo, salir de fiesta con Taylor Swift y el papa, entonces le daría un diez.

Pilot asiente con aprobación.

—¿Y tú cuánto le pondrías? —le pregunto y levanto las cejas. Él contesta con una voz insolente y exagerada.

—Pues estoy enojado porque Taylor Swift no estuvo ahí, pero supongo que también le daría un ocho.

Suelto un suspiro cuando nos detenemos, esperando el semáforo para cruzar la calle.

—¿A dónde más quieres viajar mientras estés aquí?

La pregunta lo hace saltar.

—Oh, ¡a todas partes! Escocia, Francia, Alemania, Holanda, Bélgica, Hungría, Dinamarca, Austria. Quiero ir a todos los lugares que pueda.

El entusiasmo en su voz me hace sonreír.

—Es genial que todo esté tan cerca. No me había dado cuenta de que estamos a dos horas de muchos lugares.

La luz del semáforo cambia y caminamos hacia el Café Nero.

—¿Cuándo regresas a Estados Unidos?

—Todavía no tengo un boleto de regreso —responde.

Volteo para encontrarme con sus ojos mientras llegamos a la banqueta contraria.

—¿No tienes un boleto de regreso?

—Nop, es como tocar de oído. Ya veremos qué pasa.

Ahí va esa frase de nuevo.

—Vaya. —Hago una pausa mientras él abre la puerta del café. Entramos y nos formamos. «¿La gente va a otros países sin boleto de regreso?»—. Nunca pensé que esa fuera... una opción cuando viajas —digo lentamente.

—¿Y tú? ¿A qué países quieres ir?

—Oh, no lo sé. No pensé mucho en eso porque no me di cuenta de que todo estaba tan cerca y ahora quiero ir a todos los lugares que pueda. —De nuevo lo miro a los ojos.

Él sonríe, estira los brazos y hunde más las manos en sus bolsillos. Yo floto unos centímetros sobre el piso. Sus sonrisas no son como las mías, que aparecen solas en mi cara y se quedan por cierto tiempo. Las suyas son intermitentes, vienen y se van, y después vuelve a su expresión tranquila y relajada.

—¡El que sigue! —grita el barista.

«Pon los pies en la tierra, Shane. Él tiene novia». Me apresuro a hacer mi pedido. Después de que Pilot hace el suyo, nos quedamos al final de la barra en silencio y esperamos nuestras bebidas.

—¿Cómo va la composición de música? —pregunto—. ¿Harás una gira cuando salga el nuevo álbum en el que trabajas? —Me deleita usar esas palabras.

Él mira hacia el piso y deja escapar una risita.

—Bueno, espero hacer algo en Nueva York el siguiente verano, como micrófonos abiertos y eso. Intentaré que mi nombre suene por ahí.

Me quedo boquiabierta.

—¿De verdad? Eso es genial.

—Sí, de verdad quiero aprovechar este verano para hacerlo, porque no sé si tendré otra oportunidad, con la graduación y todo.

—¿Nos invitarás a tus conciertos? —sonrío.

—No lo sé —admite con timidez, sus mejillas se sonrojan.

—¿Cómo que no lo sabes? ¡Quiero ir!

El barista deja nuestras bebidas sobre la mesa. Pilot le sonríe a su latte.

—Ya veremos.

—¿Ya veremos? —repito en un tono de frustración y burla, tomando mi café—. Iremos a apoyar tu talento musical —insisto.

—¿Y qué me dices de ti? —pregunta cuando estamos afuera—. ¿Cómo va el plan de escribir un libro?

Me río de la sorpresa.

—Aún no he comenzado. Tengo ideas, pero no sé, ninguna me gusta lo suficiente. Supongo que no estoy segura de poder escribirlas. Ya veremos —concluyo lentamente, con los ojos fijos en mi café.

—Deberías hacerlo —me da ánimos.

Cruzamos la calle y nos acercamos al edificio otra vez.

—Deberíamos planear otro viaje este fin de semana —sugiere Pilot antes de separarnos.

—¡Sí! —respondo con entusiasmo, mientras él se dirige al edificio contiguo.

Esta mañana, Babe y yo acordamos encontrarnos para comer. Así que después de clase la espero en la esquina. Agito mi brazo feliz cuando la veo acercarse.

—¡Hola! —la saludo—. ¿Cómo estuvo tu clase?

—Aburrida. ¿Y la tuya? —Comenzamos a caminar.

—¡La mía, excelente! Hablamos sobre estructura, en particular del salto del primero al segundo acto.

Ella se ríe.

—Genial, ¿estás lista para probar este lugar de hamburguesas? —pregunta con emoción. Noventa y nueve por ciento de lo que Babe dice, lo dice con emoción.

Nos dirigimos a Byron's, un lugar de hamburguesas junto al que pasamos siempre de camino a clases. Una vez sentadas, un mesero viene a tomar nuestras órdenes de bebidas mientras estudiamos el menú. ¡Tienen malteadas! Malteadas y hamburguesas, se siente tan estadounidense. Solo llevo una semana lejos pero ya siento como si hubiera estado años fuera del país. Extrañamente, las cosas norteamericanas empiezan a sentirse raras y especiales de una forma que nunca había sentido.

—¿Recuerdas a ese amigo del que te conté, Chad? —Babe dice mientras examinamos el menú.

Levanto la mirada.

—Sí, el del piso de arriba, con el que estuviste el primer día.

—Sí, él. Pues me gusta de verdad.

Asiento con la cabeza y levanto las cejas para demostrarle que la escucho. Espero que comience a hacer bromas, pero se mantiene muy seria.

—Bueno. —Baja su menú—. Este domingo es su cumpleaños y, eh, por lo general planeo lo que hacemos en su cumpleaños.

—¿Tú planeas su cumpleaños?

—Hemos sido amigos por tres años ya, y lo hice hace dos años y el año pasado. A él le gusta que yo lo planee —explica con cuidado.

—Okey.

El mesero regresa y las dos pedimos hamburguesas especiales y malteadas. Guardamos silencio mientras él se lleva nuestros menús. Babe comienza de nuevo.

—Bueno, entonces, tomé una clase con Chad temprano y él habló sobre ir a París este fin de semana, tal vez, para celebrar. Y, ¿sabías que no tenemos clase este viernes? Podemos irnos desde el jueves. ¡Así que creo que iremos! ¿Quieres venir? Tal vez Pilot también quiera venir. Será divertido.

Siento cómo se forman arrugas en mi frente. ¿Está sugiriendo una cita... doble? Temo hacer la pregunta en voz alta. Ella sabe tan bien como yo que Pilot tiene novia. Pero quiero ir a París.

—¡Claro, me encantaría! —exclamo.

—¿En serio? —Se relaja sobre su asiento—. Oh, Dios mío, ¡gracias! No quería ir sola con Chad, aunque a veces sí, ¿sabes? Quisiera estar sola con él, ¿me entiendes?

La analizo con cuidado.

—Entonces, ¿qué hay entre ustedes dos? ¿Tienen sus momentos y así? ¿Son casi algo?

—Bueno, no sé... El año pasado intenté confesarle lo que siento por él, pero antes de que pudiera decir algo, él comenzó a hablar sobre cómo le gustan las chicas en shorts diminutos.

—¿Qué? —Dejo caer mi malteada sobre la mesa, me siento instantáneamente molesta con Chad. Babe es alta y con curvas. Debe notar la expresión en mi rostro porque se apresura a defenderlo.

—No, pero él es muy lindo y los dos amamos Disney. Es genial, ya lo verás. No sé qué pasó esa noche. Creo que actuó así porque estaba nervioso por perder nuestra amistad. No lo sé, pero es genial. ¡Te lo juro!

—Está bien —digo con calma—. Ya veremos a ese tal Chad.

De vuelta al departamento, Babe y yo vamos a la cocina a trabajar en nuestras laptops. Cuando abro Safari, aparece Facebook: tengo veintitrés notificaciones nuevas. Probablemente gente a la que le gustaron mis fotos de Roma.

Sonrío y las abro, pero mis entrañas se revuelven cuando veo de quiénes son: Leo, Alfie, Anthony, Angelo. No solo *likes*, sino comentarios. Bajo el cursor para leer el primero, se abre una nueva ventana. Es la fotografía de Pilot y yo en el Panteón. Todos le dieron *like*.

Leo Primaveri: ¿Quién es?
Alfie Primaveri: Noticia de última hora: Shane anda con un tipo.
Anthony Primaveri: No jodas.
Leo Primaveri: ¿De verdad se hablan?
Alfie Primaveri: Estoy ansioso por ir a la boda.

Voy a vomitar.

Escucho la voz de Babe.

—Shane, ¿estás bien?

Pilot está etiquetado en esa foto. Quiero morir. Mi mouse tiembla: «Eliminar. Eliminar. Eliminar. Eliminar. Eliminar». Me apresuro y vuelvo a las notificaciones y abro otra. Hay una publicación en mi muro, es de la mamá de Leo y Alfie, la tía Marie. «No».

Marie Primaveri: ¡Te extraño, cariño! Parece que la estás pasando bien. Leo me cuenta que tienes un novio allá. ¡Espero que sea el guapo de las fotos!

Babe quita la computadora de mi cara.

—Shane, en serio, llevas repitiendo «no» por casi sesenta segundos.

Jalo la laptop hacia mí.

—Discúlpame, cosas de familia —murmuro. Levanto la computadora y salgo de la cocina. Escucho cómo se cae mi silla pero no hay tiempo para detenerme. Esto es grave.

Me tiro en la silla de nuestra habitación y elimino la publicación. Otra nueva notificación de Leo aparece. Está en línea. Publica en mi muro.

Leo Primaveri: ¿Borraste nuestros comentarios sobre tu nuevo novio? Eso duele.

«Eliminar».

Otra notificación en mi muro.

Leo Primaveri: Sigues borrando mis publicaciones sobre tu novio, ¿cómo se llama? ¿Pilot?

«Eliminar». Por mis ojos caen lágrimas de enojo. ¿Por qué Leo organiza este desastre? Me recargo en el respaldo, abro una ventana privada en el chat.

Shane Primaveri: ¿QUÉ ESTÁS HACIENDO?
Leo Primaveri: Relájate, prima, solo nos estamos divirtiendo.

—¡Aaah! —Le grito a la pantalla. Una cosa es hacer eso en una fiesta familiar... Me paso el nudo que se forma en mi garganta y escribo.

Shane Primaveri: LÁRGATE DE MI PERFIL, IMBÉCIL.
Leo Primaveri: Guau, cálmate, no insultes.
Shane Primaveri: YA LO HICE.
Shane Primaveri: OTRO COMENTARIO Y TE BLOQUEO.

Una nueva notificación parpadea. Otra publicación en mi muro, para que el mundo la vea.

Leo Primaveri: PERRA.

Una lágrima se desliza por mi mejilla. «Eliminar». Acabo con todos en Facebook. Leo: bloqueado. Alfie: bloqueado. Angelo: bloqueado. Anthony: bloqueado.

Vuelvo a la cocina diez minutos después. Babe aún está ahí. Me mira desde detrás de su computadora mientras me siento en la silla frente a ella. Debió levantarla por mí.

—¿Todo está bien? —pregunta y acomoda uno de sus rizos detrás de la oreja. Tiene puestos unos adorables aretes en forma de Mickey Mouse.

—Sí, está bien. Me hice cargo. —Respiro profundamente. Babe se levanta de su asiento, se para detrás de mi silla y me envuelve en un extraño abrazo.

—No creo que él lo haya visto —dice en voz baja.

«Ella vio todo». Mi cara arde.

Babe vuelve a su asiento y me cuenta que su hermano mayor siempre se burla de su obsesión por Disney. Intenta hacerme sentir mejor.

—Pilot está en clases. No tenemos *smartphones* aquí, es probable que no haya visto nada.

Tiene razón. Tal vez tiene razón.

Me sumerjo en la relectura de mi publicación para el blog: «La vez que perdí mi pasaporte». Babe se queda conmigo. Estoy segura de que solo espera a que llegue Pilot para preguntarle sobre París. Ahora, hay un extra: descubrir si vio las cosas en Facebook. Por fin aparece, cerca de las cuatro en punto, unos minutos después de que publico mi texto sobre Roma.

12
¿LO HABRÁ VISTO?

—¡Hola! —Pilot nos saluda en un tono normal. Es buena señal.

Le devolvemos el saludo casual. Al menos eso intento. Creo que mis ojos están bastante abiertos como para que lo haya logrado. Él carga la bolsa de una tienda con comida congelada que mete al microondas antes de dejarse caer en el asiento en la cabecera de la mesa. Babe y yo quedamos cada una a un lado suyo.

—¿Y cómo te va? —pregunta Babe, tanteando el terreno.

—Bien, bien. Esta mañana confirmaron mis prácticas y eso estuvo bien —responde con normalidad.

—¡A mí también! —exclamo.

—¡Qué bueno! —agrega con un combo de sonrisa y movimiento de cabeza. Usa una camisa roja con una playera negra debajo. Asiento y me relajo un poco.

Babe me sonríe como diciendo: «¿Ves? Todo está bien» y se voltea hacia él.

—Estoy planeando un viaje a París este fin de semana. ¿Quieres venir?

Pilot me echa un vistazo y luego regresa a Babe.

—Oh, claro. ¿Quién más va?

—Hasta ahora, Shane y mi amigo Chad. —Poco a poco, la habitación se llena con el delicioso olor de la comida italiana, mientras el microondas descongela la cena de Pilot.

Pays hace un gesto de aprobación tipo *Los Soprano*, arrugando la frente y asintiendo con la cabeza.

—Apúntenme. Suena divertido. Podemos tomar el tren Eurostar, ¿no?

Regreso la atención a mi computadora, una diminuta sonrisa de alivio se asoma por mi rostro.

—¡Sí! —Babe ríe—. Sí podemos. Genial. Voy a buscar qué podemos hacer y planearlo todo. Será muy divertido. Estoy tan emocionada. ¡Será épico! —Junta sus cosas y desaparece de la cocina.

Suena el microondas. Pilot se levanta para tomar su lasaña y vuelve a su lugar.

—Así que vamos a París —dice casual mientras devora su comida.

Levanto la mirada por un segundo para hacer contacto visual.

—Así parece.

Él asiente. Sus labios se tuercen solo a un lado. Vuelvo a mi computadora. Cuando Pilot termina de comer y se va de la cocina, grito «Viva» y me concedo un baile de celebración al ritmo de él-no-vio-la-publicación-y-vamos-a París.

13
NO PASA NADA

18/01/11, 11:05 p.m.

Mañana, después de clases, nos vamos a París. ¿Qué pasa en mi vida? Me alegra haber guardado todos mis ahorros por años, porque me acabaré todo el dinero más rápido de lo que pensé si sigo con este ritmo de ávida viajera.

Hace un rato hablé por Skype con mamá. Mencionó que ella y papá están pensando en venir a visitarme. Hice lo más que pude para que desistiera sin levantar sospechas o parecer malvada.

Descargué en mi iPod ese juego del que todos hablan, Angry Birds. Es superfrustrante y adictivo. Desperdicié una hora lanzando pájaros a cerdos verdes cuando pude estar leyendo o escribiendo.

Hoy es la primera noche de *shawarmiércoles* en el departamento 3. Salí a comprar los *shawarma*. Fue aún mejor esta segunda vez. Después, todos jugamos Rummy 500. Atticus me dio una paliza.

Al otro lado del control de acceso del Eurostar, me encuentro en un lugar que parece una terminal de aeropuerto: muchas personas cansadas sentadas, un Café Nero y un pequeño restaurante. Babe y Chad se fueron en el tren de las cuatro de la tarde porque salieron más temprano que Pilot y yo, que tomaremos el tren de las seis y media. Todos nos encontraremos en el hostal que Babe reservó para nosotros.

Encuentro a Pilot relajado en un área de descanso con la mochila de viaje a sus pies. Tiene puesta una camisa a cuadros roja y azul con una playera gris por debajo y jeans. Su chaqueta verde está doblada bajo uno de sus brazos, el cable de sus audífonos blancos cuelga desde sus orejas al iPod en sus manos.

Los nervios cosquillean en mi piel. Me pregunto si él se sentirá raro con esto. No solo vamos los cuatro a París, sino que desde el principio nos hemos dividido en parejas. ¿Por qué Babe no pudo esperarnos dos horas y venir con nosotros? Arrastro mi equipaje hasta el área de descanso.

—Hola —le digo contenta cuando estoy a unos pasos de él.

Pilot, quien no me vio, se sobresalta y se quita los audífonos. Me río y tomo asiento a su lado.

—¿Qué escuchas?

—Música secreta para hípsters petulantes —dice sin hacer una pausa mientras guarda los audífonos en su mochila—. No la conocerías.

—¿Te da vergüenza decirme? ¿Era algo supercomún? ¿Eran los Backstreet Boys?

Pilot abre la boca con sorpresa.

—¿Cómo supiste?

Parpadeo, sorprendida.

—Espera, ¿de verdad?

—No. —Se ríe.

Frunzo el ceño y, con los brazos extendidos, hago un movimiento para empujarlo sin hacerlo en realidad.

—Esta soy yo, empujándote en mi mente.

Los asientos en el tren se dividen en secciones de dos. Será un viaje de dos horas y media, y mucho de ese tiempo lo pasaremos bajo el Canal de la Mancha.

Pilot toma el lugar junto a la ventana y yo me desplomo en el asiento a su lado después de poner mi equipaje en el compartimento sobre nosotros. Saco el iPod Touch de mi mochila antes de ponerla bajo mis pies. Justo a tiempo, el tren avanza. Estamos en camino.

—¿Has jugado ese juego del que todo mundo está hablando? ¿Angry Birds? —le pregunto mientras enciendo el iPod.

—No, aunque ya escuché de él —dice. Pilot se mueve un poco para que podamos vernos mejor cuando hablamos.

—Lo acabo de bajar a mi iPod y lo probé el otro día. Es muy divertido. ¿Quieres jugar?

—Claro.

—Bien. Podemos turnarnos. Yo primero, así puedes ver mi técnica.

Sonríe, se inclina para ver la pequeña pantalla en mi mano. Apenas estoy en el nivel tres. No tengo mucha técnica, pero juego mi turno con la pantalla un poco inclinada a la derecha para que Pilot pueda verla. Nuestras cabezas se acercan mientras vemos el pequeño iPod. Mi corazón se acelera. Me sudan las manos. Cuando pierdo, le paso el iPod para que lo intente.

Muy pronto, estamos por completo concentrados; la pasamos de maravilla pensando estrategias para conseguir nuestros objetivos de la mejor forma, con la cantidad de pájaros que nos asignan. Pasamos algunos niveles muy rápido, pero otros nos cuestan varias rondas, rondas de pasar el iPod de uno a otro y, mientras tanto, estamos sentados muy cerca.

Todas las alarmas de mi cerebro se encienden cuando me doy cuenta de que su hombro está recargado en el mío. ¡Nuestros hombros se tocan! «Nuestros hombros se tocan. ¡Esto es algo! Esto es un romance». Debo permanecer quieta. No. Puedo. Perder. El. Contacto.

—Ay —canturrea de forma condescendiente cuando muere mi último pájaro—. Estuviste muy cerca. Yo me encargo. —Con suavidad, toma el iPod de mis manos. «Sí, discúlpame, fallé con ese último tiro, estoy un poco ocupada aquí intentando ser una estatua».

Llegamos al nivel veintisiete. No sé cuánto tiempo hemos jugado, pero por fin puedo ver de nuevo por las ventanas. Hemos estado hundidos en la oscuridad por un rato, pero la civilización vuelve a la vista. Cuando Pilot pierde su nivel, se da cuenta del cambio y de pronto se endereza en su asiento. Perdemos el contacto de hombros.

—Oh, debemos estar cerca. —Me regresa el iPod. Mi pecho se desinfla un poco mientras el calor de su cuerpo abandona mi brazo.

—Sí, eso fue rápido —digo e intento sonar tranquila y para nada distraída por la nostalgia del contacto de hombros. Apago el iPod y lo guardo en mi mochila.

Un taxi parisino nos deja fuera de un edificio que parece algo así como un restaurante decadente. Está decorado con letreros borrosos que lo señalan como nuestro hostal, así que atravesamos la puerta. Por dentro también parece un restaurante. A la izquierda hay una especie de cafetería y, delante de nosotros, una joven con una blusa roja detrás de un escritorio alto, como el de la recepcionista de un restaurante, envía mensajes en su celular. A su izquierda, Babe y un chico pálido de cabello negro nos esperan sentados en una banca.

—¡Hola! —Babe se levanta de un salto—. Hemos estado aquí media hora. Pensamos que llegarían más o menos hace una hora. Como nuestros celulares no funcionan, quería estar segura de encontrarlos. Solo hemos estado aquí, así que no se han perdido de nada. Tengo las llaves de nuestro cuarto y las del suyo.

Detengo de manera abrupta mi maleta de rueditas detrás de mí.

—¿Tenemos dos cuartos? —pregunto confundida.

—Bueno, no tenían cuatro camas disponibles en un solo cuarto, así que nosotros estamos en un dormitorio y ustedes tienen dos camas en otro. Supuse que así las dos tendríamos a un chico en nuestra habitación para sentirnos más seguras con los demás extraños con los que compartamos hospedaje —dice muy tranquila.

Trago saliva. Pilot y yo no decimos nada. Esto es extraño. Me pregunto si es verdad que no había un cuarto con cuatro camas o si este es un complot para que Babe y Chad tengan tiempo a solas. Nos entrega las llaves de nuestra habitación.

—Listo, vamos a dejar sus cosas y buscar algo para comer. ¡Oh! —Voltea al recordar que Chad está aún sentado en silencio detrás de ella—. Él es Chad. Chad, ellos son Shane y Pilot.

Chad se levanta. Es un poco más bajo que Pilot, como de un metro setenta y nueve; tiene el cabello oscuro peinado en picos, ojos castaños y una larga nariz recta. Estira la mano, así que le doy un apretón.

—Qué onda, mucho gusto —saluda.

Asiento y sonrío.

—Gusto en conocerte, hermano —dice Pilot y le da la mano. No dejo de echar vistazos a Pilot para saber cómo está sobrellevando esto. No parece desprevenido o incómodo. Se ve tranquilo. Me relajo un poco. Si él no se siente incómodo, yo no debería sentirme incómoda. Él es el que tiene novia.

—Chicos, ustedes están en el sexto piso —nos explica Babe mientras la seguimos por un insípido corredor blanco. Pasamos una repisa llena de folletos y mapas turísticos. Pilot toma unos. El corredor llega a un elevador. Entramos y oprimimos el botón seis. Observo los demás botones, son diferentes de los de un elevador normal. La planta baja está marcada con un cero y hay dos pisos con números negativos.

—Chicos, vean, piso menos dos. —Me río como tonta.

Babe bufa de forma burlona.

—Oh, Dios mío, ni siquiera lo vi.

—Debe ser donde guardan los cadáveres —agrega Chad. Babe se ríe con entusiasmo de su no-broma.

Intercambio miradas con Pilot y en sus ojos noto que se divierte. Suena un *ding*, nos adentramos a otro corredor iluminado, nos detenemos fuera del dormitorio con el número 62. Abrimos la puerta y nos encontramos con una gran habitación de seis camas: todas individuales, con sábanas blancas, separadas por una distancia de unos pasos entre ellas. Parece un hospital antiguo. Todo brilla con un halo verde-amarillo bajo las anticuadas luces, las mismas que se usaban en los salones de clase de mi primaria. A la derecha de la puerta hay media docena de casilleros. Parece gimnasio.

—Guau, acogedor. —Pilot sonríe. Se lanza sobre la cama más cercana a la puerta, abre un mapa y comienza a estudiarlo.

Babe y Chad se quedan en la puerta mientras inspecciono los casilleros.

—Esto da un poco de miedo —comienzo a decir, dudosa. No parece que alguien más se esté quedando en el cuarto, pero veo dos candados.

—Ustedes tienen más camas que nosotros —precisa Chad—. Nosotros solo tenemos cuatro.

—Oh, más desconocidos para nosotros. —Dejo escapar una risa nerviosa y pruebo un casillero.

—No te preocupes, todo estará bien —dice Pilot y suelta el mapa sobre su regazo.

Pilot y yo no tenemos candados. Babe me lee la mente.

—Abajo pueden comprar candados. Chad y yo compramos uno para compartir. Ustedes pueden hacer lo mismo.

—Genial, genial —dice Pilot y se levanta de la cama. Guarda su mochila en uno de los casilleros y yo pongo mi maleta en otro.

Después de resolver el problema del candado, los cuatro encontramos un restaurante chino aún abierto y cenamos. Mi pecho se oprime de regreso al hostal, mis axilas sudan una tormenta.

Compartimos el dormitorio y baño con extraños que podrían ser asesinos. Y yo dormiré en una cama a unos centímetros de Pilot. ¿Qué hago con el maquillaje? ¿Duermo con el maquillaje puesto? No estoy lista para estar cerca de Pilot sin maquillaje. Nunca he estado así de cerca de un chico, desmaquillada. Tendré que quitármelo cuando sepa que está oscuro y que no puede verme, después correré al baño para maquillarme antes de que despierte.

Babe y Chad se quedan en el tercer piso y nos dejan solos en el elevador hasta alcanzar el piso seis. Cuando volvemos al dormitorio, las luces son más tenues que antes y hay cuerpos durmiendo en dos de las camas de la esquina izquierda.

Pilot suspira y se deja caer sobre su cama con una sonrisa.

—Moriré. Estoy exhausto.

Resoplo con burla.

—Exhausto suena tan mal sin acento británico.

En silencio, saco mi maleta del casillero y la arrastro hasta el extremo del dormitorio. Llego a una puerta, debe llevarme al baño. Cuando la empujo para abrirla, una luz celestial entra a la habitación. Me meto lo más rápido posible y cierro la puerta detrás de mí.

No hay bañera, es un baño regular. Hay otra puerta del otro lado, lo que sugiere que se puede entrar desde otro dormitorio. Qué alegría. Cierro esa puerta también antes de verme al espejo. Mi masa de cabello rubio se ve despeinada y revuelta.

Me quito las botas y las cambio por unas sandalias antes de entrar a la regadera con mi jabón de viaje. Es un diminuto rectángulo claustrofóbico. Me imagino que así se siente estar en posición vertical dentro de un ataúd recubierto con azulejos. Cierro la cortina de plástico detrás de mí y busco la llave para la regadera. Solo hay un botón. «Un botón». Un domo plateado gigante sobresale en los azulejos. «¿Qué demonios?».

Me alejo lo más que puedo de la regadera (o sea, casi nada, será imposible escapar al agua que caiga) y oprimo el botón. El agua cae directo a mi cara. Está tibia, pero no a un nivel agradable. Suspiro, acelero el ritual de limpieza. Veinte segundos después de mojarme la cabeza, el agua deja de salir.

Ahora me estoy congelando.

—¿Es una broma?

No quise decir eso en voz alta. Oprimo el botón otra vez. Más agua medio tibia cae sobre mí. Enjabono mi cabello. Cuarenta y cinco segundos después, el agua se apaga de nuevo. Sin expresión alguna, vuelvo a golpear el botón ¿Por qué demonios esta regadera sirve solo cuarenta y cinco segundos?

Cinco minutos después salgo furiosa y me pongo una blusa de tirantes y pants. ¿Debo usar brasier? Me lo pongo. No estoy lista para andar por ahí sin brasier con Pilot y dos desconocidos. Después de cepillarme los dientes y respirar profundamente, salgo del baño.

No parece que haya nada por que preocuparme. Pilot ya está dormido. Duerme de lado, hacia la puerta. Camino de puntitas y me deslizo en la cama de al lado, acomodándome para mirar su espalda. De pronto, voltea a verme. Nerviosa, me cubro hasta el cuello con la delgada sábana.

—Buenas noches, Shane —murmura entre sueños.

—Descansa —susurro mientras él se voltea de nuevo hacia la puerta.

14
¿NAVEGAMOS?

Me levanto a las siete, me lavo la cara y me maquillo en el baño. Me pongo unos jeans oscuros y un suéter negro de cuello de tortuga, porque afuera está helando, y me dejo el pelo suelto. De vuelta al dormitorio, uno de los desconocidos ya se ha ido, el otro aún duerme. Parece viejo, como en sus cuarenta y tantos, y usa una mascarilla para la apnea del sueño.

Estoy sentada en mi cama jugando Angry Birds, vestida y lista para irme, cuando Pilot se despierta poco antes de las ocho.

—Buenos días —dice al sentarse.

Dejo el iPod sobre mis piernas.

—Buenos días.

—¿Qué es eso? —Bosteza y lo señala. Entrecierra los ojos—. ¿Estás jugando Angry Birds sin mí?

—Mmm... —Le sonrío con culpa.

Se ríe, saca las piernas por un lado de la cama y se pone un par de jeans.

—¿Cómo te atreves?

Pilot toma su mochila del casillero. Me ve con sorpresa.

—¿Ya estás lista?

—Así que, chicos, nos registré a todos para el Paris Pass —nos explica Babe en el camino al metro—. Es un pase todo incluido que nos da acceso ilimitado al metro por los siguientes dos días e incluye entradas al Louvre y Versalles. Debemos recogerlos primero, pero luego de eso ¿podríamos ir a Versalles y visitar el Louvre y todo lo demás mañana?

—La noche del sábado viviremos la experiencia de los clubes para mi cumpleaños. Será una cosa loca —agrega Chad.

—Suena bien —responde Pilot—. Le di un vistazo al mapa, nuestro hostal está un poco lejos de todo, pero lo solucionaremos.

Nos toma una hora llegar a la tienda para recoger los pases. Pilot no exageraba cuando dijo que estábamos lejos de todo. Pero una vez que llegamos, a Babe solo le toma un minuto entrar y salir con nuestros boletos. Nos reparte uno a cada quien.

—Entonces, ¿ahora cómo llegamos al palacio? —pregunto, dando un saltito.

—Ahora tomamos el RER —responde, animada.

—¿Tomamos el qué? —exclama Chad al tiempo que Babe comienza a guiarnos.

—¿Qué es ese RER? —pregunta Pilot con un ridículo acento francés.

—Es más grande que el metro y va a lugares más lejanos —explica Babe mientras la seguimos por la calle.

—Así que tomaremos el RERRR —gruño tontamente. Babe se ríe.

—El R-E-R —repite, deletreando.

—El RERRR —vuelvo a gruñir.

—Camino al RERRR. —Pilot me sigue la corriente.

—Estoy tan emocionado por el RERRR, chicos —interrumpe Chad. Me río y Babe me acompaña con una carcajada.

—De acuerdo, el RERRR —dice, reconociendo su derrota.

Babe nos lleva a otra plataforma subterránea muy parecida a la del metro, pero más limpia. Nos paramos en círculo, esperamos el tren. Escuchamos un estruendo mientras se acerca y una onda de viento nos golpea, el RER entra en la estación. Tiene dos pisos y nos impresiona a todos. Los asientos están acomodados en grupos de cuatro, de dos en dos, uno frente a otro. Pilot se sienta junto a mí, Babe y Chad frente a nosotros.

—¿Cuánto dura el viaje? —le pregunto a Babe.

—Creo que unos treinta minutos.

Chad inclina la cabeza sobre la ventana y cierra los ojos. Babe saca un folleto de Versalles y empieza a leer. La observo por un momento antes de que Pilot voltee.

—¿Angry Birds? —insinúa con una tranquila emoción. Sonrío y hundo mi mano en mi bolsa.

Versalles no parece real. Una gran explanada de grava se abre frente a nosotros. ¿Es la entrada? Quizá para una familia de gigantes que tiene veinte autos. Nos conduce a un interminable edificio dorado.

Cuando entramos, un guía de turistas nos acompaña al segundo piso. En el camino, logro ver un poco del jardín trasero (si es que se le puede llamar así) por las ventanas.

—Madre santa, ¿podemos ir ahí? —le pregunto a Babe, ansiosa.

—Sí, no te preocupes. —Se ríe.

Pilot esboza media sonrisa.

—Esto me emociona.

Nos detenemos en un abrumador y elegante comedor que conduce al legendario Salón de los Espejos del que todo mundo habla. Después de tomar unas cuantas fotografías (Babe toma una de Pilot y yo, Pilot se adueña de la cámara para tomar una foto de Babe y yo con Chad a un lado), nos adentramos.

Parece un salón de baile. Maravillosas lámparas cuelgan de los techos. Altos candelabros dorados se alinean en los extremos de la habitación y los espejos decoran las paredes. ¿Son espejos? No son muy nítidos, más bien viejos, vidrios reflectores.

—Espera, ¿este es el Salón de los Espejos? —pregunto con duda mientras lo atravesamos—. ¿Dónde están los espejos?

—Justo aquí. —Babe señala los paneles de vidrio decorativos sobre las paredes.

—Pero esos no son espejos-espejos, esos son como vidrios... que te reflejan —apunto con torpeza. Eso no salió bien. Pilot comienza a reír.

—¿Vidrio que te refleja? ¿Como un espejo? —pregunta Chad con sarcasmo.

—¡Pues aquí no hay espejos reales! —protesto.

—¿Esto es de verdad el Salón de los Espejos? ¿O estamos en el falso Salón de los Espejos? —exclama Pilot, finge estar muy enojado.

—¡Es este! —Babe se carcajea.

—Esperaba algo como la casa de los espejos de una feria... —explico, ahora muriendo de risa. Supongo que escuché de esto cuando era muy pequeña y esa fue la imagen que formé en mi cerebro. Pilot aparece a mi derecha con una gran sonrisa.

—Cierto, yo también esperaba un laberinto de espejos —dice en voz baja.

—¿Verdad que sí?

—O sea, cuando piensas en un Salón de Espejos, piensas en un salón lleno de espejos, un laberinto.

Exhalo.

—Deberían tener un laberinto de espejos para, no sé, Halloween.

Pilot pone una expresión neutral.

—Yo estaría de acuerdo con eso.

—Tal vez tengan una caja de sugerencias —agrego. Pilot deja caer la cabeza hacia atrás de la risa. Yo libero una sonrisa de placer.

Babe cambia de dirección hacia los borrosos espejos y los tres la seguimos. Cuando por fin todos estamos frente a uno, Babe encuadra una fotografía. Una foto de espejo en el Salón de los Espejos. Saludo con un movimiento de la mano como lo haría la reina.

—Es como el espejo de Oesed. —Sonrío. Babe se ríe—. No estoy viendo lo que deseo.

Cuarto por cuarto, atravesamos todo el palacio. Vemos la habitación de María Antonieta y otra donde dormía el rey Luis algo. ¡Vemos una pintura que literalmente ocupa toda la pared de un salón! Siempre imaginé los castillos y palacios, supongo, como construcciones frías de piedra, con una apariencia antigua. No como el ridículamente majestuoso lugar por el que paseamos ahora.

Después aparece el jardín trasero. Sé que esa no es la palabra adecuada; es más como un parque infinito, completo, con un lago, fuentes, filas de setos y estatuas. Parece el paraíso para tomarse fotografías. El paraíso de los parques. Es como un océano en forma de parque, no puedes ver los límites. Nunca acaba.

No sé cuánto tiempo pasamos ahí afuera, caminando por el enorme jardín y tomando fotografías con los diferentes paisajes. Caminamos cada vez más y más lejos hasta que encontramos un café donde nos detenemos a comer. Podría pasearme por este lugar para siempre.

—Entonces, ¿te gusta la fotografía? — pregunta Pilot en el camino de vuelta al RER.

Volteo a verlo.

—Sí, es una de mis cosas favoritas. —Sonrío.

—¿De verdad? Nunca dijiste nada al respecto.

—Bueno, nunca hemos hablado de eso, es más un pasatiempo.

—Aunque es verdad que tomas fotografías grandiosas. Mi mamá amó todas las de Roma.

Suelto una risita.

—Me da gusto saber que tengo la aprobación de tu mamá.

—Necesitas una de esas cámaras pretenciosas.

—Me encantaría tener una de esas cámaras pretenciosas. Algún día. —Sonrío al cielo por un rato y luego dejo caer mis ojos sobre Pilot—. ¿A ti te gusta la fotografía?

—Bueno, sé apreciar una buena fotografía. Eso lo respeto. —Una sonrisa se asoma por sus labios.

—Bien. Eres un buen cofotógrafo.

—¿Cofotógrafo?

—Sí. —Oculto de Pilot mi sonrisa de dimensiones exageradas. Necesito un segundo sin contacto visual para continuar—. Es que usualmente termino dando clases sobre cómo encuadrar una fotografía.

Volteo para ver su reacción. Me lanza una mirada graciosa.

—Es decir, la gente no me pide lecciones. Les enseño a la fuerza cuando me toman una foto mal encuadrada. Les doy una miniclase y hago que la tomen de nuevo.

Pilot se ríe como si no me creyera.

—¿Qué?

—¡En serio! —Veo el piso—. Aunque a ti no te he dado un sermón, y eso que ya me tomaste varias.

Cuando lo veo a los ojos otra vez, se lleva una mano al corazón. Su expresión es seria.

—Guau, me siento honrado de haber pasado ese examen secreto de fotografía.

Desvío la mirada e intento controlarme.

—Te estoy empujando mentalmente otra vez.

Se encoge de hombros.

—Disculpa. Te esquivé mentalmente. No me diste.

Una ola de vértigo recorre mi cuerpo, estoy tan distraída que me tropiezo al subir las escaleras del tren.

—¡Estoy listo para mañana! Cumplo veintiuno. Mierda, será fantástico.

La voz de Chad me devuelve a la realidad. Estaba perdida en una espiral de pensamientos relacionados con Pilot mientras como mi quiche. Nos detuvimos en un restaurante francés para cenar. Chad levanta su trago de la mesa y todos chocamos nuestras copas.

—Será grandioso —confirma Babe—, le pregunté a la recepcionista cuál es la mejor zona para salir.

—A mí me emociona ir a la Torre Eiffel mañana —indica Pilot.

Chad asiente con la mirada puesta en algo detrás de nosotros.

—Mírala, amigo —dice con el tono de complicidad masculina.

Me volteo y veo a una pequeña chica de cabello negro que camina hacia la barra por un trago. Estoy a punto de volverme a Chad y lanzarle una mirada asesina cuando advierto a la barista. Es una mujer con el pelo rojo amarrado sobre la cabeza, se mueve hacia la chica para tomar su orden. ¿Parece que se trata de la mujer del avión y de Starbucks? ¿Por qué demonios está aquí? La mujer levanta la mirada, hace contacto visual conmigo y me guiña el ojo.

—¿Qué diablos? —exclamo con enojo y me levanto de mi asiento de forma abrupta.

—Shane —murmura Babe, avergonzada. Volteo a verla: piensa que voy a gritarle a Chad. Luego, le lanzo una mirada a Pilot.

—¿Estás bien? —pregunta él.

—Sí. —Regreso la vista a Babe, que, en silencio, me pide que me siente. Levanto las cejas—. No, no es eso. Conozco a la mujer de la... —Dirijo la mirada a la barra. Ella no está. Hay un tipo en su lugar, hablando con la chica de cabello oscuro. Cierro y abro los ojos. «¿Qué demonios?»—. Yo... No importa. —Me recargo en el respaldo de mi asiento. «¿Por qué estoy alucinando a esa inglesa?».

De vuelta al hostal, nos separamos para dirigirnos a nuestros respectivos dormitorios. Pilot se cepilla los dientes y se va a la cama. Yo tomo una ridícula ducha corta y me acurruco en la cama contigua alrededor de la medianoche. Otra vez, duerme con la vista hacia la puerta.

—Buenas noches —balbucea mientras yo me acomodo.

Me cubro con las cobijas hasta la barbilla.

—Siempre pienso que estás dormido y me asustas —digo en voz baja.

Voltea hacia mí, con una sonrisa malévola.

—¡Muajajajaja!

Estamos a unos centímetros de distancia. Tomo mi almohada y lo golpeo en la cara. Él deja escapar un resoplido.

Regreso la almohada bajo mi cabeza y sonrío.

—Buenas noches.

15
TODO MAL

Siempre tuve la impresión de que el Louvre era un museo ubicado debajo de la icónica pirámide de cristal. Ahora estamos parados frente a ella, pero está rodeada por lo que parece otro palacio.

—¿Eso es el Louvre? —pregunto, impresionada.

—¡Sí, claro! —responde Babe.

—Madre mía.

He soñado con visitar este museo desde que supe de él en primero de secundaria, cuando nos forzaron a tomar un curso de introducción al francés y español. Y claro, *El código Da Vinci* solo añadió más leña al fuego.

Me siento especialmente emocionada cuando nos encontramos frente la estatua de la Victoria de Samotracia, el famoso ángel sin brazos ni cabeza. Es como del año 200 a. C. Hice un trabajo sobre el tema en esa clase de francés. Me detengo frente a ella. Estoy sola un momento antes de que Pilot aparezca junto a mí.

—¿Quieres una foto? —pregunta, aunque sabe la respuesta.

—¡Sí, por favor! —Le entrego mi cámara.

Mientras doy un paso adelante para posar frente a la estatua, hacemos contacto visual: él me sonríe y mi cerebro deja de funcionar. Subo y bajo los brazos como si acabaran de salir de mi torso. «Oh, Dios, no otra vez. ¿Mano en la cadera? ¿Los brazos sueltos con alegría? ¿Una mano arriba? ¿Escondo un pie? ¿Abro las palmas de las manos? ¿Las pongo a los lados? Mierda». Bajo los brazos y sonrío, dejándolos rectos a cada lado, como un soldado. Cuando el tiempo de posar se acaba, le ofrezco tomarle una foto, desesperada por volver detrás de la cámara lo más rápido posible. Él mete las manos a los bolsillos y regresa a su postura desenfadada. Tranquilo como siempre.

Reviso la cámara para ver las imágenes que él tomó. Palmas abiertas como en el paredón. Genial.

Nos toma cuarenta y cinco minutos caminar del Louvre hasta la Torre Eiffel. Ahora se yergue sobre nosotros, oscura e imponente. Mientras los cuatro la admiramos con la boca abierta, un hombre en abrigo de invierno y gorro camina hacia nosotros cargando un enorme anillo de metal del que cuelgan montones de diminutas Torre Eiffel.

—¿Cinco, un euro? —pregunta, ansioso. Lo observamos por un momento—. ¿Cinco por un euro? —repite.

—No, gracias —responde Babe. El hombre se apresura para encontrar a un nuevo grupo de turistas.

—¿Listos para subir esta cosa? —Pilot sonríe.

—¡Hagámoslo! —grito con entusiasmo. Después de subir el Vaticano, quiero escalarlo todo.

—Bueno, las alturas me aterran, pero supongo que subiré, porque ¿cuándo estaré de nuevo en el tonto París? —comenta Chad.

Babe pasea la mirada desde Chad, quien está más pálido de lo normal, hasta Pilot y luego a mí.

—Creo que mejor no... Chad, pensé que preferirías tomar el elevador. Yo preferiría subir por el elevador —sugiere Babe sin dejar de mirarlo.

—Vamos, Babe. Subamos por las escaleras. ¿Cuántas veces has subido la Torre Eiffel? —se queja.

Babe frunce el ceño y levanta la mirada antes de que sus ojos aterricen en mí. Hago un movimiento con la cabeza para animarla. Ella emite un profundo suspiro y pone los ojos en blanco.

—Está bien.

—¡Súper! ¡A las escaleras! —exclamo.

Unos minutos después, estamos en la base de otra escalera sin fin. Me apresuro y subo los escalones de dos en dos, a la cabeza del grupo, con Pilot detrás de mí. Trescientos veintiocho escalones después, llegamos al primer nivel de la torre. Pasamos unos minutos tomando fotografías y admirando la vista, inclinados sobre el barandal.

Babe suspira con fuerza.

—Bueno, chicos, subiré el resto del camino por el elevador. —Observa a Chad, expectante.

—De acuerdo —responde e ignora la obvia indirecta para que la acompañe.

—Chad, ¿puedes venir conmigo, por favor? —pregunta Babe sin rodeos.

—Oh. Eh... —Suspira—. Sí, seguro.

—Gracias. —Babe nos observa—. ¡Nos vemos allá abajo! —Se despide y caminan hacia el interior de la torre.

Miro a Pilot y levanto las cejas.

—Y ahora somos dos. —Me sonríe de nuevo.

—¿Listo para llegar a la cima?

—¿Que si estoy listo? Por favor, Shane. —Sonríe y se dirige al siguiente tramo de escaleras.

Un letrero nos informa que restan trescientos cuarenta y un escalones para el siguiente nivel. Los subimos en silencio por unos minutos. Nuestros pies golpean el metal como si fueran la banda sonora de nuestro ascenso.

—He pensado en la pregunta del viaje en el tiempo —dice Pilot de la nada.

Sonrío sorprendida.

—¿Sí? ¿Y?

—Me gusta tu idea de la Constitución. Creo que me uniría a ese plan y me sentaría contigo en esa reunión.

—Genial, tendré un amigo que respalde mi actuación masculina. Cuando me acusen de tener ideas femeninas, tú puedes saltar y decir algo como: «No, yo crecí en este pueblo, él es real. ¡Escuchen todas sus ideas geniales y vanguardistas!».

Pilot sonríe sin dejar de mirar los escalones y seguimos subiendo.

—¿Mencionaste una segunda opción? —pregunta.

—¿Eh? —Pongo la mirada en cualquier cosa que no sea su rostro porque me estoy sonrojando—. Sí, creo que iría al concierto de los Beatles contigo.

Deja escapar una risa entrecortada.

—Diablos, cuando encontremos esa máquina del tiempo, debemos hacerlo.

Me río también, y así calmo parte del vértigo acumulado.

El viento golpea mis mejillas y lanza mi cabello hacia atrás cuando llegamos al segundo nivel. Pilot y yo encontramos un espacio vacío para recargarnos sobre la reja protectora que encierra el área. En Nueva York me he asomado por ventanas de edificios altos para ver el mar interminable de rascacielos grises. Roma fue una caótica explosión de colores rojo y bermellón. París es como una pintura. Una obra de arte cuidadosamente dispuesta y organizada para verse hermosa desde cualquier ángulo.

—Esto... es genial. —Las palabras caen suaves de la boca de Pilot. El viento sopla con fuerza; solo lo escucho porque estamos parados hombro con hombro. Un escalofrío recorre mis brazos. Pilot se voltea y yo me balanceo nerviosa sobre mis talones mientras él detiene a la primera persona que pasa por ahí.

—Disculpe, ¿podría tomarnos una fotografía?

¿Quiere una fotografía de nosotros dos? Una mujer de cabello blanco toma la cámara de mi mano estirada. Posamos, sonreímos uno a lado del otro, su brazo está en mi espalda y nosotros estamos en la Torre Eiffel.

Cuando la mujer me devuelve la cámara, Pilot voltea hacia mí, emocionado otra vez.

—¿A la punta?

—¡A la punta! —Repito con voz animada. Me invade una nueva energía. Quién sabe qué pasará cuando lleguemos hasta arriba, solo estamos nosotros dos y no lo sé. Me siento bien de subir hasta el final, juntos. Parece que las cosas son... posibles.

Rodeamos el piso, ansiosos por subir el siguiente tramo de escaleras, pero terminamos donde empezamos.

Mi sonrisa titubea.

—¿No hay más escaleras?

—¿Qué demonios? —Su expresión se ensombrece—. Pensé que podíamos llegar a la cima.

Entramos para preguntar. Resulta que solo podemos llegar hasta allá por medio del elevador y hoy incluso esa ruta está cerrada debido al fuerte viento. Para probarlo, una agresiva ráfaga de aire helado llega a nosotros mientras salimos por las puertas. Mi lista mental de posibilidades románticas al llegar juntos a la punta de la torre se desvanece con la brisa.

El desencanto nos invade mientras bajamos por las escaleras de uno de los pilares, de regreso a la tierra. «¿Él estaba sintiendo lo mismo que yo? ¿O es la decepción normal que siente la gente cuando no puede llegar a la punta de la Torre Eiffel?».

Cuando nuestros pies tocan tierra firme, Babe y Chad ya nos esperan. Los cuatro cruzamos un puente sobre el Sena, con dirección a una popular zona llena de tiendas y restaurantes. Caminamos a la orilla del río cuando Babe se detiene de pronto, gira hacia atrás y mira la torre a la distancia. El sol se está ocultando y las luces doradas del monumento se encendieron.

—¡Esperen! —grita. Nos detenemos para verla—. ¿Qué hora es? —pregunta con los ojos iluminados.

Chad mira su reloj.

—Cinco cuarenta y cinco.

—¡Tenemos una buena vista aquí! —responde.

—¿Vista para qué? —pregunto. Mi estómago gruñe sin descanso mientras veo la Torre Eiffel. Ahora que nos detuvimos, el aire frío entra por mis botas. Encojo los dedos de los pies.

—Algo genial está por pasar en la Torre Eiffel a las seis en punto —explica Babe y se inclina sobre el barandal que bordea el río—. Les va a gustar —añade con seguridad.

—¿Qué pasará con la Torre Eiffel? —Froto mis manos para calentarlas y cubro mi cabeza con la capucha afelpada para protegerme del viento.

—¿Qué tan genial? —pregunta Pilot, escéptico y con los ojos entrecerrados. Sobre la cabeza tiene la capucha de su sudadera y, encima, la de su chaqueta.

—Supergenial. Creo que deberíamos esperar, si les parece —sugiere ella.

—Está helando —se queja Chad; se recarga en la pared y se abraza. Tiene un abrigo oscuro abotonado hasta el cuello—. Espero que valga la pena, Babe.

—Bueno, supongo que tenemos quince minutos —digo, fatigada.

Pasan cinco minutos. Todos estamos impacientes, pero nos quedamos. Babe camina de un lado a otro.

—Espero que funcione ahora que estoy haciéndoles esperar. —Se ríe nerviosa.

—No siento las manos —comenta Chad.

—La Torre Eiffel está lista para despegar —añade Pilot.

—Si la Torre Eiffel no sale volando, voy a enojarme mucho. —Me río.

Faltan seis minutos. No puedo sentir mis dedos y tengo puestos los guantes.

Todos hemos tomado un lugar junto a la barrera, observamos con atención. El sol desapareció en el horizonte. La Torre Eiffel brilla con los remanentes de la luz dorada.

—¿Estás segura de que iluminarse así no es lo único que hace? —pregunta Pilot. Yo suspiro.

—No, no es eso. —Babe suelta una risita.

—Vamos, Torre Eiffel. Vamos —exige Pilot. Todos nos carcajeamos. Voltea a verme, sonríe y siento menos frío—. Dios, la Torre Eiffel solo nos decepciona.

—¡Faltan dos minutos! —anuncio—. No puedo sentir los pies, Torre Eiffel. Espero que estés contenta.

—Vamos, Torre Eiffel —repite Pilot.

—¡Un minuto! Falta solo un minuto —agrega Chad.

—¿Estás segura de esto? —pregunta Pilot a Babe de nuevo. Ella sonríe y asiente.

—Babe está equivocada y definitivamente la lanzaremos al río —bromea Chad.

Y entonces, pasa. Una explosión de diamantina comienza a brillar por toda la famosa estructura. Pequeñas luces parpadean de arriba abajo, desde la punta hasta la base. Es como si Campanita hubiera vomitado sobre ella y estuviera sufriendo de convulsiones parpadeantes. ¡Ha valido la pena esperar!

—¡Oh, diablos! —exclama Chad.

—*¡Ohdiosmío, ohdiosmío, ohdiosmío!* —grita Pilot, imitando burlonamente la voz de una chica emocionada, y no puedo dejar de reír los siguientes veinte segundos, mientras bailamos de aquí para allá, en el viento helado, y admiramos el espectáculo.

Disfrutamos una cena acompañada de una abundante cantidad de vino tinto, jamón y queso en un restaurante francés; después tomamos un taxi a la zona que nos recomendó la recepcionista del hostal: la Bastilla.

El taxi nos deja en la esquina de una calle muy iluminada y animada. Como es su cumpleaños, dejamos que Chad abra el camino. Se detiene frente a un edificio que inunda la calle de música cada vez que se abre la puerta; nos mira con una sonrisa de emoción antes de entrar. Lo seguimos unos pasos por detrás. En el interior, hay un guardarropa al costado de unas escaleras de caracol. La música viene del segundo piso, así que dejamos nuestras chaquetas y subimos.

Está tocando una banda en vivo, la cual se encuentra al fondo de un enorme salón lleno de gente que baila al ritmo de la música. Aquí, en el lado opuesto del salón, está el bar. Pedimos unos tragos antes de zigzaguear entre la multitud para encontrar un lugar desde donde podamos apreciar el espectáculo y movernos con libertad. Cuando termina la canción de rock alternativo, comienzan a tocar una que reconozco de inmediato. Me pongo a bailar con soltura.

I took her out. It was a Friday night. I walk alone. To get the feeling right.

Babe y Chad bailan también. Pilot sonríe y canta a mi izquierda; me uno a él y alzo los brazos cuando llega el coro.

—*And that's about the time she walks away from me* —gritamos a todo pulmón, riendo y saltando—. *No one likes you when you're twenty-three.*

Entre risas y saltos, escuchamos la extraña mezcla de canciones viejas que toca la banda, sobre todo rock clásico de principios de la década de los 2000. Cuando «Eye of the Tiger» está a punto de acabar, Pilot pregunta si quiero ir por otro trago. Otra tonada familiar suena mientras caminamos al bar.

Pilot pide una cerveza. Voltea a verme mientras el barman llena su vaso. Mantengo el contacto visual, la letra de la canción sale de mí automáticamente, mi cabeza se mueve de un lado al otro al ritmo de la música.

—*This is the ANTHEM, throw your hands up, you.*

Se ríe. Cuando el barman regresa con su cerveza, me inclino sobre la barra.

—Agua, por favor —pido antes de volver a ver a Pilot. La música resuena a nuestro alrededor, así que me inclino lo más cerca que me atrevo (no tan cerca, aún hay treinta centímetros de espacio entre nosotros)—. ¿No te gusta bailar? —grito con una sonrisa.

—En realidad, no soy un bailarín —responde al tiempo que mi agua llega a la barra.

—Pero cualquiera puede bailar. Todos somos bailarines.

Sonríe y pone los ojos en blanco.

Caminamos de vuelta a nuestro sitio, pero perdemos rastro de Babe y Chad. La banda comienza a tocar «Wouldn't it Be Nice», de los Beach Boys. Nos balanceamos de atrás hacia adelante, casualmente cantando juntos. No estamos tan cerca como para tocarnos, pero ahora que Babe y Chad se fueron, se siente como si solo nosotros dos estuviéramos aquí. Juntos, a solas. Naturalmente, los nervios hacen presencia en mi estómago.

Quince minutos después, volvemos al bar. Pido más agua.

—*When we live such fragile lives, it's the best way we survive. Go around a time or two just to waste my time with you* —canta el vocalista.

—Esta banda es como mi iPod en modo aleatorio —comento; me recargo con pereza sobre la barra y observo al vocalista—. Solo que sin los Beatles. ¿Dónde están los Beatles? Ah, y Lady Gaga.

Pilot suelta un resoplido burlón.

—No olvides a Taylor.

—Oh, Dios mío, sería genial que tocaran algo de Taylor en versión rock. —Suspiro—. Deberías tocar en bares como este, con tu música —sugiero, animada.

Él sonríe y agacha la mirada.

—Sería genial.

Volvemos. Veinte minutos después, estamos en la barra otra vez. Pilot pide otra cerveza. No deja de mirarme mientras esperamos su trago.

—Ha sido un día grandioso —dice—, realmente grandioso. Me he divertido muchísimo con... —Sonríe mostrando los dientes, como un adorable tonto. El calor se extiende por mi pecho. Cruzamos miradas antes de que continúe—. Con Chad, claro. ¿Qué sería de París sin Chad para acompañarnos? —termina. Yo muero de risa.

De regreso a la pista de baile, una canción que no reconozco resuena en el salón. Es un tema punk rock con el que no estoy familiarizada, pero tiene un ritmo similar. Tarareo e invento palabras. Pilot aún sonríe. Nunca lo había visto mantener una sonrisa por tanto tiempo. Está parado junto a mí, nuestros cuerpos se tocan mientras saltan y se balancean. Mi piel responde, casi cantando: «Houston, tenemos contacto».

Él no deja de voltear para sonreírme. Le devuelvo la sonrisa y sigo cada ronda de miradas con un enorme trago de agua. Es una buena excusa para cortar el contacto visual y concentrarme. Poco a poco, me transformo en una bola de nervios. «¿Qué está pasando? ¿Estamos coqueteando? O sea, ¿coqueteando más que antes? ¿Qué hago? Nada, solo tranquilízate, haz lo mismo que has estado haciendo». Estoy superconsciente de mis movimientos mientras termina esta canción mágica y desconocida que hace que Pilot sonría aún más.

Creo que está coqueteando. Debe estar coqueteando. La banda comienza una canción más suave. La conozco y festejo con un pequeño baile de felicidad mientras todos cantan al mismo tiempo. Es «Yellow Submarine». Pilot le dedica una enorme sonrisa a la banda. Comienza a cantar y yo lo acompaño. Entonces, me rodea con el brazo.

Me convierto en una estatua. Él no me ve en este momento, pero su brazo está sobre mí. Su brazo me envuelve como si estuviéramos juntos. Mi corazón se acelera con la música.

«Está bien, todo está bien. Solo sigue cantando», me digo. Pero no puedo recordar la letra. No puedo pensar en nada más que en su brazo. Acomoda su mano en mi cintura. Levanto la mirada, aún está cantando. Nos balanceamos juntos: él lo hace con naturalidad; yo, como una estatua a la que alguien golpeó por accidente. Por lo menos me muevo.

Me acerca más a él y mi corazón golpea mi pecho a la velocidad de la luz. «Oh, Dios mío». Nuestros cuerpos están juntos ahora. El contacto se expande por todo mi lado izquierdo. Su calor se mezcla con el mío.

«Tranquilízate, Shane, mantén la calma». ¿Qué significa mantener la calma? Nos movemos al ritmo de la música un poco más. ¿La banda está tocando «Yellow Submarine»? «Concéntrate en la canción». Sí, así es. Las luces del lugar brillan sobre nosotros, la banda sigue tocando y yo reduzco mis movimientos al mínimo en un esfuerzo por asegurar el contacto piel-a-piel.

No sé si me está viendo ahora. No lo he visto en siglos. La idea de hacerlo me estresa.

«Tienes que mirarlo, Shane. Este es el momento».

Poco a poco, como en cámara lenta, giro mi cabeza hacia la izquierda. Él ya me está observando. Un escalofrío recorre mi cuerpo. Siento como si la banda se hubiera detenido. Este momento se acabará y no quiero que eso pase. La ansiedad se adueña de mí, me invade por dentro.

Sus ojos verdes estudian los míos. Nos miramos, pero yo ni siquiera sé cómo iniciar algo. Nunca he besado a nadie y no quiero que él lo sepa. Si nos besamos, ¿lo sabrá?

«Oh, Dios mío, lo sabrá». ¿Cómo no se daría cuenta? No tengo idea de lo que hago. Ni siquiera sé qué hacer con mis brazos. ¿Dónde van los brazos cuando besas a alguien? ¿Solo lo abrazo? No puedo solo abrazarlo, ¿y si lo hago mal? ¿Abrazar a alguien no es invadir el espacio personal? «Oh, Dios mío. Me quedaré quieta como piedra, con los brazos sueltos a los lados, ¿no?».

Él se inclina un poco hacia delante. «Sus labios están ahí». El pánico toma el mando y antes de darme cuenta de lo que hago, levanto mi vaso de agua, me lo llevo a la boca y volteo hacia la banda.

Bebo un cobarde trago de agua. La decepción me inunda. Mis ojos se humedecen mientras veo al guitarrista. No iba a besarme, ¿cierto? No se inclinó mucho, ¿o sí? Oh, Dios. No sé cómo reiniciar lo que sea que estaba a punto de suceder. Debo orinar. Debo ir al baño. Su brazo aún está ahí. No sé cuánto tiempo hemos estado así.

De pronto, volteo hacia él.

—Oye, Pays, voy al baño. Ahora vuelvo.

Mi repentina transformación de una estatua a un ser humano que respira parece desconcertarlo.

—Oh, está bien. —Alza la voz sobre la música—. ¿Quieres que te...? —comienza, pero yo ya me estoy alejando entre la gente hasta el corredor al final de la sala, donde vi letreros de los sanitarios hace un rato.

Me apresuro a entrar. Los cubículos están pintados de negro bajo una luz neón color azul. Camino hacia los lavabos, que son una zanja a lo largo de la habitación y me veo en el espejo. Mi cabello está alborotado por la humedad. Mi delineador está corrido a causa de las lágrimas.

¿Qué me pasa? Un sonido ahogado escapa de mi boca. Respiro un poco más, aún frente al espejo. «No llores».

Aprieto los puños, una amenaza física para el agua salada que se junta en mis ojos. «Estás bien». Orino, me lavo las manos y vuelvo al abismo de la pista de baile.

En lugar de internarme en el mar de gente, rodeo el salón.

—¡Ey, amiga! —escucho que dice una voz familiar y me detengo, mirando alrededor; veo a Chad caminando hacia mí con un fresco vodka con arándano.

—¡Ey! —saludo, aliviada por verlo después de perderlos a él y a Babe. Camina hacia mí hasta que está demasiado cerca. Choco con la pared cuando doy un paso atrás en un intento por preservar mi espacio vital—. ¿Dónde está Babe? —pregunto.

—En el bar, creo —responde, despreocupado—. ¿Qué te parece el lugar? Es genial, ¿no? —Sonríe, la ebriedad se asoma por sus ojos.

—Sí, está bien. Me gusta la música. Iba a buscar a Pilot. —Muevo el cuello para ver sobre el hombro de Chad.

—Tienes un cabello muy lindo —dice y me mira fijamente. Yo entrecierro los ojos.

—Ah, gracias. —Giro la cabeza y estiro el cuello para buscar a Pilot. Pero cuando volteo...—. ¿Qué ray...? —Los labios de Chad me interrumpen; la mitad de ellos presionados contra los míos y la otra mitad sobre mi mejilla. Doblo las piernas, me deslizo hacia abajo sobre la pared hasta el piso y me dejo caer a un lado. Luego me levanto de un salto, un paso a la derecha de donde estaba. Chad me mira perplejo, con la boca bien abierta.

—¿Qué haces? —reclamo.

—¡Es mi cumpleaños!

—Le gustas a Babe —lo regaño. Me alejo de él, soltando manotazos entre la multitud. Esto no pasó. Mi primer beso no me lo dio un ebrio tonto que se supone que está aquí con mi amiga. No. No cuenta. ¡No pasó!

Siento un gran alivio cuando encuentro otra vez la camisa a cuadros de Pilot entre la gente que baila. Le doy un empujoncito al pararme a su derecha.

—¡Hola! —lo saludo, agradecida.

—¡Hola! Bienvenida de vuelta. —Sonríe. Para mi sorpresa, me jala hacia él otra vez. Su brazo se vuelve a acomodar alrededor de mi cintura. Y yo, como es de esperarse, me convierto en una piedra. Todo mi cuerpo vibra. Parece tranquilo y contento, pero mi mente no me deja en paz. ¿Tal vez no lo eché todo a perder cuando volteé? ¿Dónde está Babe? Chad es un tarado. No me cae bien. No me caía bien antes, pero ahora es definitivo.

La música se detiene en algún momento. Pilot me lleva de vuelta a la parte trasera de la sala, con la mano aún en mi espalda. Mis ojos encuentran a Chad y Babe. Están cerca de la barra; en sus manos, sus bebidas están a medias y Babe está gritando. Puedo notarlo desde aquí.

—¿Están peleando? —pregunta Pilot, nervioso.

—Así parece. —Apresuramos el paso. Antes de poder descifrar algo de lo que dicen, Pilot se dirige a ellos.

—Oigan, chicos, ¿están listos para partir? Creo que la banda ya acabó.

Babe nos dirige su atención, tiene los ojos rojos y húmedos. Oh, no.

—Sí, deberíamos irnos para alcanzar el metro —afirma, su voz se rompe en las palabras *alcanzar* y *metro*. Deja su vaso sobre la barra, le arrebata el trago a Chad y lo azota junto al suyo. Lo que queda del vodka con arándanos salpica el vaso de plástico; ella voltea y camina hacia las escaleras.

—Feliz cumpleaños, viejo —dice Pilot y le da una palmada sobre la espalda con la mano que tiene libre. Veo cómo Chad clava los ojos en la mano de Pilot.

—Sí, feliz cumpleaños —murmuro, nerviosa, como si nada hubiera pasado.

Chad me lanza una sutil sonrisa antes de dirigirse a Pilot.

—Gracias, viejo.

—¡Vamos! —grita Babe a la distancia. Debería hablar con ella.

—¡Babe, espera! —la llamo en voz alta—. Creo que deberíamos ir al baño antes de salir.

Voltea a verme, asiente después de un segundo y nos dirigimos hacia allá. Hay una fila que sale por la puerta. Ella se forma y me paro detrás.

—¿Babe, estás bien? —Mi voz sale baja y dudosa.

Voltea para encararme, se contiene por cinco largos segundos antes de explotar. Su voz se escucha dolida y baja.

—¡No lo sé, Shane! Por fin intento acercarme a un chico que me gusta, él da un salto y grita, diciendo: «Maldita sea, Babe. No me gustas de esa forma», y camina directo a ti. —Sus ojos brillan.

—Babe, lo siento. Es un imbécil.

—¿Qué? ¿Pilot no es suficiente? ¿Necesitas la atención de todos los hombres?

—¿Qué? —Las lágrimas cortan mi voz cuando logro pronunciar las siguientes dos oraciones—. ¿De qué estás hablando? Él se acercó a mí y yo hui de él.

—No quiero hablar contigo en estos momentos. —Se aparta de mí cuando entramos al baño. Babe camina al siguiente inodoro libre. Yo me doy la vuelta y salgo.

Espero afuera, junto a Pilot, quien platica con Chad sobre osos. Cuando Babe sale, la seguimos por las escaleras y nos formamos en la fila para recoger las chaquetas. Babe está algunos lugares por delante de nosotros. Chad está detrás, con la mirada perdida.

Pilot acerca su boca a mi oído mientras damos un paso hacia el mostrador.

—¿Cuál crees que fue la mejor canción? —Su voz me provoca cosquillas en el rostro.

—Mmm, creo que mi favorita fue el *cover* de esa banda que me gusta. —Mi estómago gira como una lavadora.

Él sonríe.

—¿Esa extraña banda hípster? Pienso lo mismo. —Sostiene la mirada sobre la mía.

—¡El que sigue! —grita la mujer detrás del mostrador. Rompemos el contacto visual y damos un paso, entregamos los boletos y pagamos un euro por nuestras chaquetas.

—Vamos, Chad —ordena Babe con decisión mientras todos salimos hacia la calle. Da una vuelta y toma el camino hacia el metro. Chad va detrás de ella.

Pilot y yo nos quedamos atrás, caminamos más lento.

—Eso parece dramático —opina.

Respiro profundamente, intento sofocar la ansiedad que se concentra en mi estómago.

—Ella quiso besarlo, él respondió cosas desagradables y después intentó besarme frente a ella cuando regresaba del baño y hui de él.

—¿Qué? —Sus cejas se juntan con incredulidad.

—Sí. —Exhalo con fuerza—. Fue extraño, no quiero hablar de eso.

Pilot me analiza por un momento, con el entrecejo aún arrugado. Luego, asiente con la cabeza y aprieta los labios.

Baja la mirada hacia el piso que recorren nuestros pies. Lo imito.

—Así que ¿qué haremos después? —pregunta. Levanto la cabeza otra vez, y dudo antes de responder.

—Eh, o sea, ¿esta noche, o en la vida?

Él suelta una carcajada.

—¿A dónde deberíamos ir en nuestro próximo viaje épico de fin de semana? ¿Qué otra construcción debemos subir?

—Me emociona ir a cualquier lugar en realidad. ¿Quizá Escocia?

—Escocia. ¡Vamos, Corazón Valiente! —exclama con entusiasmo.

—¡Escocia entonces! Ahí está Hogwarts.

—¿Estudiaste ahí? —pregunta con voz seria.

—Generación 2008. —Reprimo una sonrisa.

—Yo también.

—¿Así que eres un mago, Pilot? —Uso mi mejor acento escocés, que es terrible. Pilot resopla con burla.

Unos pasos adelante, Chad y Babe descienden hacia la estación de metro. Bajamos los escalones unos segundos después y nos dirigimos al andén. Esperamos veinte minutos antes del anuncio que informa que el último tren ya salió de la estación.

Cansados, los cuatro nos unimos a una masa de gente en éxodo de vuelta a la calle. Del lado izquierdo de las escaleras, aún hay un considerable flujo de personas que baja hacia la estación a pesar de la falta de trenes. Del lado derecho, todos caminamos juntos para agilizar la salida. Los cuatro apenas nos separamos, solo hay una o dos personas entre nosotros. Yo me encuentro en medio de la multitud.

Nos acercamos a la salida otra vez. Puedo ver el cielo allá arriba, pero, al dar el siguiente paso, siento un jalón en mi bolsa y el asa se desliza por mi hombro derecho. El jalón se intensifica. El asa se desliza por mi cuello. Me tropiezo hacia atrás y volteo, alarmada. Hay un hombre bajando las escaleras, con la mano dentro de mi bolsa abierta. Mi pecho se hincha. «¿Qué hago?». El flujo de gente lo empuja a él hacia abajo y a mí en sentido contrario.

—¡Aaah! —Un grito sale de mis pulmones mientras empujo mi cuerpo hacia la derecha, subo de un salto tres escalones y arranco la bolsa de sus manos.

—¿Shane? —Escucho la voz de Pilot desde atrás.

—¿Qué pasa? —pregunta Babe.

—Creo que solo se tropezó. —La voz de Chad golpea mis oídos.

Mis pies se enredan; con torpeza, me empujo con las manos sobre el piso para recuperar el equilibrio como un niño que corre por las escaleras. Me aferro a mi bolsa, la presiono contra mi pecho y subo corriendo los últimos escalones, empujando a todos en mi camino. No me detengo hasta que me alejo de la muchedumbre y estoy afuera, sobre la banqueta.

Tiemblo al tiempo que mis manos examinan el interior de la bolsa abierta, haciendo inventario. Abro el segundo cierre en el que guardo mi cartera y suspiro de alivio. Ahí está.

«Todo está bien». Una mano cae sobre mi hombro y al levantar la mirada me encuentro con los ojos color aceituna de Pilot. Respiro, respiro, respiro, respiro, expulso el miedo de mi cuerpo.

—¿Estás bien? —pregunta.

Babe aparece frente a mí con Chad a su lado.

—¿Qué pasó? —grita Babe, alarmada.

—Un tipo. —«Respira», me digo—. Tenía su mano en mi bolsa. —Mi vista pasa, frenética, de Babe a Pilot.

—¿Qué diablos? —La preocupación de Pilot se convierte en ira. Da un paso atrás y pasa una mano por su cabello. Chad me lanza una mirada inexpresiva y Babe se cubre la boca con las manos.

—Tenía la mano adentro y me jaló. Me alejé y su mano se salió porque él iba hacia abajo. Estoy bien, no se llevó nada —balbuceo.

—Oh, Dios mío —susurra Babe—. Debemos conseguir un taxi. Volvamos. —Me lanza una mirada de empatía antes de voltear hacia un taxi detenido a unos metros. Chad la sigue, yo camino detrás como un robot. Me concentro en alejar el pánico que corre por mis venas. La mano de Pilot está otra vez en mi espalda.

16
UN MILLÓN DE ESTRELLAS BRILLANTES

Me siento en medio, en el asiento trasero. Pilot está a mi izquierda y Babe a mi derecha, Chad va en el asiento delantero. Quiero recargarme en el hombro de Pilot. No tengo mucha experiencia en recargarme sobre alguien, pero creo que puedo manejarlo. No lo hago.

En silencio, mi cerebro recrea la noche en una repetición eterna. Mi estómago sube y baja, como una de esas montañas rusas que tienen muchos declives inesperados. Me enfoco en las partes buenas. Algo está pasando con Pilot. Hace que mi corazón se hinche dentro de mi pecho.

Después de una eternidad, pisamos el concreto gris afuera de nuestro hostal.

Babe y Chad salen en el piso de su habitación y la puerta del elevador se cierra detrás de ellos. Dejo escapar un suspiro. Su ira hizo que el trayecto en el taxi fuera tenso y silencioso. Quiero suavizar el ambiente otra vez. Pilot está recargado sobre la barandilla de la pared posterior del elevador, con la vista fija en las puertas.

—Por fin —rompo el prolongado silencio. Él voltea hacia mí, expectante, y me paralizo.

¿Por fin? «¿Por fin qué?». Dios. Tuerzo los labios en una pequeña sonrisa. Sonreír siempre ayuda. Él me sonríe de vuelta, pero no dice nada. De pronto, mete las manos en los bolsillos y agacha la mirada.

El timbre del elevador suena. Los nervios recorren mi cuerpo mientras caminamos hacia el dormitorio. Siento como si me recorriera una de esas ondas de electricidad que se ven en los museos de ciencia. Cuando llego a la puerta, busco la llave en mi bolsa. Pasa otra eternidad antes de que la saque y la ponga en la cerradura.

—Shane.

Volteo, él está justo detrás de mí, justo frente a mí ahora. Se inclina hacia mí otra vez y el mundo se detiene. Aún no sé qué hacer. ¿Dónde pondré los brazos? Siento que me sofoco. Mi mano se aferra a la llave detrás de mí, la saco de la cerradura y la dejo caer al piso. Doy un pequeño salto cuando golpea el blanco azulejo. Pilot retrocede. Me balanceo a un lado, me agacho para recoger la llave, vuelvo a ponerla en la cerradura, giro la perilla, abro la puerta, suelto mi bolsa, tomo mi maleta y me apresuro hasta el baño para prepararme para dormir.

Cuando salgo, quince minutos después, Pilot parece dormir en su cama. Me deslizo en silencio en la mía. Mi corazón late a toda prisa. No puedo calmarlo. Me acurruco en las cobijas, llevando mis rodillas al pecho en posición fetal. Casi de inmediato, comienzan a brotar las lágrimas.

«No. ¿Por qué estoy llorando? ¡No llores!». Me acuesto sobre la espalda y dejo que las lágrimas se deslicen por mis mejillas. Suspiro en una profunda exhalación, mirando el techo. En serio, ¿qué me pasa? Veo de nuevo a Pilot en el club, el rostro de Chad sobre el mío, la mirada de Babe, la cara del hombre en las escaleras del metro, Pilot de nuevo en la puerta. Mi lista de objetivos de estudiar en el extranjero estaría decepcionada de mí. Hoy no fui valiente, fui patética. Y casi pierdo mi bolsa. «Otra vez». Trago más oxígeno. Cierro los ojos. «Deja de llorar».

Siento una palmadita en mi brazo. Abro los ojos de golpe. Pilot está parado junto a mi cama. Me quito desesperada cualquier rastro de lágrimas y me recargo en los codos.

—Ey —dice en voz baja. Lo observo, ¿qué está haciendo? Con la cabeza hace un gesto para que me haga a un lado.

Dudosa, me muevo hacia el lado izquierdo de la cama. Se sienta y se acuesta junto a mí, bocarriba. No puede ser. Vuelvo a recostarme sobre la espalda. Inhalo una última vez y contengo el llanto con mucha fuerza de voluntad.

Todavía tiene puestos los jeans y la playera blanca.

—¿Estás bien? —pregunta suavemente.

Hablo sin dejar de mirar al techo.

—Sí, lo siento, esto es tan tonto. —Otro respiro—. Me siento abrumada o algo así.

—Casi te roban, no es tonto sentirse abrumada.

Parpadeo.

—¿Puedo preguntarte algo? —continúa Pilot.

—Sí.

Gira el cuerpo a su izquierda y recarga la cabeza en su brazo. Yo giro a la derecha para coincidir. Por dentro, estoy aterrada.

Pilot aprieta los labios.

—¿Crees que Chad sea Santa Claus?

Una risa escapa de mí.

—Por Dios, espero que no —digo con voz temblorosa.

Pilot sonríe.

—¿Tienes hermanos? —pregunta.

Es el maestro de la distracción. Mis ojos se clavan en sus labios y rápidamente regresan a sus ojos.

—No, aunque tengo muchos primos. ¿Y tú?

—Dos hermanas menores.

«Dos hermanas menores, ¿por eso será tan lindo?». Sonrío para mí misma.

—¿Qué? —Sonríe de nuevo.

—Nada —respondo de inmediato. Me acuesto de espaldas otra vez; cuando aparece la presión del contacto visual, prefiero ver al techo. Siento cómo Pilot se acuesta junto a mí hasta que estamos lado a lado, compartiendo almohada.

Trago un poco de saliva.

—¿Qué es lo más aterrador que has hecho?

Hace una mueca, como si considerara la pregunta.

—Yo... ¿A qué te refieres con aterrador?

—O sea, no en el sentido que todos creen, sino algo que a ti, específicamente, te provoque miedo, ¿me explico?

Hay un instante de silencio antes de que responda.

—No estoy seguro, puede ser que dejé a mi... Bueno —deja escapar un suspiro—, supongo que el cambio siempre me ha dado miedo.

No digo nada por un momento, simplemente asiento con la cabeza para demostrarle que concuerdo con él y junto el valor para hablar.

—Esto es lo más aterrador que he hecho —susurro.

—¿Qué?

—No me refiero a esto-esto. Quiero decir, salir del país para estudiar. No soy muy buena para experimentar nuevas cosas. Y nunca estuve tan lejos de mi familia. Pero... más que eso, siempre fui la hija buena, ¿sabes? Siempre obtengo buenas notas, no contradigo a mis padres. Hago todo lo que dicen. Soy su única hija y quiero hacerlos felices, nunca les he mentido. Así que, cuando mentí sobre esto, me creyeron.

—¿No saben que estás aquí? —pregunta en voz baja.

Reprimo un sollozo de tristeza.

—Estoy en curso para entrar a la escuela de Medicina, así que les dije que estoy aquí estudiando Medicina. Hasta hice un folleto falso y todo. Me hice cargo de los trámites. Pero no hay ningún programa de Medicina aquí... y se enfadarán cuando lo descubran.

—Pensé que estudiabas Letras.

—Ellos no pagarían la universidad si no hiciera una carrera en algo que me asegurara un «futuro lucrativo». —Parpadeo hacia el techo—. Mi abuelo fue artista, escribía poesía y tuvo muchos trabajos temporales. Eso lo convirtió en un pésimo padre. Nunca estaba en casa y, cuando lo hacía, era distante, siempre cansado, tenía una relación lejana con mi padre y sus hermanos. Ahora mi papá está obsesionado con la estabilidad financiera, al estilo macho italiano, soy-un-hombre-de-verdad. Soy su única hija, así que... él... es demasiado. Sé que, a su manera, solo intenta ser un buen padre; para él, escribir, ser creativo, no es el camino práctico por excelencia.

»Soy buena en matemáticas y ciencia, me gustan los números. Mamá quería ser médico, pero tuvo que dejar la universidad cuando se embarazó, así que tiene sentido. Está muy emocionada. —Volteo a ver la reacción de Pilot. Su rostro está ahí, a una respiración de distancia. Hay cierta tristeza grabada en sus ojos—. No odio estar en el programa de Medicina; solo que, tú sabes, no es lo mismo. Es muy absorbente y, no sé, quiero hacer más cosas. Estas últimas dos semanas aquí, estudiando algo que de verdad me importa y escribiendo, han sido lo mejor.

»En realidad nunca me sentí bien en Yeshiva, así que iba a casa cada quince días. Todos en nuestro año estaban emocionados por estudiar en el extranjero, así que pensé que esta sería una oportunidad para empezar de nuevo. Hacer nuevos amigos, tener nuevas experiencias y no pasar todo el tiempo en mi dormitorio. Empecé a buscar programas y encontré este en Londres. Sabía que era mi oportunidad de hacerlo, hacer lo que amo de verdad: había una pasantía, prácticas de escritura, un trabajo real y, si lo hacía bien, quizá podría ayudarme a tener un empleo de verano pagado en algún lugar de Estados Unidos. Y tal vez así podría mostrar a mis padres, ya sabes, que puedo hacerlo.

»Puedo hacerlo, soy buena en esto y lo haré. —Trago saliva. Pilot me observa con atención. Cruzamos miradas por unos segundos antes de regresar la vista al techo—. Así que, cuando me pongo nerviosa, solo hago mi mejor esfuerzo por lidiar con la paranoia residual y el miedo que aún me invade. Como cuando perdí mi bolsa. Pensé, ya sabes, que podría haber arruinado todo. Ellos me descubrirían y no sé... No sé. No le he contado esto a nadie.

Los dedos de Pilot se entrelazan con los míos. Aprieta mi mano. El calor recorre las yemas de mis dedos.

Todo está en silencio por un minuto hasta que Pilot dice:

—Shane, eres fantástica.

Una risa inesperada llena mi pecho. Mis hombros tiemblan en un intento por contenerla. No sé qué decir. Aprieto su mano suavemente. Permanecemos acostados así otros veinte minutos. No sé qué hacer conmigo. No hay forma de dormir. Mi corazón rebota de un lado a otro como una pelota de ping-pong. Después de un rato, él por fin se levanta. Con cuidado, vuelve a su propia cama. Yo finjo estar a punto de dormirme.

—Buenas noches, Shane —murmura desde su cama.

Mis palabras tiemblan nerviosas en mi boca.

—Buenas noches, Pays.

17
UN HILO FÁCIL DE ROMPER

23/01/11, 8:30 a.m.
COSAS DE LAS QUE ESTOY SEGURA:

1) Es hora de tomar el tren para volver a Londres (100 %).
2) Pilot y yo estuvimos a punto de besarnos varias veces (91 %).
3) Pilot tiene novia (73 %).

¿Esto que está pasando significa que romperá con su novia? ¿Terminaría con ella? ¿Ya terminaron? ¿Nos lo contaría? No me atrevo a preguntar. Ni siquiera saco el tema, y él tampoco lo ha hecho desde... bueno, nunca lo ha hecho.

Si algo fuera a pasar entre nosotros, él tendría que dar el primer paso. No es que yo sepa cómo dar el primer paso... Quizá él lo hizo varias veces anoche. ¿Dio pasos que yo bloqueé? Quisiera preguntarle a Babe. Se siente como un tabú hablar de esto con cualquiera, porque, por lo que sabemos, Pilot tiene novia. Que me guste va contra todas las reglas. Me gusta seguir las reglas.

Pero ¿tal vez terminaron? No es algo que gritaría a los cuatro vientos. Pudo pasar. Dijo que quiere que vayamos juntos a Edimburgo el próximo fin de semana. O sea, ¡las señales indican que sí!

—¿Shane?

Levanto la cabeza. Pilot está al pie de mi cama, agitando las manos para llamar mi atención. «Guau». La última vez que lo vi, se dirigía al baño. Cierro de un golpe el cuaderno, guardo el bolígrafo a toda prisa y le sonrío.

—Hola, sí. ¿Listo? —Guardo el Horrocrux Nueve en mi mochila.

Pilot y yo encontramos a Babe y Chad sentados en extremos opuestos de la banca, con los brazos cruzados.

—¡Ey! —Pilot exclama mientras nos acercamos a su banca.

—¡Buenos días! —los saludo.

—¿Listos para tomar el taxi? —Babe se levanta.

—Sí, cla... —comienzo, pero Babe me interrumpe.

—¡Genial! —Luego camina deprisa hacia la puerta, cargando su maleta.

Nos toma diez minutos detener un taxi en esta zona a las afueras de París. Cuando lo logramos, doy un paso y abro la puerta trasera. Babe se sube de un salto. El conductor abre la cajuela y nos ayuda a cargar el equipaje.

—No subiré a ese taxi —anuncia Chad desde la banqueta. Se escucha un estruendo cuando la maleta de Babe entra a la cajuela.

Volteo a verlo.

—¿Por qué? ¿Qué hay de malo con este taxi?

—No me iré en el mismo taxi que ella.

Escucho el golpe de mi equipaje en la cajuela. Los dos chicos aún cargan sus maletas, así que el conductor la cierra de golpe y vuelve al auto.

—¿Qué quieres decir con que no irás en el mismo taxi que ella? Todos vamos a la estación. Hay cuatro asientos aquí. —Intento hablar con calma, pero la ira se escapa por mi voz.

—¡Quiero tomar otro taxi! —grita. Pilot y yo intercambiamos miradas.

—Amigo, nos tardamos como diez minutos en encontrar este taxi —intenta razonar.

Agacho la cabeza para ver la reacción de Babe. Tiene la mirada fija en el asiento frente a ella.

—No tomaré este taxi —repite Chad en voz alta.

—Cállate, Chad —exclamo, regresando mi atención a él.

—Váyanse, chicas. Me quedaré con él para esperar otro taxi. Las vemos allá —ofrece Pilot.

Dejo escapar un suspiro furioso, pero acepto con un movimiento de cabeza y me deslizo dentro del auto junto a Babe.

—De acuerdo. Buena suerte —les deseo. Lanzo una última mirada hacia Chad y cierro la puerta, azotándola, antes de darle la indicación al conductor—: ¡A Gare du Nord, por favor!

Mis ojos se posan en Pilot mientras nos alejamos. Él asiente con la cabeza antes de voltear a decirle algo a Chad. Me recargo en el asiento, mi chamarra acolchonada rechina contra el cuero. Babe hace pucheros junto a la ventana.

Suspiro.

—Babe, ¿pasó algo más entre ustedes dos? Siento mucho lo de anoche, pero, por favor, no estés molesta conmigo. Chad se acercó a mí para hacerte enojar o algo, pero no pasó nada. Me alejé de él.

Babe también suspira.

—No estoy enojada. Siento haberte gritado. Bebí demasiado. —Sigue viendo al piso—. Chad se está comportando como un imbécil, quiere hacer una escena. A veces se pone dramático.

—No me digas.

Babe suspira y me mira a los ojos. Los suyos están húmedos.

—Anoche, en el bar, pensé que todo iba bien. Él enloqueció y más tarde, cuando volvimos a la habitación, quise explicarle todo, pero él no escuchaba. Solo me dijo: «Babe, ya lo hablamos. Me gustan las chicas más bajitas, no eres mi tipo. Dios, ¿por qué intentas arruinar esto? Nos estamos divirtiendo y tú lo arruinas todo. Es tan frustrante». —Su imitación de Chad es más aguda, pero me gusta. Ella continúa—: Así que le dije: «No entiendo. Entonces, ¿por qué me pediste que planeara tu cumpleaños?». Y él tuvo el cinismo de responder: «Yo no te pedí que planearas nada». Y entonces dije: «¿Estás seguro de que no me pediste nada? Henos aquí, ¡en París, juntos, por tu cumpleaños!». Y él respondió: «No intentes convertir esto en algo romántico». Luego le dije que era un imbécil y salió furioso del dormitorio.

—¿Qué tipo de idiota les dice eso a sus amigos? ¿Quién trata a alguien así? No te merece en su vida.

—En algún momento de la noche regresó a dormir.

—¿Se disculpó?

—No, no hablamos esta mañana.

—¿Qué demonios? ¿Y es por eso que hizo un desplante y no quiso tomar el taxi?

—Intenté hablar con él mientras los esperábamos a ustedes.

—Babe, hay muchos otros chicos a los que les gusta Disney. Toda esta situación es tan extraña y melodramática. Es como si llevaran casados diez años y él te hubiera encontrado esta mañana en la cama con otro hombre.

—Es muy apasionado, es todo.

Me doy una palmada en la frente.

—Ya no lo buscarás, ¿cierto?

Ella guarda silencio antes de cambiar el tema.

—Es tu turno para hablar. ¿Qué pasa entre Pilot y tú?

Mis labios se sellan. Trago un poco de saliva, pienso si compartir o no mi teoría sobre el rompimiento. Me quedo callada.

Ella levanta las cejas y volteo para mirar por la ventana.

Pasamos por hamburguesas en nuestro camino de vuelta al Karlston. Babe y yo comemos las nuestras en la cocina, ambas navegando en internet y poniéndonos al día con el mundo. Importo todas las fotografías de París, las edito y hago un álbum en Facebook. Paso un rato más en el sitio de *Maletas Hechas*, preparándome para mi primer día de trabajo. En algún punto, Atticus entra y nos pregunta sobre el viaje.

Mientras le contamos, él saca comida congelada y la mete en el microondas. Cuando acabamos con lo más sobresaliente, él nos platica sobre un extraño espectáculo cuya historia giraba en torno a la vida de un sapo, y que tuvo que ver para una de sus clases. Escena por escena, nos enteramos de todo y es ridículamente entretenido por la sarcástica narración de Atticus.

Llevamos treinta minutos en la recapitulación del sapo cuando la puerta de la cocina se abre. Pilot entra y se desploma sobre el sofá de cuero negro. Luce exhausto. Siento cómo una sonrisa nerviosa levanta mis mejillas. Lo de anoche... Es decir, algo cambió entre nosotros.

—Y todo el elenco está en cuclillas sobre el piso, croando; se lo juro, cinco minutos sin otro diálogo. —Atticus, quien camina alrededor de la mesa, se detiene de golpe observando a Pilot—. ¡Hola! Les estaba contando sobre la obra del sapo —dice animado. Pilot suelta una risa sarcástica y deja caer la cabeza sobre el sofá—. ¿Cómo estuvo la llamada?

¿Una llamada? Muevo a Sawyer a un lado para ver mejor a Pilot. ¿Se tratará de una llamada para romper con Amy?

Pilot desliza una mano por su rostro y dirige la vista al techo. «Oh, Dios mío. Algo está mal. ¿Fue una llamada para romper con ella?».

—Pues —comienza— Amy vendrá a visitarme el próximo mes, en sus vacaciones. Quería verme, así que compró un boleto para venir. De visita.

Ahogo un suspiro inaudible al tiempo que la nube sobre la que estuve bailando se disuelve bajo mis pies. Los ojos de Pilot se encuentran con los míos y después los dirige al piso. Babe me lanza una mirada empática.

—¡Será lindo! — exclama Atticus desde su lugar, recargado en la barra, cerca del lavabo—. Deberían ir a París juntos, es la ciudad del amor y todo eso.

Regreso la computadora a su lugar y mi mirada vacía se fija en la pantalla.

—Sí, ahí... ahí es a donde ella quiere ir —murmura Pilot. No suena emocionado. No sé si eso lo hace mejor o peor. Necesito salir de aquí. Necesito huir de este cuarto.

—¿Aunque acabas de estar ahí? —pregunta Babe, dudosa. Mis miembros se rehúsan a moverse. Necesito escuchar los detalles.

—Sí, tiene muchas ganas de ir.

—Saldrá bien. Siempre hay más que ver en París —añade Atticus y toma un asiento en la mesa.

De pronto, Pilot se pone de pie y camina hacia la puerta.

—Bueno, debo... escribir un ensayo.

Dejo que pase un minuto antes de guardar mi computadora e irme también. Quiero estar triste en la privacidad de mi litera. Cuando me levanto, mi silla se cae hacia atrás y emite un molesto ruido.

—¡Jódete! —le grito.

Babe y Atticus me observan, callados y con los ojos bien abiertos. Paso saliva, pongo a Sawyer otra vez en la mesa, recojo la silla y salgo de la habitación.

18
PUEDO APRENDER A HACERLO

24 de enero de 2011

Mamá y papá:

Mis prácticas comienzan mañana. El nombre de mi jefa es Wendy y desde ya estoy segura que es la más genial. Dice que, si las cosas salen bien, ¡podría escribir un artículo para la revista sobre estudiar en Londres! Pasé toda la mañana investigando la compañía para tener una mejor idea de su estilo. Esta tarde haré una lista de cosas turísticas para hacer en Londres por los siguientes meses. De esa forma, si me dan la oportunidad de hacer ese artículo, estaré preparada. ¡Deséenme suerte!

 P.D. Extraño su comida.
 P.D.2. Me gusta un chico. Tiene una novia que no soy yo, eso es lo peor.

Besos y abrazos,
Shane

Estoy frente a la puerta de *Maletas Hechas*, nerviosa debido a la recién ingerida cafeína que aún recorre mis venas.

Veo mi teléfono otra vez: son las nueve cincuenta y dos. Ocho minutos temprano. Eso debe estar bien. Oprimo el timbre y doy un paso atrás cuando suena el zumbido desde la bocina.

Tracey, la recepcionista, me da la bienvenida. Me lleva a una pequeña mesa afuera de la cocina de la oficina y acomoda una vieja MacBook blanca. Aquí es donde debo sentarme. Después me guía por el espacio abierto y me presenta a los empleados; intento memorizar los nombres de todos, pero solo intercambiamos cortos «holas», así que es difícil. Donna, Janet, Declan, George y ¿Jamie? Todos visten a la moda y tienen acento británico.

Me dan un breve recorrido por la cocina, donde preparan el té. Tienen geniales cubitos de azúcar, una tetera eléctrica de acero, diez tipos diferentes de té y una tabla con las preferencias de todos pegada en la pared. Debo preparar té para quien me lo pida. Es una demostración corta que acaba de vuelta a la mesa donde está la MacBook blanca.

—Puedes escribirme un mensaje instantáneo si me necesitas —agrega Tracey antes de volver a la recepción.

Jalo la silla con cuidado y me siento. Abro la MacBook y voy directo al iChat. Tracey es el único contacto conectado.

Paso el resto de la mañana atenta a mis funciones. Cada vez que alguien se acerca a mi mesa, me siento derecha, lista para que me pidan un té. «Puedo hacerte un té», les digo con mi mente, «¡pídeme que te haga un té!». Pero nadie me lo pide. Siguen de largo y se lo preparan ellos mismos. ¿No saben que estoy aquí para hacer su té?

Escucho pedazos de conversaciones sobre distintas ciudades alrededor del mundo mientras la gente pasa, pero no lo suficiente como para saber en qué están trabajando. Veo cómo la oficina funciona sin tener idea de cómo debo pasar mi tiempo. Envío un mensaje a Tracey para preguntarle qué más quiere que haga. Ella me responde: «Después te digo». Pero ¿qué hago mientras tanto?

Durante la preparatoria y las vacaciones siempre trabajé en la oficina de papá (es asesor financiero). Cada mañana, su asistente me enviaba una lista de las cosas que debía hacer. En su mayoría, era un trabajo aburrido y sin importancia, pero algunas de mis mejores ideas salieron en ese extremo sopor. Mi mente divagaba y creaba tramas en mi cabeza mientras trabajaba por horas con estadísticas financieras. La cuestión es que aquí no quiero divagar. Quiero concentrarme.

Me gusta el ambiente moderno de la oficina. Desde el departamento de edición, ubicado en el centro del salón, suena Spotify con un poco de música indie y alternativa. La estación de edición consta de cinco enormes Macs de escritorio agrupadas. Uno de los empleados jóvenes y guapos que llamó mi atención durante el recorrido trabaja ahí. Es pálido y delgado, usa lentes cuadrados de pasta negra y tiene cabello castaño rizado. Recuerdo su nombre: Declan. También hay una chica de piel bronceada, con largos mechones de cabello ondulado, en un escritorio adyacente a los editores: Donna. Frente a ella, se sienta el hombre más viejo del lugar, creo: George. Tiene piel pastosa, usa lentes negros redondos y es un poco calvo.

Del otro lado de la habitación, hay dos escritorios que se dan la espalda. Uno es el de Janet, una pequeña mujer negra que usa unos geniales lentes rojos y tiene unos voluminosos rizos dorados que llegan a su cuello; el otro es de Jamie: una chica con bronceado artificial y pinta de rica, debe estar en sus cuarenta; es intimidante, alta, con pelo lacio teñido de rubio y flequillo.

La jefa, Wendy, se detiene frente a la computadora de la música de vez en cuando para subir el volumen antes de volver a su oficina. Esta mañana anunció que ama una banda que se llama Neon Trees, así que hemos escuchado su música todo el día. Ahora me gusta a mí también.

A las tres y media, Tracey por fin llega a mi mesa con una tarea. Me enderezo, emocionada, cuando me da un Post-it. Es una lista de supermercado. Quiere que vaya a comprar algunas cosas al supermercado cerca de Covent Garden.

No tiene nada que ver con la revista, ni un poco. Pero voy feliz por las compras, me anima ayudar en algo. Cuando vuelvo, Tracey me pide que busque en internet un perchero original para la oficina. Paso el resto de la tarde buscando percheros extraños en internet y se los envío por email. A las cinco, me da una bolsa llena de paquetes y me dice que puedo irme a casa después de llevarlos al correo.

Dejo caer los hombros conforme bajo las escaleras hacia la puerta. Esto no es lo que esperaba. Me sentí más como una carga con la que nadie supo qué hacer este día, más que como una especie de asistente. En el camino a casa, hago un intento por no decepcionarme. Fue solo el primer día.

—¡Amo mi oficina! —exclama Babe, mientras deja una bolsa de comida en la mesa de la cocina—. ¡Está llena de cosas relacionadas con Disney! Todos tienen pequeños peluches de animales de Disney en sus escritorios. Oh, Dios mío. Es increíble. —Todos en el departamento nos reunimos en la cocina para hablar de nuestro primer día de trabajo. Termino el *shawarma* que compré de camino a casa. No es *shawarmiércoles*, pero moría del antojo.

—Debo volver al trabajo en una hora —nos cuenta Atticus, quien está sentado en el sillón. Escribe en su laptop. Atticus siempre está moviéndose, haciendo malabares y varias cosas a la vez.

—Yo hice encargos todo el día: comida, lavandería, compras. —Sahra suspira y pone una olla de agua en la estufa.

—Yo ingresé datos en una computadora —añade Pilot mientras abre su hamburguesa de Byron.

—Yo busqué percheros artísticos por unas tres horas —les digo a todos. Observo a Pilot, que está a dos asientos de mí. Él no me mira a los ojos.

—¿Percheros? —pregunta Babe, incrédula, desde la barra.

Volteo a verla.

—Sip, pude ver de verdad cómo se hace una revista —Babe se ríe.

—Sahra y yo iremos a un club en Soho este viernes. ¿Quieren ir? —pregunta Atticus.

—Yo no saldré este fin de semana —responde Babe.

—¿Y tú? —Sahra me apunta con una cuchara de madera.

No puedo evitar ver a Pilot de nuevo. ¿Por qué no dice nada? Siempre quiere hacer cosas. Ahora está concentrado en comer su hamburguesa. «¿No vendrá con nosotros?». Veo a Atticus y después a Sahra.

—Está bien. Iré.

28/01/11, 8:30 p.m.

El segundo y el tercer día en *Maletas Hechas* han sido un poco mejores que el primero. Mi deseo por aprender es genuino, así que ayer, en algún momento después de cinco horas de angustia interna, me levanté de mi asiento con un plan en mente. Deambulé por la oficina como un gatito ansioso y en voz baja le pregunté a cada empleado si quería una taza de té. Esto dio pie a varias conversaciones.

Ellos comenzaban con algo como: «Hola, ¿cómo estás, cariño?».

Entonces yo decía algo brillante como: «Hola, ¿quieres una taza de té?».

Y ellos respondían emocionados: «Sí, ¡por favor!» o «No, gracias».

Hice dos tazas de té, una para Donna y otra para Janet. Estaba supernerviosa al preparar la primera taza. Digo, soy estadounidense y ellas inglesas. Es un hecho que tienen estándares más elevados para el té. Pero la tabla en la estación de té era un salvavidas. Nunca había usado los cubos de azúcar y estoy maravillada. ¡Deberían hacer estrellas de azúcar y otras formas! ¡Octágonos de azúcar!

El jueves, todos los empleados me saludaron con un «¡Hola, Shane!» o «¡Buenos días, Shane!» cuando llegaron. Saben mi nombre. Ya di un paso para comenzar a aprender todos los detalles de su trabajo. Hice una ronda de té a las once y otra a las tres porque esa es la hora a la que comienza a ser difícil mantener los ojos abiertos en mi pequeña mesa de trabajo.

Después de la ronda de té en la mañana, Tracey me dio una tarea apenas relacionada con la compañía. Ordenaron quinientas bolsas de tela con el logo de *Maletas Hechas* impreso. Tuve que revisarlas todas para ver cuáles estaban bien impresas y cuáles estaban un poco torcidas, o chuecas, como dicen los ingleses. Estoy aprendiendo tantas palabras nuevas.

Al final del tercer día, Donna (té negro, un cubo de azúcar y leche extra) estaba lista para irse cuando toda la oficina cobró vida. Se pusieron de pie, la abrazaron y le desearon suerte para su viaje a Moscú. Irá a buscar ideas de viaje para *Maletas Hechas*. Parte de su trabajo consiste en visitar varias ciudades, quedarse en distintos lugares y explorar diversas atracciones.

Hoy es viernes, esta mañana tuve clase y escribí otra triste postal para mis padres que sumaré a mi colección. ¡Ah!, y ya pasaron cinco días desde mi última conversación con Pilot. Es como si me estuviera evitando.

He pasado tiempo en la cocina después del trabajo para encargarme de varios proyectos: la publicación del viaje a París en mi blog e intentar darle vida a un esquema para la idea de novela que tengo; es sobre unas gemelas adoptadas que durante la universidad descubren que uno de sus profesores es su padre biológico. Cuando entro a la cocina, Pilot ya está ahí y de pronto debe irse. Si yo ya estoy en la cocina y él entra, toma algo y se va de nuevo.

Babe ha pasado mucho tiempo en su cama viendo varias versiones de *La Cenicienta*. Ayer la descubrí viendo *Por siempre Cenicienta*, y esta mañana miraba la versión de Brandy. Intenté convencerla de salir esta noche, pero dice que no está lista. Yo estoy lista. Esta noche dejaré de lamentarme por Pilot.

Reviso cómo me veo en el espejo de cuerpo completo una última vez y plancho con las manos mi falda de cintura alta. La combino con un top a cuadros color rojo, e, inspirada por Babe, me pinto los labios con un tono rubí. La nueva canción de Avril Lavigne, «What the Hell», está programada para repetirse una y otra vez en Sawyer, que está sobre la mesa junto a la enorme ventana. Sahra da los últimos detalles a su maquillaje. Usa un vestido holgado color crema que le llega justo a las rodillas, aretes azules y botas de tacón del mismo color que su vestido.

—¿Lista? —pregunta con su usual tono asertivo. Me estoy acostumbrando a él y empiezo a respetarla por eso. Ella tiene en sí misma la confianza que yo solo finjo tener, y ni siquiera creo que pueda alcanzarla fingiendo.

—¡Sí! —digo, me limpio con el dedo un poco de labial sobrante de mi boca y tapo la barra. Subo el cierre de mis botas y tomo mi bolsa. Sahra es la primera en atravesar la puerta. Le echo un vistazo a Babe. Está mirando la película original de Disney de *La Cenicienta*, con los audífonos puestos. Me despido de ella intentando que nuestros ojos se encuentren, pero está perdida en la pantalla.

Tomamos el metro hasta el centro de Londres. Sahra nos guía a Atticus y a mí por las calles hasta un bar lleno de luces rojas en Soho. El lugar vibra con música y risas. Pedimos unos tragos (yo un vaso de vino) y los tres nos sentamos en los sofisticados sillones que se alinean junto a la pared. Al principio intentamos conversar, pero hay mucho ruido. Atticus insiste e intenta hablar sobre la música, pero, a pesar de sus esfuerzos, nuestra conversación muere pronto. Hay una pista de baile más o menos llena de gente en el centro de la sala. El DJ pone música pop y después de algunos minutos sin hablar, tengo ganas de pararme y bailar al ritmo de la música. Doy golpecitos en el piso con el pie con «Who's that Chick» de Rihanna.

—¿Quieren bailar? —les pregunto.

—¿Por qué no? —acepta Atticus.

Sahra se encoge de hombros.

—Claro.

Me entrego por completo a Rihanna, doy vueltas y agito los brazos. El vino se desparrama por mi muñeca, pero lo disfruto, me río. Sahra es más conservadora al bailar, se limita a moverse un poco de atrás hacia delante. Atticus irrumpe con graciosos y anticuados pasos de nerd. Después de algunas canciones, alguien toca mi hombro. Me doy vuelta para encontrarme con un atractivo hombre negro en camisa azul.

Le sonrío.

—¡Hola!

—¡Hola! A mi amigo le gustaría bailar contigo —grita por encima de la música y señala a otro tipo. Detrás de él, me mira un pelirrojo de hombros anchos, lleno de pecas y con la complexión de un jugador de rugby. «¿Estamos en la secundaria?».

—Eh, de acuerdo —acepto. Jugador de Rugby camina hacia mí y los dos hombres se unen a nuestro pequeño círculo. En algún momento, Atticus va por otro trago a la barra. Sahra se queda conmigo y los dos tipos.

Hemos bailado por mucho tiempo. Jugador de Rugby pregunta si puede hablar conmigo fuera de la pista de baile. Después de consultarlo con Sahra por medio de miradas y recibir un agresivo «¡ve!», asiento con la cabeza. Jugador de Rugby y yo encontramos un espacio vacío en la barra. En el otro extremo, descubro a Atticus hablando con un hombre atractivo, peinado con una pequeña coleta.

—¡Esto es muy divertido! ¿A qué te dedicas? —grita Jugador de Rugby.

Aparto la mirada de Atticus para responder.

—Pues escribo. ¿Y tú?

—¿Como libros y artículos? Yo soy abogado.

—Genial. Eh, los dos, supongo. —Doy un trago al vino que logró sobrevivir a la sesión de baile.

Me observa fijamente por un instante. Comienzo a sentirme incómoda, así que con torpeza busco una forma de hacer conversación.

—Y... ¿qué opinas de *Legalmente rubia*? ¿Crees que fue un retrato verosímil de la escuela de Derecho? —Trato de sonreír.

Su rostro se ilumina.

—Eres tan linda.

No dice nada más, así que me río nerviosa y finjo tener acento inglés.

—¿Y qué tipo de abogado eres?

—¿Qué es ese acento? —pregunta contento.

Continúo:

—No sé a qué te refieres. —Antes de darme cuenta de qué está pasando, me acerca hasta su rostro y nos estamos besando. «¿Qué?».

Con una mano, sujeto mi copa de vino y la otra cuelga a mi lado. Él me besa, pero no estoy segura de qué estoy haciendo. Es húmedo y cálido. Mi mente proyecta un recuerdo: cierta vez, Leo me tomó inesperadamente la cabeza y me sumergió al fondo de la piscina.

Nos separamos. Eso fue raro. Veo al piso con los ojos muy abiertos. Nunca estuve tan cerca del rostro de una persona, pero lo hice... Besé a alguien. Alguien cuyo nombre ni siquiera conozco. Qué decepción.

Él toma mi mano libre con la suya al tiempo que nos recargamos sobre la barra. Forzamos breves conversaciones por otros diez minutos. No es muy divertido porque debo guiar toda la plática y él solo lanza respuestas inmediatas y aburridas cada vez que pregunto algo.

Al final, me pregunta:

—¿Podríamos salir algún día? ¿Me puedes dar tu teléfono?

¿Cómo le digo «ja, ja, ja, no, gracias» sin sonar grosera? Lentamente, saco mi celular ladrillo.

—Eh, sí, espera un segundo —digo mientras navego por mi lista de contactos con los estúpidos botones. Ni siquiera me sé mi número. Tuve que poner mi propio contacto en la lista. Lo selecciono y giro el celular para que pueda verlo. Anota el número en el suyo.

—¡Gracias! —Guarda su iPhone—. Esto fue divertido.

Me acerca y nos besamos de nuevo. Dejo que pase porque aún es un gran misterio. Quiero experimentarlo, para no ser torpe cuando llegue el momento de besar a un ser humano que me interese. Esta vez es mejor. Lo beso de vuelta, más segura, y dura un poco más antes de separarnos. Bien, eso estuvo mejor. Fue agradable.

29/01/11, 10:30 a.m.

Pasó. Me siento a desayunar y escribir como un ser humano al que han besado. Técnicamente no cuenta como uno de los objetivos de la lista, porque el chico no me gusta. Pero me atreví a salir y lo experimenté. Me siento más integrada a la sociedad por eso. Ahora debo relajarme y comenzar mi relectura de Ciudad de cristal, de Cassandra Clare, el cual sí traje a Londres en mi maleta como recompensa.

—Buenos días, Shane. ¿Tienes noticias de Jugador de Rugby?

Cierro de un golpe mi cuaderno y veo a Atticus. Me observa subiendo y bajando las cejas y se sienta con su laptop del otro lado de la mesa.

Suelto un bufido.

—No, ¿tú tienes noticias de Tipo Arrogante?

—Sí, de hecho. Nathan y yo cenaremos el sábado.
—Sonríe.

—Eso es velocidad. —Le sonrío antes de volver a tomar *Ciudad de cristal*.

—¿Qué lees? —me pregunta con curiosidad.

—*Ciudad de cristal*, uno de mis favoritos. —Le digo feliz—. El cuarto libro de la serie saldrá pronto y estoy releyendo para prepararme.

—Nunca escuché hablar de él —responde, animado.

—¡Te lo pierdes! —bromeo—. ¿Qué lees ahora?

—Ahora, *El poeta*, de Michael Connelly. Es aterrador como el demonio, pero bueno.

—Lo agregaré a mi lista. —Después, le recomiendo la serie de libros *Cazadores de Sombras* hasta que acepta revisarlos.

Antes de volver a mi habitación para leer en la litera, decido preguntarle a Atticus si quiere explorar un poco más de Londres conmigo esta tarde o mañana. Debo comenzar a crear mi repertorio para el futuro artículo en la revista. Rechaza mi propuesta con amabilidad, pues ya tiene planes relacionados con el teatro y después, claro, su cita.

Salgo de la cocina y me paralizo a medio pasillo cuando escucho la guitarra de Pilot. No hemos hablado en seis días. ¿Debería preguntarle si quiere venir conmigo? ¿Tal vez la única forma de arreglar la extrañeza que se ha instalado entre nosotros sea forzando la normalidad?

Su puerta está abierta de par en par.

No me doy la oportunidad de acobardarme. Camino hacia allá y me recargo en el marco de la puerta. Rasguea las cuerdas de Lucy, usando unos anticuados audífonos de diadema y con la vista fija en la pantalla de su computadora.

—Hola —digo un poco más fuerte de lo normal. Él se sobresalta y se lleva los audífonos hacia atrás.

—¡Hola! No te vi. —Ríe incómodo. «¿Está nervioso?».

Baja la mirada de nuevo a su computadora y luego me mira. Oh, Dios, ¿está hablando por Skype con alguien? ¡Pero la puerta estaba abierta!

—Oh, lo siento. —Mi corazón da golpes de martillo sobre mi garganta—. Quería saber si querías explorar lugares en Londres, más tarde o el domingo, conmigo y tal vez las chicas. Será divertido. Estoy investigando para un artículo que quizá deba escribir para la revista y trabajo en una lista lugares a los que quiero ir y, eh... sí. Eso.

Él parpadea varias veces, como asombrado.

—Es que... ya hice planes con los chicos que viven al final del pasillo. Hoy nos vamos a Bath y nos quedaremos hasta mañana. Pero buena suerte, suena genial.

Siento un incómodo malestar.

—Oh, está bien. Vaya. Pues... diviértete.

Me doy la vuelta, entro a mi habitación, me deslizo hasta la litera y me acuesto sujetando el Horrocrux Nueve y *Ciudad de cristal*.

Eso fue extraño. Su actitud no es normal.

30/01/11, 2:17 a.m.

Pilot se fue a Bath hoy... ¿Por qué no nos dijo? Bueno, supongo que no está obligado a decirnos todo sobre su vida. Pero no me invitó a mí ni a ninguno de nosotros.

Odio que esto me duela.

Babe, Sahra y yo saldremos juntas a explorar la ciudad mañana; será divertido.

Recibí un mensaje de mi primer beso. Jugador de Rugby me preguntó si quería salir con él el próximo miércoles. No supe cómo decir que no de forma amable, así que entré en pánico y le dije que estaría en Alemania.

No puedo dormir. El día que aterricé en Londres, pensé que mi vida se iluminaría con miles de luces de cuento de hadas. Las últimas semanas han sido maravillosas, pero ahora que Pilot se está alejando, todo se está viniendo abajo. Diablos.

19
A LA DERIVA

—¿Qué es eso de que tienes un novio? —Papá comienza así la conversación.

Volví de mi clase de los lunes hace unas horas y he anticipado esta llamada con nervios desde que... Esta es nuestra primera llamada desde que empecé las prácticas.

Me recargo sobre la pared de mi litera.

—No tengo ningún novio.

—No fue lo que escuché de Leo.

—Bueno, pues Leo es un imbécil.

—¿Qué te pasa? Solo hice una pregunta.

—Vamos, Shane. No hables así de tu primo —intercede mamá.

Carraspeo. Mamá cambia el tema.

—Cuéntanos del trabajo. —Sonríe a la cámara—. ¿Cómo te vestiste? ¿Con quién trabajas?

—Trabajo en una oficina de urgencias, estoy bajo la tutela de la recepcionista, su nombre es Wendy y mi compañera de habitación trabaja en el mismo edificio, en el área pediátrica. —Fuerzo una sonrisa en mi rostro.

Mamá sonríe.

—Vaya, Shane, eso es genial. Sabes que estoy orgullosa de ti, ¿cierto? ¡Estoy tan orgullosa de ti! Solo... —Se interrumpe y pone una mano en su corazón—. Y es tan lindo que tengas a Sahra ahí. ¿Comen juntas?

Me duele el corazón.

—Sí.

—¿Estás aprendiendo mucho? —pregunta papá.

Asiento con vehemencia.

—Sí, ya estuve expuesta a todo tipo de asuntos médicos y situaciones de emergencia.

Mamá arquea las cejas con curiosidad.

—¿Alguna en particular que quieras compartir con nosotros?

—Mmm, no, bueno, eh...

Por fortuna papá me interrumpe con otra pregunta. Nunca lo aceptará, pero es aprensivo. Acabamos unos minutos después. Siento como si me hubiera tomado una taza de lodo. Quiero contarles sobre *Maletas Hechas*. Quiero contarles lo increíble que es mi curso de escritura, que obtuve otro diez en la tarea de hoy. Me encanta cómo me miran cuando saben que me va bien, cómo papá sonríe y la voz de mamá titubea porque cualquier emoción fuerte la hace llorar. Me gusta ser su hija perfecta.

Es inevitable que descubran que mentí sobre todo esto, pero necesito que eso suceda hasta que acabe el semestre. Una vez que resuelva todo. Es fácil que papá se sienta orgulloso; es buen proveedor, sabe proteger y ser divertido. Pero no es bueno para enojarse. La ira lo consume. Entra en estado de reposo y alguien más debe tomar el mando. Lo he experimentado sobre todo cuando mis primos y yo rompemos algo por accidente o cuando no atiendo su llamada rápidamente. Mamá y yo hacemos bromas al respecto y lo comparamos con Bruce Banner, pero en el momento no es para nada gracioso.

Todo estará bien cuando regrese con un empleo. No puede estar muy molesto conmigo si tengo un trabajo. Cierro mi laptop. A través de la ventana veo a mis compañeros de departamento en la cocina, todos en distintos momentos de la cena. Bajo de la cama para reunirme con ellos.

Me desplomo sobre el sofá de piel, no quiero estorbar el área para cocinar donde Babe y Atticus se mueven y cortan alimentos. Sahra y Pilot comen en la mesa.

—¿Cómo estuvo la llamada con tus padres? —pregunta Babe desde la barra cuando Atticus termina la historia que contaba antes de que yo entrara.

—Bien. —Sonrío.

—¿Alguna noticia de Jugador de Rugby? —pregunta Atticus con su tonto tono de chisme.

—¿Quién? —pregunta Babe y se da la vuelta.

Paso saliva. Requiere toda mi voluntad no voltear a ver a Pilot. Miro fijamente a Atticus.

—Pues... me envió un mensaje anoche. ¿Cómo estuvo tu cita con Tipo Arrogante?

—Te lo perdiste. Les contaba que fue maravilloso.

—Oh, Dios mío. Eso es fantástico. —Sonrío.

—Shane, ¿quién es Jugador de Rugby? —Babe baja el cuchillo con el que corta verduras y cruza los brazos.

Observo a Pilot. Juega con la lasaña de microondas con un tenedor. Abro la boca y vuelvo a cerrarla.

—Shane se besó con un abogado el viernes en el club —interviene Sahra en tono casual.

—¡Sahra! —grito. Dirijo la vista a mi teclado, mis mejillas se sonrojan.

—Qué forma de enterarme —se queja Babe.

—No fue nada —afirmo.

—¿Te invitó a salir? —pregunta Atticus.

—Quiere salir el miércoles —murmuro.

—¡Qué emocionante! —Atticus sonríe.

—Bueno, le dije: «No, gracias, estaré en Alemania» —agrego con timidez. De reojo, veo cómo se detiene el tenedor de Pilot.

—¿Irás a Alemania? —pregunta Sahra.

—No —admito con culpa.

—¡Shane! —Babe se ríe y vuelve a cocinar.

Atticus suelta una carcajada. Pilot voltea y me mira a los ojos. Es la primera vez que lo hace en una semana.

—¿Por qué no quieres salir con él? —pregunta.

Mi corazón golpea mi pecho. «Debiste pedirme que habláramos afuera», pienso. Trago saliva.

—Simplemente... No me gustó. —No puedo hacer que mi boca emita más palabras. Sostenemos la mirada por otro segundo en el que con desesperación intento que mis ojos digan: «Pero me gustas tú, ¿podemos hablar? ¿Estás interesado en mí? ¿Qué pasó en París?». El siseo de la comida flota en la habitación y perturba el momento. Desvío la mirada y veo a Babe cocinando un pedazo de carne.

Atticus interviene desde el fregadero, está a punto de colar pasta.

—Bueno, no te preocupes. Te ayudaré a idear algo para quitártelo de encima fácilmente.

20
GIRAR

16/02/11
HA PASADO TIEMPO

Además de las prácticas en *Maletas Hechas*, que van bien (a pesar de que aún hago encargos básicos), y de las tareas de redacción para la clase, que van genial, básicamente tres cosas pasaron en las últimas dos semanas:

1) Babe y yo decidimos planear una cena familiar.

Porque de pronto todos en el departamento empezaron a estar muy ocupados. Hace siglos que no convivimos (semanas, pero parecen siglos). Casi no veo a Sahra, Atticus siempre está ocupado y Pilot me evita. Babe y yo hacemos un esfuerzo por platicar casi todos los días, pero incluso eso ha sido difícil. Supongo que la combinación de clases y prácticas nos lo impide. Babe y yo hablamos sobre nuestra falta de convivencia, así que decidimos arreglarlo y agendar una actividad entre todos: una cena familiar al estilo estadounidense con todo incluido: *ziti* horneado, vino, juegos de cartas y *beer pong*. Ella abrió un grupo en Facebook para decidir qué día es el mejor para todos.

2) No he hablado con Pilot.

Después de esa noche en la cocina, cuando hablamos de Jugador de Rugby, ni siquiera vi a Pilot en seis días completos, mucho menos hubo un intercambio de palabras. Estaba escribiendo en mi litera cuando por fin, a través de la ventana de mi habitación, lo pude ver caminando hacia la cocina. Abrió su computadora en la mesa y metió un plato de comida congelada al microondas. Por un minuto, pensé en ir ahí para «escribir», pero me di cuenta de que estaba hablando por Skype otra vez. Mi corazón se escabulló de vuelta a su asiento metafórico cuando Pilot compartió una risa con la pantalla.

3) Agendamos la cena familiar.

Podría ocurrir dentro de cien años. Cuando cuatro podemos, uno no; cuando tres pueden, dos no. La fecha que escogimos está tan lejos en el futuro que Atticus sugirió que guardemos esa cena como la última y mayor celebración en Londres.

Así que ahora está agendada para nuestro último día en la ciudad (22 de abril).

Siento que he perdido el control de mi balsa. Como si hubiera llegado a este río en bote, remando hacia mi destino, pero de alguna forma me atrapó la marea. ¿Cómo recupero el control? ¿Alguna vez lo tuve? Yo creo que sí. Llegué a Londres, ¿no?

—¿Ya sabes qué harás en las vacaciones de primavera? —me pregunta Babe mientras enrolla espagueti a la boloñesa en su tenedor. Hoy coordinamos nuestras cenas, pero acabé mucho antes que ella y trabajo en las biografías de mis personajes.

Arrugo el entrecejo y bajo un poco la pantalla de mi computadora para poder ver su rostro, al final de la mesa.

—¿Tenemos vacaciones de primavera? ¿Cuándo?

—La próxima semana —dice entre risas.

—¿Qué? Es muy pronto. ¿No tenemos trabajo todos?

—Está programado en el calendario de todas las pasantías, es parte de nuestro programa —explica como si fuera obvio—. Yo haré un recorrido en Irlanda, ¡y voy sola! Será grandioso, una aventura maravillosa.

—Vaya, me alegro por ti —respondo sin entusiasmo.

—Sí, nunca he ido a ningún lugar sola, pero se supone que es una experiencia increíble. Estaré en un tour en autobús, así que conoceré gente. Será como un viaje de autoconocimiento, ¿sabes? Inventaron la cerveza Guinness ahí, creo que iré a la fábrica.

Sonrío ante su entusiasmo.

—Bueno, es increíble. ¿Sabes qué hará Sahra?

—Sí, ¡se encontrará con su novio en Barcelona para celebrar su cumpleaños!

—Guau —replico en voz baja. Me pregunto cuáles serán los planes de Pilot.

«¿Por qué te lo preguntas? No han hablado en dos semanas».

La puerta se abre de un golpe y Atticus entra corriendo con una bolsa de supermercado.

—¡Hola, chicas! —nos saluda antes de tomar la bolsa y sacar otra cena congelada—. Voy tarde para una obra, ¡tengo diez minutos para comer! —Extrae la comida de la caja y le clava un cuchillo para mantequilla.

—¡Atticus! —Babe ríe frente a la mesa—. Qué escándalo.

—Sí, me gusta el drama. ¿Qué hay de nuevo?

Los dos ríen. Acerco mi computadora frente a mí para poder mirar al vacío, angustiada, sin parecer que me acaban de hacer una lobotomía. ¿Y si todos ya tienen planes para las vacaciones? ¿Me quedaré sola en Londres por una semana?

—¡Hablábamos de los planes para las vacaciones de primavera! —anuncia Babe—. ¿Tú qué harás?

Me meto a la conversación.

—Sí, At, ¿te gustaría hacer algo juntos?

Voltea a verme.

—De hecho, mi familia viene aquí. Haremos un viaje en auto por el Reino Unido, hasta Escocia.

Babe enjuaga sus platos en el fregadero.

—Suena genial. Yo haré un recorrido por Irlanda, iré yo sola. Estoy tan emocionada. Se supone que viajar sola es una increíble experiencia de autoconocimiento. Estaré en un tour en autobús, así que conoceré gente...

Es deprimente escucharla por segunda vez. Me agacho bajo la mesa para sacar mis audífonos de la mochila. Mientras busco, la puerta se abre de nuevo. ¿Cuatro de nosotros al mismo tiempo en la cocina? «¡Es probable que sea Pilot!». Levanto la cabeza para averiguarlo.

Un fuerte estruendo se escucha cuando mi cráneo golpea una esquina de la mesa.

El golpe me catapulta hacia delante y me desplomo como un bulto. Mi silla azota contra el piso junto a mí.

La campana del microondas se apaga mientras grito.

—¡Maldita sea!

Y Babe añade:

—¡Santo Pepe Grillo!

Cuando levanto la vista, todos me observan.

—¿Qué pasó? —pregunta Atticus.

—¿Estás bien? —interviene Babe—. ¡Qué golpazo!

Cuando Pilot está a la vista, me encojo de vergüenza. Claro, está aquí. Es el primer contacto visual que tenemos en semanas y yo estoy en posición fetal sobre el piso.

—¿De verdad dijiste Santo Pepe Grillo? —me quejo con Babe. Me muevo para poder apoyarme sobre mis piernas otra vez—. Estoy bien. Las malvadas sillas traman algo en mi contra, se caen cada cinco segundos.

Mientras me pongo de pie, Pilot agita la cabeza.

—Sillas del demonio —acusa con exagerado acento sureño.

Quiero estar molesta con él, porque lo estoy. Quiero decir algo como: «¿Dónde demonios has estado los últimos catorce días?». Pero, en lugar de eso, dejo escapar un flojo suspiro, levanto la silla y me siento de nuevo.

—Estas sillas son un peligro para mí y para otros. —Hago una mueca de dolor, me toco con un dedo el chichón que se empieza a formar en mi cabeza.

—¿Segura que estás bien? —pregunta Pilot.

—Sí, bien. —Lo ignoro. Atticus está sentado a la mesa, la pasta a la *puttanesca* se desliza por su garganta.

Babe se precipita sobre un asiento.

—Entonces, Pilot, ¿qué harás en las vacaciones de primavera?

Lo miro. Cruzo los brazos. Los descruzo. Levanto una mano para sostener mi barbilla.

—Iré con Steve y Quail del departamento 4 a Viena y Ámsterdam —responde. De nuevo, parece que no estamos invitados.

«Bueno, pregunta. Recupera el control de tu balsa».
Abro la boca.

—Oh, eso suena genial. Pues... yo no tengo ningún plan todavía. ¿Crees que pueda unirme? —Ya comienzo a sentir una onda de calor. No puedo creer que dije eso. Pilot deja caer la vista a la mesa.

Oh, Dios. Dirá que no. Creo que lloraré. Mi cara está ardiendo. Me derrito.

—Oh... Lo siento, Shane. Ya está planeado y seremos solo chicos. Lo siento. —Levanta la mirada. Lo siente. Puedo ver el conflicto en su mirada verde olivo—. Si las cosas no fueran...

Lo interrumpo moviendo mis brazos.

—No, claro. Lo siento. ¿Por qué pensé que podría? No quise... Eso fue... Olvida lo que dije.

«Estás bien. No llores». Atticus me mira con la cabeza inclinada a un lado. Le lanzo una mirada a Babe: «¡Ayuda!».

Ella entra en acción.

—Será maravilloso, Pilot. ¿Adivina qué? Iré a Irlanda, sola, en un tour de autobús...

21
DE PASEO

17/02/11
HOY FUE UN DÍA CRUCIAL

¡Declan me pidió que fuera su aprendiz mientras editaba el artículo con fotografías de Moscú! No hablamos mucho, pero aprendí algunas cosas. Pude ver cómo usó el programa que tienen para organizar los elementos para el siguiente número impreso de *Maletas Hechas*. Lanzan nuevos artículos cada semana, pero solo publican una edición impresa una vez por mes.

Y después... esperen a oír esto: un elegante fotógrafo invitado llamado Lacey Willows fue a la oficina para encontrarse con Wendy y Donna por un nuevo artículo en Estambul. Wendy me invitó a escuchar la reunión. Me senté ahí, sonriendo como un alegre castor durante toda la sesión.

En otras noticias, el departamento se prepara para tomar caminos separados en las vacaciones, que empiezan mañana. No me atreví a organizar un viaje sola, así que me quedaré. Hoy, todos en el trabajo me desearon unas increíbles vacaciones. Desearía que no las tuviéramos.

En otras, otras noticias, el enamoramiento por Pilot Penn que me consume ha llegado a un momento decisivo. Necesito decírselo porque este sentimiento no correspondido no me hace bien. Odio extrañarlo todo el tiempo. Lo extraño y me siento como una idiota. Es obvio que él me evita. Se materializa y pasa de vez en cuando y es como ver de reojo a un fantasma o intentar atrapar una mariposa. Doy un paso hacia él y sale flotando fuera de mi alcance: dice que va camino a una clase, que se encontrará con amigos o simplemente se va.

26/02/11
LO QUE HICE EN LAS VACACIONES DE PRIMAVERA
18/02 - 25/02
LO MÁS SOBRESALIENTE

Salí y compré *El poeta* de Michael Connelly.

Leí *El poeta* de Michael Connelly.

Vi *Ratatouille*.

Comí *shawarma* el *shawarmiércoles*.

Miré al vacío por largos periodos, mientras imaginaba lo que los demás estaban haciendo.

Intenté comenzar mi libro, pero me distraían los pensamientos sobre lo que estarían haciendo los demás y las dudas sobre cada palabra que ponía en la página.

Empecé a ver *Lost* otra vez (llegué a la mitad de la segunda temporada).

Hablé por Skype con mis padres sobre mi trabajo en una clínica médica imaginaria.

27/02/11, 11:20 p.m.

Todos regresaron hoy, gracias a Dios. Le di a Babe un enorme abrazo de bienvenida y hablamos con entusiasmo sobre todas sus aventuras. Intenté vivirlas a través de sus ojos. Cuando Atticus volvió, pasamos una hermosa media hora discutiendo *El poeta*. Dijo que buscará *Cazadores de sombras*. ¡Estoy tan emocionada! Tengo un amigo lector. Sahra me mostró las impresionantes fotografías que tomó en Barcelona y me dijo que va a media lectura de *El código Da Vinci* por mi recomendación, y que ha avanzado rápido. ¿Pueden creerlo? Sahra confió en mi gusto. La inteligente, independiente y sabia Sahra.

Mientras esperaba a que todos volvieran, permanecí en la cocina con Sawyer, yendo y viniendo entre las biografías de los personajes, el documento en blanco que es mi libro y Twitter.

Después de Sahra, esperé a que Pilot llegara. Ya es momento de tener esa temida conversación, para así dejar de estar triste cada día que pasa sin que interactuemos. Nunca llegó.

Ahora estoy en la cama con Sawyer, son las once y media de la noche. Tenemos clase mañana en la mañana y ahí está, del otro lado de la ventana, en la cocina con su computadora. ¡Habla por Skype con Amy otra vez! ¿Es lo único que hace? ¿Tiene que hacerlo en la cocina?

28 de febrero de 2011

Mamá y papá:

La semana pasada fueron las vacaciones de primavera. Las pasé sola. Creo que es lo más sola que me he sentido. Extraño nuestro hogar. Extraño el perfume de mamá. Extraño las malteadas de papá. Extraño a la tía Marie. Extraño a mis molestos primos. ¿De quién se burlan cuando no estoy ahí? Extraño tener al alcance una gran variedad de salsas cuando hago pasta. Extraño contarles todo a ustedes. Es hora de comenzar nuestros ejercicios de escritura. ¿Es raro que pase todo el fin de semana esperando esta clase?

Besos y abrazos,
Shane

22
DEBO SOÑAR LAS COSAS QUE BUSCO

El metro está lleno. La gente me aplasta contra la pared posterior, pero no permito que me importe porque tuve el día más increíble en el trabajo. Para ser honesta, las últimas dos semanas han sido geniales. ¡Por fin siento que las cosas se ajustan! Todos dijeron que me extrañaron cuando volví el martes después de las vacaciones y desde entonces he sido aprendiz de todos. Hoy, Donna me pidió que me sentara con ella mientras organizaba un artículo sobre Río. Me mostró todo el proceso y se dirigía a mí como si fuera parte del equipo y no solo la becaria. ¡Pidió mi opinión!

Bajo del metro en la estación South Kensington. Hoy es jueves, no miércoles, pero este día merece un *shawarma* de celebración. «A Donna le importó mi opinión sobre su artículo». Mientras me acerco a Beirut Express, doy un salto de felicidad y aterrizo con la mano en la manija de la puerta.

Dentro del restaurante, tomo asiento frente a la barra. No hay nadie cerca, así que saco el Horrocrux Nueve de mi mochila, ansiosa por documentar el día.

Estoy oprimiendo el botón de mi bolígrafo cuando escucho un silbido detrás de la barra.

—¿Qué pedirás hoy, muñeca?

—Oh, quiero... —Ante mí, está la mujer de cabello cobrizo del avión, Starbucks y París. Casi me caigo del banco. Dejo caer el bolígrafo, me sujeto a la mesa para no caer.

—¡Dios mío! ¿Me estás siguiendo? ¿Qué pasa?

—¿Cómo estás? —pregunta en tono casual.

Estoy tan confundida. Miro detrás de mí y luego la miro a ella para asegurarme de que no es una alucinación. Ahora, ella sostiene mi cuaderno.

—¿Qué te pasa? ¡Dámelo! —Ella pasa las páginas—. ¿Qué haces? —Alzo los brazos con frustración, intento hacer contacto visual con alguien cerca, pero nadie me ve. Ella avanza hasta cierta página y lo deja en la barra frente a mí.

1/01/11
UNIVERSIDAD, TOMA DOS: OBJETIVOS DE ESTUDIAR EN EL EXTRANJERO

1) Ser una becaria increíble. Hacer que te contraten para el verano.
2) Hacer amigos con los que te guste pasar el tiempo y a los que les guste pasar tiempo contigo.
3) Besar a un chico que te guste. Olvidar el bloqueo para besar.
4) Tener aventuras en la ciudad donde estés. No has hecho nada en Nueva York durante los dos años y medio que has estado ahí, idiota.
5) Intentar emborracharte un poco. Sin desmayarte ni nada de eso, descubre una forma de hacerlo en un ambiente controlado y consciente. ¡En el Reino Unido puedes beber legalmente!
6) Comenzar tu gran novela americana. Ya has pasado una absurda cantidad de tiempo buscando la primera oración perfecta. Deja eso. Solo escribe.

Parpadeo ante la lista.

—¿Cómo van las prácticas?

Me cuesta trabajo encontrar las palabras, estoy estupefacta.

—Bien, ¡genial!

—¿Amigos?

Pongo los ojos en blanco.

—Los tengo.

—¿Ya besaste al chico que te gusta? —Me guiña el ojo.

—¡No me guiñes el ojo!

—Bueno, ¿lo hiciste?

—¡Pues no!

—¿Y tu novela?

—Lo intento.

Dejo caer la cabeza entre mis manos. «¿Qué está pasando? ¿En serio estoy alucinando?». Levanto la mirada.

—¿Por qué me sigues? —digo despacio. Enuncio cada palabra como si ella no hablara inglés.

—Vamos, querida. Controla la balsa.

Agito la cabeza.

—¿Quién eres? ¿Cómo sup...? ¿Acabas de leer eso en mi...? —Me levanto del banco, quito el cuaderno de la barra y corro hacia la calle.

Al abrir la puerta de la cocina, de regreso al Karlston, estoy sin aliento, aterrorizada, muero de hambre, no me comí el *shawarma*. «¿A quién le cuento esto? ¿Debo contarlo o pensarán que estoy loca?».

—¡Hola, Shane!

Salto. Giro a la derecha y encuentro a Atticus y Babe sentados en el sofá, frente a una laptop, riendo.

—Santo Dios, no los vi.

—Estamos a punto de ver *Glee*. ¿Quieres acompañarnos?

—Yo... —Inhalo y exhalo un par de veces para calmar mi corazón.

—¿Qué sucede? ¿Viniste corriendo? —Atticus suelta una risita.

Sacudo la cabeza y, con la mano que no sostiene el Horrocrux, niego con un movimiento.

—No, yo... nada. Estoy bien. —Camino hacia ellos y me desplomo junto a Babe.

En la clase del profesor Schue solo saltan y cantan «Blame It on the Alcohol». Babe y Atticus cantan a coro. Yo no puedo dejar de pensar en la mujer. «¿Cómo sabe dónde estaré? ¿Alguien la contrató? ¿Mis padres la contrataron para que sea mi niñera? ¿Ha estado tan solo a unos pasos de mí todo este tiempo?».

La puerta de la cocina se abre mientras Babe y Atticus entonan una nota media. Levanto la mirada sobre la pantalla y veo a Pilot atravesar la puerta junto a una chica.

«Debe ser una broma».

Una chica delgada con largos rizos castaños entra detrás de él. Es ella. Ella le sonríe. No he hablado con él. Atticus pausa *Glee*.

La culpa sube hasta mis mejillas. «¡Pero no hice nada! ¡No he hecho nada!».

—Hola —dice Pilot al cerrarse la puerta. Están parados frente a nosotros. Amy solo nos echa un vistazo antes de bajar su mirada al piso y pararse detrás de Pilot.

—Hola —contestamos a coro.

—Ella es Amy —dice rápidamente. El terror se acumula en mi pecho por la sola idea de tener que conversar con ella. «No puedo hablar con Amy. No puedo».

—¡Hola! —Agito mi mano en un nervioso saludo.

—¡Hola, Amy! —dice Babe con entusiasmo.

—¡Mucho gusto! —exclama Atticus.

Amy hace un gesto parecido a una sonrisa, aunque no lo es como tal. No dice nada más. ¿Está angustiada? Tiene puestos unos jeans ajustados y un suéter blanco. Tiene una belleza natural que me hace sentir insegura por el hecho de que tengo la necesidad de usar maquillaje.

Pilot se mueve, camina hasta el fregadero y Amy permanece justo detrás de él, tomando su mano mientras él llena un vaso de agua. Ella se inclina hasta su oído para que no podamos escucharla. Los observo con descaro. No quiero verlos, pero no puedo no verlos. Pilot bebe su agua y deja el vaso en el fregadero.

El silencio es ensordecedor.

—Bueno. —Voltea a vernos otra vez—. Voy a mostrarle el...

Lo interrumpe alguien tocando la puerta de una manera insistente y molesta. Al mismo tiempo, los cinco giramos la cabeza en dirección al ruido.

Me levanto del sillón como una gacela asustada al ver el rostro de papá en la ventana.

23
RAYOS Y CENTELLAS

¿Se trata de una pesadilla? ¿Estoy dormida? Boquiabierta, voy a la puerta y la abro. Mis padres entran a la cocina. Mis padres están en nuestra cocina. Mis pies se pegan a este punto del piso. Mamá usa una elegante chamarra negra, su cabello rodea su rostro como si fueran llamaradas color bronce. Papá usa pantalones formales y una camisa de botones, con el cabello negro peinado hacia atrás.

—¡Hola, cariño! —Me cubre con un abrazo.

Cuando me suelta, mamá grita.

—¡Sorpresa!

No digo nada. ¿Perdí la capacidad de hablar? Mamá se aleja para observar el cuarto. Mis compañeros y Amy nos miran sin saber qué hacer. Pilot y yo cruzamos miradas por un segundo y noto por su gesto que lo entiende todo.

Un pánico nauseabundo corre por mis venas. «Esto es demasiado. Es demasiado».

—Shane, ¿quiénes son todos? ¿No nos presentas? —Papá les da la mano a todos en la habitación.

Paso un gran trago de saliva. Mis cuerdas vocales vuelven a la vida tras la orden.

—Mmm, sí, pues, ellos, eh... —Miro al sillón—. Estos son mis padres. —Señalo a mamá y papá.

—¡Hola! —La voz de mi padre resuena.

—Mucho gusto —agrega mi madre, complacida.

—Ellos son Atticus y Babe y... —Giro para encontrarme con Pilot y su novia. «Dios santo»—. Estos son Pilot y Amy.

—¡Grandioso! —exclama papá—. Los llevaremos a cenar a todos, sin excepción. Salgamos, ¿falta alguien?

Oh, no. No podemos ir a cenar. No, no, no, no. Es tarde, son las siete. Es... no.

—Eeeh... —es lo único que logro decir. Me quedo parada, anclada al piso. Sin palabras para protestar. Mis amigos permanecen en silencio.

—Shane, te hice una pregunta. —Papá me da un codazo.

Mi cerebro se enciende en automático.

—Sahra no está aquí.

—Envíale un mensaje y dile que nos alcance. ¿A dónde vamos, amor? —Mira a mamá.

—A la estación de metro Covent Garden.

Papá se voltea hacia mí.

—Dile que nos encuentre en la estación de metro Covent Garden. —Observa a todos con las cejas levantadas—. ¿Todos listos?

Pilot le lanza una mirada a Amy y luego a mi padre.

—Oh, bueno, señor, nosotros ya teníamos planes para cenar.

—¡Maravilloso! Vamos, yo invito —responde.

—Pero nosotros... —comienza Pilot de nuevo.

—¿No quieren una cena gratis? Vamos —insiste a todo volumen.

Intercambio miradas con Pilot y le dedico un gesto de desesperación y vergüenza. No hay ningún espejo en la cocina, así que no estoy segura de eso por completo, pero me hundo en ambas emociones. Bajo la mirada al piso.

—No aceptaré un no como respuesta. Será divertido. Vamos —sentencia papá. Se da la vuelta y sostiene la puerta. Mamá me mira, expectante. Mis compañeros siguen en silencio, como si alguien hubiera pulsado un botón para detener el tiempo.

Babe rompe el hechizo y salta del sillón.

—¡Gracias, señor Primaveri!

Nos guían fuera de la cocina. Hago lo que me dicen y envío un mensaje a Sahra.

—Así que todos han viajado cada fin de semana, ¿eh? —pregunta mi papá y pone su vaso sobre la mesa. Doy un salto con el pequeño *bum* que reverbera al hacer contacto. Estamos sentados en una gran mesa redonda en Delia's, un restaurante italiano al que mi madre nos trajo. Yo, mis padres, tres *roomies*, Pilot y su novia.

—Hemos seguido todas tus publicaciones en Facebook. Las fotos son hermosas. Parece que la están pasando muy bien. —Mamá sonríe.

Babe responde con un entusiasmo exagerado.

—¡Sí! París y Roma fueron increíbles, y yo estuve en Irlanda la semana pasada. ¡Fui sola en un viaje épico de autoconocimiento!

Ella toma la palabra por el momento, pues me volví casi muda: respondo una o dos palabras a lo mucho, después regreso a mi ansiedad.

—Sí, yo estuve en toda Europa la semana pasada en las vacaciones de primavera. —Pilot entra a la conversación.

—Qué emoción. Shane y tú estuvieron en París hace unas semanas, ¿cierto? —Mamá me mira con los ojos bien abiertos e intenta incluirme en la charla.

—¡Sí, me platicó todo de París! —responde Atticus. Comienza a narrar de nuevo la historia que le conté sobre una pequeña crepa que comimos. No sabe qué está pasando, pero intenta ayudar. Y Babe intenta ayudar. Pilot intenta ayudar. Sahra inyecta algunas palabras de pronto, cuando siente que es necesario. No estaba ahí cuando ellos llegaron y parece estar confundida. Me sorprende que llegara. Todos se han esforzado por conversar con mis padres por la última media hora, mientras yo me quedo en silencio e intento perfeccionar el arte de la teletransportación.

¿Por qué tenían que venir? Nunca salen del país. Apenas salen de Nueva York.

—Nunca hemos estado en Europa. Pero estamos tan orgullosos de nuestra pequeña genio. —Mamá me dirige un gesto, estoy sentada a su lado. El calor sube por mi cuello—. Teníamos que venir a verla en acción. —Se ríe, relajada—. ¿Qué les parece si hacemos un juego? Vamos uno por uno y cada quien cuenta a dónde ha viajado desde que llegó y qué le gustó de ahí —sugiere mamá—. ¡Atticus, tú arrancas! —Sonríe y se acomoda un grueso mechón de cabello detrás de la oreja.

Siento como si un yunque flotara sobre mi cabeza y no pudiera escapar de él. Como el Coyote en la caricatura de *El coyote y el correcaminos*. Me seco las palmas sudorosas con la servilleta que tengo sobre mi regazo. «Mantén la calma o sabrán que algo está mal. Ya llegaste hasta aquí.

Solo estás siguiendo tus sueños. No hay nada de malo con eso».

No sé cómo mentirles de frente de esa forma. Nunca les oculté nada. Nunca tuve que hacerlo.

La conversación llega a un momento extraño cuando el juego de mamá sobre a dónde has viajado llega a Amy. Se hace una larga pausa mientras mis padres esperan expectantes que ella hable.

—Yo, eh... —balbucea. «Vamos, Amy, di algo. Mantenlos concentrados en los viajes». Ella agita la cabeza levemente. Mis pies golpetean el piso. Es mucho tiempo. A papá lo incomodan los silencios prolongados. ¡Cambiará el tema!

—¿Londres? —responde, justo cuando papá interrumpe con:

—¡Todos están trabajando! ¿Les va bien?

Permanezco en silencio. No puedo levantar sospechas con mi silencio. Saco mi celular ladrillo y jugueteo con él, ausente. Estoy ocupada. No soy sospechosa. Tengo un teléfono.

—¡Sí! Trabajo en el teatro West End y he visto muchas obras. Ha sido una oportunidad única en la vida —comparte Atticus.

—Yo trabajo en el corporativo de Disney aquí. Y ha sido muy divertido. No puedo esperar trabajar un día en la compañía —añade Babe.

—¡Vaya, qué bien! —La vista de papá pasa de mí a Sahra—. Sahra, ¿tú trabajas con Shane en la clínica, cierto? —Bajo el celular.

Si fuera un personaje mudo en una caricatura, sostendría un letrero con la leyenda «¡Ayuda!» hacia el público. De pronto, me descubro mirando a Pilot.

Antes de que Sahra responda, Pilot ofrece su propia respuesta de manera abrupta.

—Yo trabajo en un despacho contable. ¿Le interesa la contaduría, señor Primaveri? Usted hace algo de finanzas, ¿no?

¿Le conté eso? Debo haberlo hecho. El rostro de papá se frunce, molesto. Me siento de inmediato nerviosa por Pilot.

Papá lo ignora.

—¿Qué? Estaba hablando con Sahra. —Le devuelve la atención a ella—. Sahra, como decía, ¿cómo es trabajar en la clínica con Shane?

—Yo no... —comienza Sahra.

Pilot levanta la voz.

—Disculpe, señor, decía que la contabilidad es muy interesante y pensé... —interrumpe de nuevo.

—Perdona, ¿me permites? Estoy hablando con Sahra. —Papá hace un movimiento de incredulidad con la cabeza—. Sahra...

Sonreiría si no estuviera ocupada muriendo de terror.

—Sí, bueno de hecho yo trabajo en un des... —Sahra insiste.

Sus palabras se pierden cuando Pilot vuelve a balbucear en voz alta.

—Señor, perdón, no quise interrumpir. Sé que Sahra está cansada y me emociona hablar de contabilidad...

—Pilot, ¿qué demonios? —exclama Sahra.

Papá voltea a ver a Pilot.

—¿Cómo dijiste que te llamas? ¿Pilosh?

—Pilot, señor.

—¿Podrías callarte un segundo y dejarme hablar con Sahra, por favor? Puedes hablar después. —Usa su voz bromista-enfadada.

Pilot se pasa un trago de saliva. Hacemos contacto visual cuando se rinde, dejando caer los hombros.

—Sí, señor, claro.

Papá jadea, molesto y aliviado.

—Ahora voy a repetir la pregunta, Sahra. —Observa a Pilot con los ojos bien abiertos y después se dirige a Sahra—. ¿Cómo la has pasado con Shane en la clínica? ¿Lo estás disfrutando?

Las cejas de Sahra se unen cuando arruga el entrecejo.

—Bueno, yo trabajo en un despacho jurídico.

Aprieto los ojos. Los abro. Papá me está observando.

—¿Qué?

—Sí, trabajo en el bufete de abogados Millard J. Robinson y asociados. —Escucho a Sahra continuar. Las cejas de papá se juntan mientras sostiene la mirada. Mis labios se mueven de arriba abajo pero no sale nada de ellos.

La conversación se vuelve caótica.

—Oh, Sahra debe estar confun... —comienza Pilot.

—Es nuestro error, linda. Por alguna razón, Shane nos dijo que trabajabas con ella en la clínica.

—No entiendo. ¿Por qué trabajas en un despacho de abogados si estás en el programa de Medicina? —lanza papá—. ¿Está permitido que hagas prácticas irrelevantes para tu carrera? Eso no está bien.

—Shane, ¿cómo pudiste confundirte, mi amor? —pregunta mi mamá con dulzura.

—No estudio Medicina. Estudio Derecho —explica Sahra.

—¿Derecho? —repite mamá.

—¿Qué? —El rostro de mi padre resplandece, rojo, y vuelve su atención a mí.

«Esto está mal. Esto está mal».

—¡Quiso decir Medicina! —exclama Pilot del otro lado de la mesa, pero papá está harto de escucharlo.

Sahra se dirige a Pilot.

—¿De qué hablas? Creo que ni siquiera hay un programa de Medicina en Londres.

La mirada de papá se intensifica.

—¿Qué?

Clavo la vista en el mantel y comienzo a hiperventilar.

—Oh, eso no puede ser. Shane está en ese programa, Sahra. Hay todo un folleto —le explica mamá.

—Bueno, tal vez hay... un programa de Medicina —aventura Atticus.

—Shane está en el programa de Creación Literaria —afirma Sahra sin rodeos.

—Sahra —murmura Pilot entre dientes.

—No sé qué está pasando —interrumpe Babe.

—¿A qué te refieres con Creación Literaria? Ella estudia Medicina. —La voz de papá suena baja y furiosa.

Babe balbucea.

—¿Medicina?

—Shane —insiste papá.

Inesperadamente, al levantar la vista se materializan ardientes lágrimas que queman mis mejillas.

—Shane, ¿qué está pasando? —Los preocupados ojos azules de mamá se clavan en los míos. Mi corazón se constriñe.

—¿No hay programa de Medicina aquí? —La voz de papá explota y llena la habitación. Yo me encojo en mi asiento.

—Yo, eh, no, técnicamente no, pero...

—Pequeño pedazo de mierda.

Sus palabras chocan con el aire de mis pulmones.

—¡Sal! —exclama mamá.

Mierda. He escuchado al tío Dan decirle «pedazo de mierda» a Leo. Nunca me habían llamado así. Papá me llamó «pedazo de mierda».

Lleno mi pecho de oxígeno.

—¡Lo siento! No fue mi intención, fue un accidente.

—¿Un accidente? —Su mano golpea la mesa—. ¿De dónde salió el folleto?

Soy un pedazo de mierda.

—Yo lo hice —susurro.

—Tú, ¿tú lo hiciste? —Los ojos de papá saltan de sus órbitas, vuelve a tomar aire—. ¿Nos engañaste? —Voltea hacia mamá—. ¿La escuchaste? ¡Nuestra hija nos engañó!

Es probable que personas en el espacio exterior lo escuchen. Los ojos de mamá se llenan de lágrimas. Papá regresa la mirada a mí.

—¡Perdiste un semestre completo de cursos obligatorios, Shane! ¿Cómo vas a ponerte al día?

—¿Qué hay del examen de admisión para la escuela de Medicina? —Mamá suena desconsolada.

—Lo siento. Solo estaba intentando... Quería intentar...

—No puedo creerlo. No puedo creer lo que escucho. Primero: ¿qué hay del examen de admisión? —rezonga papá—. Segundo: estoy en casa partiéndome la espalda, gasto miles de dólares en tu educación y tú estás aquí, faltándome el respeto a mí y a tu madre. ¡Nos mentiste a la cara! ¡Muchas veces! ¿Quién crees que eres? —Su voz reverbera en cada rincón del local.

—¡Papá, lo siento! Mamá, no fue mi intención. Lo siento, solo quería...

Veo la mirada de papá caer en la mesa, sobre mi teléfono. Lo toma y se levanta de la silla. Ya de pie, tira el celular al piso y lo aplasta con el pie. Los jadeos de sorpresa de mis compañeros hacen eco alrededor de la mesa al tiempo que el plástico se reduce a pedazos.

Mis pulmones convulsionan. Oxígeno. Necesito oxígeno. La vergüenza me sofoca. El aire es demasiado denso. No puedo respirar.

—Sal... —Mamá regaña a papá con cariño.

Él me ve de arriba abajo con disgusto.

—Se acabó, te vas en el próximo vuelo a Nueva York.

Mis entrañas se revuelven.

—¡No! ¡Papá, por favor! —Elevo el volumen—. Solo quiero terminar el semestre. Yo... tomaré las clases, ¡por favor! Compensaré las clases en verano. Tomaré clases en verano. Y trabajaré en tu oficina. Lo compensaré todo. Estaré lista para el examen. Lo haré. Puedo hacerlo. ¡Lo siento! Por favor, déjame terminar, por favor.

Soy un conjunto de mocos y lágrimas de desesperación. Me mira fijamente, con la furia emanando de él, antes de buscar en su cartera y dejar caer algunos billetes de cien libras sobre la mesa.

—Al final del semestre, en el segundo que estés en casa, comenzarás a trabajar en mi oficina. No nos llames para pedir dinero. No nos llames para nada. Estás por tu cuenta.

Sale del restaurante.

«¿Que no los llame? ¿Qué?».

Mamá examina su plato de comida, intacto. Ni siquiera llegamos a las entradas. Levanta la mirada.

—Lo siento, chicos. Por favor, disfruten la cena, nosotros invitamos. —Su mirada se cruza con la mía y niega con la cabeza, decepcionada—. Shane, ¿en qué estabas pensando?

Sale detrás de mi padre y nos deja en absoluto silencio. Estoy de pie, ¿en qué momento me levanté? Mis oídos zumban. Miro alrededor. Todo mundo me observa, además de mis amigos y la maldita novia de Pilot.

Fijo la mirada en la puerta.

La actividad en las otras mesas comienza de nuevo. En la mía no. Nos aferramos al silencio. No puedo ver a nadie. Inexpresiva, me siento de nuevo y me recuesto con la frente en la mesa. «¿Ahora qué?». Pasan dos minutos completos; una mano se posa en mi brazo.

—Shane... —comienza Babe, comprensiva. Espero escuchar más, pero no sigue porque ¿qué puede decir? ¿Qué puedes decir cuando atestiguas algo así?

—Lo siento —balbuceo con la cabeza gacha.

—Shane, no te disculpes —responde Pilot en un murmullo.

—Shane, lo sentimos —exclama Atticus.

—¡Perdón! —añade de pronto Sahra.

Levanto la cabeza y descanso la barbilla sobre mi brazo.

—Creo que debo irme.

—Shane, no te vayas. Al menos cena algo —dice Babe con una voz muy suave.

Me levanto de la mesa, tomo mi bolsa.

—Lo siento. —Lloro y me limpio la nariz. Mis ojos encuentran los restos del teléfono en el piso y camino en línea recta hacia la puerta.

—¡Shane, no te vayas! —me grita Atticus mientras salgo del lugar.

24
SUEÑOS ROTOS

Camino de un lado a otro afuera del Karlston por diez minutos, intento recuperar la compostura ante el guardia de seguridad de la recepción. Ya adentro, cierro las persianas de nuestra habitación y subo a mi litera. Me acuesto y me quedo mirando la pared. Mis ojos siguen fijos en el mismo punto cuando las chicas regresan. Veo la pared cuando me preguntan si quiero hablar. Veo la pared cuando se van a dormir. Veo la pared hasta la una de la mañana, cuando siento la boca tan seca y la nariz tan constipada que debo levantarme e ir a la cocina por agua. Camino lento, sin hacer ruido, viendo el piso con los ojos entreabiertos por lo hinchados que están, y rezo por no encontrarme a nadie en el camino. Empujo la puerta de la cocina despacio y me apresuro hasta el fregadero; la mesa está vacía. Bajo un vaso de la alacena, lo lleno, le doy un enorme trago y me recargo sobre la barra.

De pronto, me quedo sin aliento. No estoy sola en la habitación.

Amy está sentada en el sofá con una bolsa de pretzels, observándome. Está en un extremo, en el espacio más cercano a la pared, donde no la vería por la ventana. Mis ojos pasan de su rostro al libro abierto sobre su regazo. Lee algo que parece un cuaderno.

Está leyendo... «No puede ser».

El vaso se resbala de mi mano y choca contra los azulejos.

—¡¿Qué estás haciendo?! —grito. Mi voz se escucha ronca y grave. Incluso del otro lado de la habitación, reconozco mi letra, mis páginas. Ese es mi cuaderno. Eso... es mío—. ¡¿Qué demonios piensas que estás haciendo?!

Ella inclina un poco la cabeza.

—Estaba sobre el sillón, así que lo abrí. Cuando me di cuenta de lo que era, debía saber.

Mis labios se arquean en un gesto de mortificación.

—Él aparece en todas tus fotografías... —Cierra el cuaderno y lo sostiene. Esquivo los vidrios rotos en el piso y se lo arrebato. Lo presiono contra mi estómago. La observo fijamente. No sé qué pasará ahora. Ella leyó mi... Ella sabe mi...

Nuevas lágrimas nublan mi visión. Me siento ultrajada. «¿Qué hago? ¿Cuánto tiempo ha estado aquí leyendo?». Por fin, los ojos de Amy se desvían de los míos. Se levanta, camina evitándome y se acerca a la puerta.

Voltea a verme con la mano en el picaporte.

—Lo sabía —susurra—. Sabía que esto estaba pasando. Mantente alejada.

La veo salir de la habitación.

Debí dejar el Horrocrux Nueve en el sillón con todo el caos de la tarde.

«¿Se lo dirá? ¿En qué me metí? ¿Por qué vine aquí? Todo esto fue una idea estúpida. Mis padres ni siquiera quieren que los llame. ¡No quiero que me guste el novio de alguien más! No quiero molestar a nadie».

Me desplomo sobre mis rodillas contra el piso y la cabeza entre las manos.

Falto a la clase del viernes y me quedo en cama, sin hacer nada. No tengo ganas de escribir, leer o ver algo. No tengo ganas de nada. Envío un email a mis padres para disculparme y espero que respondan. Las fugaces imágenes de su decepción se proyectan en las paredes de mi cráneo, en la parte interna de mis párpados. Nunca me habían visto así, como si hubieran puesto todos sus huevos en mi canasta y yo los hubiese destrozado. ¿Cómo des-destrozo un huevo?

Evito a Babe y Sahra, quienes intentan hablar conmigo todo el fin de semana. No me preocupa encontrarme con Amy porque ella y Pilot están en París.

Han pasado veinticuatro horas y aún no recibo respuesta a mi correo de disculpa. Creo que cometí un error al rogar permiso para acabar el semestre. ¿Por qué hice tal escena? Solo debí callarme. Nunca me pondré al día con las clases de ciencia que perdí si paso todo el tiempo en la revista.

Si este tren se descarrilará, ¿por qué esperar al último momento para saltar?

El domingo en la noche, como en la cocina sin hacer nada más; Atticus entra y se sienta a la mesa, frente a mí.

—Hola —me saluda y yo respondo con un movimiento de cabeza—. ¿Cuánto tiempo vas a guardarte las cosas? —dice suavemente—. Deberíamos hablar sobre esto.

—No quiero hablar de esto.

Él sonríe.

—Bueno, creo que debemos hacerlo. Pienso que lo necesitas, para que sigamos adelante —continúa, mientras yo juego con los ravioles en mi plato—. Todos tenemos dramas familiares, Shane. No debes avergonzarte por eso. Somos tus amigos. Todos tenemos trapos sucios. Mi papá no me aceptó como por arte de magia cuando salí del clóset, las cosas estuvieron raras por un buen rato. Él aún no me pregunta nunca por mi vida romántica. Las familias no son perfectas. No debiste mentirnos sobre tu carrera. Puedes confiar en nosotros.

—¿Cuántos años tenías cuando se lo confesaste a tus padres?

—Trece.

—¡Guau! Qué valiente treceañero.

Él asiente con orgullo.

—Gryffindor.

La comisura de mi labio se levanta.

—Pues estudio el propedéutico de Medicina.

—Sí, eso escuché —bromea—. Está bien querer estudiar otras cosas.

Le lanzo una pequeña sonrisa a Atticus.

—Mis padres han estado presumiendo con todos sobre cómo me volvería doctora desde que yo tenía once años. Creo que incluso los trabajadores de nuestro supermercado están enterados de que seré doctora. —Aplasto los ravioles con mi tenedor.

Atticus descansa la cabeza sobre su mano.

—¿Qué quieres hacer tú?

Agito la cabeza.

—No lo sé, ya no lo sé. No quiero ser una decepción. Quería hacer el propedéutico por mamá. Bueno, aún quiero.

Yo soy la razón por la que ella no terminó la escuela de Medicina. Se embarazó y pasó el resto de su vida cuidándome. Ella ha estado ahí ayudándome con las tareas de matemáticas y ciencias desde que tengo memoria.

»O sea, desde siempre, cada vez que yo no entendía algo, ella me lo explicaba de una forma superdivertida y se sentaba conmigo hasta que entendía. Y para mi papá significa mucho que tenga oportunidades como esta porque él no las tuvo.

»Sé que se portó horrible el otro día... Pero no siempre es así. —Me muerdo un labio. Atticus permanece callado—. Mientras crecía, cada vez que me lastimaba, él paraba cualquier cosa que estuviera haciendo para prepararme una malteada de chocolate con una rebanada de sandía en el vaso, porque es mi bebida favorita. Y cuando crecí, comenzó a prepararla cada vez que me sentía triste. Suena tonto, pero siempre me hace sentir un poco mejor. Ahora las prepara cuando voy a casa los fines de semana. —«Porque siempre estoy triste», termino en mi mente. Limpio la lágrima que se desliza por mi mejilla—. Lo siento.

Atticus aprieta los labios y me mira a los ojos.

—No te disculpes. Es complicado, lo entiendo. —Hace una pausa, analizándome—. Intenta no ser muy dura contigo misma. La universidad sirve para encontrar un empleo y todo eso, pero también se trata de encontrarte a ti misma. Allá afuera, haciendo lo que quieres hacer, aprendes algo. Es bueno hacer cambios radicales. ¿No la has pasado de maravilla en estos dos meses? Sé que yo sí.

—Sí, supongo —susurro. «¿Y si mis padres nunca me perdonan?»—. Pero mis padres ni siquiera responden mis correos.

—Estoy seguro de que aparecerán, Shane. Quizá ni han revisado sus correos. —Atticus razona.

Saco mi computadora porque estoy llorando y no puedo continuar ningún tipo de conversación. Quiero escribir en el Horrocrux Nueve, pero no puedo abrirlo sin sentir que mi estómago escapará por mi trasero.

—Estoy aquí si quieres conversar —dice Atticus en voz baja.

—Gracias, At.

Saca su laptop y nos hacemos compañía en silencio.

Recibo una respuesta de mamá.

De: MatematicaMama@aol.com
Para: SandiaFrancesa19@gmail.com
6 de marzo de 2011

Ya hablaremos cuando vuelvas a casa.

Se forma un nudo en mi garganta. Hay otro email debajo. Es de Leo.

De: LeoBeisbolPrimaveri@gmail.com
Para: SandiaFrancesa19@gmail.com
6 de marzo de 2011

Escuché que lo jodiste todo. ¿Volverás a casa? Mi mamá no entró en detalles.

¿A él qué le importa?

No todavía.

Presiono enviar. Una respuesta tintinea sesenta segundos después.

¿Qué pasó? ¿Estás bien?

Parpadeo, frunzo el ceño.

¿Por qué preguntas? ¿Quieres motivos para molestarme?

Enviar. Casi de manera inmediata, llega otra respuesta.

Sé cómo son cuando se enojan.

Mi visión se nubla. Cierro la computadora y me retiro a mi litera.

El lunes falto a clase otra vez.

Paso la mañana del martes en *Maletas Hechas*. Miro el póster de París al otro lado de la habitación, sin verlo realmente. Hoy no me han dado ninguna tarea y tampoco la he pedido. Cuando Declan y Donna pasan junto a mí y me dan los buenos días, solo asiento la cabeza en respuesta. No he hecho ningún té. No me he levantado. Me pesa el cuerpo.

A mediodía, me levanto como un robot y camino directo a la oficina de Wendy. Ella está ahí, lleva un vestido amarillo, trabaja en su computadora. Toco suavemente sobre el marco de la puerta porque está abierta de par en par.

—¿Shane? —saluda con su elegante acento. Cierra lo que está haciendo y posa sus ojos castaños sobre mí—. ¿Qué pasa?

—Hola, Wendy. Disculpa la molestia. Solo... yo tenía que decirte... Renuncio.

Ella agita la cabeza como si escuchara voces.

—¿Perdón?

—Ya no puedo trabajar aquí. Lo siento —hablo en voz baja, intento mantener un tono estable—. Gracias por darme esta oportunidad. —Volteo para salir.

—Shane, cariño. ¡Espera!

Me detengo, volteo otra vez.

—Cariño, ¿qué pasa? ¿Por qué quieres renunciar? No obtendrás el crédito para la escuela —dice suavemente.

—Lo siento. Es que ya no puedo trabajar aquí. —Me doy vuelta y acelero el paso hasta mi escritorio. Guardo mis cosas. Donna se pone de pie junto a su escritorio mientras yo camino a la puerta.

—¿Shane? —pregunta. Volteo. Su frente está arrugada por la preocupación. Wendy está de pie y me ve desde la recepción. No quiero que Wendy piense mal de mí, pero no puedo quedarme. Necesito este tiempo para ponerme al día. Necesito pasar el examen de admisión a la escuela de Medicina. Giro sobre mis talones y me voy sin decir adiós.

¿Qué sentido tiene? No podré conseguir un empleo cuando vuelva a casa. Tomaré clases de verano para concluir todos los requerimientos del curso y graduarme a tiempo.

Me avergüenza mucho decirle a alguien que renuncié a la revista. No puedo pensar en eso un segundo sin sentir náuseas. Mis *roomies* están tan ocupados en sus propios trabajos que es fácil salirme con la mía. Durante la semana, paso el tiempo libre en la cocina y en el Café Nero. Intento estudiar todo el material de las clases que me perdí en los últimos meses.

El tiempo pasa mucho más rápido ahora que no lo disfruto. Los días se amontonan uno sobre otro. Es lunes y después es viernes y de pronto es lunes otra vez.

Apenas veo a Pilot. Me está matando no saber lo que sabe. ¿Lo sabe? ¿Qué tanto sabe? ¿Qué le dijo Amy?

Supongo que ya no importa. Lo que importa es que tiene novia. Una novia en serio, el tipo de novia que cruzó el océano Atlántico para verlo. Yo ni siquiera debería estar aquí. Me lo repito una y otra vez. Pero la sensación de vacío cuando pienso en Pilot no se desvanece con el tiempo como yo quisiera. Se intensifica mientras más nos acercamos al final del semestre. Necesito saber. Necesito saber lo que él sabe. Necesito hablar con él. Necesito que este sentimiento desaparezca.

El primero de abril recibo un correo de mi padre con los detalles de mi trabajo y horario de clases a partir del primer lunes en Nueva York. Es un horario. Ninguna palabra. Han pasado semanas sin hablarme. Les envié otros cuatro correos pidiendo perdón.

Mis disculpas no funcionan. Aún están enojados. ¿Cuánto tiempo seguirán así? «¿Qué más puedo hacer?».

El 2 de abril reúno el pequeño montón de postales acumuladas a lo largo de cada clase de escritura, me dirijo a la oficina postal más cercana. Las envío todas a casa, en Nueva York.

Una semana y media después, recibo otro correo de Leo.

Todos están hablando de tus postales. ¿Qué escribiste? Tus padres y los míos no dejan de cuchichear.
Mis padres no quieren decirme nada.

25
UNA ÚLTIMA VEZ

Nuestro último día en Londres llega sin aviso. Ayer hice un chat en Facebook para intercambiar nuestros números de Estados Unidos. Necesito conservar estas amistades. Todos dejan su número, incluso Pilot. Observo los dígitos junto a su nombre, la ira tintinea en mi pecho.

Esta mañana recibimos un nuevo mensaje en el grupo de la cena familiar.

> **Babe Lozenge:** UN RECORDATORIO AMISTOSO: ¡Nuestro festín familiar es esta noche! A las seis de la tarde. Ahí los veo.

Saco los dos frascos de salsa (mi contribución para la cena) y los dejo en la mesa antes de dirigirme a la Torre de Londres con Sahra y Atticus. Babe dijo que estaría muy ocupada empacando, así que no vino. Pilot simplemente no vino. Tal vez salió con los chicos del otro departamento.

Esta noche lo enfrentaré.

Vamos a la cocina a las seis de acuerdo con las instrucciones de Babe. Adentro, la mesa está puesta y la habitación está llena con el dulce olor de queso gratinado y salsa de tomate. Babe está recargada sobre la barra con una copa de vino. Atticus entra detrás de mí y todos nos saludamos a coro.

—¿Empezaste temprano? —pregunto con sorpresa.

—¡Sí! —Babe levanta su copa—. Acabo de poner la mesa y compré el vino ayer. El *ziti* lleva treinta minutos en el horno, así que estará listo en quince. Acabé de empacar temprano y pensé: ¿por qué no empezar?

—Babe, debíamos ayudarte —protesta Atticus.

—No se preocupen. ¡Me encanta cocinar! —Sonríe y levanta la botella de vino de la mesa—. ¿Quién quiere vino?

Atticus y yo nos servimos una copa. Saco a Sawyer de mi mochila y pongo una lista de reproducción de rock clásico. Lo dejo sobre el sofá a un volumen bajo para ambientar. «Born in the USA», de Bruce Springsteen, comienza la velada.

—¡América! —grita Babe con ese tono irónico y deliberado con el que nos reímos de nosotros mismos.

—¡América! —escucho que dice una voz masculina. Me doy vuelta para encontrarme con Pilot parado en la puerta. Tiene puesta una de sus clásicas camisas a cuadros y sujeta una bolsa de plástico—. ¡Conseguí las pelotas de ping-pong! Tuve que ir a tres lugares diferentes, pero por fin las encontré en Primark, así que todo está bien.

—Sabía que lo lograrías. —Atticus sonríe.

Me tenso, camino hacia Babe y Atticus y tomo lugar junto a ellos, contra la barra. Pilot deja la bolsa sobre el sillón, cerca de Sawyer, y se quita la mochila.

—Al parecer no venden vasos sueltos aquí, pero tenían estos. —Extrae de su mochila un paquete entero de vasos medianos blancos. Babe y Atticus estallan en risas.

Pilot saca también una caja de cervezas y las pone en el refrigerador antes de abrir una para él. Se inclina sobre la barra, cerca de mí. Todos estamos en la misma posición, alrededor de la linda barra, cerca de la ventana.

—¿Qué han hecho hoy?

—Empacar —responde Babe, alargando la palabra.

—Nosotros fuimos a la Torre de Londres. Te invité esta mañana, ¿recuerdas? —reprocha Atticus.

—Ah, cierto. —Pilot parpadea varias veces—. ¿Cómo estuvo?

—¡Educativo y genial! —exclama Atticus.

—¡Qué bien! —Pilot le da otro trago a su cerveza.

Una apresurada Sahra entra por la puerta.

—¡Sí! ¡Cena familiar! —grita con un entusiasmo cincuenta veces más fuerte del que tiene su voz normal—. Estoy lista para beber y ser estadounidenses todos juntos. —Lanza su bolsa hacia el sillón, jala una silla hacia la mesa y se desploma sobre ella—. ¿Cuánto tiempo falta para la cena? —agrega con emoción e impaciencia.

Cuando suena el timbre, Babe toma un guante y saca del horno la cacerola con el *ziti* humeante. Tomamos un plato cada quien y Babe se hace cargo de llenarlos, atribuyéndose el papel oficial de la distribuidora de pasta. «We Didn't Start the Fire» empieza a sonar en mi lista. Me hace sonreír.

—¿Alguien se sabe la letra de esta canción? —pregunto—. Saber toda la letra es una de las metas de mi vida.

Babe deja caer un cucharón de pasta sobre mi plato.

—¡Yo también quiero aprenderla! —declara entre risas.

—La la la la la la la la —tarareo muy bajito.

—¡Guau! Ya te sabes casi toda la letra —dice Pilot desde la mesa. Dejo escapar un resoplido y camino a mi asiento.

Acabamos el *ziti* en medio de una plática amena, nos ponemos al corriente sobre las vidas de los demás. Después de cenar, limpiamos la mesa para el *beer pong*. Jugamos en equipos de dos, seleccionados con piedra, papel o tijeras. Pilot y yo estamos juntos. Jugamos, vamos ganando, nos reímos, chocamos las palmas y casi olvido que lleva siglos evitándome y que es probable que conozca mis más íntimos pensamientos.

A las nueve de la noche nos coronamos reyes del juego. Luego, todos reunimos nuestras chamarras y nos dirigimos a un bar en Camden que Babe encontró en Yelp.

Al interior, el bar está lleno de gabinetes con mesas redondas, tapizados con un elegante verde oscuro. La música de fondo está a volumen bajo, así que aún existe la opción de conversar. Escogemos una mesa y Pilot se desliza primero, seguido de Sahra y Atticus.

Me inclino para sentarme, pero Babe entrelaza su brazo con el mío y me jala en dirección contraria, hacia la barra.

—Vamos por tragos. Aparten la mesa y después van ustedes —indica. Cuando nos alejamos, me habla al oído—. ¿Algo pasa entre Pilot y tú otra vez? No has hablado con él en años.

—No pasa nada entre Pilot y yo —balbuceo.

Babe agita la cabeza, negando, y me mira a los ojos con seriedad.

—¿Todavía te gusta? —Intenta analizar mi expresión. Nunca le conté sobre Amy y el Horrocrux Nueve. No le conté a nadie.

Suspiro, exasperada.

—No quiero hablar de eso.

Ella exhala mientras llegamos a la barra. Babe pide su trago. Debo estar a solas con Pilot. ¿Quizá debería comprarle un trago y pedirle que vayamos a otra mesa?

—¿Me puedes dar una copa de vino tinto? —le pido al barman, dudo por un segundo y agrego—: Y una Guinness, por favor.

—¿Tomarás Guinness? —pregunta Babe a mi lado. Volteo para responder y me sobresalto. Hay un hombre alto, con cabello rizado, parado justo detrás de ella. El hombre se presenta, nos da la mano y pide dos whiskeys para nosotras. Dudosa, intercambio miradas con Babe, pero ella acepta. Comienzan a conversar casualmente.

Doy un vistazo a nuestro gabinete y noto que Pilot nos observa. Levanta las cejas, divertido, cuando me ve. Esquivo su mirada, trato de no sonreír; es estúpidamente encantador.

Llegan cuatro tragos en una charola y el chico de cabello rizado los distribuye: uno para mí, otro para Babe y uno más para su desgarbado amigo de cabello negro que salió de la nada mientras yo desviaba la mirada. Nuestro triángulo se convierte en un círculo. Me llevo el diminuto vaso a la nariz, lo olfateo y lo alejo. Huele a una mezcla de madera y alcohol.

—¡Por esta noche! —brinda el chico del pelo rizado. Ellos tres se toman el whiskey de un trago. Yo le doy un sorbo.

—Oh, Dios mío. —Mi cara se arruga y sacudo la cabeza, como lo haría un perro al secarse. Quema.

—¡Shane! —se queja Babe entre risas—. ¡No puedes sorber! —El tipo del pelo rizado se ríe con ella. Le doy el vaso.

—Aquí tienes el mío —digo. Tomo mi vino y la cerveza de la barra y regreso a nuestro gabinete.

Me deslizo junto a Pilot con nuestras bebidas en las manos y me congelo. No puedo pedirle que vayamos a otra mesa si ya estoy en el gabinete. «¡Bien pensado!».

Un momento después, Sahra y Atticus se recorren en el asiento.

—¿A dónde van, chicos? —pregunto.

—Por un trago — responde Sahra, como si fuera lo más obvio del mundo.

—Pilot se quedará contigo mientras vuelve Babe. —Atticus se ríe antes de echarle un vistazo a mi Guinness—. ¿Tomas Guinness?

—Yo, sí, solo... —titubeo al tiempo que ellos se levantan y salen del gabinete. Atticus sonríe pero no espera mi explicación. Los veo alejarse. Babe aún conversa con los tipos. Lentamente, levanto la mirada hacia Pilot. Abro bien los ojos, con una expresión que dice: «Bueno, parece que solo somos tú y yo». «¿Por dónde empezar?».

Veo los tragos.

—Oh, de hecho, creo que no quiero esta. —Empujo el vaso de Guinness—. Puedes quedártela si quieres.

Él sonríe, dudoso.

—¿Estás segura?

—Sí, por favor, quédatela. —La deslizo hacia él.

—Gracias. —La levanta y le da un trago—. ¿Cómo estuvo el whiskey?

—Dios, sabe horrible. Aunque me sentí un poco culpable por no tomarlo todo.

Él sonríe, agita la cabeza y se lleva la cerveza a la boca. Empiezo a esbozar una sonrisa pero me obligo a reprimirla.

Le doy un trago al vino. Sabe amargo. «Está bien. Empieza a hablar, Shane».

—¿Cómo va el libro? —Pilot baja la cerveza.

En realidad nunca empecé el libro.

—Mmm, no muy bien. He intentado ponerme al corriente en otros estudios.

Cierra los ojos por un segundo.

—Siento mucho lo que pasó con tus padres.

—Oh, sí. Nunca pude darte las gracias, ya sabes, por, hacer ese... intento por salvarme de la conversación. —Apuro otro trago.

Sus ojos se encuentran con los míos y mantenemos el contacto visual por un segundo, en una especie de apretón de manos metafórico.

—Cuando quieras, Shane.

Miro hacia la barra. Atticus y las chicas conversan con los tipos del whiskey y piden otra ronda. Después, volteo hacia Pilot, muerta de nervios.

—Debo preguntarte algo.

—Dime.

Aprieto mi copa con más fuerza.

—Mmm, bueno, pues... ¿sabes algo sobre aquella noche en la cocina?

Él sonríe.

—Creo que debes ser más específica.

—La noche que mis padres me visitaron, perdí mi cuaderno en la cocina. —Me detengo.

—Mierda, ¿lo encontraste? —pregunta—. Seguro tienes muchas ideas supergraciosas ahí.

Dejo escapar un suspiro contenido. «No sabe nada. Ahora dile lo que sientes».

—¿Y cómo va el álbum en el que estabas trabajando? —pregunto, para mi sorpresa.

—Oh, está... Está en espera por el momento —confiesa con una sonrisa triste.

—¿Qué? ¿Por qué? —Me inclino hacia delante, recargando los brazos en la mesa.

—No lo sé. No me siento totalmente feliz con él, así que me estoy tomando un descanso antes de descubrir qué es lo que no suena bien.

—Oh... —«Díselo».

Veo cómo baja la mirada hacia su cerveza, pensativo. Parece triste. No quería entristecerlo.

—¿Pays? —Le doy otro trago al vino y me acerco apenas unos milímetros.

—¿Sí? —Sus labios se curvan.

«Me acerqué y él sonrió. Hazlo, Shane». Carraspeo.

—¿Te emociona volver a casa?

Pilot exhala. Ladea la cabeza y la recarga sobre una mano.

—Bueno, por un lado, sí. Hay personas a las que quiero volver a ver.

Parpadeo, dispuesta a dejar morir el tema. Quiere volver por Amy. Amy es esa persona.

«No importa. Solo habla».

—¿Qué hay de ti? —pregunta él y busca mis ojos, que están perdidos en el lóbulo de su oreja. Dejo que los encuentre.

—Más o menos, supongo. Pero, bueno, realmente voy a extrañar, eh... extrañar... Yo... —Paso saliva.

Pilot rompe el contacto visual. Nunca es el primero en hacerlo. Mis labios tiemblan.

—¡Oigan! ¡Conseguimos tragos gratis! —nos interrumpe Babe. Tiene una gran sonrisa, se sienta en el gabinete. Pilot y yo volvemos a una posición normal, ya no inclinados uno hacia el otro, mientras los demás regresan.

—¡Hay que jugar veintiuno! —propone Atticus.

Jugamos el último veintiuno en Londres. Yo soy toda risas, sonrisas y tristeza escondida. Después hablamos sobre cómo pasaremos el verano. Los compañeros de trabajo de Babe la contactaron con el programa de pasantía en Disney, así que irá a Florida en junio. Discutimos los horarios de nuestros vuelos para mañana. Pilot no se irá, se quedará para la boda real y después viajará un poco más con los chicos del otro departamento. Los padres de Babe vendrán y pasearán por Londres, irán a la boda real también y ella viajará sola por una semana. Los demás nos iremos juntos al aeropuerto a mediodía.

26
ADIÓS ADIÓS ADIÓS

Babe y Sahra empacan lo último mientras salgo de la regadera a las doce y cuarto. Voy a la cocina por agua.

Mañana me iré a casa con mis decepcionados padres. Una decepción que, sin duda, para este momento ya se propagó por toda la familia.

«Manipulé a mis padres para que me pagaran un viaje de estudios en el extranjero que era completamente irrelevante para mi carrera».

Parada junto al fregadero, cierro los ojos y doy un gran respiro. Presiono las palmas de mis manos contra mis párpados. La puerta se abre detrás de mí. Volteo y veo a Atticus, quien pierde su habitual expresión de felicidad.

—Por Dios, Shane, ¿estás bien? —Toma asiento en la mesa.

—Estoy bien, solo... triste porque todo se acaba.

Aprieta los labios y asiente con la cabeza.

—Sí, yo también. Quisiera estudiar con ustedes. —Atticus estudia en otra universidad que lo envió a nuestro programa.

—Yo también —concuerdo—. Pero seguiremos en contacto, ¿no?

—¡Sí, claro! —dice con énfasis—. ¿Estarás bien? ¿Quieres hablar?

Sonrío, agradecida.

—Estoy bien. Solo necesito un minuto, ya sabes.

—Sí, entiendo —afirma, veo la comprensión en su rostro. Se levanta, llena un vaso de agua y camina hacia la puerta—. Buenas noches, Shane.

Me desplomo en una silla, recargo cabeza y brazos sobre la mesa. Extrañaré a Atticus. Y a Sahra y Babe. Y a Pilot.

Siento una enorme punzada en el estómago, igual a la que sientes cuando te das cuenta de que reprobaste el examen que el profesor acaba de devolverte y no hay nada que hacer al respecto.

Por la mañana estamos todos despiertos, ordenando la cocina. Es necesario tirar todo y limpiar. Es nuestra última actividad como grupo. No sé qué esperaba, pero esto no es exactamente divertido. Todos estamos tensos. No hacemos mucho contacto visual y permanecemos en silencio.

Limpiamos durante una hora; después, Atticus, Babe Sahra y yo caminamos hacia las escaleras con nuestro equipaje. Pilot nos ayuda. Subimos hasta la puerta con las maletas. Pilot le da un abrazo a cada uno, Atticus, Sahra y Babe, entonces es mi turno. No es la despedida que había idealizado. Apenas es una despedida. Él esquiva mis ojos y se inclina para darme el mismo abrazo genérico que les dio a los demás.

—Adiós —dice en voz baja y me rodea con los brazos.

—Adiós —susurro. Es rápido. Gira la cabeza, se aleja y camina de vuelta a las escaleras.

Babe se dirige al metro para ir a su nuevo hotel (a todos nos echan del Karlston hoy). Atticus, Sahra y yo compartimos un taxi al aeropuerto. Tenemos vuelos diferentes, así que en Heathrow nuestros caminos se separan.

Ya en Heathrow, espero en una fila para registrarme en Virgin Atlantic. Pienso en cómo decepcioné a todos, yo incluida. Wendy, Donna, Declan, mamá y papá.

Dejé que todos mis propósitos de escritura se fueran a la mierda y nunca enfrenté a Pilot.

Cuando llegue a casa, estaré hasta el cuello de trabajo de la escuela de Medicina y no tendré tiempo para redactar el libro. Las cosas con Pilot van a cambiar de verdad cuando volvamos a Estados Unidos, nunca podré decírselo. Volverá con Amy y será como si nada hubiera pasado. Quizá esto no fue importante para él, pero sentirme así fue... es importante para mí.

—¡El que sigue!

Me adelanto con mis dos mochilas y pongo la maleta pesada sobre la báscula para documentarla.

—Lo siento, señorita, su equipaje excede por siete kilos —informa la encargada. Parpadeo, confundida, y bajo la maleta. «Vine aquí a hacer cosas, no a arrepentirme de ellas»—. Esta excede por dos kilos. —Ella señala un espacio detrás de mí—. Puede ir ahí e intentar reacomodar sus cosas. Hay un límite de veintitrés kilos por maleta. —Sigo su mirada hacia el sitio en el que dos chicas jóvenes tienen sus maletas abiertas en el piso, reempacando todas sus pertenencias en medio del área de documentación.

«Vine a correr riesgos. Vine a ser extrovertida. No quiero que termine así».

—¿Qué? —escucho a la mujer preguntar. ¿Acaso hablé en voz alta?

Me doy vuelta y arrastro las maletas a un lado. No me detengo cerca de las chicas que reempacan, sigo de largo hasta la salida. Acelero el paso al tiempo que una carga de adrenalina recorre mi cuerpo. Espero un taxi. Le doy la dirección del Karlston y volvemos a Londres.

Mi corazón late fuera de mi cuerpo, da vueltas por todo el taxi. Lo estoy haciendo, haré lo que dije que haría: iré a decirle todo. Es como el final de una comedia romántica, no de un drama. No acabará conmigo subida en el avión.

Practico lo que le diré: «Pays, me gustas de verdad. No sé lo que sientes tú, pero de verdad, de verdad me gustas, y tenía que decírtelo. Tenías que saberlo». Simple, directo, fácil de recordar. Puedo improvisar después de eso.

Lo repito una y otra vez durante todo el camino.

Nos detenemos frente al Karlston.

—Vuelvo enseguida —le digo al conductor—. ¿Puede dejar el taxímetro corriendo?

Cierro la puerta. Con una sonrisa, me apresuro a subir las escaleras. «¡Lo estoy haciendo!». Me lo prometí; ¡cielos, se siente maravilloso!

Saco una identificación, lista para mostrársela a seguridad. Paso veloz frente a ellos y bajo las escaleras, me aferro al barandal para no tropezar y romperme el cuello. Corro hacia la cocina y echo un vistazo por la ventana para ver si está ahí.

Está vacía, así que recorro todo el pasillo hasta su puerta, respiro profundamente y toco. «Pays, de verdad, de verdad me gustas. No sé lo que sientes tú, pero de verdad, de verdad me gustas, y tenía que decírtelo. Tenías que saberlo».

—¿Pays?

Me río. No puedo creer que estoy haciendo esto.

—¿Pays? —Toco otra vez—. ¡Pays! —grito más fuerte. No hay respuesta.

Tal vez está escuchando música. Presiono la perilla y me doy cuenta de que no tiene seguro. Abro la puerta. La habitación está vacía, solo veo los edredones negros que nos pidieron dejar.

—No. —Respiro en silencio—. No —digo otra vez, caminando por todo el cuarto en busca de algún rastro, algo que sugiera que Pilot sigue aquí en el Karlston, no solo aquí en Londres—. No.

Salgo al pasillo.

—¿Pilot? —lo llamo. Vuelvo a la cocina para asegurarme de que no está en el punto ciego en un extremo del sillón. Camino al otro lado del pasillo, donde viven sus otros amigos—. ¿Pays?

No hay nadie.

«Puedo llamar por teléfono», razono. ¡Aún está en Londres! Durante medio segundo, busco desesperada mi teléfono en la bolsa de asa cruzada, hasta que, de pronto, caigo en cuenta: no tengo teléfono. Papá lo rompió y no compré otro nuevo porque casi no lo usaba. No me sé el número británico de Pilot. Su número estadounidense no sirve aquí. Nunca le pregunté dónde se quedaría.

Tal vez está usando su computadora, donde sea que esté, y puede darme su ubicación. Salto de vuelta al taxi, meto la mano en la mochila y saco a Sawyer. Corro de regreso al sótano para conectarme al Wi-Fi. Abro el chat de Facebook.

Shane Primaveri: Hola, ¿Pays?

Espero treinta segundos.

Shane Primaveri: Pays, ¿estás ahí?

Treinta segundos más.
Un minuto. Tres minutos. No ve los mensajes.
Frunzo el ceño. Cierro la computadora porque el taxímetro está corriendo. Mi avión espera. Subo de nuevo las escaleras y regreso al taxi. Le pido al conductor que volvamos al aeropuerto.
Pierdo mi vuelo.

Cuando por fin aterrizo en Estados Unidos, Leo y Alfie me esperan en el aeropuerto John F. Kennedy. Mi rostro refleja mi decepción cuando doy un paso hacia donde están parados, con la vista en sus celulares. Esperaba ver a mamá.
—¿Qué hacen aquí? ¿Dónde está mamá?
—Tus padres nos enviaron —contesta Alfie sin dejar de escribir en el celular.
Me dirijo a Leo.
—¿Por qué? —Mi voz se quiebra.
Agita la cabeza, como si no supiera nada del asunto.
—Tú dinos.
Camino hacia la banda del equipaje, las lágrimas se deslizan por mis ojos. Leo corre detrás de mí.

—Shane, vamos. ¡Ya nunca nos cuentas nada! Jamás en tu vida te has metido en problemas. ¿Qué demonios hiciste para hacerlos enojar tanto? —Se para frente a mí y me bloquea el paso.

Cierro los ojos, respiro. Estoy tan cansada.

—Leo... —Jadeo.

—Leo perdió su beca de beisbol y dejó la escuela —se burla Alfie, fuera de nuestra vista.

Leo hace una mueca. Lo que sea que fuera a decir, muere en mi lengua.

Le doy un vistazo a Alfie, sobre el hombro de Leo, pero ha vuelto a su celular. Analizo los ojos de Leo. Inexpresivos, cautelosos.

—¿De qué habla? —pregunto en voz baja—. ¿Qué está pasando contigo?

—¿Qué hiciste tú?

Avanzo y lo rodeo para llegar a la banda.

Pilot responde mi mensaje al día siguiente, me pregunta qué pasa. Le digo que necesitaba el número británico de Babe porque empaqué por accidente una de sus playeras.

Segunda Parte
2017

27
¿EN QUÉ PÁGINA ESTÁS?

—Si fueras una figura, ¿cuál escogerías? —La silla cruje cuando el hombre se inclina hacia atrás y extiende las manos sobre sus rodillas.

¿Si yo fuera una figura? «Si yo fuera una figura». ¿Un diamante? ¿Quieren escuchar diamante? ¿Soy un diamante? Estoy bajo mucha presión. ¿Qué tal un paralelogramo? Me gusta cómo la palabra se desliza por la lengua.

Qué. Figura. Soy. ¿Qué figura soy?

Sus dedos tamborilean en la mesa. Mierda.

—Oh, sería un círculo; más bien una esfera porque soy tridimensional, usted sabe. Además, si algo me golpea, puedo avanzar.

—Mmm —murmura, pensativo, mientras parpadea. Paso saliva—. Y si fueras una flor, ¿qué flor serías? —Arrastra las palabras.

¿Flores? No sé nada de flores. ¿Rosas porque son rojas y *Red* es mi disco favorito de Taylor Swift? ¿Un girasol porque siempre estoy alegre? ¿Cómo se llaman esas cosas de la Navidad? ¡Nochebuenas! También rojas. Y venenosas. ¿Hay alguna naranja? El color naranja me parece único.

Los dedos tamborilean de nuevo. «Toma una decisión».

—Está bien. Sería una rosa.

Sus cejas se levantan, casi hasta tocar el nacimiento de su cabello. «De acuerdo, rosa no es una buena respuesta».

Me atraganto.

—Quiero decir, no, eso es muy romántico. De hecho, yo sería un girasol porque son deslumbrantes y positivos y, pues, altos... y yo soy de altura promedio. ¿Me retracto?

El hombre suspira profundamente.

—¡Soy un naranjo! —digo de pronto—. Me gusta hacer... cosas que otros puedan disfrutar, y las naranjas son únicas, pero no tan únicas porque... son buenas para la salud. —Asiento para mí misma.

—Así que no serías una flor —afirma con gravedad.

Dejo caer los hombros. ¿Cómo demonios algo de esto puede ayudarlos a conocer mi experiencia médica?

Frunce el ceño aún más.

—¿Cuál fue mi último trabajo publicado?

¿El suyo? Oh, Dios, apenas hace media hora que descubrí que él me entrevistaría. Estoy fracasando. No puedo creer que esté fracasando. Hice tanta investigación sobre su programa.

—Yo, yo... Lo siento. Eh... No lo sé.

El silencio se prolonga.

—Bien. Gracias por venir. —No me aceptan.

—Yo, eh... ¿no quisiera saber algo de mi experiencia médica? Yo...

—Leí su expediente, señorita Primaveri.

Hay un momento de incómodo titubeo de mi parte.

—Oh, está bien. Bueno, yo solo quiero que sepa que me graduaré como la mejor en mi generación, pienso en el mundo universitario y apreciaría su consideración para el puesto de residente aquí en la Universidad de Nueva York.

Él no dice nada. Levanto mi bolsa y salgo de la oficina. Afuera, los estudiantes se mueven animados a mi alrededor; entran y salen del edificio. Me siento en un escalón de piedra. Bien, eso salió mal.

Reviso mi celular. Babe aún no regresa mi llamada. Tengo algunas horas antes de la siguiente entrevista. «Esa saldrá mejor». Ahora sé que debo esperar preguntas extrañas y arbitrarias sobre mi personalidad.

Mi mirada recae sobre mi mano izquierda. Aún me cuesta trabajo procesar lo que pasó ayer. Sin rodeos y de la nada, Novio me pidió matrimonio. En el momento en que la propuesta salió de su boca, la imagen de Otro Chico llegó a mi mente. Ambas, tanto la propuesta como la reaparición del Otro Chico en mi mente, han sido sorpresas inconvenientes con las cuales he tenido que lidiar en medio de la preparación de última hora para las entrevistas de residencia.

No pude dormir en el vuelo cuando venía aquí porque mi cerebro no dejaba de decirme: «Mmm, ¿sabes qué sería más divertido que dormir? Estar despierta para siempre y evocar cada recuerdo del Otro Chico». Ahora estoy enredada en una cuerda kilométrica de posibilidades.

Y es que da la casualidad que ese Otro Chico trabaja aquí en la ciudad en una compañía que fabrica equipo de golf o algo así. Vi el nombre del lugar en Facebook. También lo busqué en Google Maps porque, aparentemente, poco a poco estoy pasando de ser una acosadora virtual a una en la vida real.

No puedo ir a verlo.

Lo que haré ahora es trabajar un rato en una cafetería un par de horas y después dirigirme a Columbia para mi siguiente entrevista; después volveré a San Diego para ver a Novio. No habrá ninguna parada. No terminaré la transición. «¡Me niego, me niego a volverme una acosadora!».

Doy un respiro, un mechón de cabello ondea en mi rostro mientras observo los taxis navegar entre el tráfico.

«Sería ridículo». En seis años, no hemos tenido comunicación excepto por felicitaciones de cumpleaños en nuestros muros de Facebook. Si soy honesta, él olvidó mi cumpleaños el año pasado.

Reviso mi teléfono otra vez. Nada aún. «Llámame, Babe».

La Shane acosadora piensa que quizá esta confusión significa que necesita un cierre, así después podrá volver a ser la que era antes de la propuesta de matrimonio de su novio. Todos hablan de los cierres en la televisión. Cerrar es mágico. Cerrar es el cuchillo que romperá las cuerdas de las posibilidades y la dejará libre para que lidie con cosas menos irrelevantes. Como Novio. Y... matrimonio. Impuestos. Gastroenterología. Cosas importantes.

Marco el teléfono de Babe una última vez. Directo al buzón.

—Babe, ¿dónde estás? Creo que estoy a punto de hacer algo tonto y necesito que me convenzas de no hacerlo. O tal vez que me digas que no es tonto y que debería hacerlo.

Cuelgo e inicio mi camino por la banqueta mientras los pensamientos bullen en mi mente. Llego a un alto en la esquina. Tengo un mensaje no leído de Melvin.

MELVIN:
Cuento los minutos para que vuelvas

Parpadeo. Creo que intenta ser lindo, pero, sin emojis ni puntuación, es sutilmente escalofriante. Salgo de los mensajes y alejo este nuevo sentimiento de claustrofobia que, al parecer, ahora asocio con mi novio.

Un taxi amarillo se acerca.

«No lo hagas».

Levanto el brazo.

Nivel de acoso en la vida real: alcanzado.

Puedo hacerlo. Puedo hablar con él otra vez. Puedo decir cosas. Soy una adulta. Casi soy médico. Esto es informal. No es nada.

Cuando el taxi se detiene, mi estómago da un vuelco, pero tengo un plan. Es simple y elegante. Simple y elegante. Es elegante. Y es simple. Lo invitaré a tomar un café. Es normal que las personas inviten a otras personas cuando quieren ponerse al corriente.

Pongo un pie fuera del auto. Mi ajustado vestido de negocios azul se levantó al subir y se enrolló dentro del taxi. Rápidamente lo jalo hacia abajo, mientras estiro el cuello para tener una mejor vista del impersonal edificio, de un plateado brillante, que se alza frente a mí. Un ancho bloque de escalones desemboca frente a las puertas de cristal.

Paso dos minutos completos observando las puertas. «Esto es una terrible idea».

Entonces me lleno de valor. «Hazlo para pasar la página».

Mis tacones bajos de color beige repiquetean por los escalones. Subo con torpeza los últimos de una sola vez.

Me dirijo a la enorme recepción de techo alto. Está vacía. A mi izquierda se alinean elevadores dorados; a mi derecha, un hombre de cabello gris atiende detrás del mostrador.

—¡Buenos días! —lo saludo.

—¿Cómo puedo ayudarla? —responde sin emoción.

Aclaro mi garganta.

—Busco a Pilot Penn. Creo que trabaja en FJ Golf. ¿Podría decirme en qué piso puedo encontrarlo?

—¿Tiene una cita?

—No, pero está bien. Soy su amiga —miento. Bueno, somos algo así como amigos.

El hombre de seguridad me observa fijamente por un instante, pensando si debería o no dejarme pasar sin una cita. Parece decidir que no soy una amenaza para el edificio.

Agacha la cabeza y murmura.

—Necesitará un gafete de visitante con su nombre.

—Shane Primaveri. P-R-I-M-A-V-E-R-I —respondo en automático. Él imprime mi nombre en una etiqueta blanca, la pega en un gafete que dice VISITANTE y me lo entrega sobre el mostrador.

—Póngaselo y vaya al piso dieciséis.

Lo abrocho a la correa de mi bolsa plateada de asa cruzada y camino hacia los elevadores, evitando apoyarme sobre los tacones para no llamar la atención. «Esto no es raro. ¡Esto está bien!».

Inhalo. Sostengo. Exhalo. Oprimo el botón con el dedo índice.

La flecha del elevador al final del pasillo se pone amarilla. Nerviosa, floto hasta allá para atravesar las puertas doradas. Se abren con un sonido apagado. Ya hay un tipo adentro, sostiene un montón de papeles. Cuando él levanta la mirada, mis párpados se cierran.

—Mierda. —Respiro y me paralizo al tiempo que las inseguridades que desaparecieron hace años se materializan al instante. «Es él». Pensé que tendría al menos unos segundos más para prepararme, pero está aquí.

Tiene puestos pantalones caquis y una camisa de botones blanca. Carga dos montones de papel. Me mira sin expresión por un instante, antes de percatarse de que soy yo. Noto cuando se da cuenta porque sus ojos se abren como si viera un fantasma; los papeles caen de sus manos y caen sobre el piso del elevador con un gran estruendo.

—¡¿Shane?! —exclama.

Inhalo con fuerza. «Eres una mujer adulta que ha tenido éxito rompiéndose el lomo en conferencias médicas por los últimos cuatro años. Puedes confrontar a Pilot Penn y lo harás».

Doy un paso y entro al elevador.

—Hola, Pays.

Las puertas comienzan a cerrarse. Él reúne los documentos del piso antes de volver a la normalidad, de pie, sujetando sus dos montones de papel.

—¿Qué haces aquí? —La sorpresa aún se refleja en su voz, pero intenta recuperar la compostura.

—Vine a hablar contigo.

Su frente se arruga.

—¿Hablar conmigo? —Habla en voz alta, confundido otra vez.

Mi primera reacción es reír, pero sus ojos se encuentran con los míos y el instinto me hunde rápidamente en un mar de ansiedad. Tomo un poco de aire.

—Sí, lamento molestarte en el trabajo. Pero necesito hablar, contigo. ¿Podemos ir por un café o algo? —Resisto la urgencia de juguetear con el cierre de mi bolsa.

Las puertas se abren en el piso dieciséis: un enorme salón iluminado, lleno de ventanas, dividido en cubículos grises. Pilot sale y lo sigo mientras camina por la orilla de la habitación.

—No te he visto en... —Hace una pausa y voltea hacia mí—. ¿Seis años? —Usa un tono más agudo cuando pronuncia esas últimas palabras.

Entra a uno de los cubículos, deja caer los dos montones de papel sobre su escritorio y colapsa sobre su silla. Cierra los ojos y respira antes de levantar la mirada.

Sonrío, dudosa, y lo saludo agitando la mano.

—Hola, ¿una taza de café? —repito.

Echa un vistazo alrededor y se rasca el cuello. Luce casi igual, menos por el corte de pelo, ¿quizá tiene hombros más anchos?

—¿Qué haces aquí? —repite, más tranquilo esta vez.

—Tuve una entrevista en la Universidad de Nueva York hace un rato, y tengo una en Columbia más tarde. —Hago una pausa—. Bueno, no estoy aquí por eso. Estoy aquí porque necesito hablar contigo y quisiera una taza de café —repito y me recargo un poco sobre la delgada pared que divide la entrada a su cubículo.

—¿Para qué?

—El programa de internado en Medicina —digo. Sus cejas se juntan. Baja la mirada y recarga los codos sobre las rodillas.

—¿Así que solo decidiste venir al edificio en el que trabajo para invitarme un café? —Me mira a los ojos.

—Bueno, pues... sí —respondo con una expresión cansada.

Él ladea la cabeza.

—¿Quién hace eso? —La pregunta tiene un tono divertido.

—Los locos —declaro con sarcasmo.

—No debería salir ahora —confiesa en voz baja.

—Oh, vaya. —Veo alrededor, incómoda.

Pilot se pone de pie. Gira la cabeza, hace inventario del salón hasta que encuentra lo que busca: un hombre bajo y rechoncho entrado en los treinta años que camina al otro extremo de la habitación.

Establece contacto visual con él.

—Oye, Tom, tendré que salir por una hora. Emergencia familiar. —Me pongo de pie en un movimiento e intento verme solemne cuando los ojos de Tom pasan de Pilot a mí y luego de vuelta a Pilot.

—Está bien —responde despacio.

—Bien. —Pilot da un salto fuera del cubículo. Pone una mano en mi espalda y en silencio me guía por la habitación.

Al entrar al elevador, quita la mano. Nos mantenemos en silencio hasta que las puertas se cierran.

—Bueno, vayamos por un café —dice con una pequeña sonrisa y se lleva las manos a los bolsillos. Me analiza por un momento—. Es extraño verte.

—También es raro verte a ti.

—Disculpa por... —agita la cabeza— ese pequeño ataque, no sé qué pasó ahí. —Se recarga sobre la pared del elevador.

—Lo sé. No es algo común en ti. —Cruzo un pie frente al otro y me balanceo un poco sobre los tacones.

Pilot deja escapar una risa y aprieta los labios. Estamos en silencio por un momento y entonces dice:

—Así que ya eres médico.

Asiento.

—Casi. Estoy haciendo entrevista para los programas de residencia, quiero especializarme en gastroenterología. ¿Tú qué has hecho? ¿A qué te dedicas aquí?

—Oh, ya sabes, programación, computadoras, escribir códigos, resolver problemas técnicos y esas cosas emocionantes. —Cruza los brazos, me inspecciona como un enigma que quiere descifrar. Dirijo la mirada a las puertas.

En ese momento, me doy cuenta que no nos movemos. Los botones están del lado de Pilot. Le sonrío y lo imito, recargándome en la pared opuesta.

—Oye, Pays.

Él ladea la cabeza.

—¿Sí?

—No oprimiste ningún botón, así que solo estamos pasando el rato dentro de una caja de metal.

La sorpresa llena su rostro. Lanza una carcajada y aprieta el botón para el lobby.

—¿Sabes? En general recorro el edificio con un asistente. Él oprime todos los botones por mí —se defiende, usando un tono arrogante.

Suelto una carcajada. Las puertas se abren y salimos al lobby.

—¿Tienes pensado un lugar para tomar café?

Mis tacones repiquetean contra la loza.

—Mmm, en realidad no pensé...

—¿Buscan una cafetería? —El hombre de la recepción me interrumpe casualmente. Le sonríe a Pilot.

—¡Hola, Jack! —lo saluda Pilot—. ¿Conoces algún sitio?

—Alguien dejó volantes de un nuevo lugar hace apenas diez minutos. —Jack el Recepcionista nos llama con la mano y saca un montón de papeles color lavanda desde detrás del mostrador—. Yo le dije: «Señorita, esto no es un supermercado, no entregamos volantes», pero los dejó de todas formas. Aunque después de leerlos, suena a un café muy interesante, de verdad. Echen un vistazo. —Empuja el montón hacia nosotros.

—Interesante. —Pilot levanta uno de los papeles para que los dos podamos leerlo: ¿«Extravagante café escondido con elevador secreto»?

Levanto las cejas y me encuentro con la mirada de Pilot mientras caminamos a la salida. El lugar está a diez minutos caminando.

—¿Quieres probar? Podríamos solo ir a un Starbucks si prefieres —ofrezco.

Empuja la puerta para abrirla, y me hace un gesto para que yo pase primero.

—Siempre estoy abierto a la aventura.

Una sonrisa aparece en mis labios y salgo a la calle.

—Está bien. Hagámoslo.

Pilot dobla el volante y lo guarda en su bolsillo trasero mientras caminamos por la banqueta.

—Entonces, ¿cómo me encontraste? —Una sonrisa torcida aparece.

Me encojo de hombros.

—Ya sabes, cobré algunos favores, revisé tu historial. —Sus ojos se agrandan. Otra risa se me escapa—. Pilot, vi tu perfil en Facebook. Dice dónde trabajas, lo busqué en Google.

—Oh, claro. —Sonríe—. Estoy impresionado. Por un segundo te creí.

Cruzamos a la siguiente cuadra.

—Así que querías hablar de...

Dejo escapar un suspiro.

—Guardémoslo para nuestro extravagante café.

Se ríe.

—Entonces, serás... ¿Cómo dijiste? ¿Gastroenteróloga?

—Sí, eso intento. —Afirmo, volteando para mirarlo a los ojos.

—¿Puedo preguntar por qué gastroenterología? —Su tono es de genuina curiosidad.

Presiono los labios por un momento.

—Bueno, no estaba segura de lo que quería hacer, así que solo lo escogí.

—¿Solo lo escogiste? —Se ríe—. ¿No es un compromiso enorme en tu vida?

—Sí, tengo seis años de residencia por delante. —Mi voz se apaga como un juguete que se queda sin batería. Decidí que estudiaría gastroenterología en algún punto entre mi primer año en la escuela de Medicina y ahora. A Melvin le apasiona.

—Vaya, son muchos años.

Me encojo de hombros.

—Sí, no lo sé. Me graduaré como la primera en mi generación. Todo va bien.

Él asiente con la cabeza y agacha la mirada.

—¿Cómo están las cosas, pues, con tu familia? ¿Mejor? A veces recuerdo aquella noche en la que aparecieron.

Hago una pausa.

—Las cosas aún van mal, pero de una forma más aburrida. No hablamos mucho. Me mudé a San Diego, necesitaba irme lejos. Pero me va bien en la escuela y ellos están felices con mi progreso.

Él guarda silencio por un instante. El bullicio de Nueva York flota sobre el silencio.

—Vaya —suelta por fin.

—¿Vaya, qué? —pregunto. Cruzamos otra cuadra. Sujeto mi bolsa, una mano sobre el asa, otra sobre la bolsa misma.

—No puedo creer que ya casi seas médico. —Sube y baja los hombros con una sonrisa. Dios, es tan lindo—. ¿Sigues escribiendo?

Niego con la cabeza.

—No, ya no. Estoy muy ocupada y casi no he tenido tiempo para escribir por diversión... ¿Sigues en contacto con alguien de Londres? —Cambio el tema.

—No, perdí el rastro —habla despacio—. ¿Tú?

—Sí. Sahra se graduó de Harvard hace un año, ya es una abogada de verdad. Sigo su éxito en Facebook. Atticus y yo comemos de vez en cuando en Los Ángeles. Está produciendo una obra ahora mismo. Babe y yo hablamos todo el tiempo. De hecho, acaba de comprometerse.

Pilot continúa callado. Cruzamos otra cuadra. Después de un minuto, busco sus ojos otra vez.

—¿Has vuelto desde que nos fuimos?

Sacude la cabeza.

—Eh, no, no he regresado, pero me gustaría hacerlo algún día. ¿Y tú?

—No... Ha habido momentos en los que lo he querido de verdad. —Incluso contemplé con Melvin la idea de ir en nuestras vacaciones el primer año que estuvimos juntos. Él no quiso gastar dinero, lo que es razonable—. Como te dije, he estado muy ocupada con la escuela y el trabajo, no he podido tomarme el tiempo. —Me tomo un momento para respirar—. Ahora imagino ese lugar como una especie de realidad mágica.

Una fresca ola de nostalgia me invade. Alcanzo a ver un destello de melancolía en los ojos de Pilot antes de que desvíe la mirada.

Dos cuadras más y el café debe estar a la derecha. El rumor del tráfico se desvanece al tiempo que nos movemos entre una ligera multitud de peatones de mediodía: mujeres de mediana edad, parejas y hombres de negocios que caminan a toda velocidad.

Pilot me estudia otra vez. Me pone nerviosa.

—¿Aún haces música? —pregunto de pronto. Llegamos a la esquina de otra banqueta. Observo con atención el semáforo peatonal al otro lado de la calle. Me parece tan importante que aún haga música. «Por favor, dime que aún haces música».

—Mmm, no, no mucha.

Volteo para verlo a los ojos.

—¿Qué? ¿Ni siquiera como pasatiempo?

Niega con la cabeza. Me sonríe. Exhalo un poco de aire y me concentro de nuevo.

—Creo que es aquí, a la derecha. —Señalo el pequeño edificio de oficinas frente a nosotros. El número 5 184 brilla sobre la fachada.

Pilot sonríe, saca el volante para revisar la dirección y me mira.

—¿Crees que cuando dijeron café extravagante se referían a un bloque de cemento?

Contengo la risa.

—Quizá es camuflaje. Dice café escondido, Pays. Tienen un —formo comillas con los dedos— «elevador secreto».

Resopla, divertido, y subimos la escalinata. Abro las elegantes puertas de cristal; ahora me siento un poco emocionada. Hay un mostrador en la recepción, muy parecido al del edificio de Pilot. En este nadie nos atiende. Una serie de elevadores se alinea en la pared izquierda. Frente a nosotros, en el extremo al final del vestíbulo, hay un pasillo.

El volante indica que el elevador se encuentra al final del pasillo, a la derecha. Acelero el paso hacia allá y Pilot me sigue.

Doy vuelta al llegar a la esquina y me paro en seco. «¡Superguau!».

Todo el pasillo está pintado en negro y, veinte metros más adelante, desemboca en un elevador cuya puerta está cubierta de palabras. Parece una página arrancada de un libro gigante y puesta como tapiz.

—¡Vaya! —exclama Pilot detrás de mí—. ¡Qué locura!

—Sí que lo es.

Respiro profundo y avanzamos. No esperaba ir a un lugar tan genial, pero no puedo permitirme la distracción. Estamos a unos minutos de sentarnos y adentrarnos en un océano de conversaciones inexploradas. Estiro el brazo y oprimo un botón para subir; más bien el botón, pues es el único en este elevador. Esto es un poco sospechoso, pero la decoración de libros en las puertas me tranquiliza. Estas se abren un instante después, revelando un interior negro brillante.

Entramos en silencio. Adentro también hay un solo botón. Tiene la etiqueta REESCRIBE, el nombre del café.

—Mira esto —señalo, antes de oprimirlo. Nos movemos hacia arriba.

—Esto es un poco escalofriante —admite.

—¿Yo o el elevador? —bromeo un poco.

—Tú definitivamente, pero el elevador también. —Sonríe. No puedo evitar dudar.

—Disculpa si de verdad te estoy asustando con esta visita sorpresa. No quise...

Me interrumpe.

—Shane, era una broma. Tú eres demasiado... tú, como para ser escalofriante.

—¿Qué se supone que significa eso? Puedo ser escalofriante —protesto.

—No, no en realidad. No, no puedes.

—Puedo asustarte si así lo quiero... —La campanilla de llegada interrumpe mi argumento. Debemos girar para salir por las puertas secretas que se abren a nuestras espaldas.

—Rayos. —Pilot deja caer la quijada. Comparto su emoción.

Debemos estar al menos veinte pisos arriba. Frente a nosotros, aparece un espacio rectangular. Una pared es un ventanal completo que brinda una vista fabulosa de la ciudad. Las otras tres están tapizadas con viejas páginas de libros. El techo está lleno de palabras y de él cuelgan cadenas con lámparas que iluminan las delicadas mesas francesas y sillas repartidas por el salón. Incluso el piso está acorde con el tema: parece como si estuviera cubierto de miles de páginas arrancadas de libros.

Hay un solo cliente, un hombre de mediana edad en traje sastre que lee el periódico y bebe café en un rincón. Una barista está de pie detrás de la larga barra a nuestra izquierda. Camino a tropezones hacia allá, observo todo boquiabierta.

—¡Bienvenidos a Reescribe! —La barista nos da la bienvenida, animada.

—¡Gracias, buenos días! —respondo en automático y camino hasta una mesa que está al otro extremo, junto al ventanal. Pilot me sigue de cerca.

La silla metálica rechina contra el piso cuando la saco y me siento. Pilot toma asiento frente a mí, sin dejar de examinar la decoración.

—Este lugar es genial. —Sacude la cabeza, impresionado.

Yo estoy embelesada con la ambientación, pero los nervios borran cualquier otro comentario de mi parte. La barista viene y deja dos menús frente a nosotros. Me parece conocida.

—Gracias. —Pilot le dedica una sonrisa antes de que nos deje conversar.

El menú está escrito con tipografía Courier New, así que parece el guion de una película. Dejo a un lado el detalle y regreso mi atención a Pilot. Me observa y espera. Luego, levanta una ceja.

—Entonces, ¿estamos teniendo una reunión especial? —dice de pronto.

Mis ojos pasan de su ceja levantada al corte de cabello poco familiar: sus sienes están rapadas, mientras que el resto es largo y cae sobre su frente.

Dejo escapar un suspiro.

—Pues...

Me interrumpen los pasos de la barista, quien se aproxima a nuestra mesa.

—¿Puedo tomar su orden?

De nuevo, levanto la vista hacia la mujer. Debe tener cuarenta y tantos, es pálida y pecosa, con una maraña de pelo rojo atada sobre la cabeza.

—Yo quiero una taza de té negro con leche y azúcar, por favor. —Le devuelvo el menú y analizo sus rasgos.

—Yo quiero un capuchino —dice Pilot y también entrega su menú. La mujer se retira.

Volvemos a mirarnos el uno al otro. Aprieto los labios en un intento por averiguar la mejor manera de comenzar con esta conversación.

—¿Pues...? —Pilot retoma la conversación, acercándose un poco.

—Pues... quisiera explicar a qué se debe esta visita...

Observo la vista de Nueva York, respiro profundamente y de pronto recuerdo el rostro de la mujer.

—Oh, Dios mío. —Salto de mi asiento y volteo a verla con tal ímpetu que mi cabello me golpea el rostro. La mujer se mueve detrás de la barra.

—¿Qué? —pregunta Pilot.

Giro la cabeza para verlo con los ojos bien abiertos.

—¿Ves a esa pelirroja?

Su mirada salta de la sala a mí con una expresión confundida.

—¿La mujer que prepara nuestros cafés? Sí, la veo.

Mis ojos vienen y van entre los dos un par de veces más, antes que pase un poco de saliva y me siente de nuevo. «Estás actuando como una loca».

—¿Estás bien? —pregunta Pilot. Yo parpadeo, confundida.

«Olvida a la mujer. Pon tu cabeza en el asunto, Primaveri. Viniste a pasar la página».

—Sí, estoy bien. No importa. —Parpadeo un poco más.

—Estabas a punto de decirme por qué estamos aquí.

—¡Sí! —Me concentro en Pilot de nuevo. Puedo hacer esto. «Solo hazlo»—. Mi novio me propuso matrimonio ayer —empiezo.

—Oh, vaya. —La expresión de Pilot cambia con la sorpresa.

«No era el inicio que tenía en mente».

—Estábamos sentados en nuestra cama, yo leía y él hacía algo en su computadora y, de la nada, me dijo —hago más grave mi voz—: «¿Sabes? Deberíamos casarnos, tiene sentido para tener ventajas fiscales». Bajé mi libro para verlo, pero ni siquiera me estaba viendo a mí, aún tenía los ojos clavados en la computadora. Yo le pregunté: «¿Acabas de proponerme matrimonio?», y él respondió —pongo mi voz grave otra vez—: «Sí, supongo. ¿Qué opinas?».

Pilot ladea la cabeza.

—Y yo le dije... que debía pensarlo.

—Shane, ¿por qué me dices esto? —pregunta en voz baja.

Yo continúo como si no lo escuchara.

—Es como si llevara todo este tiempo viviendo bajo una lente macro y de pronto todo el cuadro se ampliara.

—¿Qué es una lente macro?

—Y creo que no quiero estar con él. No estoy segura de por qué seguimos juntos. Ni siquiera recuerdo cómo llegamos a este punto. Pensé que estaba atada. Sabía hacia dónde iba, pero entonces él dijo eso de las ventajas fiscales y cualquier cuerda imaginaria que me sujetaba desapareció y ahora me alejo flotando al olvido. Incluso cuando me hiciste esa pregunta, «¿Por qué gastroenterología?», también me lo pregunté. ¿Por qué? ¿Qué? Ni siquiera yo lo sé. No sé lo que estoy haciendo...

—Guau, Shane. Respira.

Tomo aire de manera audible y comienzo de nuevo, ahora más despacio.

—Empecé a pensar otra vez en Londres, hacía siglos que no pensaba en Londres. —Fijo la mirada en una grieta sobre la mesa—. Y comencé a pensar en ti. ¿Alguna vez piensas en nuestro tiempo en el extranjero?

Hay una pausa antes de que responda.

—Sí, claro.

Busco su mirada. «Aquí vamos».

—¿Alguna vez piensas en nosotros?

Parpadea. Recarga la espalda en la silla. No se mueve ni habla. Mis talones se agitan de arriba abajo por debajo de la mesa.

Le doy un minuto. Un minuto y medio.

Mierda. Lo quebré.

—Yo, yo... —tartamudea. Finalmente, rompe el silencio. La sangre fluye por sus mejillas—. ¿A qué te refieres con nosotros?

—Me refiero a ti, Pilot, y a mí, Shane —respondo sin rodeos.

Las palabras están ahí. Las imagino expandiéndose para cubrir el espacio entre los dos.

—No hubo ningún... —Se detiene y pasa velozmente una mano sobre su rostro.

Trago saliva.

—He pensado mucho en eso. Pensé que lo había superado, pero, al parecer, ¿no lo superé? —Inclino la cabeza hacia un lado, observo el momento a la distancia. «Qué elocuente, Shane».

Él tiene la mirada fija en la mesa. Esto es vergonzoso. Intento recordarme: ¿por qué estoy haciendo esto?

—Estoy aquí porque quiero seguir adelante, olvidar esa idea de nosotros que es una puerta abierta en mi mente —continúo parloteando—. Han pasado seis años y aún recuerdo los momentos que vivimos. Así que quería aclarar, saber oficialmente, que esto es un invento de mi imaginación. Así puedo dejar de hacerme preguntas al respecto. ¿Hubo algo entre nosotros? ¿Para ti? Sé que suena ridículo. Pero pasé la noche despierta pensando en lo diferente que me sentí en esa época y en cómo me he sentido en toda la relación con Melvin y...

—¿Qué? —La voz de Pilot se quiebra.

—Para mí, siempre hubo algo. —Hago una pausa—. Más que algo, aparentemente, porque estoy aquí hablando contigo, de pronto, en lo que la futura Shane describirá a sus amigos y familia como un brote psicótico.

Los hombros de Pilot se mueven con lo que, espero, sea una risa contenida. Pasa un minuto hasta que por fin me mira a los ojos.

—Shane. Yo... Yo sigo con Amy y en ese entonces estaba con... —Desvía la mirada y agita la cabeza—. No sé qué decirte.

Respiro profundo. Puedo sentir resurgir a la Shane de veinte años, a punto de hacer una broma para olvidarse de esto. Cierro los ojos y la ignoro. «No tienes nada que perder».

—Eso no es lo que te pregunté —respondo suavemente.

La barista regresa con nuestras bebidas y las pone frente a nosotros. No quito los ojos de Pilot. Él recarga los codos sobre la mesa, enmarcando con ellos su café cuando deja caer la cabeza en sus manos.

Observo cómo se eleva el vapor de mi té.

—Sigo con Amy, Shane —balbucea detrás de sus manos. Levanta la cabeza, ahora hay miedo en sus ojos—. No sé qué esperas de mí.

—Solo quiero hablar.

—Shane, llevo seis años con Amy —pronuncia esas palabras como si fueran prueba de algo. Arruga la frente, incómodo.

—Está bien, ¿están comprometidos? —pregunto en voz baja.

Él observa su capuchino.

—No.

—¿Ella es la indicada? ¿Eres feliz?

—¡No lo sé! —En pánico, pasa una mano sobre su cabello—. ¿Por qué me preguntas esto? ¡No puedes solo aparecer en mi oficina y dejarme caer encima estas preguntas, Shane! ¿Por qué no estás hablando esto con tu novio? Me parece que él es con quien deberías hablar. —Está casi gritando.

—¡No lo sé, Pays! No lo sé. No quería hablar con él. ¡Quería hablar contigo! —Me detengo de inmediato, tapándome la boca con la mano. No puedo creer que acabo de gritar en esta pequeña cafetería. La vergüenza me ruboriza desde el cuello y me uno a Pilot en su tarea de mirar a la mesa.

Pronuncio las siguientes palabras con mi mejor y más tranquila voz.

—Solo estoy aquí para pasar la página, saber y terminar con esto. ¿Lo inventé todo? ¿Estoy exagerando lo que fue? Por favor, solo responde la pregunta.

El silencio de Pilot se prolonga por el minuto más largo conocido por la humanidad. Por fin, desliza las manos sobre su rostro y balbucea:

—*Noloimaginaste.*

Inclino un poco la cabeza, intento procesar el murmullo.

Lo siento, pero estaba preparada para un: «Sí, eres ridícula. Sí, estás haciendo esto más dramático de lo que en realidad fue. Sí, por favor, vete y no hablemos de esto nunca más».

La emoción que se genera en respuesta a ese balbuceo me debilita. Me asusta. Me quedo muda unos treinta segundos porque no sabía que me importaba tanto. Dios, estoy desarrollando todo un complejo Gatsby. Necesito encontrar un terapeuta.

Parpadeo de sorpresa, me esfuerzo por mantener la calma.

—¿Qué? —exijo saber.

—No lo imaginaste —repite, ahora frustrado.

—¿Qué? —Las lágrimas resbalan por mis ojos—. Entonces... ¿Por qué no pasó nada?

«Fue por mi culpa. Porque dejé que el miedo tomara decisiones por mí. Porque he dejado que el mundo me empuje a mí en lugar de hacer mi propio camino por el mundo. ¿Por qué estoy con Melvin si ni siquiera siento esa extraña magia con él? ¿Porque me invitó a salir? ¿Porque era guapo? ¿Porque era conveniente? ¿Porque estaba ahí?». Los pensamientos me quiebran. Dejo caer mis hombros con vergüenza. «Debo terminar con Melvin».

—¡Estaba con Amy! —exclama Pilot y termina así con mi diálogo interno.

La fuerza detrás de su voz libera una ola de ira en mis entrañas.

—Por Dios, Pilot, ¡tú dijiste frente a todos que le pediste hacer una pausa en su relación durante el tiempo que estuvieras fuera del país! ¡Compraste un vuelo sin regreso!

—¡Fue difícil! Ya estaba con ella y tú estabas ahí y después ella me visitaría. Era complicado. Las cosas eran complicadas.

—Sí, lo entiendo. —Una lágrima cae por mi mejilla. Mierda. La limpio de inmediato, asqueada por mi propia complacencia. Con las manos temblorosas, me llevo el té a los labios e intento dar un sorbo. Pilot no ha tocado su capuchino.

Abre la boca otra vez, ahora con la mirada perdida.

—Hubo algo entre los dos. Me dio miedo porque estaba en una relación. No fue un buen momento. —Intenta darle un trago a su capuchino, pero, en vez de eso, vuelve a dejar la taza sobre la mesa—. A veces pienso en ello.

—¿En qué? —exijo saber otra vez.

—En lo que pudo pasar si... ya sabes. Si todo hubiera sido diferente.

No puedo dejar de parpadear. Esto no era lo que esperaba. Sabía que él seguía con su novia. Sabía que entraba a un callejón sin salida. Esperaba escuchar la confirmación. Esperaba incluso sentirme humillada y matar todas las posibilidades de una vez por todas para seguir adelante. Melvin las alejó por un tiempo, pero, antes de él, ahí estaban, tan presentes como en este momento.

«¿Él no está seguro del callejón sin salida?». ¿Qué digo ahora?

—Shane, cualquiera pensaría en eso. —Tiene el ceño fruncido, como si yo lo estuviera torturando—. Pero tengo toda una vida con Amy.

Respiro profundamente.

—No, no cualquiera, Pilot —digo, resuelta.

Nos miramos fijamente durante una eternidad.

—Quizá deberíamos irnos —concluyo.

—Está bien —responde con solemnidad.

Empujo mi silla y me pongo de pie. Apenas le di un trago a mi té.

—Yo invito. —Pilot pone algo de dinero en la mesa.

—Gracias —murmuro. Estoy devastada. Furiosa. Molesta. Avergonzada. Frustrada. Una pequeña parte de mí salta de arriba abajo. Podrían hacer una secuela de *Intensamente* de estos últimos cuarenta y cinco minutos.

Caminamos al elevador y oprimo con ira el botón. No sé por qué pensé que esto sería una buena idea. Ahora que lo sé, ¿cómo dejo de pensar en eso? ¿Cómo se supone que lo olvide? Con fuerza, cruzo los brazos en espera del elevador.

—¡Adiós! —grita la mujer detrás de la barra—. ¡Gracias por venir! ¡Diviértanse!

Le dirijo una mirada furiosa.

—¡Deja de seguirme! —grito y la señalo enojada. Pilot me lanza una mirada de horror.

Se escucha el timbre del elevador y las puertas se abren frente a nosotros.

—Lo siento. Es un gran lugar —le dice Pilot a la mujer al entrar al elevador.

Nos recargamos sobre paredes opuestas. Las puertas se cierran.

—¿Qué demonios fue eso? —me pregunta.

Analizo el piso.

—La he visto otras veces y cada vez es más... —No sé cómo hablar de esto sin sonar como una loca—. No lo sé. No debí gritarle. Estoy teniendo un mal día. Lo siento.

Levanto la mirada. Pilot parece estar sufriendo dolor físico. Llevo mi atención al botón en la pared. Está frente a Pilot de nuevo.

—No apretaste el botón —murmuro.

—Mierda. —Oprime el botón. Descendemos en silencio hasta que el elevador se agita bruscamente y nos detenemos en seco.

«Nos detuvimos». Oh, Dios mío. Mis ojos se detienen en el único botón.

—¿Estamos atorados? —Doy vueltas por todo el elevador.

—No lo sé. —Pilot mira alrededor, hasta que completa un pequeño círculo—. Debe haber un botón de emergencia, un teléfono o algo.

Ya di quizá siete vueltas en busca de un botón de emergencia o un teléfono. No veo nada. Estamos atorados.

«Estamos atorados». Pilot nota mi expresión y busca su teléfono en sus bolsillos.

—Está bien. Podemos llamar al departamento de bomberos o a quien sea que se llama en estas situaciones —razona con calma.

—De acuerdo, sí. Mmm... —Me recargo en la pared y busco dentro de mi bolsa, tanteando hasta encontrar mi teléfono—. ¿Vas a llamar al 911 o lo hago yo? —Me muerdo un labio. Pilot entrecierra los ojos ante la pantalla de su iPhone—. ¿Qué? —pregunto.

—No tengo señal —dice con una mirada perpleja.

—¿Cómo puede ser? Estamos en Nueva York, eso es ridículo. —Marco con fuerza: nueve, uno, uno. Oprimo el botón de llamada y me llevo el teléfono al oído. No pasa nada—. ¿Qué demonios? —Veo el celular con incredulidad.

Un nuevo pensamiento me azota de un solo golpe, como si chocara contra una puerta de cristal.

—Oh, Dios mío. Mi entrevista es en una hora. —Un nauseabundo sentimiento de impotencia se une a la marea emocional por la que navego.

—Podrían posponerla, ¿no? —pregunta.

Exhalo.

—No lo sé. Entrar al programa es muy difícil. —Mi voz sale lenta y derrotada.

—Alguien nos sacará pronto. El golpe debió causar ruido. No te preocupes, estaremos bien —asegura.

Suelto un enorme suspiro, acomodo mi vestido y me deslizo hasta el suelo.

28
MÁS DE LO NEGOCIADO

Ha pasado una hora. Aún estamos aquí. Llevamos cuarenta y cinco minutos sin decir una palabra, hasta que Pilot decide que es momento de romper el hielo.

—Qué bueno que no nos acabamos las bebidas, ¿no? —comienza.

Mis labios se tuercen. Levanto la mirada y entrecierro los ojos.

Él me observa un momento antes de continuar.

—¿Crees que aún sientes lo que sea que sentiste antes? ¿Incluso ahora?

Libero una bocanada de aire.

—¿Recuerdas cuando hablamos de los lugares a los que iríamos si viajáramos en el tiempo?

—Casi no. —Piensa por un momento—. ¿Iríamos a un concierto de los Beatles?

—Sí, y después a la Convención Constitucional, pero nunca hablamos del tercer lugar. —Fijo la mirada unos centímetros a la derecha de la cabeza de Pilot—. Creo que mi tercera opción sería enero de 2011.

Su expresión es tan neutra que es difícil descifrarla.

Lo miro a los ojos.

—Si pudieras volver a Londres y hacerlo todo de nuevo sabiendo lo que sabes ahora, ¿lo harías?

Él eleva la vista al techo antes de dejarla caer para encontrarse con la mía.

—Tal vez.

Otro sobresalto agita el elevador, que se mueve violentamente a la derecha.

—¡Maldita...! —Me deslizo por el piso hasta quedar junto a Pilot.

—Sea —murmura. Fuertes crujidos lastiman nuestros oídos. Mis brazos se aferran a la barra negra que rodea el perímetro del elevador. El elevador cruje. «¿Qué está crujiendo? ¿Por qué está crujiendo?». Se escucha un estruendo. Cierro los ojos y grito.

1
SIN REMEDIO

Espero el impacto. Pasan quince segundos pero no llega. Todavía indecisa, abro los ojos.

Estoy sentada en la mesa en medio de una cocina de paredes azul claro. Hay una laptop frente a mí. «¿Qué demonios?». Me levanto del asiento, desorientada. La silla se voltea y cae sobre el piso. Salto. Doy vueltas por la habitación.

«No». Yo estaba en un elevador. ¿Dónde está el elevador? El elevador chirriaba.

Mi respiración es rápida y agitada. Veo de nuevo la computadora en la mesa. En la pantalla, está abierto el procesador de textos... Es una publicación sobre Londres para mi blog. «No es posible».

Cierro la computadora de golpe. En la parte posterior de la MacBook hay una estampa de la Iniciativa Dharma, de *Lost*.

—¡Ah! —Me alejo de un salto.

Me tropiezo con la silla que está en el suelo y en un segundo estoy tirada en el piso. El dolor recorre mi espalda. Voy a tener un moretón.

Es mi vieja computadora la que está en la mesa. Esa computadora está muerta. Sawyer dejó de funcionar a finales de 2011. Tuve que comprar una nueva: Sayid.

—¡¿Qué demonios?! —grito al vacío. Me golpeo las mejillas y sacudo la cabeza, intento borrar la habitación de mi vista.

No pasa nada. Me incorporo y extiendo los brazos frente a mí, como si fuera Chris Pratt frente a un velocirráptor y me alejo con cuidado de la computadora. Mis ojos caen en la silla sobre el piso. Mi corazón late con fuerza.

—No —insisto. Un grito recorre mi garganta y lo dejo escapar. Provoca que la habitación retumbe y hace eco en mi cabeza. Me dejo caer sobre el piso con las piernas abiertas.

—Esto no puede ser real, no puede ser real, no puede ser real. Inhala, exhala. —Inhalo y exhalo. Me concentro en mis pies. Botas negras.

Llevaba... llevaba esos tacones bajos. Grito de nuevo, me levanto en un salto. El horror se apodera de mí. También tengo puestos jeans. ¡Jeans!

—¿Alguien me cambió de ropa?

¿Qué pasó? Estábamos en el elevador. Yo estaba en el elevador con Pilot. En Nueva York. ¿Me desmayé? ¿Alguien me secuestró, cambió mi ropa y me trajo a Londres? ¿De dónde salió mi vieja computadora? Esto no puede ser. Mi cabeza da vueltas. Me siento otra vez con las piernas abiertas.

Escucho un ruido detrás de mí cuando la puerta azota contra la pared. Pilot está ahí, con los ojos muy abiertos y furioso.

—¿Shane? —Levanto la mirada desde mi triste lugar en el piso—. ¿Qué demonios está pasando? ¿Tú organizaste esto? —grita.

Estoy perdida. Parpadeo varias veces, sin entender.

—¿Organizar qué?

Agita los brazos, señalando todo alrededor.

—¿Qué es esto? ¿Estás loca? ¿Esto es algo así como un montaje que pensaste que sería agradable? ¿Me noqueaste?

Sacudo la cabeza.

—Yo... ¿Qué?

—¿Le pagaste a alguien para que hiciera un montaje del departamento? ¿Qué demonios? —Sus ojos salen de sus órbitas. Tiene miedo. Levanta la mirada al techo y da dos pasos antes de colapsarse sobre el sofá de piel, con las manos sobre el rostro.

—No entiendo —es lo único que atino a decir.

Me ve, con los ojos aún muy abiertos.

—No puedo creer que metieras a Atticus en esto.

Agito la cabeza otra vez.

—¿De qué hablas? ¿Qué es esto? No sé qué está pasando. ¿Qué demonios estás diciendo?

—¡Esto! —Señala toda la habitación—. ¡Esta escalofriante réplica del departamento de Londres, Shane!

¿Por qué me está gritando? Me arden los ojos. «No llores».

—¡No sé lo que es esto! ¿Para qué demonios mandaría a hacer una réplica del departamento? Dios, escúchate, suenas como un loco.

Sigo en el piso, con las piernas estiradas frente a mí como una muñeca de trapo. La expresión de Pilot se nubla.

—¿A qué te refieres con Atticus? —pregunto confundida.

—Atticus está aquí, está en mi... —hace comillas con los dedos— «habitación».

«¿Cómo puedes estar aquí, Atticus?».

—¿Nos drogaron? —pregunto, mi voz es diez veces más aguda de lo normal—. ¿Te sientes drogado?

Pilot se pasa la mano por el rostro.

—No... no me siento drogado. ¿Quieres decir, en el café?

—Sí. Estábamos en un café. —Me aferro a esas palabras. Eso pasó.

—Tú solo le diste un trago a tu té, yo ni siquiera probé mi café. —Su voz se eleva una cuantas octavas—. ¿Es en serio? ¿No sabes lo que está pasando? —Sus ojos enloquecidos y llenos de pánico buscan a los míos.

—¡No! ¡No sé lo que está pasando! —No es mi intención gritar, pero me cuesta trabajo mantener la calma.

Con manos temblorosas, aparto el cabello de mi rostro. Me siento mareada. Me dejo caer hacia adelante, con el torso entre las piernas.

—¿Shane?

Observo fijamente el piso. «Estás bien, estás bien».

—Estaré bien en un segundo. Espera —balbuceo. Un instante después, siento la mano de Pilot sobre mi espalda.

—Ven, levántate del piso y siéntate en el sillón.

Levanto la cabeza para encontrarme con su mano. La tomo. Me ayuda a incorporarme. Suelto su mano y me dejo caer sobre el sillón. Él se sienta a medio metro de mí, en el otro extremo. Intento darle una tregua al pánico que brota de mi interior, pero parece una batalla perdida.

Levanto las piernas y las oprimo contra mi pecho.

—Alguien me cambió de ropa.

Sus ojos se agrandan al bajar la vista a su propia ropa.

—A mí también —dice sorprendido. Veo cómo su garganta se hincha al pasar saliva, asustado—. Quizá deberíamos hablar con Atticus.

Afirmo con la cabeza. Él me responde con otro movimiento y nos levantamos del sillón.

—¡Espera! —digo de pronto antes de abrir la puerta—. No tenemos ningún arma, quizá deberíamos estar armados.

—¿Armados? —pregunta, escéptico.

Corro hasta el cajón de utensilios junto al fregadero y lo abro.

—Pilot —digo mientras busco en el cajón dos cuchillos para carne—, ¿y si alguien nos golpeó y nos trajo aquí?

Giro el cuerpo, sujeto con cuidado los dos cubiertos y cierro el cajón con el trasero. Una ola de dolor me recorre: es el golpe de la caída.

—Está bien —acepta. Con cuidado, toma un cuchillo y lo mantiene abajo. Yo me aferro al mío con fuerza, apuntándolo frente a mí.

Camino lentamente detrás de Pilot, que recorre el pasillo a zancadas. El pasillo. Es el mismo que en Londres. Es el mismo pasillo.

—Oh, Dios. —Observo sobrecogida las dos puertas que están al final. «Esto no puede estar pasando». Pilot se mueve hacia la puerta izquierda, pone su mano en la perilla y la gira.

Frunce el ceño.

—Mierda, no tengo la llave. —Por instinto, se lleva la mano libre al bolsillo. Un segundo después, saca un juego de llaves. Las analiza, sus cejas se juntan.

—No sé cómo llegaron aquí.

Y entonces la puerta frente a él se abre. Atticus está de pie, tiene en la cara su habitual sonrisa tonta.

—Hola, ¿perdiste tu llave? —Nota las llaves en la mano de Pilot y se ríe—. Aparentemente no. —Su mirada cae en mí y se ríe de nuevo—. ¿Estás cocinando?

Lo miro fijamente, confundida. ¿Por qué estaría cocinando?

—¿Qué? —pregunto.

—Tienes un cuchillo en la mano.

Bajo la mirada hacia el cuchillo y lo recuerdo. Cierto. Dejo caer la mano para que cuelgue a un lado.

—¿Dónde estamos, Atticus? —exige saber Pilot.

Atticus pone una expresión desconcertada. Voltea a verme, como para compartir la perplejidad, pero yo lo veo con enojo. Regresa los ojos a Pilot.

—Mmm... Londres —responde, no sin cierto descaro—. ¿Por qué tanto teatro? —Sonríe como esperando el final de un chiste.

Pilot y yo intercambiamos una mirada. Atticus aprovecha para volver a su cama, donde desempaca una maleta llena de ropa. «No...».

—¿Qué quieres decir con que estamos en Londres? —pregunto.

Atticus se da la vuelta con una playera doblada en las manos.

—Eh, Londres, ¿la ciudad? Londres, Inglaterra.

—¿Cómo nos trajiste aquí? —pregunta Pilot con asombro.

—¿Qué? —Voltea riendo y suelta la prenda en sus manos—. Nos conocimos esta mañana. Estoy seguro de que ustedes llegaron en vuelos diferentes y por propia voluntad.

Mi cabeza empieza a girar otra vez. Siento cómo el cuchillo cae de mi mano y provoca un ruido sordo sobre la alfombra.

—Deja de mentir, Atticus. Dinos que está pasando; esto no es divertido —exige Pilot. Deja caer el brazo sobre el marco de la puerta y se inclina sobre él para sostenerse. Atticus está de pie en medio de la habitación, ahora con las manos sobre su cadera.

—Mira, amigo, no sé de qué estás hablando —afirma.

—¿Cómo que no sabes...? —Las palabras de Pilot se apagan. Giro la cabeza hacia el otro lado del pasillo. Me adelanto. Un estruendo se apodera de mis oídos. Solo me toma unos pasos y toco la puerta, que cruje cuando alguien la abre desde dentro. El rostro de Sahra aparece frente a mí. Mi quijada pierde toda fuerza.

—¿Ya perdiste tu llave? —me pregunta—. Hola, Pilot. —Sahra lanza un vistazo por encima de mi hombro. La oscuridad me nubla la vista. «Mierda».

2
QUE ALGUIEN ME AYUDE A RESPIRAR

—¿Shane? ¡Shane!

¿Qué pasó? Abro los ojos. Enfoco el rostro de Pilot, que flota sobre mí. Dice mi nombre otra vez, escucho la ansiedad en su voz.

Jadeo para recuperar un poco de oxígeno.

—Oh, Dios mío. Me desmayé. —Entrecierro los ojos. Todas las imágenes vuelven a mí. El elevador. «¿Londres?».

—Tuve un sueño como de la *Dimensión desconocida*, en el que volvíamos a Londres y Atticus y Sahra...

—Shane —me interrumpe Pilot. Apenas me doy cuenta de que estoy acostada en una posición extraña, con la cabeza en su regazo, sus brazos sujetándome por las axilas. Me detuvo antes de caer al piso. Veo el techo detrás de él: es blanco. Estoy confundida. El techo del elevador era negro.

El rostro de Sahra aparece a la vista.

—Oh, Dios mío —me quejo.

—Shane, te traje un poco de agua. No te preocupes. Atticus fue a conseguir ayuda.

—Sahra, Atticus... —Veo a Pilot, él asiente con la cabeza.

—Sí —responde.

Me siento. Pilot me suelta y se aleja.

—No necesito ayuda, estoy bien. Solo necesito un poco de agua y algo de comida. Estaré bien.

—Tranquila, Shane —dice Sahra. Tomo el vaso de agua de su brazo estirado y lo bebo.

Pasos frenéticos se aproximan por el pasillo. Atticus aparece. Habla con voz entrecortada.

—Encontré a alguien. Ya vienen.

—No, no, diles que no vengan, por favor. Estoy bien. Solo necesito comer algo.

—¿Estás segura? —pregunta Atticus, aún jadeando—. Estás pálida como un fantasma

—Sí, sí. Por favor, diles que no vengan.

—Mmm. —La mirada de Atticus pasa de mí a Pilot. Él asiente y Atticus corre por las escaleras.

Miro de nuevo a Sahra, ahora recargada en la pared. Me observa con una expresión preocupada.

—Estoy bien, chicos, de verdad.

—Tal vez fue el cambio de horario —reflexiona Sahra. Sus ojos están fijos sobre algo detrás de mí—. ¿Qué diablos...? ¿Por qué están en el piso esos cuchillos?

Volteo a ver a Pilot, quien está sentado en el piso con la mirada perdida sobre la alfombra. Veo a Sahra de nuevo.

—Yo me encargo de los cuchillos. ¿Podrías, eh, darnos un momento? —le pido con calma.

—Está bien. —Sahra estira las palabras con un tono suspicaz—. Levántate con calma —agrega asertiva antes de volver a... nuestra habitación. Deja la puerta abierta.

Volteo hacia Pilot.

—¿Pilot? —Él no se mueve ni responde—. ¿Pays? ¿Pilot? —Lo alcanzo y agito su hombro. Levanta la vista y me mira a los ojos, pero no dice nada. Exhalo, aliviada, antes de levantarme. Necesito comida—. Vamos por algo para comer.

Pilot asiente y se levanta. Comienzo a caminar hacia la escalera. Es la misma escalera. Cuando llegamos al final, nos encontramos cara a cara con la recepción del Karlston. Aprieto los labios, paso de largo el mostrador y atravieso las puertas. Doy un vistazo sobre mi hombro para asegurarme de que Pilot está detrás de mí. Ahí está, se ve tan sobrecogido como yo. Salimos a la calle de los elegantes edificios con pilares.

Me detengo en la banqueta, miro frenéticamente de izquierda a derecha. Pilot se detiene junto a mí, en silencio. Nos quedamos así por un minuto.

Entonces, Pilot pone una mano sobre mi espalda y me dirige hacia la derecha.

—Comida, por acá.

Obedezco. Nos dirigimos a Gloucester Road. Su brazo cae de vuelta a un costado. Caminamos como extraterrestres en un planeta desconocido: prácticamente escabulléndonos, cautelosos, en vez usar el andar típico de los humanos y observando, fascinados y en silencio, todo nuestro entorno. Londres respira a nuestro alrededor. Los autos pasan. Los niños manejan sus patines del diablo. Hombres y mujeres trotan camino a casa desde su trabajo. Los autobuses rojos aceleran sobre las calles.

Al final de la cuadra, llegamos a un dispensador de periódicos. Me detengo y sujeto el brazo de Pilot para que haga lo mismo. Intercambiamos una mirada antes de encorvarnos para ver la primera plana detrás del vidrio. Nos toma un instante encontrar la fecha. Debajo del título *The Telegraph*, en la parte superior izquierda, con una letra diminuta, dice: «9 de enero de 2011».

Ahí mismo, me dejo caer al piso, en la posición de un pretzel. Siento cómo Pilot me sujeta del brazo y me ayuda a ponerme de pie.

—Comida. —Señala el camino.

Asiento y caminamos. Poco después, estamos frente a Byron's. Asiento en silencio, mirando a Pilot. Él imita el gesto y entramos. Un mesero alto y delgado, de cabello negro, se acerca a nosotros.

—¿Mesa para dos? —pregunta.

Afirmo con la cabeza. Tal vez a partir de ahora solo me comunique con movimientos de cabeza.

El mesero nos conduce a una mesa cerca de la pared. Nos sentamos. Los manteles del lugar tienen el menú. Ninguno de los dos habla. Observo mi mantel. Las preguntas invaden mi cerebro.

Respiro profundamente. Inhalo. Exhalo.

Abro la boca y observo a Pilot.

—Me estoy volviendo loca.

Sus ojos encuentran los míos.

—La noticia del siglo.

El mesero vuelve.

—¿Puedo tomar su orden?

Paso saliva y pido mi orden acostumbrada: hamburguesa y malteada.

—Hamburguesa Byron y una malteada de chocolate —agrega Pilot con solemnidad. El mesero se marcha.

De nuevo me concentro en él.

—¿Crees que...?

—No sé qué creer.

—¿Crees que...? La verdad no quiero ni decirlo en voz alta.

Una diminuta sonrisa pasa por los labios de Pilot antes de que recuperen su expresión vacía. Clava los ojos en la mesa.

—Esto es una locura.

—Estoy de acuerdo.

—Esto no puede estar pasando.

—No puede.

—¿Crees que es eso lo que pasa?

—Parece que así es.

—Pero ¿cómo es posible?

—Yo... —Mi cerebro se esfuerza por encontrar una respuesta lógica, pero las únicas explicaciones que encuentro se relacionan con Harry Potter—. ¿Magia?

—¿Crees que alguien nos regresó con magia? —dice con su voz aguda.

—¿Tienes una mejor teoría?

—Quizá caímos en un agujero negro.

—La magia es más plausible que un agujero negro —replico.

—Los agujeros negros son algo científico.

—La magia es ciencia que todavía no entendemos.

—Shane, es magia; por eso no la entendemos.

—¡Hogwarts podría ser real!

—¡No puedo creer que esta conversación sea real! —Hay un rastro de humor en su voz, pero deja caer la cabeza entre sus manos.

El mesero vuelve con nuestras malteadas. Acerco la mía y le doy un trago: está deliciosa. La saboreo por un momento antes de concentrarme otra vez. Pilot ignora su propia malteada y ahora recarga la cabeza directamente sobre la mesa.

—¿Puede ser que el elevador sea como una máquina del tiempo? —Sueno absurda.

—No le dijimos que fuera a ningún lugar. Estaba atorado —balbucea sobre la madera falsa.

—¿Una máquina del tiempo involuntaria?

Pilot guarda silencio.

—Deberías probar tu malteada. Está muy buena —lo animo.

Levanta la cabeza de la mesa y le da un trago a la malteada sin hacer contacto visual. En voz baja, agrego:

—¿Crees que necesitemos encontrar a nuestro guía espiritual?

—¿De verdad estás pensando en *17 otra vez*?

—¿Tú también lo pensaste?

—Dios, esto es tan raro. —Su mirada cae otra vez sobre la mesa. No hace contacto visual conmigo por más de unos cuantos segundos a la vez. Agacho la mirada también. «Mesa, ¿tú sabes lo que está pasando? ¡Dinos tus secretos!».

—¿Quieres comer y quizá después buscar a alguien que sea nuestro posible guía espiritual? —digo de la forma más seria que puedo.

—Eso suena ridículo —responde inexpresivo y da otro trago a su malteada—, pero está bien.

El mesero trae nuestras hamburguesas. Mi mente da vueltas mientras comemos. He pensado tantas veces en volver y cursar de nuevo los estudios en el extranjero, ¡tantas veces! Muchísimas. Pero nunca imaginé cómo sería si de verdad pasara. ¿Todo comienza de nuevo desde aquí? ¿Reharé toda mi vida a partir de este punto? Una emoción nerviosa se instala dentro de mí. Esto es aterrador, pero también emocionante.

—Oh, demonios —suelto de pronto.

—¿Qué? —pregunta Pilot con preocupación.

—¡No tengo dinero! —susurro.

—Mierda. —Pilot palpa sus bolsillos. Su rostro se relaja cuando saca su cartera—. Mi vieja cartera está descansando en mi bolsillo.

Me recargo en el respaldo de la silla.

—Gracias a Dios. —Lo último que quiero en este momento es tener que salir corriendo—. Quizá mi vieja bolsa esté en la cocina, cerca de mi vieja computadora. Dios mío. —Presiono la cabeza contra mis manos por un segundo—. Esto es tan raro.

Cuando acabamos nuestras hamburguesas, nos quedamos en silencio hasta que por fin alguien trae la cuenta. Esta vez es una mujer pelirroja. Tiene puesto un uniforme de mesera.

La miro dos veces antes de que ponga la cuenta sobre la mesa y se retire a toda velocidad.

—¿Es una broma? —grito incrédula. Me levanto de un salto y corro hacia ella.

—¿Qué pasa? —escucho a Pilot decir detrás de mí.

La mujer se detiene frente a la mesa de dos personas mayores en el fondo del salón. El lugar está dividido en dos niveles, casi salgo volando cuando llego al borde de los cuatro escalones del segundo nivel. Consigo salvarme al dar un inestable giro y de un salto aterrizo a su lado.

—¿Qué está pasando? —exijo saber. Ella no voltea a verme, continúa hablando con la gente a la que atiende.

Pilot se detiene junto a mí.

—¡Shane!

Le doy un codazo y apunto con la cabeza a la mesera. Él la observa de forma inquisitiva.

—Les recomiendo la hamburguesa Byron —concluye nuestra posible guía espiritual antes de voltear. Trago una bocanada de aire para hablar, pero ella se adelanta—. Querida, no había necesidad de correr detrás de mí. Volveré a su mesa para hablar con ustedes dos.

Definitivamente es ella. No puedo creerlo. «¿Ha sido una guía espiritual todo este tiempo?».

—Vuelvan a su mesa —ordena—. Estaré ahí en un momento.

—¿Cómo podemos estar seguros?

—Shane —insiste Pilot.

—Cariño, no necesitas ser grosera. Estaré ahí en un momento —repite.

Pilot me toma de la muñeca y me lleva despacio hacia la mesa. Camino de espaldas, temo perderla de vista. He visto bastantes películas como para cometer un error tonto. Ella habla de nuevo con la pareja de ancianos y toma su orden.

—Shane, ¿qué estás haciendo? —susurra Pilot sobre su hombro al tiempo que nos alejamos.

—Pilot, es ella. ¡Es nuestra guía espiritual!

—¿Qué? —Sus ojos regresan a la mujer—. ¿Por qué pensarías eso?

—¡Es la mujer del café! Ella nos sirvió té, nos dijo que nos divirtiéramos cuando salimos. Y ahora está aquí. ¡Es ella! La he visto antes, en diferentes lugares. Apareció en París cuando estuvimos ahí. ¡Pensé que estaba loca!

—¿Qué...? —Pilot respira con dificultad. Ahora estamos frente a nuestra mesa, viendo a la mujer en el fondo del salón. De pronto voltea a vernos. Desvío la mirada.

—Oh, Dios mío, nos está viendo. Siéntate.

—¿Qué importa si nos está viendo?

Vuelvo a mi asiento.

—¡Siéntate!

—Viene hacia acá.

—Siéntate, Pilot. Dijo que nos sentáramos. —Pilot se desliza con gracia sobre su asiento mientras ella se acerca.

Mi corazón enloquece. ¿Qué nos dirá? ¿Qué hará? Se detiene frente a nuestra mesa y sonríe.

—¿Se divierten? —pregunta con dulzura.

Pilot y yo cruzamos miradas.

—¿Qué nos hiciste? —dice él, con voz temblorosa.

Ella responde rápido.

—Esto es lo que querían.

Dejo escapar lo primero que me viene a la mente.

—¿Eres una maga?

Pilot me fulmina con la mirada. Parece enojado otra vez. ¿Por qué está enojado conmigo?

—Reescriban su pasado —dice la mujer.

—¿Qué quieres decir? ¿Esto es real? ¿Estamos en el maldito 2011? —exclama Pilot.

—Todavía no se estrena la segunda parte de *Las Reliquias de la Muerte* —agrego.

—¡No tenías derecho a hacer eso! —grita Pilot.

—Tienen la oportunidad de volver a hacer todo si lo desean. —Ella le sonríe.

—¿Qué? —Él proyecta su cabeza hacia ella para enfatizar.

La mujer del avión/barista de Starbucks/mesera/guía espiritual continúa con calma:

—Si en tres días no quieren continuar por este camino, pueden encontrar un botón de reinicio en su viaje a Roma.

—Y Miley Cyrus todavía no saca «Wrecking Ball» —murmuro.

—¿Qué quieres decir con botón de reinicio? —pregunta Pilot, escéptico.

Ella junta las manos.

—Un botón portátil. Si deciden oprimirlo, volverán al elevador. Esta oportunidad se perderá y la olvidarán.

Paso saliva con fuerza.

—Eso suena mágico. ¿Esto es magia o ciencia?

—Es lo que ustedes decidan. —Sonríe de nuevo.

—¿Dónde estará el botón? —Pilot exige respuestas.

—Estará en Roma este fin de semana.

—Pero ¿dónde?

—Deberán encontrarlo.

—¿Como si fuera una búsqueda del tesoro? —Sueno como una niña curiosa de siete años que no deja de hacer preguntas a sus padres.

—¿Tendremos que encontrarlo? ¿Estás bromeando? ¿Qué es esto? ¿Acaso es un juego para ti?

—Diviértanse en el viaje. —Se inclina para recoger la cuenta y el dinero que Pilot debió poner sobre la mesa cuando corrí detrás de ella.

Alcanzo a sujetarle la mano.

—Espera, ¿estarás cuando necesitemos hablar contigo? ¿Desaparecerás en un minuto? ¿Técnicamente eres nuestra guía espiritual?

Ella suelta un gran suspiro y me mira directo a los ojos.

—Niña, esto no es una película; es la realidad.

Un escalofrío recorre mi cuerpo. Ella libera su mano y se aleja.

—¡Eso para nada es una respuesta! —le grito. Intento saltar de mi asiento, pero no puedo levantarme. Es como si estuviera pegada. Mi trasero está atascado. La silla no se mueve. Estoy atrapada. Jalo el cuerpo e intento liberarme.

Pilot intenta levantarse de su asiento, pero parece estar en la misma situación.

—¿Qué demonios? —balbucea.

Impotentes, vemos cómo la mujer desaparece en lo que, asumo, es la cocina al fondo del restaurante. Entonces, me caigo a un lado de la silla, sobre el piso, y Pilot casi vuela de su asiento para aterrizar sobre sus pies.

Pasa junto a mí, en dirección a la cocina. Me levanto del piso, las rodillas me arden por el impacto, y me apresuro detrás de él. Todos en el restaurante nos observan.

Pilot abre la puerta de la cocina y llego ahí un segundo después.

Las hamburguesas sisean sobre una parrilla gigante a unos metros de distancia y un hombre de cabello oscuro en sus treinta está parado detrás. Unas cuantas personas cortan verduras y preparan ensaladas. Nuestra guía espiritual no está en ningún lugar.

—Esto es exactamente lo que pasaría en una película. Qué sarta de mentiras —me quejo.

El hombre de la parrilla levanta la vista con un gesto de confusión.

—¿Qué hacen aquí?

—Lo... lo siento, pensamos que... —tartamudeo—, mmm, vinimos a ver, pero...

—Deben salir de aquí —exige el hombre de la parrilla.

Pilot agita la cabeza, como cuando discutes con alguien que está haciendo el ridículo y no puedes lidiar más con eso, así que simplemente sacudes la cabeza y te vas. Está enojado, pero no puedo evitar sentir cosquillas de emoción. Da media vuelta y sale de la cocina. Lo sigo, pisándole los talones.

—Pilot. —Comienzo a bajar las escaleras en medio del salón.

—Shane, no puedo hablar ahora.

—Pero...

Un mesero que está unos metros adelante nos dice algo. Estoy muy distraída para escucharlo o responder. Lo pasamos, caminamos a la puerta y estamos en la calle otra vez. Es una noche linda. Pilot camina en dirección al Karlston con las manos en los bolsillos. Mantiene la mirada fija hacia el frente. Debo acelerar el paso para alcanzarlo.

Mi mente vuelve a nuestra primera noche aquí: el supermercado, no hay comida en la cocina. El casi beso. La partida de Taboo en el departamento 3.

Levanto la voz cuando pasamos frente a la fila de elegantes casas blancas.

—Pays, vamos de regreso a una cocina sin comida. Quizá deberíamos comprar algo, para tener al menos un tentempié durante la sesión de convivencia. Si todo es como antes, debo tener algo de dinero en efectivo que mamá me dio antes de dejarme en el aeropuerto. Puedo pagarte en cuanto lleguemos.

—No puedo.

No me dirige la mirada. Sigue en dirección al Karlston, incluso camina más rápido. Dejo de moverme y clavo los ojos en su espalda al tiempo que se aleja más y más. «¿Qué le pasa?».

Cierro las manos contra mis jeans. Corro para alcanzarlo. Cuando lo tomo por el brazo, estoy sin aliento.

—¡Pilot! —jadeo y grito.

Voltea a verme con una expresión vacía.

—¿Por qué jadeas?

—Yo —trago más aire— me quedé atrás. Entonces, ¿iremos al departamento a jugar Taboo esta noche? Eso es lo que hicimos la última vez que... estuvimos aquí —termino, con mi tono de voz normal.

—No me siento con ánimo —responde. Noto cierta indisposición en sus palabras.

—¿Qué pasa? —pregunto.

—¿Lo preguntas en serio? —dice con la mirada sobre el piso.

—Bueno, sí, aparentemente viajamos en el tiempo y sí, es abrumador y, en cierta forma, aterrador. Y comprendo que estés confundido. Entiendo que estés enojado e incómodo, pero ¿por qué diablos cambias tu actitud de forma tan drástica? ¿Por qué estás molesto conmigo?

Él avanza de nuevo, camina hacia el Karlston otra vez.

—¡Pilot! —grito.

Voltea.

—¡Estoy enojado contigo, Shane! —Las palabras salen de su boca y me detengo unos pasos atrás, sorprendida.

Gira la cabeza en un círculo, irritado.

—Apenas y nos conocemos ahora. Yo no pedí esto. —Suspira—. Tú lo hiciste. Apareciste sin aviso después de seis años sin siquiera conversar. Solo apareciste en mi oficina. ¡Tú querías ir por café! Tú querías indagar en el pasado. Tú necesitabas pasar la página. Yo no tuve nada que ver con esto. —Agita las manos al aire.

Me contengo para no parpadear. Voltea, al pie de las escalinatas del Karlston. Me controlo para soltar una frase más antes de que las lágrimas distorsionen mi voz.

—¿Cómo puedes culparme por esto?

No me ve. Sube los escalones de dos en dos y desaparece dentro del edificio. Levanto la vista hacia el cielo por un momento antes de girar en dirección opuesta al Karlston. No volveré sin víveres.

A medio camino del Tesco, me doy cuenta de que no tengo dinero. Me doy media vuelta otra vez y camino con prisa al Karlston.

—Credencial de estudiante, por favor —pide el guardia de seguridad sin levantar el rostro de su computadora.

—Lo siento, la dejé allá abajo en mi bolsa. Olvidé todo. ¿Puedo ir por ella? —Hace contacto visual. Su expresión se suaviza de inmediato, se da cuenta de que estoy llorando.

—Adelante, está bien. —Mueve la mano para apurarme como si le hubiera sugerido conversar sobre mi menstruación.

Entro a la cocina corriendo. Está vacía, así que agradezco al dios de los viajes en el tiempo que me trajo aquí. Como sospeché, mi vieja bolsa de asa cruzada está tirada sobre el piso, bajo la mesa. La recojo, la cuelgo cruzada sobre mi pecho y salgo disparada hacia la noche, por víveres.

Cuando regreso, una hora después, encuentro a Sahra en su computadora. Propongo ir a relajarnos a la cocina y ella acepta. Mientras se prepara, me adelanto hacia el pasillo y toco la puerta de los chicos. Atticus abre y sonríe. Le regreso la sonrisa.

—Oye, estaremos jugando un rato en la cocina. Ya sabes, una actividad de integración. ¿Quieren unirse?

—¡Claro! —exclama Atticus. Voltea a ver a Pilot. Alcanzo a verlo sobre la cama con su guitarra—. Pilot, ¿escuchaste?

—Sí, amigo. Adelántate —dice sin levantar la mirada.

—Está bien. —Atticus me mira, expectante. Me quedo ahí parada, quiero hablar con Pilot a solas. Del otro lado, Sahra sale de nuestra habitación.

—Vayan a la cocina. Iré por mi iPod. Estaré ahí en un minuto —les digo a los dos. Ellos se van. Detengo la puerta de Pilot antes de que se cierre y me paro en el marco.

—¿Vendrás? —lo interrumpo.

Aún no levanta la cabeza.

—No lo creo.

—Pero es nuestra noche de integración.

—No, gracias, Shane. Creo que deberías irte.

—Es que no me siento bien con...

—Vete, por favor. —Imprime una fuerza en sus palabras que me golpea justo en las entrañas. Me detengo a media oración y doy un paso atrás, hacia el pasillo.

—Está bien. —Sujeto la perilla y azoto la puerta. Respiro profundamente, corro a mi habitación, tomo mi iPod y me dirijo a la cocina.

3
PENSÉ QUE EL TIEMPO ERA UN RELOJ DE ARENA PEGADO A LA MESA

Irte a dormir después de encontrarte seis años atrás en el pasado y despertar en el mismo predicamento es una maldita alucinación. Cuando abro los ojos, aún estoy aquí, compartiendo habitación con las versiones veinteañeras de Babe y Sahra.

Me perturba arreglarme como la Shane del pasado. Mi cabello es al menos veinte centímetros más largo que ayer, cuando desperté en Nueva York. A mi bolsa de maquillaje le faltan muchas cosas. Shane del pasado ni siquiera conocía la base y toda mi ropa en el clóset de Londres me parece insulsa y anticuada.

Babe y yo conversamos sin parar sobre Disney World y películas camino a Greenwich. Ya sé la mitad de las cosas que va a decir antes de que lo haga. Es desconcertante. Ella es una de mis amigas más cercanas en 2017, pero esta Babe aún no me conoce. Me muero por discutir lo extraño que es viajar en el tiempo, pero, por desgracia, la única persona que lo entiende está empeñada en mantenerse a distancia.

Pilot permanece callado y evasivo toda la mañana. Se para junto a Atticus y Sahra cuando el grupo se une mientras flotamos sobre el Támesis. Se encarga de estar en el extremo contrario a mí cuando nos retratamos en grupo. Caminó a propósito al otro lado cuando le pedí al desconocido que nos tomara una foto frente el Museo Marítimo. Cada vez que me acerco, inicia una plática sobre cualquier cosa con Atticus.

Vivo el día como un constante *déjà vu*. Las cosas son un poco diferentes por la actitud de Pilot, pero, a final de cuentas, el departamento 3 vive la misma experiencia. Después del Observatorio, es hora de dirigirnos al bar en donde comemos hamburguesas y decidimos ir a Roma.

Los cinco nos instalamos en la misma mesa de madera. Como Pilot se queda atrás todo el tiempo, se ve obligado a tomar el último asiento: el que está frente a mí. Mis labios forman una sonrisa burlona cuando se desploma sobre la silla.

La mesera viene, nos sirve agua y toma nuestras órdenes. Recuerdo este momento de forma vívida: lo tentada que me sentí de tomar mi cámara y devorar con los ojos todas esas fotografías que tomamos hoy, cómo Atticus se rio al ser la quinta persona al hilo en pedir la misma hamburguesa para cenar, cuando Pilot nos preguntó si queríamos viajar mientras estuviéramos aquí. Esa pregunta me dio los primeros destellos de maravilla y me abrió a posibilidades que nunca consideré posibles.

Pilot ve más allá de mí, hacia la nada. Intento encontrarme con sus ojos para poder poner en blanco los míos. Babe nos observa y nos lanza una mirada de extrañeza antes de dar un trago a su agua.

—Entonces —comienza animada, acomodándose el cabello negro sobre el hombro.

Me enderezo sobre mi asiento.

—Entonces —hago eco, le sonrío y después miro a todos los demás—. ¿Piensan viajar mientras estén aquí?

—¡Oh, Dios mío, sí! —exclama Babe.

—Definitivamente —afirma Sahra.

—Sí, espero encontrar tiempo para viajar un poco, pero el curso de teatro es bastante intenso —nos explica Atticus.

Los cuatro volteamos hacia Pilot, esperando su respuesta. Está recargado sobre la mesa, con la cabeza sobre su brazo. Me lanza una mirada irritada antes de enfrentar al resto del grupo.

—Sí —responde cansado.

—¡Genial! Bueno, deberíamos ir a Roma el fin de semana —propongo, animada.

—¡Sí! —concuerda Babe.

—Cuenten conmigo —agrega Sahra.

Atticus explica que no puede ir por sus prácticas.

—Pilot, ¿vendrás? —pregunta Babe con cautela.

Él se rasca la cabeza antes de responder sin mucho ánimo:

—Sí.

—¡Viva! —festeja Babe antes de levantar su vaso de agua—. ¡Por Roma el fin de semana!

Sahra, Atticus y yo levantamos nuestros vasos.

—¡Roma el fin de semana! —repito. Nunca llevaba conmigo botellas de agua en esta época, pero ahora siempre tengo una conmigo. ¿Cómo vivía? Al parecer en constante estado de deshidratación. Me termino el vaso antes de regresarlo a la mesa. Del otro lado, Pilot me observa con cuidado. Tuerce la boca.

Pestañeo.

—¿Qué? —pregunto.

—Nada. Solo noté lo suave que fue el aterrizaje —dice.

Mis ojos pasan del agua a él. Una sonrisa se dibuja en mis labios.

—Sí, supongo que hace seis años algún tipo me gritó sobre la manera en que ponía mis bebidas sobre la mesa, y desde entonces tengo una nueva perspectiva sobre el respeto a los vasos.

—No recuerdo haberte gritado.

—¿Alguien te gritó por el modo en el que ponías tu bebida sobre la mesa? —Babe salta, horrorizada.

Agacho la mirada para reprimir una risa. Cuando la levanto, Pilot sonríe. Tiene los ojos sobre la mesa, pero sonríe.

Le lanzo una sonrisa a Babe.

—No fue nada. Estoy exagerando.

Una vez que volvemos a la cocina de nuestro departamento, compramos los boletos para Roma. Babe busca en Google el hotel en el que nos quedaremos y Sahra se relaja en el sillón con su laptop. Pilot está en el asiento frente a mí. Intenta llamar mi atención por encima de las pantallas de nuestras computadoras. Con la cabeza, señala algo a la derecha. Volteo a ver la pared azul y levanto una ceja. Él repite el movimiento, se para y camina a la puerta. Me pongo de pie y lo sigo. Mi silla se cae, pero esta vez hacia delante. «¡Mantente quieta!», le ordeno, forcejeando para regresarla a su posición.

—No puedo ganar con estas estúpidas sillas —balbuceo mientras salgo de la cocina—. Incluso cuando me levanto con cuidado es como si no importara, se caen solo para molestarme.

Pilot está en el pasillo, recargado sobre la pared y con los brazos cruzados sobre el pecho. Me recargo en la pared opuesta.

—¿Qué pasa?

Inhala con fuerza.

—¿Cómo se supone que encontremos ese botón mágico de reinicio si estamos en Roma con Babe y Sahra?

Me acomodo el cabello detrás de las orejas.

—No lo sé. Supuse que lo averiguaríamos sobre la marcha. ¿Quizá podemos escabullirnos en algún momento?

—¿No crees que habría sido más fácil no decirles sobre Roma e ir nosotros para arreglar esto?

Dejo escapar un suspiro de frustración.

—Bueno, ella dijo «el viaje a Roma». Se refirió al viaje que ya hicimos y ellas estaban ahí, así que quizá no quise arriesgarme a cambiar las circunstancias y que el botón no estuviera por eso.

Veo cómo se pasa una mano por el cabello, nervioso, y clava los ojos sobre la pared por un momento. Yo me volteo para regresar a la cocina.

—Disculpa que te haya gritado ayer —dice en voz baja.

Me doy media vuelta, cruzo los brazos y el descruza los suyos para meter las manos en sus bolsillos. Me quedo callada hasta que hacemos contacto visual.

—Sabes que esto también es sorprendente para mí.

Él hunde las manos en sus bolsillos.

—Es que sentí que, en ese momento, tú intentaste...

Mi expresión se endurece y él se apresura a agregar:

—Fui un imbécil. Lo siento. —Hace una pausa, agacha la mirada por un momento—. Soy tan malo como las sillas. —Suelto una risa y desvío la mirada. Él da un paso a un lado, sus ojos se encuentran con los míos otra vez, con una renovada sinceridad—. ¿Podemos comenzar de nuevo?

Exhalo, el alivio recorre mi cuerpo. Camino y doy vuelta en la esquina, me quedo ahí, cuento hasta tres y regreso a donde está Pilot, aún de pie y claramente confundido.

—Hola, soy **Shane** Primaveri, casi doctora, odio las sillas de la cocina, **amo** la sandía, el pan francés y escribir. —Le ofrezco **mi mano**.

Él estira el **brazo** y la toma.

—Pilot Penn, ninguna relación con la marca de plumas fuente.

Estrechamos las manos.

—Entonces, ¿con los bolígrafos sí? —agrego diplomáticamente.

Él asiente vigorosamente con la cabeza. Sus ojos brillan.
—Exacto.

4
SOY LA PRIMERA EN LA FILA

Miércoles, 12 de enero de 2011 (toma dos)

Mamá y papá:

No hemos hablado de verdad en un tiempo, así que es superextraño escribirles de nuevo. Este es el momento en que todo se fue a la mierda. Por un par de meses dejé de preocuparme por hacerlos felices. Ahora, he intentado hacerlos felices por seis años, esperando que de alguna forma eso también me haga feliz, pero creo que no está funcionando. En realidad, ustedes no están felices porque yo no estoy feliz con ustedes porque no estoy feliz conmigo misma.

Besos y abrazos,
Shane de 2017

Los padres de mi mamá tenían un antiguo reproductor de música. No los vemos tanto como a la familia de mi papá, pero, cuando los visitábamos, yo esperaba con ansias el momento de poner música en el aparato. Hurgaba entre su colección de álbumes hasta encontrar *Mary Poppins*. Con cuidado, sacaba el disco para colocarlo en la tornamesa. Posicionaba la aguja como si mi vida dependiera de eso. Sonreía de oreja a oreja cuando la música sonaba como por acto de magia. Pasaba horas en la sala bailando «Supercalifragilisticoespialidoso».

Esta mañana me desperté y volví a asistir a mi primera clase del semestre. El profesor nos dio nuestra primera postal en blanco y la primera oración de algún libro famoso. Para ser honesta, no recuerdo la última vez que me senté a escribir algo que no estuviera relacionado con el sistema gástrico. Sentí como si volviera a esa sala a poner la aguja sobre el disco, con música que te ilumina desde adentro.

Nos quedan dos noches antes de volar a Roma. Estoy sentada en la mesa de la cocina, observo el inicio de mi primera publicación sobre estudiar en el extranjero. No estoy segura de qué hacer. ¿Reescribo lo que escribí la primera vez? Cierro el blog y abro el archivo con el esbozo que tenía listo para mi gran novela americana. Navego por el documento y la emoción brota en mi pecho. Abro la primera página y comienzo a escribir; después de todo, ¿por qué no?

Llevo tres mil palabras escritas cuando Pilot entra en la habitación con un sándwich.

—Hola. —Jala una silla frente a mí y se sienta con su comida—. ¿Escribes? —Levanta una ceja.

Le respondo con una sonrisa y me quito los audífonos.

—De hecho, sí.

Sonríe para sí mismo y se acomoda en la silla.

—Esto es tan extraño... ir a clases otra vez. —Agita la cabeza y quita la envoltura de su comida.

—Estoy de acuerdo, pero creo que me estoy divirtiendo. —Me encojo de hombros.

—Yo no tenía pensado ir, pero Sahra está en la misma clase, así que faltar habría sido... —levanta la mirada y busca la palabra exacta— ¿sospechoso?

No puedo evitar reírme.

—Sí, yo tengo esta incontrolable necesidad de ser buena en la escuela, así que ni siquiera pensé en faltar. —Tal vez lo habría considerado si alguien hubiera mencionado la idea antes de que llegara hasta allá, pero ya no. Había olvidado cuánto disfruté esa clase.

Pilot muerde el sándwich, enfocado en algún punto de la pared detrás de mí.

—¿Recuerdas lo que hicimos hoy, esa primera vez? —me pregunta.

Cierro mi laptop y le doy toda mi atención.

—Claro, ¿y tú?

Su mirada encuentra la mía.

—La tienda de los Beatles.

—Compré la hermosa baraja.

—Fue un gran descubrimiento.

—Eso fue, sí. —Muevo la cabeza con nostalgia—. ¿Recuerdas las matrioskas de los Beatles?

—Eran fantásticas.

—Me encanta saber que existen. —Me muerdo el labio por un instante, dudo en llevar esto más lejos—. ¿Quieres ir?

Pilot inhala una bocanada de aire e inclina la cabeza hacia delante. Entrelaza los dedos de ambas manos por detrás de su cabeza y las pasa desde la base de su cuello hasta su cabello, para luego regresarlas a la mesa, antes de dirigirme la mirada otra vez.

—Mmm... No lo creo, ya sabes... Deberíamos guardar distancia por ahora, aguantar estos últimos días, encontrar el botón y salir de aquí.

Asiento, sin emoción.

—Oh, sí, está bien. Bueno, iré a buscar algo para cenar.

Con cuidado, me levanto de la silla con una mano aferrada al respaldo para evitar que se caiga. Levanto mi mochila del piso, jalo mi laptop de la mesa y me dirijo a las calles de Londres para despejar mi cabeza. En lugar de tomar mi ruta acostumbrada, directo a Gloucester Road, giro a la izquierda hacia Hyde Park. Me dirijo hacia la calle principal, cerca del Odeón y de la tienda de celulares Orange.

Veinte minutos después, ya compré algo de maquillaje que la Shane del pasado no sabía que necesitaba y ahora cruzo la calle hacia TK Maxx. Me compro una mochila negra con tres diferentes compartimentos y correas acolchadas que se ajustan a los hombros. Las mochilas escolares son para viajeros inexpertos. Yo usaré una adecuada desde ahora.

Más tarde, en el departamento, todos decidimos ir al bar al final de la cuadra. Jugamos veintiuno, Atticus menciona a la novia de Pilot. Babe está impresionada. Pilot agacha la mirada y cambia el tema.

5
BUSCAR EN LA OSCURIDAD

El ajetreo en la estación Victoria me rodea mientras me apresuro a tomar el Gatwick Express. Mi mochila rebota ligeramente contra mi espalda al abrirme paso entre las olas de viajeros. Hago un rápido contacto visual con los desconocidos que pasan junto a mí. Algunos sonríen de vuelta, muchos otros bajan la mirada de inmediato. No me importa, ahora mismo me siento maravillosa, poderosa... libre.

No he dejado de sonreír desde mi entrevista en *Maletas Hechas*. Me reentrevistaron para hacer prácticas. Olvidé lo genial que era la oficina. Olvidé cuánto me agradó Wendy. Cuando surgió la idea de escribir un artículo sobre estudios en el extranjero, en Londres, mi corazón voló dentro de mi pecho otra vez. Ahora no puedo dejar de imaginar mi nombre bajo el título de un artículo en su revista. He escrito algunas cosas para revistas de ciencia en estos últimos cuatro años, pero no sé. No sé por qué se siente tan diferente con esta revista de viajes. Pero así es. Las revistas científicas parecen más una obligación, un obstáculo que debo sortear en mi carrera médica. Esto se siente como una meta. Una línea final que quiero cruzar.

No es hasta que estamos en el avión que recuerdo el botón. No estoy ahí solo para ir a Roma el fin de semana. Voy en una cacería para perseguir un botón místico.

Hemos volado por cuarenta minutos. Me consiento con una minibotella de vino gratis. Junto a mí, está sentada la misma pareja ebria de la vez pasada. Los dos conversan entre ellos, pero lo único que puedo escuchar es el rugido del avión en mis oídos. La sensación de libertad de hace un rato pierde fuerza con cada kilómetro recorrido. Pilot está unos asientos atrás. Deliberadamente, doy otro trago de vino antes de echarle un vistazo. Cuando me levanto sobre mi asiento y giro para mirarlo, lo encuentro viendo justo hacia mí.

El instinto me dice que regrese a mi asiento, pero resisto. «No tengo nada que ocultar». En vez de eso, arqueo las cejas. Pilot me saluda elevando la barbilla antes de perder el contacto visual. Vuelvo a sentarme, me acabo la minibotella de vino y desabrocho mi cinturón de seguridad.

Me pongo de pie, hago mi mayor esfuerzo por llamar la atención de los ebrios.

—Disculpen, ¿me dejan salir, por favor?

Una vez libre, doy unos tambaleantes pasos hasta la fila de Pilot. Él me observa con curiosidad. La mujer sentada a su lado, en el pasillo, levanta la mirada. Pongo la mano sobre mi corazón.

—¡Hola! —Arrugo la frente—. Perdón por molestar. Es solo que él es mi hermano. Ahora se ve bien, pero tiene un terrible miedo a volar. Pude notar que la está pasando muy mal y me preguntaba si le importaría cambiar asientos conmigo para que pueda sentarme junto a él. Así puedo tranquilizarlo si hiperventila y eso. —Me muerdo el labio inferior.

Ella gira a su derecha, hacia Pilot. Mis ojos caen sobre él también. Él me ve como si me hubieran crecido dos cabezas.

La mujer se dirige a mí.

—Oh, Dios mío, claro que podemos cambiar. ¿Cuál es tu asiento?

Me siento mal por mentir, pero necesito sacar ventaja de este momento sin Sahra y Babe para discutir nuestro actual predicamento. Treinta segundos después, vuelvo al asiento del pasillo junto a Pilot, con mi mochila. Unas filas adelante, la amable mujer se sienta junto a mis vecinos ebrios, en la ventanilla.

—¿Qué fue eso? —pregunta Pilot.

«¿Por dónde empezar?». Me acomodo de costado para poder verlo con facilidad. «Hola, Pays, no estoy tan segura de querer oprimir el botón de reinicio».

Chasqueo la lengua y dejo escapar un suspiro.

—Pays, no hemos comido *shawarma* todavía.

Eso es válido.

—¿Qué? —Arquea las cejas.

—No. Comimos. *Shawarma*. Esta. Semana. —Intento separar cada palabra, pero se prolongan más de lo que quiero. «¿Estoy un poco mareada por esa botellita de vino?».

Mueve la cabeza como un látigo de izquierda a derecha.

—¿Y...?

«¿A dónde iba con todo esto?».

—Pues que tendríamos que comer *shawarma*.

—¿Cambiaste de asiento para darme este importante mensaje antes de aterrizar? ¿Quieres *shawarma* cuando aterricemos? —me pregunta, inexpresivo.

Inclino la cabeza a la izquierda mientras lo observo. Me echo a reír.

—¿Shane? —me pregunta con calma.

Recupero la compostura.

—Vine porque quería hablar contigo.

—Sobre el *shawarma* —agrega Pilot con las cejas levantadas.

Sofoco otra risa.

—¿Recuerdas en *Los Avengers*...? Sí la viste, ¿verdad?

Asiente.

—¿Recuerdas cuando Iron Man les dice «Vamos por *shawarma*» y entonces van por *shawarma*?

—Sí.

—Bueno, pues todo en lo que pude pensar en esa escena fue en el increíble *shawarma* que comíamos aquí.

—*Shawarmiércoles* —confirma, nostálgico.

—Y ahora es tan común, sabes. Todos dicen: «Sí, *shawarma*, como en *Los Avengers*», y yo les respondo: «No, yo los conocía antes de que fueran populares».

Él cierra los ojos y agita la cabeza.

—¿Sabes? Tienes toda la razón. ¿Cómo se atreven *Los Avengers* a pedir *shawarma?* Nosotros inventamos eso.

Me balanceo hacia delante, me carcajeo por la preocupación en su voz.

—Así es. Nos robaron. Pero no hay mejores *shawarmas* que los del Beirut Express, porque los *shawarmas* del Beirut Express son los mejores —canturreo.

El rostro de Pilot se arruga al tiempo que parpadea de forma dramática.

—¿Acabas de hacer una referencia a S Club 7?

Mis ojos se iluminan.

—¿Acabas de entender una referencia a S Club 7?

Entrecierra los ojos.

—*Touché.*

Sonrío.

—¿Has comido un buen *shawarma* después de Londres?

—¿Vas a empezar con esto otra vez? —pregunta sin quitar la vista del asiento frente a él.

—Yo he comido buenos *shawarmas*, pero ninguno excelente. He comido en cinco lugares diferentes de *shawarma*.

Gira el rostro hacia mí.

—Dijiste la palabra *shawarma* al menos cincuenta veces desde que te sentaste y has estado aquí solo tres minutos.

Ahogo otra carcajada.

—Bueno, solo quería decir que tendríamos que comer *shawarma*.

—Discúlpame, pero para aclarar: ¿hiciste que una mujer se cambiara de asiento para que pudiéramos hablar de *shawarma*?

—Bueno, vine para que pudiéramos hablar porque estamos por comenzar una ridícula misión en un país extranjero para encontrar un botón que nos regrese en el tiempo y no hemos pensado en un plan.

—Intenté sugerir un plan y tú solo dijiste que —levanta las manos para hacer comillas con los dedos— «lo averiguaríamos».

Me inclino hacia delante.

—Pues aún estaba impresionada por toda la revelación sobre volver en el tiempo. Necesitaba procesarlo.

—¿Qué es esta conversación? —pregunta incrédulo.

—¿Qué crees que deberíamos hacer con el botón?

—Lo encontraremos y lo usaremos para poder volver a nuestras vidas normales.

Chasqueo los labios.

—Pero ¿cómo lo encontraremos? Supongo que estará en algún lugar al que fuimos la primera vez.

—Sí, eso tiene sentido.

—¿Crees que nos haya dejado pistas? —Abro los ojos con dramatismo.

Su frente se arruga.

—¿No?

—Si hay pistas, ¡esto sería como *El código Da Vinci*! —Me emociono. Pilot se ríe con la vista al techo y yo me desinflo—. Ah, sí, que no lo has leído.

Tuerce los labios.

—De hecho, lo leí hace unos años.

—¿Qué? —Mi corazón da un salto.

—Sí. Ya leí todos sus libros. —Se sonroja—. Los alabaste mucho cuando estuvimos aquí.

—Cielos. —Observo el asiento de enfrente por un momento mientras pienso en todo esto—. Está bien: vamos, no me mientas, la posibilidad de que esto sea como *El código Da Vinci* de juguete es emocionante. —Sonrío, él me devuelve el gesto.

Guardamos silencio después de teorizar un poco más sobre el misterioso botón. Espero que se parezca a uno de esos enormes botones rojos de Staples. Eso sería agradable y fácil de localizar. Pero ¿y si es muy diferente? Como un botón de ropa cualquiera tirado en el piso u oculto en los alrededores. No nos haría eso, ¿o sí? Sería muy complicado.

Me pierdo en pensamientos sobre el botón cuando aterrizamos. Un nuevo miedo me amenaza al descender.

—¿Estás bien? —me pregunta Pilot en voz baja.

Genial, Pilot puede sentir mi miedo.

—Sí. Esto todavía me aterra un poco —susurro.

—Oye. —Pone su mano en mi rodilla. Mis cejas se levantan—. Solo un poco más y volveremos a casa.

Trago saliva. Esa oración no me ayuda para nada a calmar mi miedo. Pero la mano en la rodilla hace que mi corazón interprete *El lago de los cisnes* en mi pecho. El avión se sacude, una vibración recorre nuestros asientos mientras tocamos tierra. Aquí vamos.

6
QUÉ NOCHE TAN BELLA

Babe me sujeta del brazo, me jala hacia atrás mientras atravesamos el aeropuerto de Roma. Desacelero mi paso para igualar el suyo. Una razonable distancia nos separa de Sahra y Pilot.

—¡Shane! —susurra—. ¿Qué pasó en el avión? Vi que te cambiaste de asiento junto a Pilot. ¿Hiciste que te cambiaran el lugar?

Mierda. Olvidé que no soy invisible.

—Mmm, sí. Necesitaba hablar con él.

—¿Algo está pasando entre ustedes?

—Eh... —Pienso en todas las posibles explicaciones de por qué tuve que sentarme junto a Pilot: «Descubrí que robó mi cartera. Robé su cartera por accidente. Perdí mi cartera y pensé que él sabría dónde estaba»—. Mmm... —«Tal vez él necesitaba un chicle. ¿Algo sobre chicles?»—. ¡Un chicle!

—¿Un chicle? —repite escéptica.

—Perdió sus chicles. Yo tenía y él quería uno.

—¿Hiciste que una mujer cambiara su lugar para poder darle un chicle a Pilot?

—Sí.

—¿Cómo supiste que lo necesitaba?

—Volteé y no estaba mascando nada.

—A mí no me preguntaste si quería un chicle.

—Ah...

—Shane, ¿hay algo entre ustedes dos? —exige saber Babe. Tomo una decisión repentina.

—Más o menos.

—Oh, Dios mío. —Suspira—. ¿Es algo serio? ¿Ustedes son...?

—¡No! Bueno, no sé. Es algo tan nuevo que no ha pasado nada, pero algo está pasando, un poco —divago. De esta forma, cuando necesitemos un momento a solas para ser misteriosos viajeros en el tiempo y buscar el sospechoso botón, tal vez Babe nos dará espacio con más facilidad.

Ella levanta la quijada, sus ojos parecen del doble de su tamaño normal.

—Te mantendré informada. Aún no sé qué es esto —digo entre dientes.

—Hazlo, por favor. ¡Oh, Dios mío, esto es una locura! ¡Tiene novia! —exclama en voz baja.

Siento una punzada en el estómago. Estoy demasiado preocupada por el maldito botón como para recordar a la novia. Me retracto.

—No, estoy exagerando. No ha pasado nada, así que no te preocupes.

—¿Pero podría pasar algo? —pregunta dramáticamente.

—No, bueno, es solo un enamoramiento pasajero, eso es todo. No está disponible. No pasa nada.

—¡Pero creo que él siente algo por ti! —continúa. Unos pasos adelante, Pilot nos echa un vistazo.

—¿¡Qué?! —Decido ignorarlo.

—Sí, ya lo descubrí viéndote varias veces en los últimos días.

Pilot nos lanza otra mirada, es obvio que quiere llamar mi atención.

—¡Mira, lo está haciendo ahora, Shane!

—¡Shhh! —exclamo. Babe se ríe y aceleramos el paso para alcanzar a la otra mitad del grupo.

Cuando estoy a su lado, Pilot voltea hacia mí.

—¿Crees que debamos buscar en el aeropuerto?

—No. —Miro alrededor—. Esto no es Roma, esto es el aeropuerto —concluyo. No podemos buscar un botón en todo el aeropuerto.

—Está bien.

—Está bien —hago eco.

Sonrío al dejar las maletas sobre el piso del hotel. Esta habitación es tan alegre y colorida como la recuerdo.

—¿Comemos algo? —propongo con entusiasmo.

—Sí, claro, pero primero quisiera explorar el Coliseo. Pasamos en frente, debe estar muy cerca —propone Sahra.

—Oh, Dios mío, ¡vamos! Podemos tomarnos fotografías —añade Babe y busca la cámara en su mochila.

—Ustedes adelántense, chicas. Las veré ahí. Necesito hacer una llamada —dice Pilot rápidamente. Se deja caer sobre una cama.

—Está bien —acepta Sahra sin objeción. Nos mira a Babe y a mí—. Saldré a echar un vistazo. Estaré afuera. —Levanta su bolsa y atraviesa la puerta.

—¿Necesitas hacer una llamada? —Le lanzo a Pilot una mirada de confusión; tomo la mochila del piso y me la llevo al hombro.

—¿Tenemos señal aquí? —pregunta Babe.

Pilot levanta las cejas como diciéndome algo. Tiro la mochila al piso.

—Está bien —digo—. Me quedaré también. No deberías caminar solo en una ciudad desconocida. —Pilot se ríe.

—Entonces tal vez todos deberíamos esperar —agrega Babe. Ansiosa, me lanza una mirada, luego a Pilot y finalmente de vuelta a la puerta. Hago un gesto para asegurarle que todo está bien, que puede irse, y asiento. Ella no se mueve.

—Está bien, vayan —insisto—. Las veremos ahí.

—Shane —me dice, inquieta.

—Babe. —Le lanzo otra mirada.

—Está bien. Supongo que los veremos en el Coliseo. —Babe sale preocupada de la habitación. La puerta se cierra despacio detrás de ella.

Volteo hacia Pilot. Él ya está en el piso, hurgando bajo la cama.

—Pays, ¿no queremos comer antes de destruir la habitación? —Pongo los brazos en jarras. Él ahora busca cerca de la cama de Babe y Sahra.

—Shane, esto es importante. Vamos, encontremos esta cosa. —Su voz se pierde entre las sábanas que amontona. Estoy muy hambrienta como para discutir. Busco por el cuarto sin emoción.

Diez minutos después, no hay ningún botón. Premio adicional: ahora parece que el cuarto fue saqueado por ladrones. Pilot se para cerca de la puerta, analiza el desastre con los brazos cruzados y una expresión aturdida. Pongo las sábanas sobre la cama y camino hasta su lado.

Rompo el silencio.

—Bueno, eso fue divertido.

—No está aquí.
—Así parece.

Pilot suspira.

—Esto será difícil.
—Estoy de acuerdo. —Observamos la habitación un poco más—. ¿Comida?
—Comida.

Encontramos a Babe y Sahra al final de la calle, afuera del Coliseo, y nos dirigimos a la pequeña *trattoria* que recuerdo de Roma: Toma Uno. No me quito la bolsa en toda la noche, solo para estar segura. Todos compartimos una garrafa de vino italiano. Pido lo usual: ravioles. Los cuatro nos reímos y hablamos sobre la universidad, sobre lo afortunados que somos por estar en Roma el fin de semana, mientras los otros idiotas están en Nueva York. Me invade la nostalgia por la universidad. Ahora siento que es algo tangible sobre mi piel. Los recuerdos son pegajosos. Intento alejarlos con risa y vino, pero se cuelgan de mi rostro, brazos y piernas, hasta que me convierto en un collage de momentos, decisiones y arrepentimiento.

El silencio crece entre los cuatro de camino a nuestra habitación. Es tarde, pero no me siento ni un poco cansada. Estoy agitada y ansiosa, como si hubiera tomado mucha cafeína. Cuando Babe abre la gigante puerta del castillo con la llave antigua, me quedo anclada a las escaleras. Babe se desliza al interior, Sahra la sigue de cerca. Pilot pone un pie dentro y voltea, sosteniendo la puerta para que yo entre.

—¿Vienes?
—No quiero.

Pilot desaparece dentro del hotel. Reaparece unos segundos después y deja que la puerta se cierre detrás de él. Baja los escalones con las manos en los bolsillos.

—¿Qué pasa?

Con mi bota, dibujo una línea sobre el piso.

—No lo sé. Es decir, estamos en Roma. Estamos en Roma otra vez... y quizá nos vayamos. —Mi voz titubea. Aclaro mi garganta—. Podríamos irnos en cualquier momento y quiero aprovechar al máximo el tiempo que estemos aquí. No quiero ir a dormir si hay una ligera posibilidad de irnos mañana en la mañana.

Pilot baja el resto de los escalones hasta la calle. Sus ojos encuentran los míos.

—Entonces salgamos a explorar.

7
ALGO BRILLA EN EL PAVIMENTO

Caminamos despacio por los estrechos callejones empedrados, llenos de antiguos edificios y pequeños espacios para estacionar autos diminutos.

—Así que ¿cuánto has pensado sobre los viajes en el tiempo desde que llegamos aquí? —bromea Pilot.

—Veamos. Pensé en eso hace unos días y hoy otra vez, así que... cada minuto desde que llegamos. —Le sonrío con dulzura.

Él suelta un resoplido burlón. Yo sacudo la cabeza.

—Aquí todavía no acaba *Breaking Bad*. ¡Y *Game of Thrones* ni siquiera ha empezado! El otro día vi un anuncio en un autobús cuando caminaba a clase. Es desconcertante —confieso—. ¿Has visto *Un loco viaje al pasado*?

Entrecierra los ojos.

—¿Sí?

—¿Recuerdas cómo tocan todas las canciones famosas antes de que estas sean estrenadas de manera oficial? —Sonrío—. ¿No sería divertido hacer un cover de «Wrecking Ball» y ponerlo en YouTube solo para ver qué pasa? ¡Podríamos hacerlo!

Pilot se burla.

—¿Por qué no filmamos nuestra versión pirata de la segunda parte de *Harry Potter y las Reliquias de la Muerte* y la publicamos en mayo?

—Pays, ya estrenaron el avance. Todos sabrían que no es real.

Una sonrisa sincera se extiende por su rostro.

Seguimos caminando: más calles diminutas, tiendas cerradas, de cuando en cuando nuestros hombros chocan.

Pateo los adoquines con mi pie.

—¿Por qué dejaste de hacer música?

Pilot se toma un momento para pensar.

—Bueno, trabajé mucho en eso el verano después de Londres. Di unos cuantos conciertos en Nueva York.

—Pensé que nos invitarías para verte tocar. Nunca supimos nada de ti. Incluso cuando te enviamos mensajes.

Él suspira.

—Era complicado.

—El álbum que sacaste en septiembre de ese año fue genial. Babe y yo hicimos una pequeña fiesta para escucharlo en nuestra sala cuando lo subiste. Lo publicamos en Twitter, pero nunca hablamos en persona.

—Diablos, la aprobación musical de una doctora. Esto es grande —afirma con una gran sonrisa.

Lo empujo.

—Cierra la boca.

Se ríe y, con una voz más seria, dice:

—Gracias, de verdad. Ese fue mi último disco.

—¿Pero por qué? ¿Qué pasó? ¿Qué pasó con Los Mensajeros del Swing? —Sonrío.

Se encoge de hombros.

—No lo sé. Estaba muy ocupado. Durante mi último año en la universidad tenía mucho con que lidiar. Y no era como que alguien me estuviera escuchando.

—Nosotras te escuchábamos. Pudiste hacer que los demás te escucharan. Yo podía ayudarte, puedo ayudarte. ¡Puedes empezar un canal de YouTube! Yo era una bloguera, tengo habilidades. YouTube puede traer muchas oportunidades, lo he visto. Podríamos empezar con un video de «Wrecking Ball» y, después de que se haga viral, puedes tocar tus propias canciones. —Él agacha la mirada y sonríe—. ¿Extrañas tocar?

—Claro. Digo, aún toco a veces por diversión.

—¿Extrañas escribir? —pregunto.

Desacelera sus pasos hasta detenerse y me lanza una mirada dura, con los labios apretados. Una onda de calor me recorre.

—¿Y tú? —me pregunta.

Le sostengo la mirada.

—Sí, mucho. De verdad lo extraño. No me había dado cuenta de cuánto hasta la clase del miércoles. Hace tanto tiempo que me he dejado arrastrar por todo lo que debo hacer, que me olvidé de lo increíble que es hacer lo que quiero hacer. —Agito la cabeza un poco—. Extraño esa emoción al crear algo, ¿sabes?

Agacha la cabeza y avanzamos de nuevo. Asiente despacio.

—Sí, sí lo sé.

Para mi sorpresa, la calle desemboca en una plaza abierta. Frente a nosotros, en medio de la noche, se levanta el Panteón. Inspiro una gran bocanada de aire y lo admiro. Es colosal y todavía más impresionante sin el usual mar de turistas. Camino hacia él, rodeo la fuente en el centro de la plaza y me detengo frente a la descomunal construcción.

La chamarra de Pilot roza mi brazo un minuto después. Le sonrío.

—Desearía tener mi cámara. Podría tomar algunas increíbles fotos nocturnas ahora mismo.

Él camina detrás de mí y toma asiento en la base de grandes escalones que rodea la fuente. Arrastro los pies y me uno a él, cruzo los tobillos con las piernas estiradas y me recargo sobre mis palmas.

—No hemos hablado de lo que pasó en el café el otro día —dice Pilot en voz baja.

Mis mejillas comienzan a calentarse. Intento mantener los ojos en el Panteón.

—¿Cuántos hombres ha habido desde que estudiamos en Londres?

Resisto la urgencia de burlarme.

—¿Por qué lo preguntas?

—Porque has estado con otros chicos. Te has enamorado otras veces. No sigues sintiendo... lo mismo —concluye, con duda.

—¿Qué? —Volteo a verlo.

—No pretendas que no eres atractiva, inteligente, graciosa y... —Se detiene—. No sientes lo mismo —insiste.

Encuentro sus ojos, lo que es difícil porque una tormenta de ansiedad se materializa en mi pecho. ¿Cómo explico lo difícil que es para mí enamorarme?

—Pilot, he salido con algunas personas, pero solo he tenido un novio de verdad: Melvin. Y no siento por él lo que se supone que debería sentir. —Hago una pausa; recuerdo a Melvin en la mesa de la cocina, la última mañana que estuvimos juntos. Él trabajaba en su último proyecto de investigación médica mientras yo jugaba con los huevos cocidos que me preparó. Intentaba ser amable, me preparó el desayuno. Pero hemos estado juntos cuatro años. ¿Por qué no sabe que no me gusta el huevo?—. Voy a terminar con él cuando regrese. —Me encorvo hacia delante y abrazo mis piernas contra el pecho. ¿Cómo terminas con alguien con el que has estado tanto tiempo? Pilot permanece callado—. Claro que otras personas me han gustado, pero jamás me aparecí solo porque sí en sus oficinas. —Miro fijamente una piedra en el piso y dejo escapar un desconcertado suspiro—. Soy un desastre. No puedo creer que me presenté así en tu oficina.

—Solo estás pasando por ciertas cosas. Vamos, estás a punto de graduarte como la mejor de tu generación en la escuela de Medicina. Eso es increíble. Serás una doctora de carne y hueso.

—Sí, pero ¿quiero ser doctora? —La pregunta tiene el tono de una súplica. El pánico se apodera de mí. No me permito pensar cosas como esa, mucho menos decirlas en voz alta. Pasa un segundo antes de que pueda sentir que puedo respirar otra vez—. No lo sé. Pensé que ya me había reconciliado con esa idea. Hace que mi mamá esté feliz, pero yo... No sé. Creí que sería más feliz. Y sin embargo, siento que me pierdo a mí misma un poco. —Contemplo el Panteón con una mirada ausente. Pilot no responde—. Así que, en conclusión, sí, un millón de otros chicos.

Él sonríe, agitando la cabeza.

—No te creo.

Dejo escapar aire de mis pulmones y suelto mis piernas. Me relajo y vuelvo a una posición normal. Cuando nuestros ojos se encuentran, recuerdo un vergonzoso y secreto capítulo reprimido en mis crónicas sobre Pilot.

—Hubo un chico que conocí durante el verano después de Londres.

Levanta las cejas, hay un asomo de sonrisa en sus labios.

—¿Ah, sí?

Inhalo una gran cantidad de oxígeno. Esto lleva un tiempo guardado.

—Una amiga de la preparatoria y yo fuimos a la universidad a visitar a un amigo, Matt. Aunque era más amigo de ella que mío. Los tres fuimos a un bar. Pedimos una mesa. Un amigo de Matt, de la universidad, nos vería ahí. Me quedé boquiabierta cuando entró porque se veía exactamente igual que tú. Cerré la boca por un segundo porque me sentí muy confusa al ver que se acercaba a la mesa y comenzaba a hablar con Matt. Me quedé sentada ahí como una idiota estupefacta. Pensé: «¿Qué demonios hace Pilot aquí y por qué conoce a Matt?». Pero entonces Matt lo presentó y su nombre era Rob. Te juro por Dios, Pays, que era idéntico a ti.

Agito la cabeza para enfocarme en el Panteón otra vez.

—Los cuatro intentamos hablar mientras bebíamos, pero el bar era ruidoso y la conversación no iba a ninguna parte. Él no dejaba de mirarme, me estaba volviendo loca. No podía creer que no fueras tú. Mi amiga y yo decidimos ir a bailar y los chicos vinieron con nosotros. Después de un rato, él y yo terminamos bailando juntos.

Me tomo un instante, agacho la cabeza para ver el empedrado.

—Entonces me besó, nos besamos en la pista de baile; todas mis emociones se desbordaron. Pensé: «Este chico que me ha gustado por tanto tiempo me está besando y estamos bailando, esto es genial».

»Pura adrenalina falsa; cuando salimos de la pista... no eras tú. —Tomo un nuevo respiro—. Si se hubiera tratado de ti, habríamos reído y hablado de cualquier cosa. Pero cuando caminamos de vuelta al departamento de Matt, el tipo nos ignoró a mi amiga y a mí, era muy; claro que solo quería hablar con Matt. Después, apenas y se despidió antes de desaparecer en su departamento y nunca hablamos otra vez.

»Y esa emoción que sentí, que engañó a mi cerebro, solo se vino abajo. El curso en Londres se había acabado. Tú no respondiste ninguno de nuestros mensajes en los tontos grupos de chat durante el verano, y yo... yo salí del país para tomar decisiones valientes y hacer cosas que siempre temí, pero al final ni siquiera te dije cómo me sentía. Y me dolió cuando la ilusión se acabó, esa falsa versión tuya probablemente era lo más cerca que estaría de ti.

»No es común que le diga a las personas que me gustan. De hecho, tengo un historial registrado de completa y total reserva. —Inhalo y me río—. Por eso, todo lo que pasó en el café significó mucho para mí.

Mis ojos están fijos en un punto cerca de los pies de Pilot. Creo que dejé de ser Shane para convertirme en pura vergüenza. No debí contar eso. Me arrepiento de inmediato.

Poco a poco levanto la cabeza para ver su reacción. Sus labios están ligeramente separados. Sus ojos, muy abiertos y confundidos, son un oscuro bosque verde bajo la noche. Paso saliva, no estoy segura de qué decir o hacer.

«Cambia el tema, Shane». Abro la boca. No puedo pensar con claridad con él viéndome de esa forma.

—Eh, bueno, en fin... —Me interrumpen sus labios contra los míos. Un nervioso escalofrío sube desde mis piernas.

El beso es lento y suave. Después de un segundo, lo beso de vuelta. Separo los labios. Inclino la cabeza. Sus manos se deslizan hasta mi cintura. Mi piel... ¿arde? Es un calor agradable. No sabía que había una forma agradable de arder.

Pensé que la gente inventaba estupideces cuando describe besos como este. Esto es como la Torre Eiffel a las seis de la tarde. Irradio fuego. Y me gusta. Me separo y me alejo. Paso saliva. Pilot me ve como si lo hubiera golpeado con una piedra.

Mi corazón se agita como si brincara la cuerda.

—¿Qué fue eso? —Intento respirar.

—Yo... No me gustó la historia del imbécil de mi gemelo.

Me toma unos segundos decirlo, pero lo hago.

—Pilot, estás con Amy en nuestro presente y en este.

Su respiración se acelera.

—Estoy con Amy. —Deja caer la cabeza entre sus manos—. Mierda. Mierda. —Se levanta y camina de un lado a otro. Lo observo por un minuto antes de recordar a Melvin. ¿Esto cuenta como engaño? En 2011 ni siquiera nos conocemos. ¿Quizá debería enviarle un mensaje de rompimiento preventivo? Podría enviarlo a casa de sus padres.

Pilot lleva cuatro minutos dando pasos de un lado a otro; decido levantarme. Son casi las cuatro de la mañana.

—Deberíamos volver —sugiero.

Levanta el rostro, tiene una expresión de dolor. Al final, asiente. Caminamos de regreso en silencio. Todo mi ser está en llamas, consciente, despierto. No dejo de ver a Pilot, pero está perdido en sus pensamientos.

El sol comienza a aparecer cuando nos deslizamos en silencio en nuestras respectivas camas (Pilot tomó las llaves antes de salir). Mi cerebro reproduce ese beso una y otra vez. Me toma un largo rato quedarme dormida.

8
¿CÓMO CONTINUAMOS DESPUÉS DE ESTO?

Alguien sacude mi hombro. Me incorporo de un salto.

Babe se aleja de mi cama, suspira y se lleva una mano al corazón. La veo, su oscuro cabello se reacomoda alrededor de su rostro.

—¡Santo Pepe Grillo, me asustaste! —reclama.

Entrecierro los ojos y hago inventario de la habitación. Sahra ríe mientras se cepilla el cabello frente a un espejo. «Estoy en Roma. Pilot y yo nos besamos ayer en la noche». Él no está en su cama.

Un bostezo entorpece mi respuesta.

—Tú me asustaste.

—¿Olvidaste poner tu alarma? —pregunta Babe.

—Creo que sí. ¿Dónde está Pilot?

—Bañándose —responde Sahra—. Planeamos salir en quince minutos.

Me arrastro fuera de la cama.

Babe y yo nos rezagamos camino al Coliseo. Hoy lleva puesto un abrigo rojo (Babe tiene cuatro abrigos de lana de diferentes colores) ajustado con un cinturón. El color de su ropa hace juego con su labial. Me siento como un muerto viviente a su lado y seguramente así me veo. Ella se inclina para acercarse, entrelaza nuestros brazos y pregunta:

—¿Qué pasó anoche?

—Nada, no te preocupes. Yo no podía dormir y salimos a caminar.

—¡Llegaron muy tarde!

—Babe, no tengo ganas de hablar en este momento —balbuceo.

—Está bien. —Suelta mi brazo y se apura para alcanzar a los demás.

Agito un poco los hombros. Grandioso, estoy desgastando la frágil base de la amistad que hemos formado hasta ahora. Levanto mi cabello sobre el cuello y lo ato en una cola de caballo.

La mañana se nubla. Vamos al Coliseo. Pilot lo recorre en busca del botón; mira detrás de cualquier objeto o debajo de cualquier columna como un Sherlock Holmes aficionado. Yo lo sigo sin ánimos; en mi mente, escribo una y otra vez la carta de ruptura para el Melvin de 2011: «Querido Melvin: aún no nos conocemos, pero cuando así sea, no me invites a salir. Besos, Shane». «Querido Melvin: aún no estamos juntos, pero en enero de 2017 terminaré contigo. Lo siento, lo siento, lo siento. Esto es muy difícil. Besos, Shane».

Después, vamos al foro romano. Pilot examina en silencio todo aquello junto a lo que pasamos. Yo echo un vistazo y sigo. Babe deja escapar constantes «¡oh!» y «¡ah!». Sahra se adelanta y toma fotografías, siempre un poco separada del grupo. Yo no he tomado ninguna foto.

Esto no es como la primera vez. «¿Estamos arruinando el viaje a Roma?».

Bueno, no estará arruinado una vez que reiniciemos. Siento un hueco en el pecho. Llegamos al final del camino, Babe me jala hasta una pequeña área verde.

—Shane, en serio, dime qué pasó anoche. Es obvio que tú no estás bien y Pilot actúa como un mudo. Necesitas dejar de deprimirte. ¡Estamos en Roma!

Agacho la mirada avergonzada.

—Lo siento.

—No te disculpes. Solo déjame ayudar. ¿Qué pasó? —Me toma de los hombros, sus ojos me recorren como si buscara una herida oculta que me causa dolor.

Intento poner una cara menos triste.

—Caminamos por ahí y conversamos toda la noche —le digo otra vez.

Ella cruza los brazos sobre su abrigo y me ve fijamente.

—¿Entonces por qué parece que tu perro acaba de morir?

Lanzo un suspiro de resignación.

—Nos besamos.

Deja caer los brazos.

—¡¿Se besaron?! —exclama en voz alta. Mis ojos casi escapan de mis órbitas.

—¡Babe! —siseo.

Giro la cabeza con violencia. Pilot inspecciona la base de un templo romano y Sahra toma una fotografía del mismo templo, pero en otro ángulo.

—¡Lo siento! ¡Pero santa madre! ¡Dijiste que no había pasado nada! —reclama entre dientes.

—Bueno, tenía miedo de cómo reaccionarías.

—¿Quién besó a quién?

—Él me besó y después fuimos los dos.

—¿Terminará con Amy?

—No que yo sepa.

Babe me dedica una expresión triste y me abraza.

—Lo siento, Shane. —Le devuelvo el abrazo. Me aleja para verme a los ojos—. Eso apesta. Pero anímate, eres fuerte. No te deprimas. ¿Cuántas veces tienes la oportunidad de estar en Roma? ¡Disfrútalo!

Asiento suavemente.

—Es solo la combinación de esto y que no dormí muy bien. Necesito un café o algo.

—Te conseguiremos un latte. No te preocupes, todo estará bien. Pilot tendrá que averiguar qué hacer.

Yo también.

Terminamos en el mismo restaurante italiano, ahora vacío, para comer. Babe ordena una garrafa de vino para la mesa. Yo pido un capuchino. Cuando Babe me lanza una sonrisa del otro lado de la mesa, no puedo evitar devolverle el gesto. En el presente, solo hablamos por teléfono; había olvidado lo lindo que es estar rodeada de su energía positiva. Es contagiosa.

Después de un minuto, Pilot «tira su tenedor». Pongo los ojos en blanco mientras él husmea bajo el mantel rojo para buscar en el piso. Se incorpora con las manos vacías.

La mesera vuelve para tomar nuestra orden y traer regalos: el vino y mi café. Pido ravioles otra vez antes de darle un trago a la bebida caliente. Tengo que agregar tres paquetes de azúcar, pero una vez que recibo un poco de cafeína, comienzo a sentirme más viva.

Babe nos cuenta una historia que yo jamás había escuchado acerca de un amigo suyo que hizo prácticas en Disney World. Dicho amigo trabajaba en la Casa Encantada.

Al parecer, muchas personas hacen el paseo para tirar las cenizas de sus seres queridos por el balcón que sobresale en el salón de baile de los fantasmas. Cuando eso pasa, tienen que apagarlo todo, limpiar y volver a cubrir los fantasmas con polvo que no provenga de restos humanos.

—¡Qué locura! Jamás se me hubiera ocurrido —exclamo.

Babe se ríe y sorbe un poco de té.

—Pasa todo el tiempo.

—Quieren embrujar la montaña rusa para siempre —bromea Sahra.

—De hecho, chicas, eso está en mi testamento, así que... —insinúa Pilot. Yo me burlo, Babe tiene un ataque de risa.

Cuando llega el momento, un enjambre de meseros rodea nuestra mesa. Como un grupo de bailarines, todos al mismo tiempo colocan con cuidado platos calientes de comida frente a nosotros.

Los ravioles son deliciosos. Clavo el segundo con el tenedor, me inclino sobre el plato y me acomodo para morderlo. Al hacerlo, mis dientes chocan con algo duro. El dolor se propaga por mi mandíbula y rápidamente me cubro la boca con la otra mano. «¿Qué diablos?».

—¿Shane? —Pilot me mira preocupado.

—¿Shane? —le hace eco Babe. Sahra me observa con atención.

Siento una arcada. Escupo sobre mi mano un bocado de ravioles y un objeto metálico del tamaño de una moneda de cincuenta centavos. «¡Qué asco!». Es una especie de camafeo con una inscripción en él.

Una punzada de miedo me atraviesa. Paso el dedo sobre el objeto.

—¿Estás bien? —escucho a Sahra preguntarme.

Levanto la cabeza. Babe examina su lasaña pasando el tenedor por encima. Sahra espera una respuesta. Pilot mira fijamente mi mano cerrada.

—¿Shane? —repite Pilot con más énfasis.

Salto de mi asiento y corro. Un segundo después, estoy afuera, mis botas golpean el piso empedrado cuando saltan por las ruinas.

«¿Qué diablos estoy haciendo?».

Corro hasta que estoy tan lejos como para sentirme segura en soledad, entonces me desvío hacia una de las enormes construcciones que están a un costado del camino. Un montón de escalones conduce a un pasaje abovedado en ruinas. Subo hasta el último escalón y me dejo caer en el piso. Respiro con fuerza.

Despacio, abro mis dedos temblorosos.

En mi palma descansa un camafeo plateado y redondo. Lo sujeté tan fuerte que dejó una marca en mi piel. La base es plana, pero la parte superior es esférica. La inscripción está en el lado plano; se enrolla sobre sí misma, formando una espiral. Quito los restos de salsa y queso con las manos y lo froto contra mi playera negra. Lo sostengo para examinarlo, poco a poco le doy vuelta a la pieza para leer la inscripción.

Ábrelo y presiona el interior
al comienzo regresarás
lo conquistado se perderá
por cada atajo un precio pagarás.

Le doy la vuelta. El frente es de plata pura. Parece que pertenece a un collar.

—¡Shane! —Pilot sube las escaleras corriendo en mi dirección. Me tenso cuando está a unos pasos de mí. Ya tiene puesta la chamarra sobre la camisa a cuadros verde.

—¿Qué pasó? —pregunta, tratando de recuperar el aliento—. ¿Es el botón?

Asiento. Él relaja el cuerpo con alivio y sube tambaleante los últimos escalones para sentarse junto a mí. Las piedras crujen bajo sus tenis al tiempo que él se inclina hacia delante y recarga los codos sobre sus rodillas.

—Okey —dice después de un instante—. Hagámoslo entonces. Oprímelo.

Bajo la mirada, mi mano se cierra sobre el medallón.

—Yo... —Mi voz se apaga, me siento infantil.

—¿Tú qué? —pregunta de manera abrupta.

El temor, la ansiedad y el miedo invaden mi pecho, hacen que sea difícil respirar. No quiero. No sé si quiero volver.

—No sé —susurro.

—¿Cómo que no sabes?

—Es que.... no sé —respondo torpemente.

—¿No quieres oprimirlo? —La frustración se cuela por su voz—. Shane, ¿por qué querrías quedarte aquí? ¿Quieres rehacer un año y medio en la universidad y luego cuatro años en la escuela de Medicina?

No, no quiero. Pero no quiero volver. No todavía.

—¿Por qué estás tan desesperado por volver? —Las palabras se me escapan de mala gana.

—¿Estás bromeando? —pregunta, incrédulo—. Ya hablamos de esto.

Volteo para enfrentarlo.

—¿Lo hicimos? Recuerdo que en la calle te alejaste de mí porque, te cito, «irrumpí en tu vida»; pero nunca discutimos por qué estamos aquí. ¿De verdad crees que viajaríamos juntos en el tiempo justo al mismo momento si no fuera algo que los dos deseábamos o necesitábamos?

Me mira, lo miro. Nuestra frustración es palpable. Me pongo de pie. Él se une a mí un instante después.

—En cierto sentido, tú también querías volver. Toda tu teoría sobre que yo nos traje aquí es mentira. Nosotros nos trajimos aquí. No estoy lista para irme. —Me doy media vuelta con ira. Dejo que mis dos brazos caigan a los costados—. ¿Estás viviendo la mejor vida? ¿Por qué te mueres por regresar? ¿Por tu trabajo? ¿Por Amy?

Él entrecierra los ojos por un segundo.

—¿Por qué te mueres por quedarte? ¿Tienes miedo de romper con tu novio? —dice sin pensar.

—¡¿Y tú?! —grito.

—¿Qué? —Voltea, confundido.

—Aclárame esto: durante nuestro primer día aquí, fuimos a caminar juntos, ¿recuerdas?

Pilot aprieta los labios, incómodo.

—Shane, solo dame el botón, por favor.

—¿Lo recuerdas? —Otro intercambio de miradas asesinas—. Casi nos besamos esa primera noche y tú no dijiste nada sobre tu novia. Hablamos de nosotros durante más de una hora y tú no dijiste nada y después, cuando nos quedamos despiertos mientras los demás jugaban en el departamento, tú no dijiste nada.

»Estuvimos juntos todo el día siguiente, no dijiste nada. Salimos de nuevo el día después y tú no dijiste nada. Solo hasta esa noche, Atticus, no tú, mencionó el hecho de que tenías novia. Y cuando nos sorprendimos, tú dijiste que solo llevaban tres meses saliendo, que «verías qué pasaba». ¿Quién dice algo así cuando está enamorado? —grito las últimas palabras.

Su expresión se torna seria.

—Estás haciendo un escándalo, Shane.

—¿Qué pasó con eso de «ver qué pasaba»? ¿Algo cambió? ¿Seis años después siguen enamorados?

Tuerce los labios.

—Tenemos un botón que borrará esto y nos llevará al momento en el que empezamos. Literalmente, un salvavidas contra el fracaso. ¿Por qué lo usaríamos ahora? Tenemos una segunda oportunidad para hacer nuestra vida ¿y la desperdiciaremos en cinco días? ¿A qué le temes tanto? ¡Arriésgate, Pilot! ¡Haz un cambio! Libera...

—Estás gritando una canción de Kelly Clarkson —me interrumpe.

Me detengo y paso saliva.

—No fue mi intención convertir esto en una canción de Kelly Clarkson. ¿Cómo conoces esa canción?

—Todo mundo conoce esa canción.

—Bueno, pues tiene buenos argumentos... —Me detengo cuando Pilot da un paso hacia delante. Retrocedo—. ¡Oye!

Él levanta sus brazos en señal de rendición.

—¿Puedo al menos ver el botón, por favor?

—No —respondo en automático.

—Por favor, solo déjame verlo con mis propios ojos. —Sus brazos se elevan a los lados—. Shane —dice suavemente—, te prometo que no lo voy a apretar.

Respiro despacio, intento recuperar la calma.

—Te dejaré verlo si yo lo sostengo —sentencio. Y levanto la mano para mostrárselo.

—Shane, no puedo verlo si tú lo sostienes. Está muy le... —Bruscamente, empujo la mano hacia él, al mismo tiempo que él da un paso al frente. Mi palma se estrella contra su rostro.

—¡Lo siento! —exclamo, alarmada.

—¡Dios! —Se lleva una mano a la frente y da un paso atrás.

—Lo siento —repito con timidez.

Una pequeña sonrisa se forma en sus labios.

—¿Puedo al menos...? —Da un paso adelante y, cuidadosamente, toma mi muñeca. La sostiene con firmeza. Mi piel se estremece con el contacto. Me imagino diamantina saltando por todo mi brazo. No estoy segura de por qué este sentimiento me recuerda la diamantina. Es como si mi piel brillara.

Su cabeza se ladea de izquierda a derecha mientras lee el poema. Al final, levanta la mirada con los ojos bien abiertos.

—¿Lo conquistado se perderá? Así que ¿no recordaremos nada de esto?

Asiento con la cabeza.

—Así parece.

Me sostiene la mirada por un momento.

—Está bien. —Me suelta y mete las manos en sus bolsillos. Bajo el brazo con el medallón.

—¿Qué está bien? —pregunto en voz baja.

—Está bien, esperemos para el reinicio —dice con simpleza.

—¿Quieres que esperemos para reiniciar?

—Eso dije.

—No, dijiste: «Esperemos para el reinicio». ¿Tú quieres esperar?

—Hagámoslo —dice en voz baja.

—Bien... Yo lo guardo, ¿okey? —agrego con calma. Él asiente.

—De acuerdo. Deberíamos establecer una regla.

Arqueo una ceja.

—¿Qué clase de regla?

—No podemos apretarlo sin que el otro sepa, debemos discutirlo primero.

—Suena bien.

—¿Volvemos con Babe y Sahra para pasear por Roma? —sugiere.

Agacho la mirada, pensativa.

—Creo que eso sería lo apropiado. Nos fuimos sin pagar nuestra cuenta.

—Oh, mierda. —Se ríe.

Con cuidado, guardo el medallón en mi bolsa, adentro del pequeño cierre que está en el compartimento principal, para que esté más seguro.

9
SERÍA MEJOR ACEPTARLO

—¿Qué había en tu comida? —me pregunta Babe, preocupada, destapando su labial frente al espejo.

—Era como una moneda o algo así. La tiré.

—Oh, Dios, es una locura. ¿Estás bien?

—Estoy bien —insisto con una sonrisa.

—¿Y todo está bien entre Pilot y tú?

—Sí, hablamos. Todo estará bien.

—¿Qué significa eso? ¿Terminará con Amy? —Saca una toalla de papel del dispensador y la usa para limpiarse el exceso de labial.

Paso saliva.

—No lo sé, pero prometo que te contaré cuando lo sepa.

Junta los labios para terminar de aplicarse el labial, nos miramos a través del espejo y asiente.

—Está bien.

De regreso a la mesa, me cuenta cómo Sahra le gritó al mesero y logró que no nos cobraran la cuenta porque casi me ahogo con algo que estaba en mi comida y tuve que salir a vomitar.

El humor del grupo mejora exponencialmente ahora que Pilot no está distraído por completo y yo no camino tan triste como si Santa Claus me hubiera traído un pedazo de carbón. Pilot asume su papel de Hombre del Mapa y nos guía por Roma. Dejo que mi cabello caiga sobre mis hombros. Saco mi pequeña y supervieja cámara digital y comienzo a tomar fotografías. Cuchicheo y converso con Babe y Sahra. Me siento mil veces más ligera.

Cuando entramos al panteón, Pilot se detiene en el umbral y abre los brazos en forma de «T».

—¡Esperen, chicas! —Todas nos detenemos en seco—. ¿Recuerdan cómo Robert Langdon vino aquí en *El código Da Vinci?* —Su entusiasmo es exagerado.

Sahra lo toma en serio.

—Nunca lo leí.

—No —concuerda Babe mientras va detrás de Sahra para ver uno de los nichos que está en la pared.

Aprieto los labios en una línea, intento no parecer divertida.

—Ja-ja. —murmuro. Él me lanza una mirada traviesa que hace que mi corazón dé vueltas antes de acercarse a otro de los nichos.

El domingo volvemos al Vaticano. Soy la primera en apresurarse hasta el balcón cuando llegamos al final de la interminable escalera. Cuando encuentro un espacio libre, me sujeto del barandal y me paro en las puntas de los pies lo más alto que puedo.

Pilot se detiene a mi derecha.

—Esto fue lo más espectacular a lo que nos subimos.

—Concuerdo. Definitivamente fue mi lugar favorito. —Sonrío sobre el océano de tejados.

Unos segundos después, un mechón de mi cabello me cubre el rostro. Volteo, Pilot lo acomoda detrás de mi oreja. Su cara está tan cerca. Me arde el pecho y doy un paso atrás, buscando su mirada.

—Pilot, ¿qué haces?

—No lo sé. —Traga un poco de saliva—. No podía ver tu cara. Lo siento, no era mi intención —balbucea.

Nos miramos a los ojos.

—Oye, Pays. —Hay una inusual timidez en su expresión—. No quiero que esto pase de nuevo hasta que termines con la Amy del pasado. Si intentaremos esto, quiero que lo hagamos de verdad. —«¿Acabo de decir eso?».

Pilot asiente, se ve muy serio ahora.

—Lo siento —murmura. Pasa una mano por su rostro y se aleja.

El resto del viaje está ensimismado.

10
¿CÓMO CONTINUAMOS DESPUÉS DE ESTO?

Llevamos veinte minutos en casa. Estoy sentada frente a Sawyer en la cocina vacía del departamento 3. Edito las pocas fotografías que tomé y me preparo para escribir una publicación sobre Roma para mi blog.

Abro Gmail y encuentro cuatro mensajes de mamá y papá, cada uno con más pánico que el anterior. No me he comunicado con ellos desde que llegué aquí. «Qué extraño». De inmediato les envío una respuesta, entro a Skype, pago los diez dólares para comprar minutos de llamadas y marco a mi casa en Nueva York. Mamá levanta el teléfono. Mi mamá de hace seis años.

Toda la experiencia es irreal. Ella habla sobre mis primos menores, quienes aún están en la secundaria. Me cuenta lo preocupada que ha estado porque aún no publico nada en Facebook ni he respondido ningún correo en días. Le cuento sobre Roma. Se sorprende y le emociona escuchar detalles. Hablar con ella es normal y fácil. Cuando colgamos, una hora después, tengo los ojos húmedos. Estos últimos años nuestra relación ha sido muy débil. Perdí el deseo de compartir con ella cualquier cosa que no fuera un detalle superficial de mi vida. La amo, pero tuve la necesidad de alejarme durante la escuela de Medicina y nunca más me acerqué.

Trabajo en la publicación sobre Roma hasta que Pilot entra a la cocina. Veo la hora, son las once y media de la noche. Él me observa, expectante. Me quito los viejos audífonos del iPod y los dejo sobre la mesa.

—Hola.

—Hola, ¿podemos hablar? ¿Tienes hambre? ¿*Shawarma*? —pregunta en una veloz sucesión. Su rostro se ilumina con la última palabra. Está inquieto. Cierro la computadora con una mirada divertida—. ¿Escribes?

Me levanto de la silla con extrema cautela.

—Sí, supuse que debía intentar escribir algo para mi blog. He estado inactiva.

Él chasquea la lengua con desaprobación.

—No puedes dejar esperando a los lectores, Sandía Francesa.

Tomo mi bolsa y chamarra, sonriendo por la mención de mi blog.

—Entonces, ¿*shawarma*?

—Relájate, Shane. Vamos por tu preciado *shawarma*.

Suelto una risa y lo sigo.

Casi todo está cerrado en Kensington a esta hora, así que se siente como si tuviéramos toda la banqueta para nosotros mientras pasamos frente a la hilera de elegantes edificios blancos. Espero impaciente a que Pilot comience la conversación que quería tener. Después de cuatro minutos de silencio, le doy un suave golpe con el codo.

—¿De qué querías hablar? —pregunto.

Se pasa la mano por el cabello, después se lleva las manos a los bolsillos. Toma un respiro como si fuera a hablar, pero no dice nada. En vez de eso, otra vez se pasa la mano por el cabello.

—Cuánto suspenso —me burlo.

Él se ríe, nervioso. Continuamos nuestro camino en silencio. Londres y yo esperamos, conteniendo el aliento por ciento ocho segundos más.

De pronto, exclama:

—Lo haré.

Lo veo de reojo.

—¿Hacer qué? —pregunto vacilante.

—*TerminaréconAmy*.

—Terminarás... —Él juntó todas las palabras, pero entendí la idea.

«Puede que no lo haga. No te emociones».

Seamos realistas; no hay forma de detener la esperanza. Me recorre el cuerpo como una ola de adrenalina, baila y da brincos por la calle. Logro mantener una expresión neutral.

—Terminaré mi relación con Amy —repite, ahora con más claridad.

Inhalo.

—¿Lo harás?

—Sí.

Llegamos a un cruce. El semáforo está en verde, cruzamos a la izquierda y seguimos caminando.

—¿Estás seguro? —pregunto en voz baja.

Él asiente.

—Tu discurso de Kelly Clarkson tenía algo verdadero. —Me muerdo los labios. Él suelta una gran bocanada de aire—. Las cosas con Amy fueron diferentes después de que volví de Londres. Le preocupó mi relación contigo todo el tiempo que estuve fuera del país. Y pues yo me sentía muy culpable porque sí tenía razones.

»Cuando volví a Nueva York, intenté arreglarlo. Me prometí que jamás permitiría que algo así pasara. Pero, en cierta forma, el daño ya estaba hecho. Ella investigaba a cada mujer con la que yo interactuaba.

»Después de un tiempo, dejó de hablar de sus inseguridades, pero, incluso ahora, aún la descubro haciéndolo. Bueno, no ahora, sino en 2017. No puedo culparla. Yo entré en un ciclo de culpa porque ella tendría siempre derecho a sentir paranoia... por lo que yo sentí por ti.

»Siempre pienso en esa imagen de la historia de *La princesa y el guisante*. En cómo la semilla de desconfianza que se plantó hace tanto tiempo sigue enterrada bajo los años que hemos pasado juntos, bajo todos los recuerdos. No dejamos de sentirla. —Hace una pausa mientras cruzamos la siguiente cuadra. Pilot se encoge de hombros, aunque imprime cierta tensión en su voz—. Creo que, quizá, lo mejor que podemos hacer Amy y yo es liberarnos el uno del otro.

Parpadeo con la mirada hacia el piso, la tristeza inunda mi pecho.

—Lo siento, Pilot. No sé qué decir.

Él suspira.

—No lo sientas. Durante mucho tiempo hice todo lo posible para hacer lo correcto y resulta que tal vez lo correcto era hacer lo incorrecto... Es difícil aceptarlo. Y ha cruzado por mi mente tantas veces. El enfrentamiento es jodidamente difícil.

Me quedo callada. El Beirut Express aparece unos metros adelante sobre la banqueta.

—Lo haré mañana —agrega con cautela.

Trago saliva. Trato de comprender sus palabras al tiempo que nos aproximamos al restaurante.

Unos minutos después, cuando estamos en la puerta de entrada, abro la boca para hablar de nuevo.

—Le enviaré a Melvin una carta de rompimiento preventiva, solo para cubrir mi parte, aunque técnicamente todavía no nos conocemos.

Pilot estalla en carcajadas.

Le doy un empujoncito.

—¿Olvidamos nuestros problemas con un *shawarma*?

Tengo una sobredosis de esperanza y *shawarma* mientras caminamos, sin prisa, de vuelta al Karlston.

—Y, Pays, mientras estemos aquí, ¿cuál será el plan para impulsar tu carrera musical? ¿Podemos hacer tu canal de YouTube? Insistiré con ese cover de «Wrecking Ball».

Sonríe y agita la cabeza, la respuesta automática de un tipo humilde y despreocupado.

—Solo quiero cantar «Wrecking Ball» y gritar que nosotros la escribimos primero. ¡Aunque sea solo una vez!

Se ríe ahora.

—Eres ridícula.

—¡Es una gran idea! Tengo una cámara, ¿por qué no?

—¿Tienes una cámara de video?

—Tonto, mi Casio tiene modo video. Incluso varias veces pensé en empezar un canal de YouTube sobre escritura, entre 2010 y 2011.

—¿Sandía Francesa Diecinueve: el canal de YouTube?

—Por supuesto.

—¿Por qué no mejor Sandía Escritora?

—Eso no tiene sentido —respondo, indignadísima.

—¿Qué quieres decir con que no tiene sentido? —protesta.

—Internet me conoce como Sandía Francesa. No quiero comprometer el buen nombre de Sandía Francesa Diecinueve.

Me sonríe, sus ojos brillan.

—Es ridículo.

—Tú dices ridículo. Yo digo que es sabiduría digital.

Cruzamos otra calle.

—¿Qué país conoceremos la próxima vez?

—Estoy segura de que Babe hablará conmigo mañana para convencerme de ir a París contigo y con el fastidioso de Chad.

—Ay, Dios. ¿Cómo pude olvidar a Chad? ¿Estás a favor de París otra vez?

—¿Que si quiero ir a París otra vez? —digo en un tono burlón— ¿El agua moja?

Él resopla.

11
ESTAR JUNTOS

No puedo desayunar. Estoy muy preocupada pensando en Pilot y Amy; mi estómago es un nudo. «¿Lo hará?». En el piso, hago un poco de yoga antes de irme a clase. Babe pregunta si puede unirse. Acepto la distracción y en voz baja le doy instrucciones. Ella lanza risitas mientras batallamos por lograr las posiciones en jeans. Sahra suspira cuando despierta y nos encuentra en la posición de «perro bocabajo». Cuando me llevo la mochila al hombro para salir, Babe me pregunta si quiero comer con ella. Me detengo en la oficina de correos en el camino a clase y envío mi carta para Melvin, quien seguramente no tendrá ni idea de qué pasa.

A mediodía, me encuentro con Babe afuera del Byron. Nos sentamos en un gabinete y ella empieza a planear el viaje de París para el cumpleaños de Chad. Hago mi mayor esfuerzo por convencerla de que no invite a Chad, pero la Babe del pasado no se dejará persuadir por la Shane a la que acaba de conocer y no sabe nada de Chad. Me sorprendo analizando su rostro, remarcando las diferencias entre ella y la Babe con la que hablo cada semana en 2017. El cabello de la futura Babe es diferente: tiene rizos voluminosos en lugar de las marcadas puntas hacia afuera que tiene ahora. La Babe del futuro cambió a un tono de labios de un rojo un poco más oscuro.

Termina la conversación con la propuesta de la cita doble y el mesero llega con nuestras órdenes. No es mi guía espiritual. He abierto bien los ojos desde que llegamos, pero no hay señal de ella.

—Entonces, ¿qué está pasando entre Pilot y tú? ¿Qué opinas? ¿Irán conmigo? —Lanza una pregunta tras otra sin darme tiempo para responder.

Dejo escapar un gran respiro.

—Está bien, pero que quede entre tú y yo, ¿sí?

—Claro.

—Se supone que Pilot terminará con Amy hoy —le digo en voz baja.

—¡¿Qué?! —Sus manos vuelan.

—Lo sé, lo sé.

—¿Y ustedes serán... algo?

—No quiero adelantar nada —admito, dudosa.

—¡Así que sí vendrán el fin de semana! —suelta de pronto, con ojos brillantes.

Asiento. Una sonrisa atraviesa mi rostro.

—¡Me emociona tanto volver a París!

—¿Ya has ido a París?

—No, es decir, no volver, sino volver a salir... contigo, con el grupo y Pilot.

Más tarde, Babe y yo estamos sentadas en la cocina. Trabajo en otra nueva publicación. Me sorprende encontrar un comentario de Leo en el texto de Roma en mi blog. Usa su tonto alias.

LeoBeisbolPrimaveri: ¿Por qué no publicas nada en Facebook?

Ni siquiera sé qué hace el futuro Leo. Consiguió un trabajo en una gasolinera por un tiempo después de dejar la escuela y luego se mudó de Nueva York. Mamá de 2017 nunca habla de él en nuestras escasas conversaciones y Leo del futuro no usa Facebook.

No he publicado las fotografías de Roma, pero en esta entrada incluyo algunas. No las subí a Facebook porque no pienso arruinar mi vida con los comentarios de la familia. Si quieren ver lo que hago, pueden leerlo en el blog.

Junto a mí, Babe rompe un pedazo de papel, esperando con paciencia a que Pilot regrese para hacerle la pregunta sobre París. Salta para llamar su atención cuando entra por la puerta con una cena congelada.

—¡Hola, Pilot!

—Hola, Babe. —Voltea hacia mí con una sonrisa—. Shane.

—Feliz lunes. —Sonrío.

—Babe, estaba pensando que deberíamos viajar este fin de semana —dice Pilot en un tono casual.

Babe me lanza una sonrisa suspicaz y yo levanto las cejas: «Yo no dije nada».

—Sí, yo estaba pensando lo mismo —responde ella lentamente.

—¿A dónde quieres ir? —pregunta Pilot.

—¿A dónde quieres ir tú? —repite Babe con sospecha.

—¿Qué te parece si lo decimos a la cuenta de tres? —sugiere Pilot, alegre.

—¿Por qué? —cuestiona, pero yo comienzo a contar.

—¡Uno, dos, tres!

—¡París! —exclaman al mismo tiempo. Pilot se ríe y yo suelto una risita detrás de la computadora.

A Babe le causa gracia. Cree que yo le dije.

—Okey, ustedes dos hablaron. ¿Quiere decir que estás de acuerdo?

—¿Por qué no? —acepta Pilot y mete su comida al microondas. Miro a Babe y ella mueve sus cejas. Pongo los ojos en blanco y reprimo una sonrisa.

Babe y yo nos preparamos pasta mientras Pilot come su cena congelada.

Cuando acaba, saca su computadora, se pone los audífonos y se va a una esquina a trabajar. Yo me acomodo en la mesa para comer y ver algo en Sawyer.

—Oye —comienza Babe. Levanto la mirada hacia donde ella baña su pasta con salsa boloñesa—. ¿Juegas cartas? Compré unas hace un rato.

Una sonrisa atraviesa mi rostro.

Compramos nuestros boletos de tren a París. Tenemos el mismo itinerario que la vez pasada y nos quedaremos en el mismo sucio hostal. Dejo que Babe planee todo de manera exacta al viaje anterior porque he soñado en rehacerlo por años. No me gustaría que nada cambiara.

Los tres pasamos la noche jugando Rummy 500. Sahra entra y sale de la habitación hasta que por fin acepta unirse al juego. Atticus aparece a las ocho y sugiere un juego de BS. Conversamos y reímos hasta que las mejillas me duelen.

Atticus es el primero en abandonar la cocina porque tiene que despertarse temprano. Babe, Sahra, Pilot y yo jugamos la última ronda de BS. Es hasta entonces que recuerdo: se suponía que Pilot terminaría con Amy.

Siento una punzada en el estómago. «¿Cómo pude olvidarlo?». A partir de ese momento, me cuesta trabajo concentrarme en el juego. Cuando Babe gana, ella y Sahra vuelven a la habitación. Pilot no da señales de irse, así que me quedo, fingiendo que hago algo en mi computadora.

—¿Te irás a dormir? —pregunta. Paso saliva, de pronto me siento nerviosa.

—Eh, sí. Supongo. —Cierro a Sawyer, lo recojo y salto de la silla. Un milisegundo después, siento cómo se cae. Me doy la vuelta y con un suspiro, incómoda, alcanzo la silla con mi mano libre. Con cuidado, me agacho para levantarla del piso.

Pilot se pone de pie, me ve del otro lado de la mesa con un gesto de diversión.

—He notado que estás haciendo un superesfuerzo por hacer las paces con las sillas malvadas.

Agito la cabeza.

—Soy tan amable con ellas y ellas simplemente no dejan de ser groseras. —Junto los pies y me incorporo. Pilot está junto a mí; levanta la silla y la desliza a su lugar bajo la mesa.

—Algunas sillas nunca cambian.

Me río y rodeo despacio la mesa para llegar a la puerta. Él me sigue. Caminamos por el pasillo, cada uno desviándose a su respectiva puerta. Busco mi llave dentro del bolsa.

—Oye —murmura Pilot detrás de mí. Volteo. Está recargado sobre su puerta, así que dejo de buscar la llave y me recargo en la mía.

Hay una larga pausa en la que lo observo, expectante. «Oh, Dios mío, cambió de opinión. Quiere irse. No terminó con ella. ¿Está esperando que yo diga algo?».

—¿Qué pasa?

—Terminé con Amy.

Mi corazón salta un metro fuera de mi pecho. «Mierda. Regresa».

—Tú... —comienzo.

—Sí —me interrumpe.

Paso saliva, hago una pausa y veo hacia el techo. «¡Lo hizo! ¿Qué le digo?». Mi cabeza sube y baja, no estoy asintiendo o negando, solo la muevo de forma extraña. Al final, me decido por:

—Okey.

Él frunce el ceño como uno de *Los Soprano*, su labio inferior sobresale y asiente.

—Okey.

Le devuelvo el gesto, aún desconcertada.

—Entonces, buenas noches. Mmm... Nos vemos mañana.

Una sonrisa aparece en su rostro.

—Buenas noches.

Él no se mueve para abrir su puerta, yo tampoco. Espero unos segundos.

—¿Entrarás? —pregunto, divertida.

—¿Y tú?

—Sí, entraré. —Sonrío.

—Bueno, yo también.

—Sí, igual.

La puerta que soporta mi peso desaparece detrás de mí, caigo por un abismo. Un «¿qué diablos?» sale de mi boca mientras giro por el aire antes de golpear el piso.

—¡Santo Pepe Grillo! —escucho que dice la voz de Babe cerca de mí. Logro caer sobre mi antebrazo derecho, pero eso dejará una marca. Pilot está frente a mí, me da la mano para ayudarme a levantarme. Babe se disculpa, apenada.

—¡Oh, Dios mío! No dejaba de escuchar a alguien afuera de la puerta y pensé que quizá no tenías tu llave. Lo siento.

—No te preocupes, Babe.

—¿Estás bien? —pregunta Pilot mientras me incorporo.

—Estoy bien —insisto con una risa de vergüenza. Después no puedo dejar de reír. Babe y Pilot se unen a mí.

—Buenas noches, Pays —repito una última vez. Él asiente, yo también. Se retira a su puerta de nuevo.

—Buenas noches —agrega Babe. Él por fin se da media vuelta e introduce la llave en la cerradura, así que Babe cierra la nuestra. Sahra está en su computadora, con los audífonos puestos.

—¿Qué fue todo eso? —pregunta Babe, emocionada.

Suspiro y me dirijo al baño para ducharme.

—Nada, solo nos dábamos las buenas noches.

—¿Terminó con ella?

Volteo a verla, abro los ojos lo más que puedo, aprieto los labios y asiento con la cabeza.

—¡Oh, Dios mío! —Se tira sobre la cama, riendo.

—¿Qué? ¿Qué pasó? —Sahra se quita los audífonos.

—¡Pilot terminó con su novia! —suelta Babe con un emocionado chillido.

—¿Qué? ¿Por qué?

—¡Por Shane! —Babe se ríe.

—¡No! —la corrijo de inmediato.

—¿Qué? —Shara no sale de su asombro.

Me encierro en el baño y entro a la regadera para evitar un interrogatorio.

12
LA EMOCIÓN DEL PRINCIPIO

Estoy en la mesa de la cocina el miércoles por la mañana, con un bagel en la boca cuando Pilot entra. Mi corazón se acelera. Nos vamos a París mañana.

—Buenos días —me saluda casual, antes de encender la tetera eléctrica.

—Buenos días. —Sonrío antes de volver a Twitter.

Él se prepara una taza de té y se sienta frente a mí, sonriendo.

Alejo la computadora y levanto mis cejas de forma inquisitiva.

—Pues... —él comienza— no quisiera adelantarme mucho, pero ¿te gustaría ir conmigo a París este fin de semana?

—¿Es una cita? —bromeo, fingiendo un tono de sorpresa.

—¿Sí?

—Claro.

—Muy bien. —Me dedica una gran sonrisa—. ¿A qué hora sales de clase mañana?

—Cuatro y media.

—Cuatro y media —repite. Después de eso, se pone de pie, deja su té en el fregadero y se va.

Es jueves. Estoy en clase. Discutimos la construcción de universos, diseccionamos Harry Potter y es increíble. Llevo mi mochila y la maleta con ruedas porque debemos irnos directo de la escuela para llegar a las seis al Eurostar. Cuando acaba la clase, soy la última en salir, cargando todo mi equipaje. Mientras arrastro la mochila por el umbral del edificio, alcanzo a ver a Pilot parado sobre la banqueta. Lleva su mochila al hombro y, en la mano, una bolsa de plástico.

—¿Qué haces aquí? —pregunto animada, al tiempo que camino hasta él.

—Compré comida para el camino. —Levanta la bolsa.

Suspiro de forma teatral al ver el contenido.

—¡*Shawarma!* ¿Cómo supiste que me gustan?

—No lo sé. Jamás te he escuchado decirlo.

Nos sentamos hombro con hombro en el metro. Nos sentimos bien, aunque la multitud de la hora pico nos aplasta. «Estamos en una cita». Nuestra primera cita. Lo que es raro, porque ya nos conocemos. Las primeras citas por lo general son tan... nuevas.

Pero ¿qué tanto sé de la vida de Pilot fuera de Londres? Volteo hacia dónde él está, a mi derecha. Nuestras miradas se encuentran.

—Pays, nunca hablamos sobre nuestras vidas fuera de Londres. ¿No es extraño? Siento que te conozco y que me conoces, pero ¿es así en realidad? —Junto las cejas.

—Esa es una pregunta capciosa. —Ladea la cabeza. Lo observo con libertad, admiro lo atractivo que se ve en este momento porque lo tengo permitido, porque ¡estamos en una cita! Escuchamos la voz de la mujer del metro: «Cuidado al salir». Sus pupilas me enfocan—. Nos conocemos. Supongo que no mencioné cosas de mi vida personal porque nunca se presentó la oportunidad. Había otras cosas de que hablar porque todo era tan nuevo.

—Sí, yo tampoco di mucha información sobre mi vida en Estados Unidos. Quizá porque era una especie de escape: estar aquí y no tener que lidiar con nada más que con la novedad de estar aquí.

Él frunce el ceño ligeramente y asiente con la cabeza.

—Pero solo porque no hablamos de nuestra vida en Estados Unidos no quiere decir que no nos conociéramos. —Sonríe un poco—. Yo sabía que si te levantabas en la cocina, una silla caería.

Suelto una risa. Él continúa con seguridad.

—Sabía que si escuchabas una canción que conocías o si alguien la cantaba por casualidad, tú cantarías también. Sabía que si te tropezabas en la calle, harías un baile loco para mantenerte de pie. Sabía que era probable encontrarte escribiendo en la cocina siempre. Sabía que tus ojos son de un azul pálido. Sabía que podría burlarme de las cosas extrañas que haces porque te reirías conmigo. Sabía suficiente como para conocerte.

Lo observo fijamente y, por un segundo, me quedo sin palabras. Él agacha la mirada, sonríe y juega con una cinta de su mochila.

—Y ¿sabes? Nunca te vengaste de mí en ese entonces, cuando yo te molestaba.

Tuerzo un poco los labios.

—No eres tan raro como yo. Es difícil burlarse de ti. En ese entonces ni siquiera sabía reírme de mí misma. No era lo suficientemente cínica, supongo.

—¿Y ahora lo eres?

—Si hablo de mí, puedo serlo —respondo con burla—. Al llegar aquí estaba muy a la defensiva. Es difícil ser cínica cuando todo a tu alrededor te causa asombro. Cuando hacías bromas o decías algo ridículo, yo no me daba cuenta hasta tres minutos después, porque estaba muy distraída como para comprender el sarcasmo y me sentía como una tonta por no entenderlo o no reaccionar en el momento.

Él sonríe y mueve la cabeza. Yo continúo con seriedad.

—Nos paseamos por países extranjeros en los que nunca había estado. Era mucho que procesar. Ahora que me encuentro aquí por segunda vez, todo es un poco más familiar. —Lo veo a los ojos otra vez—. Ya no me siento como un cachorro recién nacido.

Pilot asiente y sonríe.

—Me he dado cuenta.

—¿De qué? —pregunto con tono retador.

—Eres más valiente que antes.

Comemos nuestros *shawarmas* en la sala de espera del Eurostar. Una vez que nos acomodamos en nuestros asientos del tren a París, volteo a verlo y pregunto algo que ha estado en mi mente desde hace mucho tiempo.

—¿Por qué querías estudiar en el extranjero?

—Para alejarme de todo, viajar y ver el mundo.

«¿De todo?».

—¿De verdad?

—Y descansar de la escuela. Es un semestre más tranquilo y ¿cuándo podrás vivir en el extranjero, si no?

Asiento y agacho la mirada.

—¿Y tú?

Sello los labios.

—Bueno, yo necesitaba alejarme, supongo, pero en ese punto estaba obsesionada con empezar la universidad de nuevo.

Pilot ladea la cabeza.

—¿A qué te refieres?

—Mis compañeros de dormitorio, de primer y segundo año, se adelantaron y rentaron un cuarto doble sin mí durante mi primer año. Eran mis amigos más cercanos en la universidad. Me quedé sola en un departamento sencillo, triste y sin amigos. Iba a casa cada quince días. Encontré el programa de Creación Literaria en el sitio de intercambios y el resto es historia.

Él me analiza, pensativo.

—¿Y estás contenta de haberlo hecho? —Levanta las cejas, sus ojos centellean porque ya conoce la respuesta.

Jugueteo con el borde de mi chamarra.

—Es la mejor decisión accidental que he tomado. ¿Y tú?

Sonríe.

—¿Bromeas? No me habría perdido esto por nada en el mundo.

Levanta su mochila del piso y mete la mano, unos segundos después la saca con... ¡la baraja de los Beatles!

Suspiro y me río.

—Fui por ellas ayer. No se sentía bien no tenerlas.

—¡Fuiste a la tienda de los Beatles sin mí! —Le doy un codazo juguetón.

—Quería que fuera una sorpresa.

—Pues gracias. —Un incendio se desata en mi pecho.

—¿Jugamos?

13
CERCA

Mi mano golpea a Pilot cuando aparece la segunda reina. Muevo la cabeza de lado a lado, acepto la derrota con una risa. Quizá pierda esta ronda de manotazo.

Sonrío todo el tiempo y disimulo mi competitividad. En cuanto a la cercanía física, hay un clima de cautela, mucho más parecido a una primera cita real. Nos besamos el fin de semana, pero es diferente ahora. Él está soltero; la proximidad es esperada, anticipada.

Pilot suelta un bufido cuando le doy la dirección a nuestro taxista.

—¿Sabes de qué me acabo de dar cuenta? Que volveremos a ese hostal.

Me río.

—Sí. Yo no lo olvidé.

—Si no lo olvidaste, ¿por qué no hiciste que Babe escogiera un lugar diferente?

—Porque no estaríamos rehaciendo el viaje. Haríamos un viaje diferente. ¿Cuál sería el chiste entonces? —Sonrío.

Él mueve la cabeza sin dejar de sonreír y yo continúo—: Piensa en todas las cosas que nos perderíamos. No dormiríamos en el mismo dormitorio que ese cuarentón, ni con la máquina de apnea.

—Tienes razón. Tampoco tendríamos la pared de casilleros para guardar cosas.

—Tenían el perfecto tono azul de un casillero de gimnasio. Y no olvides la regadera. ¿Recuerdas la regadera? —pregunto, emocionada. Él deja caer la cabeza hacia atrás.

—Olvidé la regadera.

Me llevo una mano al corazón.

—Tú sabes cómo me encantan los baños de cuarenta y cinco segundos.

El hostal es tan poco impresionante como la primera vez. Babe nos espera con las llaves cuando llegamos. Nos presenta al mismo Chad que recuerdo. Compro un candado, anticipo la necesidad de uno antes de subir. Pilot toma un mapa de la recepción. Una vez arriba, guardamos nuestras cosas en los deslustrados casilleros y salimos a buscar comida.

Cuando Pays y yo volvemos a nuestro dormitorio después de la cena, me dirijo al baño, porque no estoy segura de cuál es el protocolo ahora. Es raro compartir una habitación en una primera cita. Cuando salgo, él está acostado sobre su cama con la cabeza apoyada en la palma de la mano, esperándome.

—Siento que esta cita está acabando de forma bastante decepcionante —dice, pensativo, cuando me subo a mi propia cama. Acomodo mi cabello detrás de mi hombro e imito su postura.

—Bueno, en realidad no es el fin. Aún nos queda todo París.

—Sí, pero la cita es de un día, no de una semana. Lo dicta la etiqueta.

—En ese caso, yo diría que excursión es un término más adecuado.

—Supongo que este es el final de nuestra primera cita, pero el domingo por la noche podemos evaluar nuestra excursión completa.

Me río discretamente.

—Escribiré una reseña completa en Yelp.

Pilot finge una expresión irritada.

—Shane, sabes que solo veo Trip Advisor.

Dejo caer la cabeza con una carcajada.

—Bueno, nuestra cita no ha terminado por completo.

Él se levanta.

—Oh, ¿la continuaremos con nuestros nuevos amigos: el cuarentón que se ahoga mientras duerme y el adolescente cualquiera del rincón?

—Podemos jugar —sugiero.

—¿Los despiertas tú o yo? —bromea Pilot y los señala con la cabeza.

—Es un juego solo para nosotros, no los necesitamos.

Él entrecierra los ojos.

—Estoy intrigado, cuéntame más.

—El juego de lo opuesto. —Le lanzo una sonrisa tonta.

—¿El juego de lo opuesto? —repite divertido, con una voz ridícula.

—Sí, el juego de lo opuesto.

—Odio el juego de lo opuesto —afirma con una voz vehemente y seria.

—Yo también lo odio —susurro.

Él sonríe.

—Amo esta almohada.

—Yo también la amo.

—Solo estás repitiendo todas mis ideas opuestas. Yo gano el juego —sentencia Pilot.

—Sí, yo gano el juego.

Pilot resopla la nariz y se carcajea.

—Así no es el juego de lo opuesto —replica.

—¡Así no es el juego de lo opuesto! —repito, animada.

—Me gustan las coles de Bruselas.

—Me gustan los limones.

—Vengo del futuro.

—¡Ja! —Sonrío—. Pero si tú eres del futuro. Creo que eso significa que yo gano.

Se deja caer sobre la espalda, ahora mirando hacia el techo. Puedo distinguir su sonrisa blanca en la oscuridad. Me acuesto sobre la espalda y también observo el techo. Nos quedamos así por unos minutos.

—Oye —rompe el silencio él—. De verdad odio esta situación en la que estamos.

Giro el cuerpo de modo que quedo bocabajo sobre la cama. Doblo los brazos bajo la almohada, levanto la cabeza.

—No me caes bien —susurro con la sonrisa de una niña de cinco años.

Él se da la vuelta e imita mi posición.

—Tú tampoco me caes bien.

Hundo mi rostro en la almohada. Me río y jalo la sábana sobre mis hombros. Aún sonrío cuando cierro los ojos.

—Buenos días, Pays.

—Buenos días.

Me levanto temprano para usar la regadera antes que Pilot y prepararme. Estoy de vuelta en mi cama, esperando, incluso antes de que él abra los ojos. Muy tarde, me doy cuenta de que nunca descargué Angry Birds. Debí traer un libro.

—Hola. —La voz adormilada de Pilot me saca de mis pensamientos.

—Hola.

Mechones de su cabello en forma de espinas se proyectan en todas direcciones.

—¿Por qué ya estás lista? —se queja.

—Necesitaba ganarte el baño. De ese modo no tienes que esperar y lidiar con Shane zombi.

Él sonríe con pereza.

—¿Shane zombi? Quiero conocer a Shane zombi.

—Tal vez otro día.

Nos encontramos con Babe y Chad, desayunamos croissants en la cafetería del hostal y nos dirigimos al metro más cercano. Babe y Chad caminan unos metros por delante de nosotros. Tengo las manos en los bolsillos, igual que Pilot, que camina junto a mí. Las calles están casi vacías, lo cual es de esperarse, puesto que estamos en medio de la nada. En la siguiente esquina aparece el letrero del metro. Esa imagen desata una inesperada carga de felicidad que burbujea por mi cuerpo.

Estoy en una cita en París. Sonrío para mí, pierdo el miedo a medida que nos acercamos al subterráneo. En un impulso, saco la mano y tomo el brazo de Pilot. Con delicadeza, hago que saque la mano del bolsillo y deslizo la mía hacia abajo para entrelazar nuestros dedos. Lo tomo por sorpresa y después, mientras intenta reprimir una sonrisa, baja la mirada hacia nuestras manos entrelazadas. Los nervios se disparan por mi estómago.

—¿Qué es esto? —pregunta, divertido.

Levanto nuestras manos para inspeccionarlas, entrecerrando los ojos de manera teatral.

—Creo que es una jugada.

Pilot lanza la cabeza hacia atrás en una carcajada.

—¿Te genera ansiedad de separación que tu mano no esté dentro del bolsillo? —lo reto.

Entrecierra los ojos. Estamos a unos diez pasos de las escaleras del metro. Babe y Chad ya están bajando. Pilot da un inesperado paso a la izquierda para quedar frente a mí. Nos conduce hasta un edificio de oficinas. Cuando llegamos, me hace girar de forma que mi espalda se apoya en la pared, levanta nuestras manos sobre mi cabeza. Las presiona contra la pared y acerca su rostro al mío. Mi pulso se dispara.

—¿Qué es esto? —logro balbucear. Él recorre la distancia que nos separa y nos besamos por primera vez como un par de seres humanos solteros. Es ridículo y espontáneo y éxtasis puro. Siento como si me hubiera tomado unas cuantas dosis de expreso cuando se aleja y me ve a los ojos.

—Esto sí es una jugada —susurra engreído.

Lo empujo y me aparto de la pared.

—Presumido.

Sobre su hombro alcanzo a ver a Babe y Chad parados, con los brazos cruzados. Nos observan.

—Oh, Dios mío. —Me ahogo. Mis mejillas enrojecen. Pilot sigue mi mirada y se ríe—. ¡Estaremos ahí en un minuto! —le grito a Babe. Se dan la vuelta y vuelven a bajar las escaleras del metro—. ¡Dame tu mano! —le exijo a

Pilot—. Estás intentando bloquear mi jugada con tu tonta y grandiosa jugada de película. —Enmudezco, tomo su mano y tiro de él en dirección a las escaleras.

—Yo no fui el que comenzó el juego con eso de tomarse las manos.

Agito la cabeza, mareada, mientras descendemos por los túneles amarillos del metro. Encontramos a Chad y Babe esperándonos en los torniquetes. Cuando estamos cerca, Chad mira a Pilot y asiente con la cabeza, mostrando aprobación, antes de decirle:

—¡Vaya, vaya, amigo!

Pongo los ojos en blanco, volteo a ver a Babe. Ella abre los ojos como diciéndome: «Oh, Dios mío, ¿entonces ustedes son algo?».

14
QUE NADIE ME DETENGA

—¿Sabes de qué me di cuenta? No hemos jugado Angry Birds. —La sonrisa de Pilot hace que sus mejillas suban. El campo aparece por la ventana. Estamos en el RER, unas filas detrás de Chad y Babe—. Porque olvidé por completo bajarlo en mi iPod antes de salir.

—Eso fue tan divertido aquel día. ¿Alguna vez superaste el nivel en el que nos quedamos?

—No, llegó el punto en el que estaba irracionalmente molesta con el juego, así que pensé que lo mejor para mi salud mental era dejar de jugarlo.

Lo analizo otra vez porque lo tengo permitido. Su sonrisa no se desvanece como antes. Mis ojos se pasean hasta su cabello. ¿Puedo tocarlo? Inhalo una bocanada de aire para hablar.

—¿Qué? —pregunta con una risa.

—Haré otra jugada.

—¿Otra jugada? ¿El contacto visual que hicimos antes de que comenzaras a ver mi frente?

Aprieto los labios.

—No. Y debo decirte que el contacto visual es una gran

jugada.

Carraspeo un poco y desvío la mirada por un instante.

—Bien. Aquí viene. Prepárate.

Me observa con cuidado mientras levanto la mano. Comienzo a la izquierda de su frente, peino su cabello lentamente, dejo que se deslice entre mis dedos. Él cierra los ojos un segundo, se inclina hacia mí como un cachorro. Retiro mi mano, sintiéndome triunfante.

Abre los ojos. Me sostiene la mirada por un momento y sonríe.

—¿Ahora esto se volvió una competencia? —Una de sus cejas se levanta.

Me encojo de hombros con una mirada retadora.

—Si lo hacemos un juego de verdad, creo que debemos establecer las reglas.

Él se ríe y acerca su rostro al mío.

—Hazlo, Primaveri.

Me retiro a una distancia segura y me tomo un momento para pensarlo. Una competencia. «Una competencia...». Bueno, besarse no debería ser una jugada válida en esta competencia: no es suficientemente creativo. Y, de cualquier forma, no deberíamos besarnos en presencia de Babe y Chad.

—Okey —digo con determinación, girándome para quedar cara a cara con Pilot—. Las reglas del juego son las siguientes: tomaremos turnos para hacer nuestras jugadas, pero un beso ya no cuenta como jugada. Ya se hizo y dejó de ser creativo. El primer concursante en romper la regla y besar al otro antes de la medianoche pierde el juego. Si los dos llegamos a la medianoche, es un empate.

Sus labios se tuercen en una sonrisa engreída.

—Que comience el juego.

—Es como en Donkey Kong. Todavía quedan más caricias de cabello y más manos entrelazadas —digo, y lo señalo con un dedo.

Él se ríe de nuevo. Me siento cálida y como si estuviera soñando. Dejo que mi sonrisa aparezca en todo su esplendor porque es muy difícil mantenerla escondida.

—Tu cabello se siente muy bien —admito.

—Gracias, me lo dejé crecer yo mismo.

—¡Yo también dejé crecer el mío!

Versalles me vuelve a dejar sin aliento. Saco la cámara de inmediato. Caminamos hacia el palacio y subimos las escaleras. Cuando estoy satisfecha con las fotografías que tomamos en la habitación que antecede al Salón de los Espejos, seguimos avanzando. Pilot y yo caminamos sin prisa, dejamos que Chad y Babe encabecen el grupo otra vez. Esta segunda vez ellos de verdad están experimentando una cita doble. Espero que las cosas vayan bien. Babe no se ha apartado de su lado para venir junto a mí, así que no debe ir tan mal.

Pilot se detiene a unos cuantos pasos salón, así que me paro detrás de él. Da un vistazo alrededor, hace todo un espectáculo al examinar el lugar.

—Qué decepción —concluye y agita la cabeza.

—¿Perdón? —replico, mi estómago se encoge.

Él frunce el ceño.

—Aún no instalan el laberinto de espejos.

La risa se apodera de mí. Pilot me lanza una sonrisa encantada antes de seguir la marcha. Un segundo después, lo veo detenerse de nuevo, esta vez en el centro del salón. Los turistas caminan alrededor de nosotros. Babe y Chad posan para una *selfie* delante de un espejo. Dejo que mi mirada caiga en el nebuloso cristal colgado en la pared.

—Me gusta más esta segunda vez —reflexiono—. Mis expectativas son menos excéntricas ahora.

Me sobresalto un poco cuando Pilot me rodea con los brazos desde mi espalda. Su mano izquierda cubre con cuidado mi mano derecha, y la derecha se encarga de mi izquierda. Levanto la mirada sobre mi hombro, una sonrisa se enciende en mis mejillas.

—¿Qué es esto?

—Prepárate. —Sonríe.

No tengo tiempo para responder. Él balancea nuestros cuerpos hacia la derecha y luego a la izquierda; cuando vamos a la derecha otra vez, suelta mi mano derecha y en automático giro hacia afuera, riendo. Él tira de mí y regreso con otro giro, de vuelta a sus brazos, mi espalda contra su corazón. Algunos turistas se detienen para vernos.

Lo veo otra vez sobre mi hombro. Él libera mi mano izquierda y me gira hacia él. Terminamos frente a frente, mi mano sobre su pecho.

Mi corazón salta frenético.

—Maldita sea, esa fue una gran jugada. —Sus ojos verdes capturan los míos, me acerca. Hago el esfuerzo consciente de apartarme antes de que sea demasiado tarde—. Pensé que no bailabas —lo reprendo.

—Pero tú sí —dice con sencillez.

—Yo... —Busco sus ojos, brillantes, llenos de adrenalina y seguridad.

Presiono los labios. Doy un giro para alejarme; siento como si estuviera flotando. No suelto su mano, la aprieto y lo guío hacia afuera del salón. Puedo sentir la mirada de algunos espectadores al salir. Lo estoy disfrutando mucho como para que eso me importe.

Babe y Chad hablan y señalan una pintura en la siguiente sala. Mi cerebro zumba en un intento por pensar en mi siguiente jugada. ¿Cómo contraataco? ¿Qué otras jugadas existen? No soy muy buena para estas cosas.

Una vez que llegamos al exterior, adopto mi papel de fotógrafa. Me adelanto unos pasos frente a Babe, quien también saca su cámara. Ella posa, yo me agacho para adoptar una posición extraña pero absolutamente necesaria para encuadrarla de la mejor forma posible, con el enorme parque detrás de ella.

—Chad —digo sobre mi hombro—. ¿Quieres una? —Chad se apresura a posar. Tomo la foto—. ¿Pays?— Pilot se adelanta. Tomo la fotografía.

—Tu turno. —Él toma la cámara. Me paro en el lugar preciso. Él se agacha con las piernas abiertas, imitando la posición que yo adopté, pero volviéndola todavía más extraña. Hasta inclina la cabeza de una manera ridícula.

—¿Así estoy bien? —me pregunta y yo resoplo.

Babe y Chad comienzan a bajar los escalones hacia el paisaje abismal. Pilot pone la cámara de vuelta en mis manos.

—Gracias. —Sujeto la cámara por el asa, colocándola alrededor de mi muñeca—. ¿Vamos? —pregunto con acento británico, levantando la mano como lo hacen las mujeres de las películas antiguas.

Pilot se detiene y da unos pasos a un costado para verme de frente.

—¿Esta es tu siguiente jugada?

—Yo... no —declaro a la defensiva. Dejo caer el brazo y bajo las escaleras sin Pilot. Diablos, debí aprender a tocar la guitarra, traerla conmigo por si acaso necesitaba una jugada y tocar una de sus canciones. Esa habría sido la mejor de las jugadas.

Pilot me alcanza sin dificultad. Nos desviamos a la izquierda y llegamos a un camino delimitado por delgados árboles sin follaje. Es impresionante. Saco la cámara para tomar una foto. Me concentro en el encuadre cuando siento el rostro de Pilot cerca de mí.

—Prepárate —me advierte de nuevo.

—Espera, pero yo no...

Me congelo cuando su nariz acaricia mi rostro. Sus labios danzan por mi oreja y susurra:

—Vi las seis temporadas de *Lost* el verano después de Londres y me parecieron fantásticas.

La tonta sonrisa aparece. Suelto la cámara y giro para encontrar su rostro. Él no se mueve, así que su cara roza con mi mejilla hasta que nuestras narices están una frente a la otra.

Le sostengo la mirada, desafiante.

—No lo hiciste.

—Sí, lo hice. —Su sonrisa se ensancha. Mi corazón palpita más rápido.

—No.

—No me digas lo que no puedo hacer —responde.

Mi mandíbula se cae un poco.

—No...

—Cuatro —comienza.

Mi cabeza se ladea un poco al tiempo que sonrío incrédula.

—Ocho. Quince. Dieciséis. Veintitrés. Cuarenta y dos.

—¿Me estás hablando de *Lost* a mí? —pregunto con incredulidad.

Mi piel arde. Nuestros rostros están tan cerca.

—Debemos volver —susurra.

—Basta —protesto, aunque sin muchas ganas. Esto me encanta y sin duda está funcionando.

—Si algo sale mal, ¿serás mi constante?

«Esto. Es. Muy. Atractivo. No. Puedo». Mis brazos rodean su cuello y nos besamos en el jardín de Versalles. Pierdo el juego.

Los cuatro comemos juntos en el café enclavado en medio del paisaje. Nos tomamos de la mano, pero solo cuando Babe y Chad no están poniendo atención. Tomamos el RER de vuelta al corazón de París, exploramos Notre Dame, cenamos y tenemos agradables conversaciones.

En el hostal, dejamos a Chad y a Babe en el piso cuatro y subimos hasta el sexto. Con las manos entrelazadas, entramos a nuestro dormitorio.

—Me hospedo aquí —digo casualmente y volteo a verlo.

—¿Estás bromeando? ¡Yo también!

Pongo los ojos en blanco. Intento quitarme la abrumadora sensación de que una mirada de amor se ha apoderado de mi expresión y pongo la llave en la cerradura. Este sentimiento es tan novedoso. Siempre me pongo ansiosa, temblorosa, ¿pero melosa? ¿Siquiera existe esa palabra?

Abro la puerta. El hombre con la apnea del sueño resuella en un rincón. Dejo mi bolsa sobre el piso y me siento en la cama, mis pies descansan en el espacio entre nuestras camas. Pays se sienta frente a mí, en su propio colchón. Mi piel se eriza cuando nuestras rodillas entran en contacto.

—Así que este es el final de nuestra segunda cita. —Hago notar en voz baja.

—Así parece. ¿Cómo nos fue?

Aprieto los labios.

—Cuatro estrellas y media de cinco. —Él sonríe—. Felicidades por ganar el juego. —Levanto la mano para estrechar la suya. Él la presiona suavemente.

—Hiciste un gran esfuerzo.

Le sonrío y me acuesto en la misma posición que ayer.

—Si te diste cuenta, no soy muy buena para las jugadas.

La cama junto a mí cruje y Pilot imita mi posición.

—Sostienes muy bien el contacto visual —dice con su característica sonrisa de chico despreocupado.

—¿Sí?

—Sí —murmura.

—Bien. He practicado durante años.

Sus ojos se iluminan con una suave risa.

—Todo el asunto de las jugadas es difícil. —Frunzo los labios por un momento—. Exponerte así hace que te sientas como un tonto vulnerable.

—A veces debemos ser tontos vulnerables —afirma con simpleza.

—Sí. Yo he sido una tonta vulnerable desde que llegamos, pero, quiero decir, incluso más tonta vulnerable.

Él libera una risita. Me levanto de la cama. Sus ojos me siguen hasta que llego junto a él.

—Hazte a un lado, por favor —indico.

Levanta las cejas, divertido, y se mueve hacia un extremo. Me acomodo sobre mi costado, apoyando la cabeza en la palma. Estamos a unos centímetros de distancia, pero no hay contacto.

Lanzo una sonrisa.

—Mira, una jugada literal y figurada.

—Bien hecho. —Sonríe con libertad y me analiza por un momento—. Solo para que lo sepas, sé que actué como si estuviera molesto por lo que me dijiste en el café cuando llegamos aquí, pero, en retrospectiva, me alegra que hayas hecho esa jugada.

Mi corazón se hincha. Me imagino mis pulmones chocando dentro del tórax. Luego, paso un poco de saliva.

—Pilot, sé que hablar de esto es un poco raro, pero creo que necesito saber más sobre tu vida en 2017.

Él exhala y deja caer la cabeza sobre la almohada con la vista hacia el techo. Pasa un minuto. Yo también me dejo caer sobre la almohada, pero permanezco de lado, con la vista clavada en él.

—No lo sé... Tengo un buen trabajo, estable. Amy y yo vivimos... juntos. En el café me preguntaste si estábamos comprometidos. He pensado en proponerle matrimonio. Aunque supongo que hemos caído en este ciclo de Sísifo: siento que todo el tiempo intento llegar a ese punto en el que Amy y yo estábamos al cien por ciento, pero fracaso. No sería justo para ella que nos comprometamos si no estamos al cien. —Deja escapar un largo suspiro antes de darse la vuelta hacia mí—. Shane, mis padres estaban en medio de un difícil divorcio la primera vez que estuvimos aquí.

Analizo sus ojos por un segundo.

—¿Qué?

Él regresa la vista al techo.

—Sí, y supongo que está pasando otra vez. Se separaron justo antes de que me fuera a Londres. No entendí por qué, ellos intentaron explicarme, pero yo no... Supongo que ya no quisieron intentarlo. No lo sé. Nunca peleaban mucho, pero de pronto todo se volvió un horrible espectáculo. Discutían si debían o no vender la casa, donde vivirían mis hermanas. Mis hermanas eran un desastre. Holly tenía solo doce años, y Chelsea, quince. Hablaba con ellas por Skype todo el tiempo mientras estuve aquí, intentaba ayudarlas a comprender todo. Mis padres les pidieron que escogieran dónde querían vivir y ellas no sabían qué hacer. Mi hogar estaba cambiando tanto y yo no tenía ningún control sobre eso.

Hace una pausa. Me quedo callada, con el corazón contraído. Todas esas veces que hablaba por Skype en la cocina, ¿pudo haber sido con alguna de sus hermanas menores? Siempre asumí que se trataba de Amy. Tomo su mano y la aprieto con cariño. Él regresa el gesto.

—Era muy difícil imaginar que todo estaba cambiando, ¿sabes?

Exhalo.

—Pays, no tenía idea. Lo siento.

—Sí, está bien. Todo está bien ahora. En ese momento, ya sabes, era difícil estar tan lejos de la situación. Y, al mismo tiempo, no quería hablar sobre eso, porque, como dijiste el otro día, era lindo escapar y no tener que pensar en ello siempre. Ahora es irreal. Quiero decir, apenas hablé con Holly la semana pasada. En 2017 tiene dieciocho años, y en este preciso momento es tan pequeña. Es una locura.

Se acomoda de costado y apoya la cabeza en su mano otra vez. Yo también levanto la mía para estar a la misma altura. Me lanza una pequeña sonrisa.

—Disculpa. Sé que eso es deprimente, pero quería decírtelo.

—Me alegra. Gracias por ser un tonto vulnerable. Lo aprecio —digo en voz baja.

—Quizá deberíamos cambiar el tema.

Tuerzo los labios.

—Está bien. —Pienso por un segundo—. ¿Qué te parece si me cuentas de las cosas que te gustan? El tipo de cosas que descubres en una cita.

—¿Qué tipo de cosas?

—Todo. Como... ¡cosas! Sé algunas, pero dime más.

Aprieta los labios y yo resoplo por con burla.

—¿Acaso necesitas un ejemplo? Bueno, pregúntame qué me gusta —propongo.

—¿Qué tipo de cosas te gustan, Shane? —Hay diversión en su voz.

—*Lost*, obviamente. Juliet me inspira. Harry Potter me pone feliz. Me encantan las paredes llenas de fotografías. Si algún día construyo mi propia casa, haré una habitación solo de fotografías, tapizaré cada rincón. ¡Un álbum de fotos extremo! —Hago una pausa por un segundo—. Amo el helado de crema de frambuesa porque es delicioso, pero sobre todo por su maravilloso color morado y porque no sabe a uva. Me gusta cuando hay una tormenta eléctrica, se va la luz en la noche y te quedas atrapado adentro, con tu familia y linternas, durante horas. Todos actúan como si fuera lo peor y un verdadero inconveniente. Y lo es, pero una gran parte de mí se emociona por la oscuridad, la falta de tecnología y la necesidad de linternas. Es la mejor forma de reunirse a jugar cartas. Nadie se distrae con otra cosa y puedes jugar a la luz de las velas. Ves la tormenta desde las ventanas porque no quieres electrocutarte. —Suspiro de pronto, ahuyento una ola de nostalgia por mi hogar. La última vez que pasó eso, yo tenía dieciséis. Los tres estábamos cenando en casa de los tíos Dan y Marie.

Pilot me observa, pensativo.

—Es tu turno —susurro.

—Nunca he conocido a alguien tan abiertamente apasionada por sus cosas favoritas como tú.

—Bueno, las cosas me inspiran, me hacen sentir feliz y comprendida. Si puedo lograr que alguien se sienta así al recomendarle mis cosas, quiero hacerlo. —Él no aparta la mirada, siento que estoy bajo los reflectores. Paso saliva—. Es tu turno —repito—. ¿Qué te gusta?

—Me gusta el helado de menta y chocolate —dice e intenta no sonreír.

Espero unos segundos antes de incitarlo a continuar.

—¿Y eso es porque...?

Me ve pensativo otra vez.

—Porque es refrescante. Como cuando sales a caminar en el otoño, las hojas secas revolotean a tu alrededor y el viento te golpea con la cantidad justa de frío. —Yo asiento, empática—. También me gusta la música, la guitarra, los discos. Los trovadores y músicos callejeros. La idea de vivir día a día haciendo música, iluminando la vida de alguien más con las cosas que haces. La valentía que requiere hacer algo así es admirable. Ellos me incitan a hacer cosas. También me gusta explorar lugares con un mapa de verdad y no un GPS. —Hace una pausa—. Mi familia. Puedo disfrutar de verdad de un buen juego de cartas.

—¿Ningún gusto nerd, entonces? —pregunto.

—Me gustas tú. —Sonríe.

Sonrío y bajo la mirada a la cama, cierro los ojos por un segundo.

—¡Qué fuertes declaraciones! Supongo me lo busqué.

Él continúa.

—Sé que odias esas sillas en la cocina, pero no puedo evitar tener un lugar especial para ellas en mi corazón. Ver esa batalla sin fin, Shane contra las sillas, me ha traído mucha alegría.

Empujo su hombro con la mano libre. Él pone la suya sobre mi codo y la desliza hasta la mía para unir nuestros dedos. Puedo sentir el calor que emana.

Esto ha llegado tan lejos como me gustaría en una habitación con dos extraños durmiendo. Me siento, giro el cuerpo para poner mis pies en el espacio que separa las camas. Irradio niveles peligrosos de alegría. La cama se mueve mientras Pilot se sienta y se apresura hacia mí.

—¿Estás bien? —pregunta en voz baja. Su preocupación se desvanece cuando me encuentra intentando ocultar la sonrisa del tamaño de un plátano que se expande por mi rostro. Acerco mi cara a la suya otra vez, muestro la eléctrica sensación que saca chispas por toda mi piel.

—Tú también me gustas —susurro—. Cambié de opinión: cinco estrellas en Yelp para la cita número dos.

Se inclina para besarme, pero retrocedo y salgo de su alcance.

—Buenas noches. —Me río y me levanto de la cama.

—Oye... —Toma mi mano. Me siento otra vez sin dejar de sonreír.

—¿Te rindes oficialmente ante mi jugada de susurros?

—Calificación de cinco estrellas en Yelp, ¿y ningún beso al final de la noche? Eso no tiene sentido —replica con burla.

—Admite tu derrota.

Me sostiene la mirada. Me encojo de hombros y me impulso para levantarme. Él me detiene, giro el cuerpo y aterrizo feliz sobre la cama.

—Tú ganas —concede. Sus labios se encuentran con los míos, están cargados de fuego. Estoy flotando cuando se aleja.

15
NO, NO SÉ QUÉ ES

En la mañana, Pilot y yo nos encontramos con Babe y Chad en la recepción antes de ir al Louvre. Recorremos el museo en grupo. Chad usa la palabra *hermano* cincuenta veces más de lo necesario.

Todos subimos el primer nivel de la Torre Eiffel. Exploto de dicha. Bailo mientras subo las escaleras. Cuando es hora de subir al segundo nivel, Babe y Chad deciden seguir por el elevador.

Pilot me ve a los ojos con una sonrisa traviesa.

—Tan predecibles.

Estoy ebria de emoción. Felicidad. Estoy feliz de verdad. Y es embriagante. Sonrío y pongo mi atención en esta primera vista de París.

Pilot me da un suave codazo.

—¿Lista para intentar llegar a la punta y que nos regresen debido a los fuertes vientos?

—Siempre. —Rodeamos la esquina y subimos la siguiente parte, lado a lado sobre la estructura de metal.

«¿De verdad dije "siempre"?».

—Pays, ¿te das cuenta de que ahora mismo estamos en una cita de una comedia romántica?

Pilot sonríe con la mirada al piso, guarda las manos en los bolsillos.

—Sí.

—Bueno, acabo de decir «siempre», hace un segundo, cuando me hiciste una pregunta. Y lo odié —digo, insolente.

—¿Lo odiaste? ¿Odiaste mi pregunta?

—Odié decir «siempre».

—¿Porque...? —me sigue la corriente.

Mi sonrisa crece.

—Bueno, me alegra que preguntes. Verás, todas las parejas famosas de libros o películas tienen estos profundos y significativos momentos en los que dicen «siempre» como respuesta a cierta profunda, significativa y adorable pregunta. Entonces, todos los fans del libro o de la película se tatúan la palabra *siempre* como recordatorio de esa pareja o ese momento, y la palabra *siempre* se usa con tal exageración que ¿cómo sabré a qué pareja o a qué momento se está refiriendo mi significativo tatuaje? ¿Entiendes? —Dejo caer las manos a los costados.

Pays pone una tonta expresión confundida.

—Supongo —me da la razón.

—Y está el «¿Okey? Okey» de *Bajo la misma estrella*, donde por fin rompen con el molde y fue hermoso —continúo mi lección mientras recorremos en círculo otro descansillo camino a más escaleras.

—¿Qué es *Bajo la misma estrella*?

—Un gran libro.

—Okey —acepta en automático.

—Okey. Así que la cuestión es: como ahora estamos en nuestra propia comedia romántica, deberíamos tener nuestra propia tonta y única palabra, como siempre, ¡para que la gente pueda hacerse tatuajes sobre nosotros!

Él se ríe.

—¿Qué tienes en mente?

—No lo sé. No queremos arruinar esto. Debemos pensarlo bien, para que quedemos inmortalizados en la historia como debe ser.

Pilot bufa una risa.

—¿Qué fue eso? —lo acuso, intentando no reírme yo.

—Eres ridícula.

—Este es un asunto profundo e importante, Pays.

Él sonríe, con las manos todavía en los bolsillos. Subimos en silencio por algunos momentos. El metal reverbera bajo nuestros pies.

—¿Alguna idea? —pregunto con curiosidad.

Su labio inferior sobresale de su boca.

—¿Piel?

—¿Piel? Eso suena un poco pervertido.

Otro bufido.

—¿Qué opinas de *farol?* —propongo—. Es inocente, suena bien.

—¿Farol?

—Sí, o sea, farol será nuestro siempre. —Pilot me observa, impávido—. Será increíble. A ver, probemos si funciona. Hazme una pregunta.

Pilot sonríe al aire.

—¿Qué tipo de pregunta?

—¡Cualquiera! Solo una pregunta de prueba.

Se detiene en el descanso entre escaleras por un momento, así que me paro frente a él.

Carraspea y pone una voz romántica.

—Shane. —Me mira a los ojos, como un príncipe de caricatura—. ¿Eres Santa Claus?

Doy un paso adelante, acercándome a su rostro.

—Farol. —Él se aleja y pone los ojos en blanco con una sonrisa—. Eso sonó bien, ¿cierto? —incito. Él saca su mano del bolsillo y toma la mía para continuar subiendo.

Cuando llegamos al segundo nivel, me acerco a la jaula de metal que nos rodea y pongo sobre ella una mano. Pilot llega a mi lado arrastrando los pies.

—Aún es increíble —me dice.

—¿Pays? —pregunto animada y le doy la espalda a la vista.

Abruptamente, se voltea hacia mí.

—Farol.

—¡No! —Le doy un golpe en el brazo y reprimo la risa que se me escapa—. ¡Así no funciona! Debo hacerte una pregunta cuya respuesta sea...

—Oh, ¿así no funciona? —me interrumpe y sonríe—. ¿Así no es? —Recorre la distancia entre nosotros y alcanza mis labios. Me pierdo en la diamantina por un segundo.

Sonrío y agito la cabeza cuando nos separamos.

—¡Estaba preparando la pregunta perfecta para nuestro farol! —protesto.

—Ah, pero era mi turno de hacer una jugada.

—¿Tu turno para hacer una jugada? —me burlo y cruzo los brazos—. ¿Tienes que cumplir con una cuota o algo?

—Sí —responde convencido—. Debo estar un paso por delante si quiero mantener mi calificación en Trip Advisor.

Lanzo un resoplido burlón.

Alcanzamos a Babe y Chad en la parte baja. Pilot y yo rompemos el contacto físico cuando los vemos. Los cuatro caminamos a lado del Sena. Mientras el sol se oculta, Babe nos detiene, nos hace girar hacia la Torre Eiffel.

—¡Esperen! ¿Qué hora es?

—Hermano, ¿estás listo? —Chad gira alrededor de Pilot al tiempo que nos acercamos a la música que suena en la Bastilla.

—Mano, estoy muy listo —responde Pilot con entusiasmo.

—Hermano, te apuesto a que ese tiene onda. —Señala el bar al que fuimos la vez pasada, al final de la calle.

—Mucha onda, mano.

Junto a mí, Babe frunce el ceño.

—¿Estás diciendo «mano»? —dice en voz alta. Me río discretamente.

Chad camina directo sin decir nada más. Pilot desacelera hasta estar a mi lado.

—¿Estás emocionada por venir a este lugar de nuevo? —pregunta en voz baja cuando los cuatro llegamos a la marquesina negra.

—Farol.

Él sonríe. Yo levanto las cejas.

—¿Cómo superar una banda que hace *covers* de punk rock de inicios de siglo, Pilot? No puede haber nada mejor.

La banda toca a toda potencia cuando nos abrimos camino a la barra. No pasa mucho tiempo antes de que el cuarteto se divida en pares entre la masa de gente que se amontona en busca de un trago. Pilot y yo pedimos un gin tonic antes de dirigirnos a la pista.

Estamos uno a lado del otro, nos movemos al ritmo y cantamos todas las canciones. Cuando tocan «What's my Age Again», salto y bautizo a todos con mi trago. Caminamos de vuelta a la parte posterior del salón para rellenar nuestros vasos vacíos cuando comienza a sonar «Basket Case».

—¡Oh, mierda! —exclamo y sujeto a Pilot del brazo. Sostenemos la mirada, muevo la cabeza al ritmo de la música y él se ríe de mí—. ¡Bailemos! —digo en un grito.

Mantiene una pequeña sonrisa con los labios.

—Pensé que iríamos por otros tragos.

—*I am one of those, melodramatic fools, neurotic to the bone no doubt about it* —canto a todo pulmón, moviendo los hombros al ritmo del bajo.

Fuerza las mejillas para mostrar una expresión neutral.

—¿Recuerdas que no bailo?

Niego con la cabeza.

—No, ya no puedes decir eso después de esa escena en Versalles.

Su sonrisa se extiende a toda su capacidad y pone los ojos en blanco. Levanto las cejas, expectante. Nos vemos fijamente por un momento. Entonces, de pronto, él canta al unísono de la banda.

—*It all keeps adding up.*

Tomo su mano, lo conduzco de regreso a la pista y saltamos con la música. Esta vez, frente a frente. Suelto su mano y bailo agitando el cuerpo, canto a todo pulmón. Es una técnica que uso para asustar a la gente y apartarla del camino y así tener más espacio para bailar de verdad. Él me observa, inmóvil, con el rostro impávido por unos veinte segundos. Yo mantengo el contacto visual con insistencia. «Baila conmigo». Él lo hace, mueve la cabeza con más intensidad de lo usual. Imito su paso de chico cool.

Cuando se acerca el final de la canción, tomo sus manos y lo jalo hacia mí, deslizándonos hacia la derecha. Extiendo los brazos, doy un paso hacia atrás y de un tirón vuelvo a acercarme a él. Chocamos uno contra el otro. Él suelta una de mis manos y consigue hacerme girar como lo hizo en Versalles. Me río como una loca, me alejo de él en un movimiento, el cabello cubre mi rostro. Golpeo al ser humano más cercano que se mete en nuestro espacio para bailar y, tras disculparme repetidamente, giro rápidamente de vuelta a Pilot. Mi espalda choca con su pecho y yo me carcajeo. Siento las vibraciones de su pecho mientras la canción pierde intensidad.

Nuestras manos aún están entrelazadas, él me hace girar bajo el repentino silencio. Mi corazón martillea cuando nuestras frentes se tocan.

—No sé si debamos seguir. Eres un peligro para todos los que estén en un radio de dos metros.

Acomodo mis brazos alrededor de su cuello. La banda comienza una nueva canción.

—No fui yo la que convirtió la pista de baile en un círculo de *slam*.

Levanta la cabeza, me mira pensativo por un segundo. Mi cerebro toma nota de la canción familiar que ahora flota alrededor de nosotros, mucho más tranquila que la anterior: «Yellow Submarine». La habitación entra en un suave vaivén mientras todos cantan al unísono.

—Oye.

—Oye —responde.

—Estuviste a punto de besarme en esta canción. —Lo molesto en voz baja.

Pilot mueve las cejas de forma cómica.

—Y tú te alejaste.

Mi corazón intenta escapar por mi garganta. «Así que sí lo intentó. Afirmativo». Mi boca se seca por la emoción. Giramos en silencio durante una parte de la canción antes de confesarle:

—Me asusté.

Pilot está pensativo, se acerca el final de la canción.

—¿Cómo está Shane del presente? —pregunta. Otra canción de mis años en secundaria explota en la habitación.

—Genial. ¿Y cómo está Pilot? —pregunto con un grito, haciéndome escuchar sobre el estallido de música.

—Muerto de miedo, para ser honesto. —Sonríe.

Levanto las cejas. Quiero volver a eso, pero en este momento necesito bailar. Me dejo llevar y suelto su mano para moverme con más libertad. *All the small things, true care, truth brings*. Él canta conmigo e intenta imitar mi selección de pasos aleatorios, se ve absolutamente ridículo.

Miro, espero. En un momento, me tropiezo y golpeo con la mano a una chica vestida con una blusa de lentejuelas doradas. Intento asirme de algo, pero, cuando estoy cerca del piso, Pilot me toma del brazo y me jala hacia él. Chocamos a causa del impulso y sus brazos me rodean por la cintura. Nos besamos y bailamos. Mi corazón vive una experiencia extracorporal. Siento como si algo flotara sobre mi cabeza como en Los Sims. La música sigue. *Nananana-nananananana*.

Cuando nos separamos, preferiría no hacerlo.

—Mierda. —Sus ojos centelleantes buscan los míos.

—Mierda —concuerdo.

La banda comienza una nueva canción.

—¿Quieres ir por un trago? —pregunta.

—De hecho, debo ir al baño. Ve por un trago para ti, te veo en la barra —aseguro con una sonrisa tonta.

Cuando regreso del baño, me encuentro con Chad al final del pasillo que conduce al salón. Él camina directo a mí.

—Hola, Chad —digo con reserva.

—Hola. —Se acerca.

Doy un paso atrás.

—¿Qué tal?

—Tienes un cabello genial.

Abro los ojos con sarcasmo.

—Gracias.

Sobre su hombro, alcanzo a ver a Pilot abriéndose paso con una cerveza en la mano. Regreso mi atención a Chad para encontrar al idiota intentando besarme. Tiene los ojos cerrados y acerca sus labios. Retrocedo y le doy una bofetada que produce un lindo sonido.

—¡Ah! —Se lleva la mano a la mejilla. Su mirada ebria es de asombro.

—Aléjate, imbécil. Me viste todo el fin de semana con Pilot y tú vienes con Babe. Y no tienes un pase mágico porque sea tu cumpleaños.

Me adelanto hasta donde Pilot nos observa con los ojos muy abiertos, divertidísimo. Se une a mí cuando paso a su lado y ambos nos alejamos. Busco a Babe con la mirada.

—¡Diablos! ¿Eso fue lo que ocurrió la vez pasada? ¡No puedo creer que me lo perdí!

—No. —Resoplo—. La última vez me deslicé por la pared, me agaché y hui. Pensé que esta vez sería diferente, el fin de semana ha sido tan diferente. Pero no, igual es un imbécil.

Me lanza una sonrisa tonta.

—Mírate, recayendo en tu vieja costumbre de golpear personas.

—Ja-ja.

Agita la cabeza.

—Árbol que nace adicto a los golpes jamás su farol endereza.

Suelto un bufido.

—¡Pilot! ¡Estás usando mal farol! Y haces que la palabra *golpe* suene a sinónimo de drogas duras.

Echa la cabeza hacia atrás, se carcajea. Encuentro a Babe en una esquina opuesta del salón, recargada sobre la pared, con los brazos cruzados.

—Babe está ahí. Deberíamos acompañarla.

La banda termina veinte minutos después y los tres bajamos por las escaleras.

—Debemos encontrar a Chad. —Babe suspira al bajar.

—No te preocupes. Lo veremos en el guardarropa —asegura Pilot. Detrás de ella, toma mi mano. Su pulgar dibuja suaves círculos en mi muñeca, provocándome cosquillas. Me distrae.

—¿Estarás bien esta noche con él? —le pregunto a Babe.

—Sí. Es el rey del drama, pero es inofensivo. Intenté acercarme a él hace un rato porque pensé que... Bueno, sé que su intento por besarte fue su malvada forma de aclararme que solo quiere ser mi amigo.

—Bueno, esto es una tontería —señalo.

—Es un patrón con él. Actúa como un niño de cinco años. Estamos en el dormitorio con otras dos personas, así que no hará nada desagradable.

—Dejaré mi teléfono encendido si me necesitas —le aseguro—. También, para que lo sepas, ya perdimos el último metro así que debemos salir directo a buscar un taxi.

Cuando llegamos al final de las escaleras, podemos ver a Chad. Está parado cerca de la puerta con la cabeza gacha y las manos en los bolsillos. Los tres recuperamos nuestros abrigos y Chad se une en silencio mientras caminamos al sitio de taxis al final de la calle. Babe apresura el paso, se adelanta y Chad se queda atrás.

—Ey. —Pilot me da un golpecito con el codo al tiempo que descendemos por la calle empedrada.

—Ey. —Le devuelvo el golpe con el hombro.

—¿Recuerdas que iríamos al concierto de los Beatles si viajáramos en el tiempo? —Sonríe.

—Claro.

Sus ojos brillan.

—¿Crees que deberíamos ir a Edimburgo el próximo fin de semana?

—¿Por qué? ¿Los Beatles tocarán? —bromeo.

Deja escapar una gran risa y baja la mirada sin dejar de sonreír.

—¿Qué pasa? ¿No me responderás? ¿Pilot, el maestro de las jugadas, dueño de la calificación de cinco estrellas en Yelp, está nervioso? —Le lanzo una sonrisa, que él responde con una expresión impasible—. Solo para responder la pregunta sobre Edimburgo, me muero por visitar la tierra natal de mi héroe Harry desde que lo discutimos la primera vez.

Pilot agacha la mirada. Cuando levanta la cabeza unos segundos después, sus ojos parecen afligidos.

—Siento que no hayamos ido la vez pasada.

Suspiro.

—Yo también. Pero iremos esta vez. —Aprieto su mano antes de soltarla y detenerme junto a Babe en la fila para el taxi.

16
ESTOY PERDIDA

Cuarenta minutos después, Pilot y yo salimos del elevador al sexto piso. Nos besamos de principio a fin del pasillo, nos detenemos frente a la puerta, en la clásica posición de final de cita.

—Así que la cita número tres está por terminar. —Sonríe.
—Somos muy buenos en esto de las citas.
—Estoy de acuerdo.

Pone mis manos entre las suyas. Me inclino hacia delante, nuestros labios se encuentran.

Este beso es fuego otra vez. Acepto la llamarada, me pierdo en ella.

Mis brazos rodean su cuello y sus manos se deslizan por mis costados, las llamas recorren mi piel y llegan a mis muslos. Entonces, ya no toco el piso.

Mi espalda está contra la pared, rodeo su cadera con las piernas, entrelazando los tobillos. Mis manos recorren la base de su cuello y luego su cabello y me separo para recuperar el aliento.

Dirijo la mirada al piso.

—¿Cómo pasó esto?

—No estoy seguro. ¿Tendrá algo que ver con viajar en el tiempo? —Mueve las pestañas. Son tan lindas y largas.

Mis manos bajan por sus brazos, sus músculos son firmes. Diablos, es más fuerte de lo que pensé. Nuestros labios se unen otra vez, despacio y con deliberación. Sus manos suben por mi espalda. Bajo las piernas. Un calor infernal emana de mí.

«Estamos en un pasillo». Me alejo y él me sonríe.

—Quizá deberíamos entrar y dormir, ya que estamos en el pasillo del hostal.

—Está bien. —Asiente sin romper el contacto visual.

—¿Sabes que tienes unos ojos realmente hermosos? —le digo.

Los cierra por un momento y su sonrisa se expande.

—Estaba pensando lo mismo.

Me muerdo la lengua.

—¿También estabas pensando en tus ojos?

Da un paso atrás, apretando los labios. Sí, deberíamos entrar, pero mi cuerpo quiere quedarse aquí con Pilot. El intenso deseo me atrapa. De verdad me gusta. Esto nunca sucede. Esto siempre se agota muy rápido: nos besamos, se siente bien y luego estoy lista para decir adiós y volver a mi espacio personal.

Ahora no. No, gracias. Quiero menos espacio. Nada de espacio.

Se desata un concurso de miradas.

—Pues, para que entremos, tendrás que calmarte.

Resoplo.

«Oh, vaya».

En lugar de calmarme, me acerco de modo que nuestras frentes se encuentran.

—Me gusta mucho estar así.

—Me gusta que estés así —dice con un suspiro. Baja sus manos por mis jeans de nuevo y mis piernas se tensan al máximo. Estoy de nuevo contra la pared, sus labios recorren mi cuello antes de llegar a los míos. Levanto su playera.

«En un pasillo». Dejo caer la playera y me separo. Respiro profundamente.

—Debemos parar.

—¿No lo hicimos? —Finge confusión. Le sonrío y, con un gran suspiro, desenlazo mis piernas y vuelvo a la tierra. Acomodo mi cabello hacia atrás con la mano. Las llaves están en el piso. Nuestras chaquetas están en el piso. Guau.

—Bueno, deberíamos repetir eso —agrego casualmente y giro la llave en la cerradura.

—De acuerdo.

Abro la puerta. El hombre mayor duerme en el rincón al otro extremo y hay un tipo más joven a dos camas de él. Tiro mi bolsa al piso y miro a Pilot. Él aún está en la puerta.

«Todo esto podría desaparecer mañana».

Sus ojos se encuentran con los míos y arquea las cejas.

—¿Qué?

Camino hacia él y tomo su mano. Antes de perder el valor, lo jalo hacia el baño.

«¿Qué estoy haciendo?».

Cierro la puerta detrás de nosotros. Aseguro las dos entradas. Pilot me observa con cuidado. Desabrocho su camisa a cuadros. Él no se mueve, así que continúo sin dejar de verlo a la cara. Deslizo la camisa sobre los hombros, cae al piso. Debajo, tiene puesta una playera blanca. Sus manos rodean mi cadera y se deslizan debajo de mi blusa, suben por mi estómago, rozan mi piel y me desnudan en su camino.

—¿Quieres...?

—Sí, ¿y tú? —Sonrío.

—Sí quiero, pero... —Se ríe y engancha los dedos en mi cinturón para acercarme a él—. No creo que este baño sea tu estilo.

Tiene razón. Odio este baño. Sus dedos se pasean por mi espalda baja, delinean el límite de mis jeans. Fuego. Fuego. Fuego.

—Ahora no veo el baño —respondo con honestidad.

Él exhala, sus dedos se mueven para desabrochar mis jeans. Se arrodilla y despacio los lleva hacia abajo. Sus dedos dibujan líneas por mis piernas.

Intento respirar con normalidad, pero no puedo.

Con un paso me libero de los pantalones. Cuando Pilot se levanta, me carga otra vez, no podemos confiar en este piso. Esto es lo más excitante que ha pasado en toda mi vida amorosa. Lo envuelvo en mis brazos. Mis piernas rodean su cintura. Nuestros labios se encuentran. Más llamas. Nos movemos. Él me recarga en el lavabo.

«El lavabo del hostal». Comienzo a reírme en medio de un beso. Él se aleja un centímetro, sonriendo.

—¿Qué es tan gracioso?

Suelto otra risa jadeante.

—No sé. Bueno, tienes razón, estamos en el baño de un hostal. ¿Es asqueroso? ¿Somos asquerosos? —Mi sonrisa es gigante y deja ver mis dientes. Él corresponde el gesto.

—Bueno, hay una regadera ahí, Shane. ¿Te sientes asquerosa?

—No. —Me río apoyándome en su frente y entonces pone las manos en mis muslos, me carga de nuevo. Nos movemos hacia la regadera. Me quejo con un gritito, separando los tobillos y retorciéndome.

—¡No! —Suelto una risa, echando la cabeza hacia atrás—. ¡La regadera no! ¡Cualquier lugar menos la regadera!

—¿De qué hablas? ¡Amamos la regadera! —bromea.

Da un paso dentro de la diminuta regadera, completamente vestido, conmigo abrazándolo, en medio de carcajadas. Mis piernas chocan contra los fríos azulejos de las paredes. Literalmente, usamos todo el espacio disponible sin movernos siquiera. Su sonrisa crece. Suelta una de mis piernas para alcanzar el gigante botón plateado. Estoy en histeria total mientras el agua tibia nos moja a nosotros y lo que queda de nuestra ropa. Las gotas cuelgan de sus pestañas, la playera blanca se pega a su piel. A medida que nuestra risa se apaga, suelto las piernas y toco el piso. Su boca está en mi oreja y se abre camino hasta mi boca. Mis manos le quitan la playera sobre la cabeza. La tiro al piso y me tomo un segundo para observarlo. Tiene el abdomen marcado. Sus dedos juegan con lo que queda de mi ropa interior, me hacen cosquillas. Y de pronto, el agua se detiene.

Nuestras miradas se encuentran y los dos nos soltamos a reír. Bajo la mirada hasta su vientre marcado y lo señalo, con un gesto de asombro.

—¿Qué demonios es esto? ¿Pilot del pasado va al gimnasio?

Agita la cabeza con una sonrisa de vergüenza; acaricio sus músculos y oprimo el botón de la regadera otra vez. Él tiembla y me acerca aún más. Estoy en llamas, siento que mi piel podría brillar en la oscuridad.

—Deberías tener siempre el pecho desnudo y bajo la lluvia —le digo.

Su boca baja hasta la mía. Jugueteo con el cinturón en sus jeans.

—Solo si aceptas usar el mismo código de vestimenta —logra decir entre besos.

El agua se detiene de nuevo. Golpea el botón sin apartarse y me levanta del piso otra vez. Empuja mi cuerpo contra la fría pared y poco a poco me deslizo hacia abajo. Intenta sostenerme. Yo intento sostenerme como un espía que sube por una chimenea. Mis botas rechinan sobre los azulejos por el esfuerzo.

—Podemos hacerlo —digo entre suspiros.

—Podemos hacerlo —repite en eco.

Estamos dentro de una diminuta regadera de tres paredes. Todo es resbaloso, nos tambaleamos como un par de marineros ebrios. Riendo, él da un paso atrás. Nos caemos sin el apoyo de la pared. A medio beso, su espalda golpea los azulejos detrás de él y yo grito mientras nos deslizamos hacia abajo. Los azulejos rechinan hasta que acabamos abrazados sobre el piso. Se encorva hacia delante con una risita, mientras yo hago mi mayor esfuerzo por no despertar a todo el mundo con mi carcajada.

El agua se detiene otra vez. Me muerdo el labio para contener la risa y tiemblo ante la ausencia de calor.

—¿Sabes qué? —Entrecierra los ojos.

—¿Qué?

Quita un poco de cabello de mi cara.

—Conseguiremos una cama.

Arqueo las cejas.

—¿Dónde encontraremos esa cama mística?

Toma mis manos y me ayuda a ponerme de pie.

Cinco minutos después, corremos por el pasillo hacia la recepción, temblando y tomados de la mano. Mi cabello salpica agua por todas partes, la humedad de mi brasier empapa mi blusa. Mis botas rechinan sobre el piso. Pilot se ve como si lo hubieran empujado a una piscina con la ropa puesta, con sus jeans pesados a causa del agua.

Nos detenemos frente a la adolescente que está detrás del mostrador, congelándonos. Presiono mi cuerpo contra Pilot, aún con una sonrisa idiota. Él tiene su propia expresión tonta.

—Hola, necesitamos una habitación vacía —dice.

La joven levanta la mirada de su revista y nos examina, confundida.

—Mmm, un dormitorio privado será más caro.

Tiemblo junto a Pilot. Él me acaricia el brazo antes de sacar su cartera.

—Queremos el cuarto.

Abro la puerta del dormitorio, lleno de camas vacías. Pilot me conduce hacia adentro y pateo la puerta para cerrarla detrás de nosotros.

17
BRILLAR

Despierto abrazada a Pilot en una de las cuatro camas, su respiración es suave y regular junto a mí. Aún siento las chispas adentro y afuera. Estoy tentada a hacer una referencia de *Crepúsculo*, pero me contengo. Con Melvin nunca tuve una noche así. Nunca tuve citas como estas. Nunca sentí ni una pizca de lo que siento ahora. ¿Qué estaba haciendo con Melvin?

Nuestras mochilas descansan en un rincón del dormitorio. Anoche, Pilot fue a sacarlas del casillero de la habitación compartida. Despacio, me deslizo fuera de la cama, y me escabullo hasta el baño para vestirme y lavarme los dientes.

Pilot abre los ojos cuando vuelvo y me siento en la esquina de la cama. Él levanta la delgada y traslúcida sábana como invitación. Me deslizo adentro y me acurruco junto a él.

—Buenos días —dice con voz adormilada.
—Buenos días —susurro.
—Ese sí que fue un gran espectáculo de tres citas.

Sonrío.

—Estoy de acuerdo.

La comisura de sus labios se levanta.

—¿Estás de acuerdo? —bromea—. ¿Cuál es el veredicto de Yelp? ¿Cuántas estrellas?

Recargo la cabeza sobre mi mano.

—Pues ¿tú qué piensas?

Él sonríe con pereza y levanta diez dedos. Los sube y los baja, como parpadeando.

Me dejo caer sobre la cama, riendo.

—De acuerdo.

Babe y Chad nos esperan en extremos opuestos de la banca, cerca del mostrador de la recepción.

—Hola —saludamos a Babe Pilot y yo. Ella levanta la cabeza. Se ve fabulosa, como siempre, con los labios rojos y una boina blanca. Chad no quita la vista del piso, como el tipo encantador que es.

—Hola, tomemos un taxi —es lo único que Babe dice antes de apresurarse a la puerta. La sigo con la maleta de ruedas detrás de mí. Tardamos los mismos diez minutos que recuerdo para encontrar un taxi. Babe es la primera en guardar su equipaje en la cajuela. Antes de salir de nuestro dormitorio, Pilot y yo tuvimos un acalorado debate sobre si Chad insistiría en ir en taxis separados esta mañana, y también especulamos acerca de si tendría o no una marca del golpe en la mejilla izquierda.

—¡No va a tener ninguna marca! —exclamé, riendo con fuerza.

—Pues su grito fue algo fuerte como para que no le haya dejado marca. —Pilot se rio disimuladamente al ponerse la mochila sobre los hombros.

—Cinco libras a que hoy llora y pide su propio taxi —lo reté, emocionada.

—Diez libras a que definitivamente va a lloriquear y pedir su propio taxi.

—¡Así no funcionan las apuestas!

Cuando el conductor cierra la cajuela, Pilot y yo intercambiamos miradas.

Intento no sonreír cuando Chad amenaza:

—No me subiré a ese taxi.

Cruzo los brazos y lo veo desde la puerta del auto.

—Hay cuatro asientos en este taxi. Nos tomó diez minutos encontrarlo. Puedes venir con nosotros o irte solo.

—No quiero ir en el mismo auto que ella —dice con una voz más tranquila. Sus ojos se posan en Pilot, rogando en silencio como un niño de cuatro años.

Me agacho para entrar al auto y tomar el asiento de en medio junto a Babe. Su vista se dirige hacia afuera de la ventana, perdida en algún punto del otro lado de la calle.

—Vamos, amigo, puedes tomar el asiento delantero —razona Pilot con calma antes de agacharse también y entrar al asiento trasero. Se acomoda junto a mí, pone su mochila cerca de sus pies y cierra la puerta. Los dos vemos a Chad a través del vidrio de la ventana. Derrotado, camina hasta la puerta del copiloto, la abre y lanza su trasero sobre el asiento delantero.

—¡Gare du Nord, por favor! —le digo al conductor.

Pilot pone una mano sobre mi rodilla y la aprieta; sonríe con satisfacción por su pequeña victoria.

—Te tiene miedo —susurra en mi oído; suena muy divertido.

París se desvanece frente a nuestra ventana al tiempo que el tren se aleja de la estación. Estoy sentada junto a Babe. Pilot y Chad están unas filas adelante. La Babe de siempre vive y respira a nivel nueve de diez en la escala de la felicidad, pero ahora debe estar en un cuatro. Pasamos diez minutos en silencio antes de que intente entablar una conversación.

—Babe —comienzo, dudosa—. Babe —repito un poco más alto, porque ella aún tiene la mirada en la ventana. No estoy segura de lo que diré. La pregunta clásica es: «¿Estás bien?». Pero cuando alguien me pregunta si estoy bien en un momento en que es claro que no lo estoy, no puedo evitar las lágrimas.

—¡Babe! —digo otra vez. Ella deja de prestar atención al nebuloso escenario y me lanza una mirada cansada.

—¿Qué? —Suspira.

Arrugo la frente e intento encontrar las palabras correctas.

—Eh, yo... ¿Por qué te llamas Babe?

—¿Por qué me llamo Babe? —repite. Suena confundida.

—Sí, es un nombre diferente. Me preguntaba si hay una historia detrás de él. —Arqueo las cejas.

Ella suspira de nuevo, y para mi alivio, un extremo de sus labios se levanta un poco.

—En realidad no es mi nombre.

—¿Qué? —Levanto de más la voz. Estoy sorprendida por no saber eso. La he conocido por años. ¿Cómo es que nunca le hice esta pregunta?

—Sí. Es Barbara. —Sonríe un poco ahora. Solo un poco, pero cuenta.

—No puedo creer que todo este tiempo tu nombre ha sido Barbara y no lo supiera. Es una locura. ¿Alguien más te llama Babe?

—No. Pensé que sería un apodo genial, así que cambié mi nombre en Facebook y les dije a ustedes que me llamaba Babe el día en que nos conocimos.

—Guau. Bien hecho. —Agito la cabeza despacio, pensativa—. Siempre quise un apodo, pero no hay buenos apodos para Shane.

—¿Shay?

—No creo. —Lo descarto de inmediato.

—¿Shaney?

Saco la lengua.

—Shane es la única forma adecuada para Shane.

Nos quedamos en silencio.

—¿Jugamos un juego? —sugiero.

—¿Trajiste un juego?

—Solo el mejor de los juegos: cartas. O podemos jugar el juego extremadamente molesto para todos alrededor, pero divertido para nosotras: ¡haré un picnic!

Ella se ríe.

—¡Nunca lo he jugado! ¿Cómo puede molestar a alguien?

—Bueno, cada una en su turno, hacemos una lista de cosas que empiecen con cada letra del alfabeto. ¿Sabes qué sería divertido? Propongamos solo cosas relacionadas con Disney o Harry Potter. Yo comienzo. —Aclaro la garganta—. Haré un picnic y llevaré a... Albus Dumbledore.

Babe entrecierra los ojos con una sonrisa.

—Haré un picnic y llevaré a Albus Dumbledore y a Balú.

—Aquí vamos, lo estamos haciendo. Ahora solo es cuestión de tiempo que la gente en el vagón trame algo para callarnos.

Ella suelta una risita y yo continúo.

—Haré a un picnic y llevaré a Albus Dumbledore, a Balú y Cedric Diggory.

—Haré a un picnic y llevaré a Albus Dumbledore, a Balú, Cedric Diggory y Donald.

—Haré a un picnic y llevaré a Albus Dumbledore, a Balú, Cedric Diggory, Donald y el Espejo de Oesed.

Nos entretenemos por una eternidad con un juego para niños de seis años que viajan en un auto por muchas horas. Es como una anestesia, pero de una forma positiva, una especie de meditación de la primaria. Te obliga a distraerte y esforzarte en recordar palabras aleatorias en orden alfabético. Cuando por fin acabamos, nos quedamos en silencio. Puedo notar que Babe empieza a hundirse de nuevo en todo el mar de pensamientos relacionados con Chad porque su expresión empieza a decaer.

—Oye. —Intento recuperarla antes de perderla en el abismo otra vez. Ella voltea su rostro hacia mí.

—¿Sí?

—Solo quiero decir que eres grandiosa, Babe, así como inteligente, organizada y divertida; y que algún día encontrarás a alguien grandioso. Sé que así será. —Pone los ojos en blanco—. Es en serio. No lo digo solo porque sí —aseguro.

Ella ríe con cierta renuencia.

—¿Cómo lo sabes? ¿Puedes ver el futuro? —pregunta con sarcasmo.

—En cierta forma.

—Shane, eres de otro planeta —afirma como si ella tuviera cincuenta años y se hubiera convertido de pronto en mi tía.

Sonrío con la vista en las manos.

—Me siento orgullosa. Ser normal está sobrevalorado.
—Amén por eso. —Regresa la mirada a la ventana. Me acerco y la cubro con un veloz y extraño abrazo de lado, y volvemos al silencio.

18
ROMPE TUS PAREDES

24 de enero de 2011 (toma dos)

Mamá y papá:

Cuando escribo esto, solo puedo pensar en 2017. Estoy tan confundida con mi vida. ¿Cuándo solté el timón? ¿Fue aquí? ¿Fue cuando volví a casa? ¿Fue un proceso gradual o lo dejé ir todo de una sola vez? Anoche hablamos por Skype antes de que fueran a cenar con la tía Marie y el tío Dan. ¿Cuándo fue la última vez que hicimos eso?

Ya ni siquiera lo intentamos. ¿Cuándo dejaron de intentarlo ustedes? ¿Por qué dejaron de intentarlo?

Besos y abrazos,
Shane de 2017

Después de clase, toco la puerta de Pilot con mi cámara digital. Se abre después de unos segundos. Él me sonríe y es maravilloso. Su guitarra yace sobre el cobertor azul.

—¡Hola! —Se hace un lado para dejarme pasar.

—Hola, ¿has estado tocando? —pregunto.

—Sí, he tocado un poco, trabajo en algunas cosas nuevas. —Noto cuando su mirada aterriza sobre la cámara en mi mano—. ¿Qué es eso?

—Esta es mi licuadora. Pensé que podríamos hacer smoothies.

Él aprieta los labios y da un paso hacia atrás.

—¿Shane Primaveri acaba de darme una respuesta seca y sarcástica?

—Debo informarte que yo hago un comentario seco y sarcástico una vez al año.

Él se deja caer sobre la cama con una risita. Me recargo sobre el marco de la puerta.

—¿Entonces? —pregunta con las cejas levantadas.

—¡Oh, sí! Entonces... —Doy un pequeño salto mientras me separo de la pared en la que estaba recargada—. Estoy aquí para impulsar tu carrera musical.

—¿En serio?

—Sí. Tengo un plan maléfico a prueba de tontos. Funcionó para Justin Bieber, funcionará para Los Mensajeros del Swing.

Pone los ojos en blanco, pero me sigue la corriente.

—Comenzaremos tu canal de YouTube. —Camino y me siento junto a él.

—Ya sabes que YouTube y todas esas cosas no son lo mío.

—¿La música es lo tuyo?

—Sí.

—¿Quieres que la gente escuche tu música?

—Sí —responde con una pequeña sonrisa.

—¿Quieres tener la posibilidad de vivir de tu música?

Me ve con una sonrisa cínica y los ojos a medio cerrar.

—Esta es solo una plataforma para impulsarte. YouTube es enorme. La gente puede descubrirte ahí: puedes hacerte de un público; es una experiencia artística para cuando intentes obtener un trabajo. Puede brindarte un sinfín de posibilidades. Paso mucho tiempo en internet y lo he visto con mis propios ojos.

—¿Y exactamente qué planeas hacer con la cámara? —pregunta, divertido.

—Grabaremos tu primer video.

—¿Ahora mismo?

—¿Por qué no? —Arqueo las cejas. Sus labios se vuelven una línea mientras lo piensa. Después de un momento, levanta la guitarra.

—Estaba pensando en un dueto. —Retrocedo para poder recargarme en la pared y sentarme con las piernas cruzadas.

Él sonríe, con la guitarra en posición.

—¿Tú cantas de verdad?

—¿Dudas de mí?

—Jamás lo haría —afirma, convencido.

Nos vemos fijamente el uno al otro por un momento antes de aclarar mi garganta.

—Bueno. Creo que deberíamos hacer un dueto para grabar «Wrecking Ball».

Él se ríe, negando con la cabeza.

—¿Sigues con eso?

—Solo una canción. Vamos. Diremos que es un *cover*, no robaremos el crédito. Apóyame en esto —insisto sin cesar.

Él sonríe con la vista en el techo por cinco segundos antes de bajar la mirada hacia mí otra vez.

—Dame media hora para trabajar en los acordes.

Sonrío.

—Te veo en media hora.

Cuando nuestra ligeramente alterada versión de «Wrecking Ball» acaba, nos sonreímos el uno al otro por un largo rato. Me levanto en silencio, detengo la grabación y me siento en un rincón de la cama junto a él. Durante el receso de media hora, me vestí un poco más elegante y me puse un labial rojo para mi debut en YouTube. Ahora me siento un poco exagerada.

—Tienes una linda voz. —Él pone con cuidado la guitarra sobre el escritorio.

—Gracias, señor músico —digo y cruzo las piernas—. ¿Estás feliz con esa toma?

—Creo que esa será la más genuina de todas. —Solo hicimos una.

—Estoy de acuerdo. Es YouTube en 2011; es suficiente con esa interpretación.

Le entrego la tarjeta de memoria. La conecta en su computadora, arrastra el documento al escritorio y me la devuelve. La pongo en su lugar. Él se acuesta sobre la cama, pone las manos detrás de la cabeza y me observa. Me quedo sentada en la orilla, mis piernas cuelgan a un lado.

—Ese labial rojo me está volviendo loco —dice después de unos minutos.

Me río.

—¿Quieres usarlo?

—Farol.

Mi corazón rebota.

—¿Acabas de usar farol sin ninguna provocación, en una conversación de la vida real?

—Creo que así fue.

Acerco mi rostro a unos centímetros del suyo.

—Tú sabes que las respuestas románticas para nuestros juegos son mi criptonita.

Él guarda silencio por un momento y lo vuelve a decir:

—Farol.

Respiro una bocanada de aire.

—Dios, eso es tan sensual.

Él suelta una risita y acomoda un mechón de cabello detrás de mi oreja.

—Te ves hermosa. Deberíamos salir.

Me río.

—Está bien.

En París estaba helando, pero el clima es hermoso en Londres. El sol brilla y la temperatura ronda los quince grados centígrados: está fresco, como he escuchado que dicen por aquí. Pilot y yo caminamos por la ciudad tomados de la mano. Nos subimos al London Eye al atardecer. Pilot está parado detrás de mí, sus brazos rodean mi cintura, yo recargo la cabeza en su hombro. Nos besamos en las bancas y en los puentes. Cenamos y nos detenemos en un bar para beber algo. Caminamos por Hyde Park. Encontramos un lugar perfecto, no muy lejos del Karlston, nos acostamos en el pasto y conversamos.

Sé más de sus hermanas pequeñas. Me cuenta sobre el día en que le enseñó a la mayor, Holly, a andar en bicicleta cuando sus padres estaban de vacaciones. Parece ser muy protector con ellas.

—¿Puedo preguntarte algo? —dice con una voz suave.

—Sí.

—¿Qué pasa con tu familia?

Guardo silencio por un momento. No sé cómo contarle a la gente sobre mi familia. ¿Dónde empiezo? Si comparto detalles superficiales, no comprenderán por qué tenía que alejarme. Pero si revelo todo, solo verán lo negativo.

—Es difícil de explicar. Supongo que siempre me hacen sentir que no soy bienvenida si soy yo misma. Suena dramático. —Suspiro—. Pero ellos tienen una idea preconcebida sobre cómo debo ser y si no me ajusto a ella, siento que no estoy a la altura.

El pulgar de Pilot se desliza por el dorso de mi mano.

—Toda mi vida he tratado de satisfacer sus expectativas. Los amo y sé que me aman. Sé que ellos creen que me ayudan al implantar esas reglas invisibles. Pero no puedo encajar en ese molde, no importa cuánto lo intente. Y eso hace que estar cerca de ellos sea... —levanto la mirada hacia las nubes del cielo nocturno— agotador.

Pilot aprieta mi mano.

—¿Les has dicho eso alguna vez?

Niego con la cabeza bajo la capucha de mi chamarra y dejo escapar una exhalación irregular.

—¿Cambiamos de tema?

Pilot suelta mi mano y gira el cuerpo para inclinarse sobre mí. Pasa un dedo por mi mentón.

—¿Cuál es tu canción favorita, Primaveri? —Sus ojos brillan.

—O sea, ¿cuál es mi canción favorita para escuchar o cuál me hace sentir más cosas?

Se acomoda de costado junto a mí, con la cabeza apoyada en su brazo.

—Las dos cosas.

—La favorita para escuchar es «Bohemian Rhapsody». Cuando nos subíamos al auto, mi papá solía ponerla y los tres nos poníamos de acuerdo sobre qué parte cantaría cada quién antes de que la letra comenzara. —Sonrío, pienso en mamá sentada en el asiento del copiloto moviendo la cabeza al ritmo de la guitarra.

—Muy bien. —Asiente con la cabeza.

—Siento que seré juzgada por mi otra favorita.

—¿Es de tu superamiguísima Taylor?

Sonrío.

—Sí. —Pierdo la mirada en la oscuridad—. Se llama «All Too Well» y es hermosa. Me encanta la letra, las imágenes que evoca y la forma en que siempre me llega al corazón. ¿La conoces?

—Sí.

Volteo hacia él en un veloz movimiento.

—¿De verdad?

—Sí. De hecho, tengo *Red* en mi biblioteca de iTunes.

—¿Desde cuándo? —exijo saber.

—Desde que salió en 2012.

—¿Sabes el año? ¿Qué, ahora también te gusta Taylor? —pregunto, incrédula—. ¡Pero si eres el tipo que piensa que su disco alternativo es mucho mejor que los de ella!

Él se ríe con descaro.

—No lo soy. —Se acuesta en el pasto.

Lo observo, inquisitiva.

—Canta algo de «All Too Well».

Él levanta las cejas y canta.

—*Time won't fly, it's like I'm paralyzed by it.*

—No puedo creerlo.

—*I'd like to be my old self again.*

Me dejo caer sobre la espalda otra vez.

—No puedo creer que has guardado este secreto por dos semanas, ¡eres un fan de clóset de Taylor Swift! —Él se ríe.

—¿Cuál es tu canción favorita?

—Es de uno de esos artistas poco conocidos.

—Como era de esperarse. —Acomodo mi cabeza otra vez sobre el brazo y lo veo desde arriba.

—«Holy Branches».

Arrugo la frente, no esperaba reconocerla.

—Conozco esa canción —le informo, feliz. Ahora él sonríe escéptico—. No, ¡es verdad! ¿Radical Face?

—¿Qué? —grita asombrado.

—¿Cuáles son las probabilidades? —digo, engreída.

Ahora él me lanza la mirada inquisitiva.

—¿Por qué los conoces?

—Están en mi lista de reproducción para el trabajo.

—¿Cómo los encontraste?

—Un autor que amo recomendó una de sus canciones. Tengo como seis en mi lista de reproducción.

—Esto es extraño. —Él sonríe y se lleva las manos a la nuca.

—Mierda, son las dos de la mañana. —Dejo caer el celular al fondo de mi bolsa, giro y me coloco sobre Pilot, recargada en los antebrazos—. Quizá deberíamos volver. —Le sonrío, he sonreído por horas. Levanto una mano y delineo sus cejas con un dedo.

—Pero entonces la noche se acabará. No estoy listo para eso. —Me mira por un instante. Me siento como una adolescente enamorada. Hemos hablado por horas. Luego de un momento, me pregunta en voz baja—: ¿Recuerdas el cuaderno que tenías en esos días?

—Sí. —Mi dedo se detiene cuando respondo. Él me analiza, pensativo.

—Solía verte escribiendo todo el tiempo. Ya no lo haces. —Separo los labios. Vuelvo a recostarme de espaldas. Pilot se voltea para buscar mis ojos—. Tu boca se movía como si estuvieras conversando con la página. Imaginaba que tu voz dibujaba el sonido en su recorrido de tu mente al papel, como si tu brazo fuera un cable de audio.

Trago saliva, contengo una intempestiva necesidad de llorar.

—Sí, supongo que ya no confío en los cuadernos para guardar mis pensamientos.

Pilot frunce el ceño. Pasa con delicadeza un dedo desde mi sien hasta mi barbilla.

—¿Cuándo pasó eso?

Levanto los ojos al cielo.

—En algún punto de ese año, alguien tomó uno de mis cuadernos y lo leyó.

Él aprieta mi mano.

—Mierda, eso es horrible. Lo siento.

Pilot me envuelve con los brazos, sigue dormido. Despacio, me libero lo suficiente para ver sobre la litera. Volvimos tan tarde que nos escabullimos hasta aquí en la oscuridad. Dejo escapar un suspiro cuando veo que las chicas ya se fueron. Las persianas de la ventana están abiertas, pero no veo a nadie en la cocina. Debe ser tarde, por lo general hay alguien...

—¡Oh, Dios mío! —Me levanto de la cama y me golpeo la cabeza con el techo—. ¡Auch! —Paso sobre las piernas de Pilot a gatas para tomar mi celular del mueble que está junto a la cama.

Pilot se mueve mientras alcanzo el teléfono.

—¿Qué? ¿Estás bien? ¿Qué pasa? —Su voz suena atontada.

El pánico me recorre. Son las once. ¡Son las once! Volteo a ver a Pilot, que se levanta sobre sus codos, con el cabello alborotado.

—Pilot, son las once de la mañana. ¡Nuestras prácticas comenzaron hoy!

Sus ojos se agrandan con terror.

—Mierda.

19
PESADO COMO LA PUESTA DEL SOL

Atravieso la puerta de *Maletas Hechas* a las doce con dieciséis minutos. Mi cabello aún está húmedo y apenas tengo un poco de maquillaje. Me vestí con lo primero que encontré: unos jeans oscuros y una playera negra. Corrí desde la estación Covent Garden, así que estoy sudando. Vuelo por las escaleras tan pronto Tracey activa el zumbido para dejarme entrar y me apresuro a cruzar la puerta. Tracey está detrás del mostrador, observándome.

—¡Tracey, hola! —Dejo caer las manos sobre mi cintura, jadeante.

—Hola. —Ella ve su computadora—. ¿Estás bien? Llegaste dos horas y dieciséis minutos tarde —dice, tranquila.

—Sí, sí. Lo siento tanto, Tracey. Mi alarma no sonó. No pasará de nuevo. —Me tomo un momento para respirar.

—Está bien. —Hace un par de clics en su computadora y voltea a verme—. Puedes sentarte ahí. —Señala mi viejo escritorio. La antigua MacBook me espera en la mesa—. Si tienes alguna duda puedes enviarme un mensaje. —Junto las manos en espera de algo más, pero ella regresa a su trabajo.

—Eh, está bien. Genial, ¡gracias! —Me ato el cabello en una cola de caballo y me siento frente a la computadora. Aún no recupero el aliento cuando la enciendo. Me pregunto si Pilot fue a trabajar.

Saco el celular de mi bolsa y me encuentro con un mensaje pendiente.

PILOT:
Hola. ¿Llegaste bien al trabajo?

SHANE:
Sí, ¡lo logré! Empapada como un recién nacido, pero estoy aquí.

PILOT:
Confía en mí, no pareces un bebé recién nacido. Te ves bien empapada ;)

SHANE:
Tú también te ves bien empapado.

PILOT:
¿Quieres que nos empapemos más tarde?

SHANE:
Farol por empaparnos.

PILOT:
La palabra *empapado* ya perdió el sentido.

Le escribo a Tracey tres veces durante el día, le pregunto si necesita algo y más tarde me envía al supermercado por comida y me pide que busque percheros. Pilot y yo nos enviamos mensajes toda la tarde. Al final del día, estoy ansiosa por volver con él. Cuando Tracey me deja ir a las cinco, prácticamente salto de mi asiento. Sonrío todo el camino a casa. Creo que dejé un halo de luz detrás de mí.

Pilot está sentado en la cama contra la pared más lejana y yo estoy sentada en la pared adyacente, con mis piernas extendidas sobre su regazo. Mi laptop se balancea sobre mis muslos. Atticus está en prácticas, así que tenemos el cuarto para nosotros. Reservamos boletos de tren para ir a Edimburgo el fin de semana.

—Cielos, mira esto. ¡Tienen tours de fantasmas famosos! —exclama Pilot.

—¿Tours de fantasmas?

—Y de cementerios famosos —continúa.

—Siempre soñé con visitar una ciudad famosa por sus valles llenos de cadáveres —me burlo.

Él sonríe, continúa explorando la lista de diez cosas que hacer en Edimburgo en la página de *Maletas Hechas*.

—Será un viaje interesante.

Yo sigo navegando en mi propia computadora.

—Mira, tienen algo que podemos subir. ¡Algo natural! —Me muevo por la esquina hasta que estamos recargados en la misma pared y le muestro la pantalla de mi computadora—. Se trata de un peñasco, ¡y podemos subir hasta el trono de Arturo! —Las fotografías se ven increíbles.

—¡Guau! —Se inclina para ver mi pantalla—. Iremos al trono de Arturo, seguro.

—Seguro, hermano —bromeo, imitando la voz de Chad.

A la mañana siguiente, me visto con un atuendo ejecutivo informal y llego al trabajo diez minutos antes. Llevo mis mejores pantalones negros, un saco negro y el cabello atado en un chongo.

—¡Buenos días, Tracey! ¿Quieres que empiece con algo hoy? —Aún no me muestra la estación de té.

—Tal vez necesite que envíes correspondencia más tarde.

—Okey, genial. Bueno... estaré ahí, si me necesitas.

Mi teléfono vibra.

PILOT:
Te veías grandiosa esta mañana en traje informal =)

SHANE:
Ja, ja, ja. Gracias, pero no recuerdo haberte visto esta mañana =P

PILOT:
Si estás a la vista, Shane, te veo.

SHANE:
¿A qué hora estuve a la vista?

PILOT:
Te vi caminar de la cocina a las escaleras cuando iba a desayunar.

SHANE:
Debiste detenerme para darme los buenos días.

PILOT:
Imaginé que querías llegar temprano.

SHANE:
Sí, pero siempre tengo tiempo para ti.

Bajo el celular, mi piel hormiguea. Comienzo a extrañar su tacto de la misma forma que necesito comida o agua. Levanto la vista; Wendy cambia la música de la oficina en una de las computadoras de la estación de edición. No he tenido oportunidad de decirle nada. Mi teléfono vibra otra vez.

PILOT:
¿Puedo invitarte a cenar a las seis?

SHANE:
Ya no puedo esperar.

Pilot me mantiene entretenida hasta las cuatro y media, cuando Tracey por fin me dice que está lista la correspondencia. Me dirijo a su escritorio.

—Esta es la bolsa de la correspondencia. Puedes dejarla en la oficina de correos e irte a casa o puedes volver y quedarte. Un posible patrocinador vendrá a las siete para una reunión, puedes estar presente si quieres.

—¡Gracias, Tracey! Eh, creo que me iré a casa. Tengo planes, pero gracias. Llevaré esto a la oficina de correos de inmediato.

20
LAS OLAS LLEGAN DESPUÉS DE MEDIANOCHE

El jueves por la mañana me despierto temprano y me detengo para comprar bagels para todos en la oficina y así tener un pretexto para acercarme a Wendy. Como llegué tarde el primer día, supongo que Tracey no tuvo tiempo de darme el recorrido, que no importa tanto porque ya los conozco a todos. Pero debería hablar con Wendy. Estaba tan poco presentable el otro día que lo postergué.

Cuando llego, saludo a Tracey y me dirijo a la oficina de Wendy. La puerta está abierta. Me asomo, ella está usando un vestido formal rojo con un saco negro. Escribe en su computadora. Toco con cuidado sobre el marco de la puerta.

Ella levanta la mirada y sonríe.

—Hola.

—¡Hola, Wendy! ¡Buenos días! —Le sonrío de vuelta—. Solo quería presentarme otra vez. Soy Shane. Y decir otra vez lo feliz que me hace trabajar aquí. Gracias por la oportunidad. Esta compañía es increíble y me muero de ganas de aprender más de ti y de los demás, y, ojalá, escribir el artículo sobre estudiar en el extranjero. ¡Traje bagels para toda la oficina! —Levanto la bolsa con entusiasmo.

—Shane, qué amable. ¡Gracias por los bagels! Puedes dejarlos en la cocina. ¡De nada! Espero que disfrutes tu tiempo aquí. —Hace una pausa, apretando los labios—. Y, solo para ser honesta, en cuanto al artículo, eso aún está en el aire. Lo pensé un poco más. Es una gran responsabilidad, así que no estoy segura de que sea una posibilidad.

Es como si me quitara el piso debajo de los pies. Doy un paso hacia atrás para estabilizarme.

—Oh, Wendy. Mmm, estoy lista para la responsabilidad.

Ella cruza las manos sobre su impoluto escritorio.

—¿Tienes algún artículo relacionado con viajes que pueda ver?

—Yo...

Pienso en la publicación que escribí sobre la toma dos del viaje a Roma. No está bien redactado. No es suficientemente bueno. Empecé otra publicación, pero nunca la terminé. No he escrito nada desde Roma. Jamás terminé ese texto inicial sobre las diferencias entre Nueva York y Londres. «Oh, Dios».

—Eh... no —termino la frase en voz baja. El teléfono en su escritorio comienza a sonar.

—Lo siento, cariño. Debo atender esta llamada. ¡Que tengas un lindo día! Gracias otra vez por los bagels.

Arrastro los pies desde la oficina hasta la cocina y, despacio, acomodo los bagels en un plato. Me pesan las extremidades, como si atravesara el océano. «¿El artículo no es una posibilidad?».

Me desplomo en mi asiento. «Pero... ¿por qué?». Necesito ese artículo. ¿Cómo pudo quitármelo? ¿Por qué no tengo publicaciones que mostrarle?

La mesa vibra un poco. Veo mi celular.

PILOT:
> Escuché que alguien usó la palabra *éxtasis* en el trabajo. ¿Puedo usarla o es horrible? =P

Meto el teléfono a mi bolsa y la cierro. Tracey no me da ninguna tarea hasta las dos y media. Me entrega otra bolsa de correspondencia para enviar y me dice que puedo irme por hoy. Me siento como un globo desinflado mientras camino fatigosamente por la calle hacia el metro. Reviso mis mensajes.

PILOT:
> ¿Está todo bien?

PILOT:
> Volví temprano, así que búscame cuando llegues a casa.

PILOT:
> Espero que todo esté bien.

Regreso el celular a mi bolsa.

En el tren, me pongo los audífonos y cierro los ojos. «Ahora voy a casa y empaco para Edimburgo. Nos vamos mañana a las doce. Pilot salió temprano hoy. Podemos ir por *shawarma* cuando llegue».

Camino a casa en automático. La conversación que tuve con Wendy no deja de repetirse en cámara terriblemente lenta dentro de mi mente. Bajo las escaleras con pasos pesados hacia el sótano, y entonces alcanzo a ver a una chica de cabello negro en chaqueta negra de piel. Está parada justo donde aterrizó mi equipaje cuando me tropecé la primera vez. Juega con un iPhone en las manos, su maleta está cerca de sus pies. ¿Está perdida? Me quito los audífonos y bajo otro escalón. Ella gira para verme.

Me paralizo como un venado bajo las luces de un auto, a ocho escalones del piso. Mi corazón se cae por mi pecho y choca con las escaleras bajo mis pies.

La chica me ve con duda. «Ella no me conoce». Jamás me ha visto porque he evitado Facebook por completo.

—Eh... —comienza con una voz baja—. Lo siento. Acabo de llegar, vine a visitar a alguien. No puedo conectarme al Wi-Fi para avisarle que estoy aquí y no estoy segura de que este sea el edificio en el que vive. Bueno, sé que vive en el sótano. ¿Me podrías ayudar? Busco a mi novio, Pilot. ¿Lo conoces?

Asiento con la cabeza.

—¿Podrías decirme dónde está?

Bajo los últimos ocho escalones. Al final del pasillo, señalo su puerta como si fuera el fantasma de la Navidad.

Amy me lanza una mirada cómica.

—Gracias.

Doy un paso hacia mi habitación, pongo la llave en el cerrojo. Cuando Pilot abre la puerta, volteo a verlos mientras ella grita «¡sorpresa!» y se lanza sobre él. Él se separa rápidamente y da un paso atrás. Noto que Pilot alcanza a verme sobre el hombro de Amy.

Me escabullo. Su rostro está lleno de asombro mientras su mirada salta de mí a ella y de vuelta a mí. Abro mi puerta y la azoto detrás de mí. Así no es como saludas a alguien que acaba de terminar contigo. Esa no era una chica con el corazón roto.

No hay nadie en la habitación. Camino de un lado a otro sobre la alfombra. O no terminó con ella, o ella cruzó el océano Atlántico para intentar arreglar la relación después de que él terminó con ella y aún lo llama «novio».

Me tiro al piso y adopto la posición de «perro bocabajo». Mi mente da vueltas en cientos de direcciones diferentes. Me pongo de pie, tomo a Sawyer e intento distraerme en Twitter. Eso dura apenas unos segundos. Dejo la computadora sobre una silla. «Todo se está desmoronando».

Vago por el cuarto hasta que escucho la puerta.

¿Cuánto tiempo ha pasado? ¿Media hora? Corro a abrirla tan rápido que siento una brisa de aire golpearme. Pilot está frente a mí, se ve agitado.

—Shane, ¿podemos hablar? —Me hago a un lado para que entre y cierro la puerta.

—¿A dónde fue?

—Está en mi habitación.

—¿En tu habitación? —grito sin poder creerlo.

Él pasa una mano por su cabello. Exploto.

—¿Cómo pudiste mentirme? ¿No terminaste con ella? —Intento mantener bajo el volumen de mi voz, pero estoy tan molesta que no es posible—. ¿Qué demonios está pasando? —Me llevo las manos a la cabeza—. Mierda, quiero lanzar cosas ahora mismo. ¿Me estabas usando? ¿Esto era solo un juego para ti?

Sus ojos, tristes y húmedos, se posan en los míos por un largo rato hasta que dice:

—Shane, te juro por Dios que terminé con ella.

Paso un trago de saliva.

—¿Entonces qué hace aquí?

—Esto sonará ridículo.

Cruzo los brazos.

—Te escucho.

Jala una silla de la mesa y se deja caer sobre ella.

—No he hablado con Amy desde el día que le llamé para terminar nuestra relación. Intenté hablar por Skype, pero no estaba conectada. Entonces marqué a su celular, pero me envió a buzón. Estaba tan listo y preparado para lo que diría, que necesitaba decirlo en ese momento. Necesitaba expulsar las palabras y le dejé dicho todo en un mensaje.

Agito la cabeza de un lado a otro, incrédula.

—Oh, Dios mío. —Camino por el cuarto otra vez—. ¿Terminaste con ella por mensaje de voz?

Él se levanta de la silla.

—Acabábamos de llegar, todo era irreal, sentí que no importaba. En ese momento todo era como... Esto era solo un raro viaje mágico.

Dejo de moverme.

—¿Y ahora? ¿Todavía es solo un raro viaje mágico para ti?

—¡No!

—Si terminaste con ella, ¿por qué está aquí?

Él exhala y cierra los ojos.

—Nunca recibió el mensaje. —Agacha la mirada. Hay un momento de silencio mientras proceso esto.

Mi siguiente pregunta es lenta y deliberada.

—¿En sentido figurado o literal?

—Literal.

Me llevo las manos a la cabeza y las agito con rabia.

—Oh, Dios mío.

—El mensaje no se envió o algo. Fue muy incómodo, pero le pregunté si recibió mi mensaje y dijo que no sabía de qué estaba hablando. No puede llamarme aquí, la borré de Skype. Ella me envió correos muchas veces, pero yo los borré. Y me envió mensajes por Facebook, pero no los abrí porque no soy bueno con los enfrentamientos y no quería lidiar con eso. Siempre dijo que planeaba visitarme. Al no saber de mí, decidió volar y sorprenderme. Shane, no tenía idea.

Las palabras rasguñan mi garganta al salir.

—¿Ya le dijiste lo que decía el mensaje de voz?

—Todavía no.

Me punza la cabeza.

—¿Se lo dirás ahora?

—Acaba de llegar de un viaje de diez horas —dice solemne. Siento una punzada en las entrañas. Incluso me encorvo un poco hacia delante—. ¡Pero se lo diré! Dejaré que se acomode en un hotel y le explicaré todo. —Se pone de pie y apoya las manos sobre mis hombros—. Shane, estoy contigo.

Mi piel se estremece. Me llevo las manos a las sienes, las presiono y después quito las suyas.

—¿Qué tipo de persona no espera la confirmación de su ser querido para estar seguro de que sabe que terminaron, si está en una relación seria? Sabías que te respondería. ¿Pensaste que podrías dejar un mensaje y nunca más hablar con ella? Si de verdad querías terminar, al menos habrías leído sus correos para saber qué te diría. Si tenías problemas para lidiar con la situación, ¿por qué no me lo dijiste? Podríamos haber hablado sobre eso. —Mi voz se quiebra. Pilot da un paso hacia mí otra vez—. Por favor, no me toques.

El dolor se refleja en sus ojos. Se sienta de nuevo y pasa sus manos desde el cuello hasta la frente.

—Shane, lo siento. Lo arruiné. ¿Qué quieres que haga? ¿Quieres que atraviese el pasillo y la bote de una vez?

Cierro los ojos y agito la cabeza. Las lágrimas comienzan a caer por mi rostro. Retrocedo hasta sentarme en la cama de Babe.

—No —balbuceo, casi incoherente.

—¿No? —me pregunta suavemente.

Me limpio las lágrimas y lo observo. Siento un dolor en el pecho. Nos vemos en silencio por unos minutos. Mi corazón late dolorosamente contra mis costillas. «¿Cómo llegamos aquí tan rápido?».

Después de unos minutos, digo:

—Pilot, esto ya no está funcionando para mí.

Él parpadea, confundido, pero inmediatamente me enfoca otra vez.

—¿Qué... qué es lo que no está funcionando?

Agito la cabeza y señalo todo el cuarto.

—Esto.

—¿Esto qué?

Doy unos cuantos respiros y me levanto para tomar mi bolsa de la mesa.

—¿Qué estás haciendo?

Abro el pequeño compartimento con cierre y saco el objeto plateado de adentro.

—Shane —dice con cautela—. ¿Qué estás haciendo? Por favor, no lo hagas. Ayúdame a entender lo que estás pensando.

Su voz está llena de paciencia. Me rompe el corazón. Aprieto con fuerza el camafeo en mi palma y dejo caer mi bolsa. Su voz titubea cuando recupera el habla.

—Todo ha sido grandioso entre nosotros. Estas últimas semanas han sido increíbles.

—Pilot, me estoy perdiendo.

—¿Qué quieres decir?

Junto los labios.

—Me estoy perdiendo, me estoy convirtiendo en nosotros.

Él agita la cabeza, confundido.

Me acuesto en la orilla de la cama de Babe.

—Lo que sea que esto es... —Me esfuerzo por sacar las palabras de mis pulmones, que llegan saturadas y pesadas—. No puedo con esto. Todo en lo que pienso eres tú... Pilot. Físicamente, empiezo a perder fuerza cuando estamos separados.

»¿Sabes? He estado tan distraída que no he tenido ninguna conversación sustancial con mi mejor amiga en seis días. Ella duerme debajo de mí. No soy ese tipo de chica. —Paso saliva—. Estoy tan distraída que llegué dos horas tarde al trabajo de mis sueños. No soy esa chica. Nunca quise ser esa chica.

Me llevo las palmas a las mejillas y las deslizo hacia abajo.

—Te he enviado mensajes sin parar en el trabajo. ¿Cómo pude pensar que eso estaba bien? Casi no publico nada en mi blog. No he hecho nada sustancial para encaminarme al gran objetivo de mi vida, cuando, por algún milagro, tengo una segunda oportunidad para hacerlo. Hoy, Wendy me dijo que escribir un artículo para la revista ya no era una posibilidad. —Lanzo mis manos al aire—. ¡No es una posibilidad, Pilot! Así como así. ¡Porque he estado tan distraída como una adolescente en un trabajo de verano!

El rostro de Pilot se arruga.

—Shane, lo siento pero...

—Antes fracasé. Y no puedo sentarme y enfrentar este fracaso otra vez. Ya lo viví. Y no me quedaré para ver cómo mi familia descubre todo y reniegan de mí una segunda vez.

—Shane. —La voz de Pilot tiembla—. Sé que estás molesta ahora, pero, por favor, démonos un respiro. Podemos resolver esto. Lo siento. Te dejaré sola todo el tiempo que necesites. Por favor, solo piénsalo bien, ¿sí? Piensa en eso las siguientes veinticuatro horas. Por favor. Hablemos en veinticuatro horas. Tenemos algo grandioso. Bueno, al menos eso pensaba. No quiero darme por vencido con esto.

—Pasa saliva.

Gimo y suspiro al mismo tiempo.

—Esto me lastima, Pilot... No puedo escogernos, porque debo escogerme a mí. No estoy lista para esto. Aquí, aún estoy en la escuela. Aún soy dependiente. No puedo apartarme de este camino de mierda. Pero en 2017 quizá pueda hacer algo. Tengo algunos ahorros, terminaré con Melvin y comenzaré de nuevo. Algo se me ocurrirá.

—Shane —dice, casi con un suspiro.

—Pilot, quiero reiniciar. Necesito navegar mi propio barco y no puedo hacerlo contigo en mi mente. Vuelve con Amy. Esto fue un error.

Una lágrima se desliza por la mejilla de Pilot.

—¿Cómo puedes decir eso? —Aprieta los ojos y se limpia la cara con la palma de la mano.

Me tiemblan los labios; él se levanta y sale. La puerta se cierra silenciosa detrás de él. Atravieso el cuarto y me recargo contra ella. Las náuseas invaden mis entrañas. Lloro con libertad mientras me deslizo hasta el suelo. La silla en la que Pilot estaba sentado está frente a mí. Suelto las piernas, exploto y la pateo. Sale volando a un lado, justo hacia la otra silla, que se tambalea. Grito con espanto cuando tanto las sillas como Sawyer chocan contra el piso.

—No, no, no, no, *nonononononono*. —Me levanto, sujeto las patas metálicas y quito la silla que está encima de mi computadora. Deslizo el dedo frenéticamente sobre el panel táctil del cursor.

La pantalla vuelve a la vida con una gran grieta negra que la atraviesa. Incluso las partes encendidas parpadean como si estuvieran en shock. Oprimo el botón de encendido para reiniciar.

—Por favor, por favor, por favor, por favor, por favor.
—La pantalla vuelve al negro. Después, un círculo de carga aparece en la pantalla. La parte superior está cubierta por la misma grieta oscura—. Por favor, enciende —le ruego.

Carga y carga y carga, pero nunca se enciende.

«Todas mis historias a medio terminar». El esbozo detallado de mi gran novela. Las tres mil palabras que plasmé en las páginas el primer día que llegué. La nube no respalda todo en automático aquí. Todo desapareció. No tengo dinero para reemplazarla. «¿Estoy respirando? Siento que no puedo respirar». Me levanto y pongo a Sawyer en la mesa. Creo que estoy sofocada. Corro escaleras arriba y atravieso la puerta principal del Karlston.

Mis botas me llevan hasta la banqueta. El camafeo aún está en mi mano. Estoy rota por dentro. «No puedo seguir aquí». Al llegar a la esquina, extiendo la mano, abro el camafeo y observo el botón de obsidiana negra en forma de corazón. Aprieto los ojos y oprimo con el pulgar para accionarlo.

21
VADEAR CADA CORRIENTE

Levanto un párpado y después el otro. Las lágrimas aún se deslizan por mis mejillas. Veo alrededor. ¿Todo parece lo mismo? ¿Aún estoy en Kings's Gate? Camino una cuadra para buscar un periódico. Aún es 2011.

—Debe ser una broma. —Mi mirada vacía se pierde en la esquina de Gloucester Road hasta que alguien me toma del hombro.

—¡Discúlpeme! —exclamo y me hago a un lado para que siga su camino. Es una mujer en traje sastre.

—Así no funciona —canturrea con el cabello rojo ondeando detrás de ella. La veo por un momento antes de precipitarme sobre ella.

—¡Dijiste que esta era la forma de salir! —le grito a su espalda, con el camafeo en la mano. Estoy solo a unos pasos de distancia, pero de pronto la banqueta se llena de gente y debo esquivar a decenas de personas en traje que se dirigen hacia mí mientras hablan por teléfono. «¿Qué demonios...?»—. ¡Vuelve! —Llego a un alto y presiono el botón de obsidiana otra vez.

Nada aún. Siento un toque en el hombro. Giro y ella está justo detrás de mí.

—¿Qué demonios está pasando? —exijo saber.

—Funcionará cuando los dos estén listos —dice de forma simple antes de unirse otra vez a la marea de personas en traje.

Suspiro entre las lágrimas, intento alcanzarla.

—¡Pero yo estoy lista! ¡Estoy lista!

Oprimo el botón una y otra vez, me hago a un lado, serpenteo entre la multitud.

—Por favor, ¡estoy lista! ¡Por favor! ¡Detente! ¡Todo está arruinado! —Me tropiezo y caigo al piso, mis rodillas se raspan con el concreto. Siento un vacío en el pecho, me tambaleo para ponerme de pie.

Mis hombros se convulsionan. Presiono mis manos contra los ojos. Atrapada. Estoy atrapada. Estoy atrapada aquí.

Cuando bajo las manos, la calle está vacía. Ella desapareció.

Los audífonos vuelven a mis oídos. Nadie me habla a pesar del tsunami de lágrimas que baja por mi rostro. Así pasa en el metro. Siempre puedes confiar en que nadie te hablará.

La vergüenza me invade. «Hice llorar a Pilot. No le agrado a Wendy. Maté a Sawyer. No me quedé en el trabajo la noche que había una reunión a la que pude asistir. No he hecho té para nadie en la oficina. No tengo conexión a internet. ¡Le dije a Pilot que volviera con Amy! Perdí todos mis archivos. No puedo reiniciar». Me transporto sin destino, cambio líneas de cuando en cuando. Siento náuseas perpetuas.

El cielo está manchado de oscuridad cuando salgo otra vez en la estación Bethnal Green. Mis ojos están hinchados e irritados mientras recorro las calles.

En algún punto, llego a un alto, parpadeo ante el edificio del otro lado de la calle. ¿Es una librería? Hay una librería del otro lado del camino.

Me limpio la cara y atravieso la calle. Adentro, el olor a repisas de madera, papel nuevo y un poco de humedad flota en el aire. Lo inhalo con alegría. El lugar es estrecho, pero tiene dos pisos, y en cada rincón hay muebles llenos de libros.

Exploro el lugar meticulosamente, serpenteo despacio entre los libreros y leo cada título, paso el dedo por todos los lomos. Levanto algunos ejemplares que ya leí. Examino las diferentes ediciones de los clásicos. Hace tiempo que no leo libros que no sean de medicina. ¿Cuándo dejé de leer libros divertidos? ¿Hace dos años? ¿Antes de eso? ¿Cómo dejé que pasara?

Mis labios se levantan un poco cuando por fin me encuentro con la sección de Harry Potter. Han pasado años desde la última vez que los leí. Los extraño. Tomo la edición británica de mi favorito, *El prisionero de Azkaban*, y me llevo el ejemplar al pecho.

Recorro la librería con él en las manos, busco el lugar perfecto para leer. Por fin encuentro un rincón escondido entre los estantes y me siento en el piso. En cuanto mi trasero toca el suelo, jadeo de nuevo.

«Estoy atrapada en el pasado, seis años atrás».

Dejo caer mi cabeza sobre las rodillas. Esto significa que viviré de nuevo los últimos meses de Londres en un trabajo en el que no me toman en serio, sin computadora, y experimentaré de nuevo la pesadilla con mis padres. «No puedo hacerlo. No puedo lidiar con eso. No quiero. Quiero salir. Quiero irme a casa. Quiero empezar otra vez». He perdido mi conexión con el resto del mundo. El teléfono que tengo es una porquería. No puedo hacer nada en internet sin Sawyer. Mi cuerpo tiembla.

Me concentro en el libro que tengo en las manos. Respiro. Mi libro favorito. Tengo mi libro favorito. Es una edición que no tengo de mi libro favorito. Respiro. Paso los dedos por la portada británica. Estas fueron las historias que me hicieron querer escribir historias. Estas son las historias que moldearon mi corazón. Despacio, abro la tapa.

Recobro el aliento al ver una nota escrita a mano. Hay una nota en el libro. Dejo escapar una risa. Había escuchado de gente que hace esto, dejar notas para extraños en libros de Harry Potter. Inhalo más oxígeno y me acerco para leer la diminuta letra en cursiva.

Querido lector:

Incluso en los momentos más oscuros, recuerda que solo debes encender la luz.

Los sueños habitan las montañas más altas; la búsqueda es amenazante, pero sin ellos solo estamos dormidos.

Cuando lo necesites, Hogwarts siempre estará ahí para darte la bienvenida a casa.

Nuevas lágrimas bajan por mis mejillas. La leo una vez más. Y otra más. Y otra más. Y otra más. Y otra más. Y otra más. Paso quince minutos leyéndola. Entonces paso saliva, resoplo, cierro el libro y lo llevo a la caja registradora.

Tengo una jodida montaña que escalar.

14
VOY POR EL KNOCKOUT

Cuando el profesor Blackstairs concluye la clase del viernes, camino una cuadra y me instalo en el Café Nero. El Horrocrux Nueve yace frente a mí, prácticamente vacío. Abro una página en blanco, le doy un trago a mi latte y esbozo una publicación sobre París. El tren que Pilot y yo reservamos para Edimburgo parte sin mí a bordo.

Cuando estoy satisfecha con lo que he escrito, vuelvo al edificio de las clases. Adentro, en el sótano, hay un par de viejas computadoras en un diminuto cuarto lleno de muebles al que llaman biblioteca. La publicación está en línea a las tres: «Una guía de París para principiantes». Envío un mensaje de texto a Babe y Sahra, hacemos planes para probar un club nocturno y explorar nuevas áreas de Inglaterra.

El sábado, hacemos un viaje a Bath y el domingo vamos a Stonehenge. Llevo el Horrocrux Nueve conmigo, apunto todos mis pensamientos y hechos interesantes que quiero recordar.

El domingo por la noche me siento en mi litera y escribo sin parar hasta que tengo el borrador de otra publicación:

«No necesitas un avión para viajar por un día: disfruta al máximo tus fines de semana en el extranjero». Cuando está listo, Babe me presta su computadora, lo transcribo y publico. Que Dios la bendiga.

Lunes, 31 de enero de 2011 (toma dos)

Mamá y papá:

No me rendiré esta vez. Se molestarán al enterarse de que Sawyer tuvo una muerte prematura. Fue el mejor regalo que me dieron y estoy devastada, pero voy a ingeniármelas. Supongo que los veré en un mes para nuestra pelea. Cruzo los dedos por que sea diferente esta vez.

Besos y abrazos,
Shane de 2017

El martes por la mañana, me dirijo a *Maletas Hechas,* con la determinación impresa en cada partícula de mi ser.

Con alegría, me planto frente al mostrador en la recepción.

—¡Buenos días, Tracey! Me preguntaba si podrías darme una lista con los emails de trabajo de todos, para ofrecerles mi asistencia.

Ella me analiza por un momento.

—Eh, está bien. Te los enviaré por correo —responde lentamente. Le agradezco, dejo mis cosas y me dirijo a la estación de té en la cocina.

La primera taza que preparo es para Wendy. Camino con cuidado hacia su oficina y toco el marco de la puerta.

Tiene puesto un lindo suéter rosa con los hombros descubiertos y una falda blanca.

—Sí, ¡adelante! —indica.

Doy paso dentro de la oficina.

—¡Hola, Wendy! ¡Buenos días! Te hice una taza de té. —Despacio, dejo la taza y el platito sobre su escritorio.

—Oh, Dios mío, gracias. —Sonríe.

—Sé que hice esto el jueves, pero quería presentarme otra vez. Creo que empecé con el pie izquierdo la semana pasada. Soy Shane. Estoy muy emocionada por estar aquí y aprender; si hay algo en lo que pueda ayudarte, por favor, pídemelo. Si existe la oportunidad de asistirte o verte en acción, me encantaría hacerlo. Sé que mencioné esto en nuestra entrevista hace un par de semanas, pero yo misma tengo un blog que he convertido en un blog de viajes. Me encanta lo que hacen aquí. Te enviaré un correo con esta información para ver si te interesa y que tengas mi correo si me necesitas.

Su sonrisa crece.

—Gracias, Shane. Lo tendré en cuenta.

Le respondo asintiendo y sonriendo.

—Estaré allá si me necesitas. —Señalo mi mesa.

Regreso a la cocina y preparo otra taza, esta vez para Declan. La llevo al área de edición.

—Hola, Declan. Te hice una taza de té. Solo quería presentarme. Soy Shane...

Después, Donna. Continúo así, hago mis rondas, hablo con todos: Declan, Donna, el hombre de mediana edad llamado George, con el que nunca interactué, Janet, e incluso con Jamie, la estirada mujer rubia que evité la primera vez porque me daba miedo. Termino llevando una taza a Tracey y reitero mis intenciones.

—Gracias, ¿cómo te enteraste de nuestra estación de té? —pregunta Tracey.

—Vi la tabla mientras acomodaba los bagels el jueves —explico.

Ahora todos saben mi nombre, mis intenciones y que mi blog existe. Les envío emails por separado con esta información. En todos agrego al final:

> P.D. Sé que ya mencioné mi blog, aquí hay una liga para uno de mis textos: ♪sandiafrancesa19.com/Guiadeparisparaprincipiantes𝄇 Me encantaría que lo vieras. Se aceptan observaciones y crítica constructiva.

A las tres, doy otra vuelta por la oficina, ofrezco a todos una segunda taza de té. Declan me pregunta de dónde soy. Donna bromea al respecto, diciendo cómo la impresionó la excelente taza de té que le preparé, pues no esperaba eso de una estadounidense.

Cuando entro a la oficina al siguiente día, todos me saludan por mi nombre. Les llevo el té de la mañana sin que me lo pidan. Donna me invita a sentarme con ella mientras planea su siguiente viaje. Irá a Capri el jueves. Me siento a su lado la mayor parte de la mañana. Ella habla de viajes y me pregunta a dónde he ido hasta el momento.

Antes de que el día acabe, Wendy se detiene en mi pequeña estación de trabajo y me dice que leyó mi «Guía de París para principiantes». Mi corazón baila can-can. Dice que le pareció «¡hilarante y encantador!».

Wendy se inclina frente a mi mesa y dice:

—¿Sabes qué? Quizá deberías comenzar a planear ese artículo sobre estudiar en Londres para una revisión. Si todo sale bien, podría reconsiderarlo. Podríamos publicarlo en línea a mediados de marzo, y, quién sabe, incluso imprimirlo en el número de abril.

Mis pies bailan en el piso debajo de mi escritorio. «Puedo hacerlo».

Wendy me aconseja volver a leer sus numerosos artículos sobre viajes en distintas ciudades para que intente ajustar mi estilo al suyo. Paso el resto del día usando la MacBook de la compañía para hacerlo.

El jueves, Wendy me invita a beber con todos los de la oficina. Al parecer, es algo que hacen cada semana. Voy. Wendy me invita un trago y me cuenta sobre sus días en la universidad, cuando se tomó un año sabático para viajar. Declan me pregunta cuántos años tengo. Le sorprende que le diga «casi veintiuno». Pensaba que seguía en la preparatoria. Hace unos años que él salió de la universidad. Donna nos cuenta una divertida historia sobre alguien con quien salió la semana pasada. Tracey me platica, sin una pizca de arrogancia, sobre una cantante a la que verá este fin de semana: Lily Allen. Tengo un par de sus canciones. Me pregunta qué tipo de música me gusta, a quién he visto en vivo. Hasta ahora ella parecía solo tolerarme a regañadientes y me lleno de alegría cuando descubrimos lo que tenemos en común. Comienzo a sentir aprecio por estas personas. Son creativos, extrovertidos y alegres. Empiezo a sentir que... encajo bien entre ellos.

Babe, Sahra y yo hacemos un viaje a Berlín juntas el fin de semana. Llevo mi cuaderno. Cuando volvemos el domingo por la noche, escribo una nueva publicación y tomo prestada la computadora de Babe para transcribirla y publicarla. Me encanta cristalizar mis experiencias de esta forma. Me encanta anclar mis pensamientos inmediatos en el papel antes de que se vayan flotando. Me encanta la satisfacción triunfante que siento cuando vuelvo a leerlos una vez que la publicación cobra vida.

Poco a poco, comienzo a redactar el borrador de mi artículo para la revista. Cada día me obligo a vivir más experiencias en Londres: nuevos lugares para comer, diferentes supermercados. Cuando tengo tiempo, tomo líneas diferentes de metro. Me bajo en nuevas estaciones y camino por zonas que aún no conozco. Hago notas. Un día, mientras voy en el tren, volteo el cuaderno, abro la tapa posterior y comienzo a escribir la novela que había esbozado en Sawyer. A partir de ese momento, giro el cuaderno una vez al día para trabajar en ella.

Para mi artículo, intento compilar una lista de las veinticinco cosas que quiero hacer durante mi tiempo en Londres antes de quedar en bancarrota. Hablando de eso, si quiero viajar más a este ritmo, lo cual ya decidí hacer, lo que queda de mis ahorros de mi trabajo de verano e invierno se acabará justo al final del semestre, o quizá antes. Escribo un artículo corto para el blog sobre las cinco ciudades que quisiera conocer.

Cinco lugares a los que quiero ir antes de volver a Estados Unidos:

1) Todas las ciudades que aún no veo en Italia (por lo menos Florencia).
2) Dublín.

3) Praga.
4) Ámsterdam.
5) Edimburgo.

Para estar segura, les menciono a mis padres en un email que me estoy quedando sin recursos para comida. Ellos amablemente me transfieren un pequeño colchón de dinero que uso para todo menos para alimentarme. Evito las llamadas por Skype. Desde que mi computadora murió, nos hemos comunicado solo por correos de voz con pocos detalles y les he insistido que lean mi blog para que sepan lo que hago.

Pilot y yo nos hemos evitado el uno al otro. No sé qué pasó con Amy después de ese día, quizá volvió con ella. «Eso está bien. Yo se lo dije».

Cuando llegan las vacaciones de primavera ya tengo todo planeado: iré con Babe a Florencia, Pisa y Venecia. Le pregunté si prefería ir sola a Dublín. Me contestó que podía viajar sola en cualquier momento, pero ¿qué tan seguido tenemos la oportunidad de viajar por Italia juntas? La pasamos increíble y hago una publicación sobre nuestras aventuras.

En el trabajo, Donna me ha adoptado por completo. La semana pasada me ayudó a decidir qué formato quería darle a mi artículo y hablamos de su vida personal. Ahora tengo su número. Creo que estuvimos a punto de tener una amistad laboral la primera vez que estuve en Londres, pero definitivamente su éxito y su porte hacían que me diera miedo hablar con ella cuando tenía veinte años. Ese instinto aún está presente, pero es más fácil ignorarlo esta vez. Es raro cómo ahora que soy un poco más vieja me doy cuenta de que las personas son solo personas. Parece obvio, pero no lo es.

23
CONFIAR EN MÍ

Lunes, 28 de febrero de 2011 (toma 2)

Mamá y papá:

Nos vemos el jueves. Estoy nerviosa, pero estoy lista esta vez.

                                                Besos y abrazos,
                                                          Shane

De alguna forma, ya es marzo. Estoy en la cocina con Atticus y Babe. Están viendo *Glee* y yo estoy sentada junto a ellos, con la mirada perdida en la pared, aferrada al descansabrazos del sofá.

Cuando llega el momento, me levanto tranquila.

—¿Esos son tus padres? —Atticus sonríe.

—Sí, vienen a visitarme el fin de semana —digo y respiro una gran bocanada de aire antes de salir de la cocina y cerrar la puerta detrás de mí.

—¡Hola, corazón! —Mi papá me envuelve en un abrazo.

Cuando me suelta, mi madre da un salto.

—¡Shane, sorpresa!

—¡Llévanos a la cocina, quiero conocer a tus amigos! —exclama papá.

—¿Podemos ser solo nosotros tres esta noche? —pregunto de inmediato.

—Queremos conocer a tus amigos e invitarlos a salir. Los tres tendremos el resto del fin de semana —dice.

—Amor, estamos tan emocionados de conocer un poco del mundo en el que vives ahora. —La voz de mamá es efusiva.

—Okey. Se los presentaré ahora y después saldremos a cenar solo nosotros tres, ¿está bien?

—Así que todos han estado viajando los fines de semana, ¿eh? —pregunta papá y coloca el vaso sobre la mesa.

Nos sentamos alrededor de la mesa redonda en Delia's. Mis pies vibran contra el piso. Así de rápido se mueven.

—Oh, Dios mío, sí. Shane, ¿por qué no has publicado nada en Facebook? —pregunta mamá.

—Publico en mi blog —explico. Mis axilas sudan.

—No sé cómo entrar a tu blog. ¿Puedes enviármelo en un email? —pide papá.

Jugueteo con mi servilleta.

—Puse las ligas a algunos de los artículos en Facebook.

—Sí, he seguido las publicaciones, linda, ¡pero la familia quiere ver fotografías! Estás tomando fotografías, ¿cierto? Esto es un sueño hecho realidad, poder seguir tus estudios y viajar por el mundo al mismo tiempo. —La emoción se imprime en su voz. Su sonrisa tiembla con orgullo.

—Bueno, subí algunas fotografías en las publicaciones.

—Sí, pero no es lo mismo que Facebook. —Mamá se ríe.

—Así que ¿a dónde han ido? Haznos un resumen —pide papá en tono jovial.

Hago el resumen.

—Suena a que la están pasando de maravilla. ¿Podemos quedarnos con ustedes el resto del viaje? —sugiere él, bromeando.

Me río incómoda.

—Cuéntanos del trabajo —dice mamá de pronto—. ¡Quiero conocer los detalles sangrientos!

—No necesitamos conocer los detalles sangrientos —interviene papá—. Solo cuéntanos. ¿Estás aprendiendo mucho?

Inhalo. Exhalo. Juego con la servilleta.

—Eh, sí. —Mi respiración se convierte en grandes jadeos. «Puedes hacer esto».

Mamá pone una mano en mi hombro.

—¿Estás bien, querida?

«Respira».

—Sí, estoy bien. Yo... Okey.

—¿Okey? —repite mamá.

—¡Toma un poco de agua o algo! —ordena papá. Me paso un trago de agua. Ellos me observan por un largo rato.

—¿Estás bien? —reitera papá.

—Sí, todo está bien. Estoy bien.

—Bien. —Mamá sonríe.

—Entonces, ¿cómo va todo en la clínica? —pregunta él de nuevo.

—Debo decirles algo.

—¿Tienes novio? —Mamá sonríe—. Mientras no te embaraces...

La interrumpo.

—No.

—Bueno, no tienes por qué enfadarte. ¿Qué pasa? —Se ríe.

Su comportamiento se torna más serio cuando nota que mi expresión no cambia.

—Shane, ¿qué sucede?

Doy un último respiro y exhalo las palabras:

—Les mentí sobre el programa de Medicina.

El rostro de papá se proyecta hacia adelante.

—¿Qué?

—¿A qué te refieres con mentir? —pregunta mamá, confundida.

—Quiero decir que no hay programa de Medicina aquí.

Los dos hablan al mismo tiempo.

—¿Qué quieres decir? ¡Te inscribiste! ¡Leí el maldito folleto! —insiste papá.

—¿Cómo puede ser que no haya programa de Medicina? Tú estudias Medicina. —Mamá suena desorientada.

Miro a papá.

—Yo misma hice el folleto. —Paso saliva—. No hay programa de Medicina aquí.

Hay un momento de silencio, la cara de papá adquiere un tono rojo brillante y explota.

—¿Nos engañaste? Pequeño pedazo de mierda —escupe.

Alejo mi silla de la mesa y me recargo, erguida, en el respaldo.

—¡Sal! —Mamá lo regaña.

—Lo siento. ¡Sé que está mal! Quiero ser escritora, vi la oportunidad e hice algo tonto —explico.

—¿Escritora? ¿De dónde demonios salió eso?

—Te dije que quería escribir cuando envié mis solicitudes a las universidades —grito—. ¡Me dijiste que no podía hacer una carrera creativa!

Papá ruge, como si no me hubiera escuchado.

—¿Me estás diciendo que has perdido un semestre completo de cursos obligatorios? ¡Se supone que presentarás el examen de admisión para la escuela de Medicina cuando vuelvas!

—No estarás lista para el examen. —Mamá hace eco, suave, como si se alejara.

—No quiero hacer el examen. —Respiro. Me siento kilos más liviana cuando las palabras salen de mi boca. De verdad no quiero hacerlo. ¿Por qué me forcé a hacerlo?

—¡Shane! —Mamá susupira. Por ella. Lo hice por ella. Pero mamá entenderá. Debe entenderlo.

—¡No puedo creer lo que estoy escuchando! —grita papá—. Aquí estoy, gastando miles de dólares en tu educación y tú me faltas al respeto. ¡Me mientes!

—¡Lo siento! La medicina no es lo que me apasiona. Quiero...

—Basta. Te irás en el primer vuelo a Nueva York.

—No volveré aún. Terminaré con esto. Tengo un gran trabajo. —Me esfuerzo en mantener un discurso coherente—. Y lo estoy haciendo muy bien.

Papá se levanta de la mesa.

—¿Qué dices?

—Dije que... —mi respiración se agita— no volveré todavía.

—¡Dame tu teléfono! —exige.

—Lo siento, pero no —respondo.

Sus dientes rechinan.

—¿Sabes? Hago lo mejor para ti, pequeña malcriada desagradecida. Hago lo que es mejor para ti.

—¡Forzarme a vivir una vida que no quiero no es lo mejor para mí! —grito.

De inmediato me llevo la mano a la boca para cubrirla.

La ira en sus ojos agujera mi pecho. Mi voz se diluye.

—Papá, siento haber gritado. ¡Lo siento! Pero estás perdiendo tu dinero al forzarme a entrar a la escuela de Medicina. Eso no es lo que quiero hacer.

—Estás tirando por la borda toda tu educación. Terminarás viviendo en una caja, en la calle. Y no pienses por un segundo que podrás pedirme ayuda. —Sus palabras retumban por todo el comedor.

—Papá, ¿por qué no crees en mí? ¿Por qué dices eso? ¿En qué he fallado para hacerte pensar que eso pasará? Estoy trabajando muy duro. ¡Siempre lo hago!

Le lanzo una mirada desesperada a mamá, que tiene la vista clavada en su plato.

—¡Mamá! —grito.

Ella apenas mueve la cabeza.

—No la veas a ella, ¡mírame a mí! Construí esta vida para ti. Trabajo día tras día para que tengas esta vida, estas oportunidades. Sabes que mi padre no tenía nada, perseguía sus sueños de juguete para convertirse en un maldito poeta. Yo no tenía nada. Te di las herramientas para todo —ruge. Sus ojos se clavan directo en los míos mientras continúa—: No quiero verte. No quiero saber de ti. No me pidas dinero. No me llames para nada. —Se aleja de la mesa.

—Lo siento —digo entre lágrimas detrás de él—. Te agradezco todo, papá; es solo que... —sollozo— ese no es el camino para... —inhalo con aspereza al tiempo que la puerta se cierra a sus espaldas—, para mí.

Miro a mi madre.

—Mamá, lo siento. —Mi garganta borbotea. Ella no me ve a los ojos.

—Shane, ¿cómo pudiste hacer esto? —Con otro movimiento de cabeza, sigue a mi padre afuera. Intento contener la vorágine de dolor en mi pecho.

«Sabías que no saldría bien».

Trago saliva. Termino el vaso de agua, me dirijo a la calle y camino. Camino y camino hasta que puedo pensar de nuevo. Hasta que puedo respirar con normalidad. Hasta que puedo encender la luz.

De: LeoBeisbolPrimaveri@gmail.com
Para: SandiaFrancesa19@gmail.com
6 de marzo de 2011

Escuché que lo jodiste todo. ¿Volverás a casa? Mi mamá no entró en detalles.

Dejo escapar un suspiro, veo el correo en la fría y húmeda biblioteca de la escuela. ¿Por qué envió esto Leo? Recuerdo cuando lo recibí la primera vez que estuve aquí. Lo ignoré. Pero cuando volví a casa, Leo dejó la escuela. Me muerdo los labios por unos minutos y tecleo la respuesta.

Estaré en casa a finales de abril. Mentí y dije que estaba aquí en un programa de Medicina, pero estoy haciendo una pasantía en Creación Literaria. ¿Tú cómo estás?

Enviar.

Diez minutos después, recibo una respuesta.

Oh, mierda, eso es una locura. Aunque tiene sentido. Siempre estás leyendo. Siempre pensé que serías escritora o algo así. Tu blog ha sido superbueno últimamente. ¿Qué hizo tu papá cuando se enteró?

¿Leo siempre ha leído mi blog? Nunca hablamos de eso.

Le dio un ataque. Despotricó. Me dijo que nunca más le llame para nada. ¿Lees mi blog? ¿Qué pasa contigo?

Enviar.

Un minuto más tarde:

Pudo ser peor, supongo. ¿Por qué no leería tu blog?
¿Hablamos en el chat de Facebook?

Abro Facebook e inicio sesión.

Leo Primaveri: Estoy pasándola de la mierda. Hay algo que me jode y no sé qué hacer ni con quién hablar sobre eso.
Shane Primaveri: ¿Quieres hablar por Skype?
Leo Primaveri: No, escribir es más fácil.
Shane Primaveri: ¿Qué pasa?
Leo Primaveri: Terminé con alguien hace unas semanas.
Shane Primaveri: ¿Tenías novia? Pensé que solo tenías aventuras. ¿Cuánto tiempo? ¿Por qué no está en Facebook?
Leo Primaveri: Soy gay.

Si estuviera sosteniendo la computadora, la habría tirado

    Shane Primaveri: Pero siempre hablas sobre las chicas con las que te acuestas.

Cuando íbamos juntos a la escuela, Leo salía con la capitana del equipo de porristas de mi generación, aunque él apenas iba en la secundaria. Siguió el juego y se rio cuando otro primo, Anthony, hizo bromas sobre la probabilidad de que yo fuera lesbiana.

    Leo Primaveri: Estuve con él casi un año, pero está cansado de vivir en las malditas sombras. Si mi papá se entera, me sacará de la casa. Sé cómo sería la conversación. Yo confesaría que soy gay y él diría: «No, no lo eres».
    Habría una pausa incómoda. Lo repetiría y él me pediría que me fuera. Alfie, Anthony, Vincent, Matt... Me desterrarían de todas las reuniones familiares.

Mi visión se nubla porque puedo escuchar al tío Dan diciendo exactamente eso. ¿Cuántos comentarios homofóbicos ha tenido que enfrentar de su padre en todos estos años? ¿Cuánto ha tenido que luchar él solo? ¿Todas esas cosas que dijo sobre las chicas en la preparatoria fueron para protegerse? Respiro profundamente.

    Shane Primaveri: Alfie, Anthony, Vincent y Matt te aman. Descubrir que te gustan los hombres no va a cambiar eso. Tal vez les tome un tiempo procesarlo, pero sabes que no los perderás.

> El tío Dan y todos los que tengan un problema con eso tendrán que evolucionar.
>
> **Leo Primaveri:** No puedo hacerlo ahora. Dejé de ir a clases. Perderé mi beca.

Dios mío. Mi corazón se contrae. ¿En 2017 habrá salido del clóset con sus amigos? ¿Estará deprimido? ¿Alguna vez habló con un psicólogo o algo? ¿Lo sabrán ahora el tío Dan y la tía Marie? ¿Por eso en 2017 mamá nunca habla de él? ¿Tío Dan lo exilió? ¿Nunca hablan de él? Me enjugo las lágrimas.

> **Shane Primaveri:** Leo, deberías hablar con alguien. No te conviene perder la beca, ¿o sí?
> **Leo Primaveri** Solo quiero ser normal.
> **Shane Primaveri:** Eso no existe.

Él no responde por un minuto, y entonces:

> **Leo Primaveri:** Gracias por estar aquí.
> **Shane Primaveri:** Eres lo más cercano a un hermano, Leo. Llámame, envíame un mensaje si necesitas hablar conmigo =)
> **Leo Primaveri:** Siento que ya no hablemos.
> **Shane Primaveri:** Aún no es tarde para cambiar eso. ¡Aquí estoy!
> **Leo Primaveri:** Debo irme.

24
BASTA DE ACEPTAR LOS LÍMITES

Es martes, 8 de marzo; el primer borrador de mi guía para la revista está transcrito y guardado en una memoria de bolsillo. Cuando llego a *Maletas Hechas*, abro la MacBook blanca, conecto la memoria, envío el archivo a Wendy y espero. En estos días, trabajo estrechamente con Tracey, Declan y Donna como rutina diaria. Cuando están haciendo algo, pueden compartirlo conmigo, soy su asistente. Hoy ayudo a Declan, que trabaja en una serie de fotos para el número de abril. Durante la tarde, me disculpo algunas veces para ir a mi puesto y consultar mi bandeja de entrada.

—¿Esperas algo importante como para ir corriendo a tu escritorio? —Declan se ríe cuando lo reviso por tercera vez.

—Lo siento, es solo un correo importante. ¡Ignórame!

Al final de ese día, mientras guardo mis cosas, Wendy sale de su oficina y camina hacia mi mesa. Mi garganta se cierra. Empujo la silla para irme cuando ella se detiene frente a mí.

—Leí el borrador —comienza.

Intento pasar saliva.

—¿Gracias?

Una sonrisa se extiende por su rostro.

—Me gusta la dirección que le estás dando. ¡Estás lista para el artículo! Creo que lo usaremos para iniciar una serie, reuniremos textos sobre estudios en el extranjero por todo el mundo. Reuniré algunas notas y te llamaré para discutir todo muy pronto.

Mis manos saltan hasta mis mejillas debido a la impresión.

—Wendy, Dios mío. Estoy tan emocionada. ¡Gracias! ¡Esto significa tanto para mí!

Pongo el «nuevo» disco de Avril Lavigne en mi iPod y bailo por la banqueta camino a casa.

Wendy me llama a su oficina la tarde del miércoles. Revisamos mi texto juntas, punto por punto. Me dice lo que le gusta y me hace observaciones sobre las cosas que considera que puedo mejorar.

El miércoles por la noche, hago una lluvia de ideas con las notas de Wendy. El jueves por la mañana, escribo un segundo borrador en la MacBook del trabajo. En la tarde, Donna lo lee conmigo antes de enviárselo a Wendy otra vez. ¡Donna es genial! Es graciosa, accesible e infinitamente generosa con su tiempo.

La noche del jueves, le escribo a Leo.

Shane Primaveri: Hola, ¿cómo estás?
Leo Primaveri: Buscando una solución.
Shane Primaveri: ?

No dice nada más.

Babe y yo vamos a Dublín el fin de semana y, mientras estamos ahí, me abro y le cuento todo: Pilot, su novia, que mi pasantía iba mal, mis padres. Todo menos el viaje en el tiempo. Ella comparte conmigo algunos de sus problemas familiares: tiene un hermano mayor con problemas con el alcohol, lo cual afecta muchísimo a sus padres. Había escuchado pedazos de la historia a lo largo de los años, pero nunca con tantos detalles como los que ella comparte conmigo este fin de semana. Estoy triste por haberme encerrado en mi propio drama la primera vez en Londres y no haber sido la persona con quien pudiera hablar sobre el asunto.

Se siente tan bien hablar con Babe de forma tan genuina que casi parece que tengo a la Babe de 2017 aquí conmigo.

Cuando volvemos el domingo por la noche, escribo un texto en el Horrocrux Diez (el Nueve está lleno) y tomo prestada la computadora de Babe para publicarlo: «Dos chicas estadounidenses en Dublín».

El miércoles, 16 de marzo, cuando llego al trabajo, me encuentro con la MacBook ya encendida sobre mi mesa. Cuando me acerco lo suficiente, veo que en una ventana abierta de Safari hay un artículo en el sitio de *Maletas Hechas*. Tiro mi bolsa cuando leo el encabezado.

25 cosas que debes hacer mientras estudias en Londres... antes de quedar en bancarrota.
Por Shane Primaveri

—¡Tracey, es mi artículo! —grito hacia el mostrador de la recepción.

Ella me sonríe.

—Así es.

—¿Está publicado? —pregunto en un chillido—. Wendy dijo... no dijo cuándo sería.

—Está publicado. ¡Sorpresa! ¡Felicidades! —celebra.

—¡Felicidades, Shane! —grita Donna desde el otro lado de la habitación.

—¡Felicidades! —Jamie, George, Declan y Janet hacen eco después de ella. La puerta de Wendy está abierta, ella sale de su oficina para recargarse en el umbral. Está vestida con un elegante traje sastre color turquesa.

La veo, aún inmóvil por la felicidad, frente a mi mesa.

—¡Buenos días, Shane! —me saluda Wendy—. Felicidades por ser nuestra primera becaria en publicar un artículo en la revista.

Donna salta de su asiento mientras Wendy se aproxima al mío.

—Oye —dice con voz más baja—, estoy muy orgullosa de ti. Te llevaremos por unos tragos más tarde, así que no hagas planes. —Sonríe antes de volver a su oficina.

De inmediato, envío la liga por Facebook a Babe y Sahra. Ambas me envían un mensaje en minutos.

Sahra: ¡Felicidades, Shane! ¡Esto es grandioso! Sé lo duro que has trabajado.
Babe: ¡¡¡¡¡VIVAAA!!!!! ¡¡¡AHHHHHH!!! ¡¡¡LO HICISTE!!! (CIEN SIGNOS DE EXCLAMACIÓN MÁS) ¡¡¡AHHHHHH!!!!! ¡ES HERMOSO! ¡OH, DIOS MÍO!

No puedo dejar de sonreír.

Wendy, Donna y Tracey me llevan al bar que frecuentan al final de la calle. Nos sentamos en una mesa alta cerca de la barra. Me dicen cuánto aprecian las pequeñas cosas que hago en la oficina y comienzo a llorar ahí, en la mesa.

—Querida. —Levanto la vista hacia Wendy con una sonrisa. Su piel bronceada brilla bajo la luz—. ¿Qué pasa?

—Nada, solo estoy tan emocionada, agradecida y triste porque esto terminará en unas semanas.

—Todos estaremos tristes cuando te marches. —Donna sonríe, amable.

—¡Sobre todo yo! —Tracey se ríe—. Volveré a trabajar sola. Ahora tengo tanto tiempo.

—¿Y quién diablos anticipará mis necesidades de cafeína a las tres de la tarde? Hace tanto que no hago mi propio té que apenas y recuerdo cómo usar la tetera —bromea Donna.

—En serio, Shane. Nunca hemos tenido una becaria tan trabajadora y eficiente. Eres brillante.

Dejo escapar una risa.

—Solo espero encontrar un trabajo como este en Estados Unidos, un lugar en el que pueda escribir durante el verano.

—¿Ya comenzaste a buscar? —pregunta Tracey. Mi estómago se encoge. De vuelta a 2017, tengo ocho entrevistas programadas para Medicina Interna. No he pensado a largo plazo aquí.

—No, aún no —respondo. Hago una nota mental para comenzar a buscar esta noche.

—¿Conocemos a alguien que esté buscando? —les pregunta Wendy a Donna y a Tracey.

Donna se dirige a mí.

—Conozco a alguien en la revista *Diecisiete* en Nueva York y tengo un exnovio en *NatGeo*. Les enviaré algunos correos mañana a primera hora.

Me llevo una mano al pecho.

—Muchas gracias.

—Claro que no puedo prometer nada, pero preguntaré a mis contactos.

—Yo abriré bien los oídos —agrega Wendy—. No tenemos una oficina en Nueva York, pero estamos en proceso de extendernos a Estados Unidos.

Las miro, boquiabierta.

—No saben cuánto aprecio esto.

—Te irá bien. —Tracey me da un apretón en el hombro. El teléfono de Wendy vibra sobre la mesa y ella responde, emocionada.

—Mi esposo vendrá a acompañarnos —exclama y vuelve a bajar el teléfono con una brillante sonrisa. Me quedo con la boca abierta—. Tenía una reunión a unas cuadras de aquí y ya acabó.

—¿Estás casada? —pregunto sin pensar, incrédula. Las tres mujeres se ríen.

—¿Por qué te sorprende tanto? —cuestiona Wendy sin dejar de reír.

—Lo siento. Eh, no sé —titubeo—. Eres tan independiente, exitosa y joven y pensé que sería difícil mantener una relación siendo tan... fuerte.

Ella se ríe.

—Bueno, no mentiré, a veces es difícil, pero Spencer es mi compañero. Hace que mi vida sea más fácil, así que lo mantengo cerca. Es muy lindo tener alguien con quien compartir el éxito. —Asiento como ausente, e intento no pensar en postres.

Cuando el esposo de Wendy se une diez minutos más tarde, casi me ahogo con el vino. Lo reconozco de inmediato porque he visto su fotografía en las contraportadas de todos los libros de Broken Beaker que tengo en mi librero en casa. ¿Su esposo es Spencer Matthews, el novelista de misterio para jóvenes?

—¿Eres dueña de una revista exitosa y tu esposo escribe una de las series más populares de literatura juvenil? —le digo cuando Spencer se levanta de la mesa para traernos otra ronda de tragos en el bar—. ¿Cómo encuentran tiempo para ser una pareja?

Wendy resopla, divertida.

—Bueno, la serie aún no sucede, pero está en el camino. El libro dos saldrá pronto. Supongo que leíste *Broken Beaker*.

¡Demonios! Casi meto la pata de manera monumental como viajera del tiempo. Afirmo con un movimiento de cabeza y ella continúa.

—Todo se trata de paciencia y apoyo. Yo habría llegado sola hasta aquí, pero me gusta pensar que mi camino fue un poco menos complicado porque lo tenía para apoyarme cuando las cosas se ponían estresantes para mí y viceversa, con sus libros.

El jueves en la noche, Babe y Sahra salen, pero yo decido quedarme. Quiero usar mi tiempo libre para escribir en mi blog sobre mi artículo para la revista y tomar prestada la computadora de Babe mientras no la usa. Babe, Sahra y yo nos vamos de viaje a Praga mañana, después de clase, así que no habrá otra oportunidad para escribir antes del domingo.

Me pongo a trabajar. Describo el proceso para reunir todo para el artículo y lo que significa para mí que exista. Publico el texto a las diez. Pongo el enlace en Facebook para que la gente lo vea y después abro mi correo.

Mamá y papá:

Los amo y valoro todo lo que han hecho por mí. En realidad no hablamos de esto, pero he trabajado en una revista llamada *Maletas Hechas*, aquí en Londres. Me he divertido mucho y he aprendido aún más. Les mostré el trabajo que hago en mi blog y ¡les gustaron mis textos sobre viajes! Me ofrecieron la oportunidad de escribir algo para su revista. Hice un artículo sobre estudiar en Londres y ¡lo publicaron en su sitio web! Aquí está el enlace: maletashechas.com/guiaestudios-londres

Siento haberlos decepcionado, espero que puedan perdonarme. Odio mentirles, pero necesitaba hacer esto.

Con amor,
Shane

Cuando estoy a punto de enviarlo, escucho a alguien llamar a mi puerta. Apenas son las diez y media, es muy temprano como para que las chicas regresen. Una diminuta chispa de esperanza se enciende en mi pecho.

—¿Sí? —digo desde mi cama. No hay respuesta. Me bajo y abro la puerta.

No hay nadie. Regreso a la litera, presiono «enviar» y busco trabajos de escritura para el verano en Nueva York y zonas aledañas. Envío solicitudes para todo lo que encuentro.

Praga es una ciudad hermosa. Sahra nos dice que este es probablemente su último viaje por razones de dinero, pero Babe y yo la convencemos de ir con nosotras a Ámsterdam el siguiente fin de semana. Volvemos la noche del domingo, escribo un texto sobre Praga y envío el enlace a mis padres.

Ahora que el artículo para la revista está listo, enfoco mi atención en el libro que he escrito a mano sobre los gemelos en la universidad. Voy a clase, escribo el libro, voy a la biblioteca, escribo más, duermo, voy al trabajo, escribo el libro, duermo, busco más oportunidades de trabajo, voy al trabajo, escribo el libro, duermo, clases, voy a Ámsterdam.

Publico un texto sobre Ámsterdam y envío el enlace a mis padres.

Babe consigue boletos gratis para ir a Disneylandia en París, así que el siguiente fin de semana volvemos a Francia y pasamos el día en el parque.

Sigo manteniéndome ocupada. Ocupada en la revista. Ocupada viajando. Ocupada escribiendo. Ocupada blogueando. Ocupada enviando solicitudes de empleo. Ocupada. Ocupada. Ocupada.

La edición impresa de la revista donde aparece mi artículo se publica la segunda semana de abril. Una cosa fue ver el archivo en su sitio web, pero la emoción de verlo impreso en la página diecinueve de esta edición es completamente diferente. Me llevo cinco ejemplares de la oficina. De vuelta al departamento, uso mi cámara digital para tomar fotografías del artículo y se las envío a mis padres.

25
DOBLEMENTE DIFÍCIL, LA MITAD DE PLACENTERO

De: Sal.Primaveri@yahoo.com
Para: SandiaFrancesa19@gmail.com
13 de abril de 2011

Shane:

No sé qué pienses que conseguirás con ese artículo. Traicionaste nuestra confianza y habrá consecuencias. No esperes que olvidemos todo cuando vuelvas a casa. Cruzaste los límites cuando nos engañaste de forma deliberada por meses. Te amamos, pero no apoyaremos este tipo de comportamiento. Espero que nos entiendas. Vives bajo mi techo, comes de mi comida y, mientras ese sea el caso, seguirás mis reglas.

Con amor,
Papá

Le doy un trago a mi bebida y la dejo sobre la barra frente a mí.

—¡Babe, es maravilloso! —exclamo. Sus compañeros de trabajo la ayudaron a entrar al programa universitario de Disney en Florida, en el que se moría por estar. La última vez, no tuve oportunidad de festejarlo con ella cuando pasó.

—¡Gracias! ¡No puedo creerlo! ¡Aaah! —Se lleva las manos al rostro—. ¿Cómo va tu búsqueda de trabajo?

Suspiro.

—No he tenido respuesta de ninguno de los lugares a los que envié solicitud.

—Aún hay tiempo.

—No tanto; acabaremos en poco más de una semana. Si no encuentro un trabajo... —Me detengo para tomar un respiro—. Si no encuentro un trabajo, las cosas se pondrán muy mal cuando regrese a Nueva York y no sé qué pasará con la escuela —explico. Si no consigo un trabajo y ese botón no funciona, no sé qué pasará conmigo después.

—¡Shane, deja de agobiarte! —me interrumpe Babe—. ¡Lo resolverás! Vamos, deberíamos estar celebrando. Publicaste un artículo en una revista real que la gente podrá leer, ¡puedes enmarcarlo y sostenerlo en tus manos! Eso es enorme. —Saca de su bolsa la revista que le di y la agita en el aire.

—¿Eso sigue en tu bolsa? —Le lanzo una pequeña sonrisa—. Aun así, eso no cambia el hecho de que no he encontrado trabajo.

—Un libro mágico de Harry Potter te envió un mensaje, Shane —me reprende mientras sonríe sobre su vaso de Guinness.

—Me arrepiento de haberte contado eso...

—¡No te des por vencida ahora! —Lanza su puño al aire con una risa.

—Aún no encuentro a nadie con quién ir a Edimburgo este fin de semana. —Babe no puede acompañarme porque irá a la fiesta de lanzamiento de un DVD de Disney con sus compañeros.

—Bueno, deberías ir de cualquier forma —me dice.

Le lanzo una mirada exasperada.

—¡Hablo en serio! Deberías ir tú sola. Sería como un viaje de autoconocimiento. Es bueno viajar sola, siempre quise hacerlo. ¡Diablos! ¡Lo haré después de esto!

Resoplo a causa del *déjà vu*.

—¿Sola? ¿De verdad?

—¡Sí!

—¿Viajar sola en un país extranjero?

—¿Por qué no? —Ella sonríe.

Dejo escapar una risita irónica.

—Porque si estoy mucho tiempo sola con mis pensamientos, terminaré obsesionada otra vez con el drama de Pilot.

—Quizá deberías. —Se encoge de hombros—. Es parte del proceso de superación. Debes lidiar con tus sentimientos. ¿Qué piensas que estuve haciendo todo ese tiempo después de París, mientras veía películas de Disney en nuestra habitación? Lidiaba con mis sentimientos.

Dejo caer la mirada a la mesa. Saco el Horrocrux Diez.

—Está bien, pero haré lo siguiente: publicaré un itinerario previaje en el blog para que la gente sepa dónde buscarme si nunca vuelvo.

Babe se ríe, nerviosa.

—Siéntete libre de usar mi computadora.

26
EL MIEDO A HACERSE PEDAZOS

Viernes, 5 de abril de 2011 (toma dos)

Mamá y papá:

Sé que generé una ruptura. No sé si se dieron cuenta, pero hace tiempo que comenzó a formarse. No sé qué pasará cuando llegue a casa, pero esta vez intentaré reparar la grieta. Quizá haya momentos en los que necesite un descanso, alejarme un rato, pero no dejaré de intentarlo. Necesito vivir mi vida, pero eso no significa que no quiera que formen parte de ella.

Besos y abrazos,
Shane

Tomo el tren de las tres cuarenta para Edimburgo.

El paisaje urbano gris fuera de mi ventana se atenúa hasta convertirse en una vasta extensión verde. Escribo dos nuevos capítulos mientras el sol se oculta.

La luna cuelga y brilla en el cielo cuando por fin me dirijo a mi hostal. Son las nueve y muero de hambre, así que dejo mi equipaje en la habitación y deambulo hasta encontrar un acogedor bar de aspecto antiguo. Tomo asiento en la barra con mi copia de *El prisionero de Azkaban* y pido una hamburguesa. Hay varias personas conversando y disfrutando un trago bajo la luz amarilla. Esto es lindo. Abro mi libro y me sumerjo en Harry.

A media lectura del primer capítulo, me distrae un chico que está sentado a dos sillas de mí: tiene el cabello oscuro y un poco largo, además de encantadores ojos castaños. Lo observo cuando pide una Guinness con acento escocés. Él voltea y me descubre, así que regreso la atención a mi libro.

—Hola —dice y volteo. Me sonríe ahora.

—Hola. —Sonrío a medias, tímida.

—¿Estadounidense? —pregunta, sorprendido.

—Afirmativo —respondo, levanto las cejas y le doy un trago a mi vaso—. ¿Escocés?

Se ríe y empezamos a conversar. Me recuerda a Henry Ian Cusick de joven (Desmond en *Lost*). Su nombre es Greg. Estudia leyes en la Universidad de Edimburgo. Él habla más que yo, sobre todo cuando llega mi hamburguesa. Conversar con Greg me hace pensar en Pilot, y, por primera vez en semanas, me rindo y dejo que mis pensamientos vayan en esa dirección. Preferiría estar aquí con él, tener conversaciones tontas sobre sillas malvadas o las probabilidades de encontrar a J.K. Rowling en la calle mañana; cualquier cosa en lugar de reír y sonreírle amablemente al atractivo Greg el Escocés.

Pero estoy enojada con Pilot, ¿no? ¿O estoy enojada conmigo? ¿Ya me perdoné? ¿Ya lo compensé? ¿Puedo estar con Pilot y aun así tener espacio y tiempo para aventurarme en una carrera creativa? No lo sé. Nunca soy impuntual, pero Pilot hace que me olvide del tiempo. O... ¿me olvido del tiempo gracias a Pilot? Odio que Pilot no se haya asegurado de que Amy recibiera su mensaje.

Estoy tan confundida.

Me encanta el acento de Greg el Escocés; parece bastante inteligente y, guau, su cabello es increíble. Mantiene la conversación y parece tener un sentido del humor decente. Pero mientras más hablamos, más quiero disculparme y volver a mi hostal.

—¿Pasa algo? —pregunta Greg. Me está contando una historia, pero yo estoy ausente.

—Oh, no —respondo—. Continúa. ¡Lo siento!

Cuando termina, me levanto del banco para que Greg pueda ver que estoy lista para irme.

La cuenta está a mi izquierda, así que saco mi tarjeta de débito. Cuando la levanto para ver el precio, tardo en reaccionar: hay una nota escrita a mano en el papel. Parpadeo, mi corazón golpea con fuerza.

Si estás lista, estás lista.

Con desesperación, miro alrededor para buscar al cantinero. Hace un rato era un hombre, pero ahí está ella, con su cabello rojo anudado sobre su cabeza, sirviendo un trago a unos metros sobre la barra.

—¡Hola! —le grito. Ella levanta la mirada para encontrar mis ojos—. ¿Funcionará ahora?

Ella asiente. Yo me doy vuelta y salgo del bar.

De vuelta al hostal, mi pulso se acelera cuando me dejo caer en mi cama y saco el camafeo de mi bolsa. «¿Estoy lista ahora? No me siento lista». No puedo hacerme a la idea de borrar los últimos cuatro meses. Ha pasado tanto que no lo quiero olvidar.

En la mañana, la recepcionista del hostal me da indicaciones para llegar a The Elefant House. Es una caminata larga, pero disfruto el clima cálido y gozo la ciudad. La arquitectura posee una apariencia medieval y caminar entre sus calles tiene un toque de fantasía. Cuando descubro el café, me apresuro, me acerco saltando y me detengo en la entrada. Hay un pequeño letrero en la ventana que reza: EL LUGAR DONDE NACIÓ HARRY POTTER.

Para el ojo común, solo es un café común y corriente. Hay cuatro computadoras para uso de los clientes en el rincón izquierdo, una barra en donde se ordena y mesas por todas partes. El lugar está lleno de ventanas con una hermosa vista al Castillo de Edimburgo. Una emoción en forma de cosquillas se esparce por mi cuerpo cuando entro. Aquí es donde J.K. Rowling venía a sentarse y donde le dio vida a un fenómeno que cambió millones de vidas. Aquí creó un mundo en el cual puedo esconderme cuando todo va mal. Pido un latte, me siento en una mesa cerca de la ventana y leo *El prisionero de Azkaban*. Después de un rato, saco el Horrocrux Diez y escribo otro capítulo de mi libro.

Por el camino, me topo con uno de los cementerios más famosos en Edimburgo. Me tomo mi tiempo ahí, caminando despacio de una tumba extravagante a otra. Me detengo cuando encuentro una en particular, cuya inscripción dice: EN MEMORIA DE THOMAS RIDDELL.

—¿Qué? —grito, incrédula. Saco mi cámara y me tomo una *selfie*.

Cuando mi estómago comienza a hacer ruido, salgo del cementerio y entro a un bar en el que puedo comer algo y organizarme. Me acomodo en una pequeña mesa junto a la pared y saco mi teléfono británico.

Hay un mensaje de Babe.

BABE:
¿Cómo te va encontrándote a ti misma?

Sonrío y escribo una respuesta.

SHANE:
Noticia de último minuto: odio lidiar con mis sentimientos, pero Harry Potter me ayuda a aliviar el dolor.

BABE:
Harry Potter lo sana todo :)

SHANE:
Es verdad. ¡Pronto escalaré el peñasco de una montaña!

BABE:
¡Toma un millón de fotos para el blog!

SHANE:
¡OBVIO! =)

Me toma veinticinco minutos encontrar el peñasco, pero lo logro con las instrucciones verbales del mesero. En la parte baja, hay un parque. Los niños y los perros juegan alrededor de grandes fuentes contemporáneas, y un brillante camino de piedra se extiende sobre las grandes planicies de pasto. La peña que se encuentra más adelante se ve rocosa, verde y hermosa. Voy a escalarla, cueste lo que cueste.

Abro mi bolsa y reviso mis mensajes otra vez. Hay uno nuevo, es de Babe.

BABE:
¡Qué emoción!

SHANE:
Estoy a punto de subir. Cruza los dedos para que no resbale con un montón de piedras, caiga por el abismo y muera.

BABE:
NO MUERAS, POR FAVOR.

Observo mi celular por unos segundos más antes de buscar la conversación con Pilot. Los últimos mensajes son de febrero.

PILOT:
Escuché que alguien usó la palabra *éxtasis* en el trabajo. ¿Puedo usarla o es horrible? =P

PILOT:
¿Está todo bien?

PILOT:
Volví temprano, así que búscame cuando llegues a casa.

PILOT:
Espero que todo esté bien.

Siento una opresión en el pecho. Quiero escribirle algo tonto como «te extraño», pero lanzo el celular al fondo de mi bolsa y camino hacia el inicio del sendero.

La vereda tiene una ligera pendiente y rodea una colina antes de volverse estrecha y escarpada. Después de treinta minutos, me siento a un lado del camino sobre una piedra gigante. Hay un grupo de chicos que ha estado a cien metros de mí todo el tiempo. Decido que, una vez que me rebasen, me levantaré para continuar.

La vista desde mi posición es hermosa: formaciones rocosas fantásticas, colinas verdes sin fin, arquitectura medieval. Este debe ser un lugar muy interesante para vivir. Observo la vereda, alcanzo a ver cómo los chicos siguen su camino hacia aquí y devuelvo los ojos al horizonte. Mi corazón palpita. Creo que vi a Pilot en el grupo. Despacio, giro la cabeza para mirar otra vez.

Mis cejas se juntan. No, son solo cuatro tipos con edad de universitarios y cabelleras en distintos tonos castaños. «Genial, me estoy comportando como Bella Swan en *Luna nueva*». Me rebasan, conversan sobre deportes con acentos estadounidenses. Me levanto de la piedra y continúo.

Cuarenta minutos después, rodeo a tropezones una piedra gigante para llegar a un vasto valle verde. Al final, el piso se corta en una abrupta caída. A mi derecha, la superficie se eleva hacia el trono de Arturo. ¡Estoy tan cerca de la cima! Algunas personas suben hasta donde se encuentra el trono, pero nadie pasea por el valle.

Libero mis rizos de la cola de caballo y camino hacia el pasto. Mi cabello vuela detrás de mí cuando doy una vuelta de carro. Mi bolsa vuela por el aire y choca contra mí. El suelo es terso y suave. Se siente como esos campos de futbol falsos, pero más estable. Doy brincos como una niña de cinco años, busco un buen lugar y me tiro sobre el pasto para observar las escasas nubes sobre mi cabeza.

Una ráfaga de viento hace cosquillear mi nariz. Busco entre mis cosas el teléfono y el camafeo plateado. Le doy vuelta al camafeo, paso las yemas de los dedos sobre la inscripción. La angustia crece en mí. «¿Cuál es la decisión correcta?».

Envié solicitudes para tantos empleos. Avancé en el desarrollo de mi blog. Conseguí publicar un artículo. Hice que la gente con la que trabajo se preocupe por mí... y no tengo ningún plan. Si mis padres me corren, ¿qué haré? ¿Qué haré si ya no quieren pagarme la escuela? ¿Qué haré? Tal vez no tendré ningún título o iré a un centro formativo superior.

No sé qué pasará ahora. No quiero vivir en este mundo donde demostré que tienen razón: «No soy suficiente». Ya sé que puedo ser una gastroenteróloga exitosa. Tengo ocho entrevistas agendadas para la residencia. Mis calificaciones son las mejores. Y con Pilot, quizá Babe esté en lo cierto. Ella no sabe toda la historia, pero quizá lo más sano es seguir adelante. Será mucho más fácil superarlo si no recuerdo nada de esto.

La decepción me hincha el pecho. Dejo escapar una bocanada de aire en un intento por disiparla.

Con el camafeo en la mano, escribo un mensaje para Pilot: «Te extraño». Clavo la mirada en las palabras por un minuto, antes de mandarlas al olvido. Escribo: «Depende de cómo la uses, puede ser espeluznante». Presiono enviar y espero.

Mi cerebro cuenta los segundos que pasan. Dos minutos. Tres minutos.

Cuatro.

Cinco.

Seis.

Siete.

Ocho.

Muevo los dedos como si tuviera un tic. Dejo caer el teléfono dentro de mi bolsa.

Lo hice todo. Hice un intento con Pilot. Acabé las prácticas. Parpadeo por la emoción que me humedece los ojos, mientras mis dedos encuentran el borde del camafeo. La tapa plateada se levanta como la de un reloj de bolsillo. Al interior, la imagen de un reloj está grabada en relieve sobre la plata. No lo había notado. En el lado opuesto, yace el corazón de obsidiana. Cierro los ojos y dejo que mi pulgar vaya y venga por la superficie e intento tomar una decisión. «¿Escucho música?». Se escucha más fuerte.

Hay música en el viento. Creo que conozco la canción; mi corazón se estremece al sentir la familiaridad. ¿Alguien aquí está escuchando música? «¿Qué no saben que estoy a punto de tomar la decisión más importante de mi vida?».

El volumen aumenta. Reconozco la canción. Cierro el camafeo con sorpresa y abro los ojos hacia el brillante cielo de la tarde, con los oídos atentos. Es solo una guitarra. De repente, el rostro de Pilot aparece sobre mí.

—¡Aaah! —grito. Giro sobre mi estómago y me incorporo para sentarme—. ¿Qué rayos?

27
SEGUIR ADELANTE

Pilot ríe y sigue tocando la guitarra que cuelga sobre su hombro. «¿Estoy alucinando?». Parpadeo, confundida. Él se acomoda sobre una piedra con forma cúbica a unos metros de distancia.

Entonces, empieza a cantar.

—*And I neverrr saw you coming-ing, ayayayayayay.*

Me acerco muy despacio, como un gatito asustado.

—¿Qué estás haciendo? —grito.

—*And I'll never be the say-yah-yay-aye-yay-ahh-mme.* —Levanta las cejas con una traviesa diversión.

¿Recibió mi mensaje? ¿Cómo es que está frente a mí en una montaña tocando... ¿«State of Grace», de Taylor Swift?

—*You come around and the armor falls... pierce the room like a wrecking ball, now all I know is don't let go.*

Abrazo mis piernas contra mi pecho. Él sigue cantando. Cambia un poco la canción, adapta algunas partes de la letra y añade otras más.

—Pilot —lo interrumpo.

Detiene la canción por un segundo y sonríe con timidez. Es una expresión que nunca vi en él. Me derrito un poco.

—Espera. Tengo un concierto de tres canciones preparado. Déjame hacer esto —anuncia.

«¿Un concierto de tres canciones?». La melodía cambia a una de mis favoritas. Una tonada alegre que Taylor toca en el ukelele.

Él canta.

—*I'm pretty sure we kinda broke up back in February... I was an idiot, a how you say? Douche. Canoe.* —Resuello—. *We made things all dramatic and I let you walk away. And I, I, I, I, I, I, I, I'm sorry.*

Intento burlarme.

—Eso no rima para nada —me burlo.

Agita la cabeza, sonriendo.

—*Stay, Stay, Stay. I've been loving you for quite some time, time, time. I think that's it's funny when you're mad, mad, mad, and I think that's it's best if we both stay... Stay. Stay. Stay, Stay.*

Abro la boca para hablar otra vez.

—Espera, solo una más —protesta y levanta una mano, sonríe con la vista en el suelo. Comienza la última canción. Yo resoplo y sollozo.

—*And you got a smile that could light up this whole town, I see it right now and it'll always blow me down... I hope that means we can go forward from here?*

—Bueno, ¡ya basta! —Me llevo las manos a las mejillas. Pilot baja la guitarra al estuche negro que trajo consigo. Camina y se sienta junto a mí en el pasto.

—Hola —comienza.

Lo veo fijamente por un segundo y agito la cabeza.

—¿Qué... qué demonios haces aquí?

Se encoge de hombros.

—Necesitaba hacer una jugada.

—¿Cómo supiste que estaba aquí?

Pilot hace una mueca.

—¿Estás bromeando? Nunca me pierdo una publicación de Sandía Francesa Diecinueve. Anunciaste que vendrías a Edimburgo... Y conseguí información más exacta de Babe.

—¿Babe?

¿Babe apoya esto? Parpadeo un poco más, insegura de qué decir. Él clava los ojos en el piso, nervioso. Juego con mis manos.

—Y... ¿qué pasó con Amy?

—Terminé con Amy.

Levanta la mirada hacia mí.

—¿Y ella lo sabe?

—Sí. —Asiente y cierra los ojos como si representara un gran alivio decir esas palabras en voz alta.

Le muestro una diminuta sonrisa.

—Oh.

Frunce los labios.

—Quería hablar contigo desde hace un tiempo, pero te estaba yendo tan bien sin mí, tal como dijiste. —Aprieta los labios—. Comencé a pensar que tenías razón. Es decir, quizá me estaba metiendo en tu camino para lograr todo lo que en realidad viniste a hacer aquí. Has estado pateando traseros. —Sus ojos, sinceros y verde olivo, se encuentran con los míos.

Trago un poco de saliva, fijo la mirada en su mejilla en vez de sostener el contacto visual.

—Quería hablar contigo la noche en que publicaron tu artículo. Estaba tan emocionado; es muy bueno, por cierto. —Se muerde los labios—. Pero me acobardé porque después de cómo dejamos las cosas, yo quería... Es decir, necesitaba una jugada.

Pilot se mueve para encontrar mis ojos esquivos.

—Escucha, sé que esto da miedo, la magia entre nosotros o lo que sea, pero también es rara. Y genial. Y me encantaría intentarlo y hacer que funcione. Sé que te preocupa perderte a ti misma. Tengamos citas en las que solo leamos para que no te atrases en eso y otras en las que puedas escribir lo que sea en lo que estés trabajando mientras yo practico música. Podemos alcanzar un equilibrio. Shane, también quiero que te escojas a ti... Yo solo... —Su respiración es temblorosa—. Farol.

Mi mandíbula tiembla. Me llevo una mano a la frente y lo veo de reojo.

—Me gustan esas ideas, de verdad... Te he extrañado —digo en voz baja. Me acuesto sobre la espalda de nuevo.

Él se acuesta junto a mí.

—Te extraño.

Dejo escapar un suspiro tembloroso.

—Esa fue una gran jugada —respondo con la vista en el cielo. Giro la cabeza para encontrar sus ojos, y él ya me está mirando—. Intenté hacer una jugada como esta una vez.

—¿Para quién?

Una ligera lágrima baja por mi mejilla hasta el suelo.

—Para ti.

Frunce el ceño.

—¿En París?

Niego con la cabeza.

—No, la primera vez que estuvimos aquí.

—¿Cuándo?

—Quería decirte que, que yo... —Hago una pausa para respirar—. Que me gustabas de verdad. No me armé de valor hasta que llegué a Heathrow. Me di vuelta en la documentación de equipaje, tomé un taxi y volví al Karlston. Corrí hasta tu puerta y toqué sin cesar.

»Pero nadie respondió, porque ya te habías ido. La puerta no estaba cerrada, así que la abrí. Tus cosas ya no estaban. Nunca pensé en preguntar a qué hotel te mudarías. Fue una tontería. Pasé mucho tiempo buscándote ahí y perdí mi vuelo.

Sus ojos perforan los míos.

—Shane...

Mis mejillas se tiñen de rojo.

—Sí... Farol para ti.

Él se estira para alcanzar mi mano.

—Hoy te seguí hasta lo alto de una montaña, así que...

Una carcajada brota de mí. Él sonríe con cinismo.

—Dejé que un grupo se pusiera entre nosotros para que no me vieras, de otra forma, echaría a perder el momento, lo sabes.

Lo analizo por un minuto. Presiono los labios.

—¿De verdad quisiste decir lo que Taylor dice en esas canciones? ¿Literalmente?

—Sí. Creo que me gustas mucho, mucho, mucho, Shane Primaveri. Incluso más que las sillas de la cocina.

Inhalo con fuerza.

—Tú me gustas quizá más que un *shawarma*.

—Diablos. Los *shawarmas* fueron la razón por la que quisiste volver y estudiar en Londres otra vez.

—Pues sí, básicamente.

—Me siento honrado. —Se acerca, pero yo me alejo y trago una bocanada de aire.

—Pays, estuve a punto de oprimir el botón de reinicio. O sea, mi dedo estaba sobre él. —Se desanima.

Me levanto y abro la mano izquierda, le muestro el artefacto plateado.

—Estoy segura de que mis padres no me permitirán vivir con ellos a menos que vuelva al plan de vida que hicieron para mí. Quizá no pueda volver a la escuela. No tengo ningún lugar para vivir. No encontré un trabajo donde pudiera escribir. No tengo computadora. ¡No tengo dinero! Lo gasté todo viajando... No sé.

—Oye. —Se sienta junto a mí—. Espera, ¿sin computadora?

—Se rompió —balbuceo con tristeza.

Pilot acomoda mi cabello detrás de la oreja, su tacto enciende chispas dentro de mí. Su sonrisa es diminuta.

—¿Por eso has estado usando cuadernos otra vez?

Estiro mi mano y tomo sus dedos.

—¿Cómo demonios sabes eso?

—Te lo dije, Primaveri, si estás a la vista, te veo. Sé cuánto significaba Sawyer para ti. No puedo imaginarme lo difícil que debieron ser estos meses sin tu laptop. Pero, pase lo que pase, lo superarás. La Shane del futuro será una autora sorprendentemente exitosa.

—Pays, es en serio. —Giro los ojos, agito la cabeza y acelero las lágrimas que escurren por mi rostro—. ¿Convertirme en doctora? Es tan seguro. Ya hay un plan, un camino que seguir. —Paso saliva—. Convertirme en escritora es como... estar perdida y solo rogarle a Dios que logres llegar a tu destino a tropezones.

Toma mi rostro en su mano y lo voltea para mirarme directo a los ojos.

—Soy un ávido fan de Sandía Francesa Diecinueve. Creo en ti, mil por ciento, y todo lo demás... Quiero estar ahí para ayudarte a resolverlo.

Una sádica sonrisa tiembla en mi rostro.

—¿De verdad quieres hacer esto? ¿Quedarte en 2011 y todo lo que sigue otra vez? ¿Conmigo?

—Acepto si tú aceptas.

Estoy inquieta, los nervios cosquillean en mis entrañas.

—Pero será muy difícil, Pilot. Hemos cambiado la línea temporal... muchas cosas pueden salir mal.

Él guía mis dedos hasta cerrar el camafeo.

—Pero piensa en cuántas cosas pueden salir bien.

Respiro con fuerza y observo Edimburgo. ¿Qué podría salir bien? ¿Arreglar las cosas con Leo? ¿Seguir trabajando la relación con mis padres? ¿Cambiar de carrera? ¿Nunca ir a la escuela de Medicina? ¿Nunca mudarme a California? ¿Seguir trabajando en mi libro? ¿Salir con Pilot?

Me muevo hasta quedar frente a él, sobre mis rodillas, y examino sus ojos.

—¿Estás seguro?

Él sonríe al cien por ciento. Pone mi corazón a brincar.

—Estoy asustadamente seguro.

Una sonrisa se forma entre mis mejillas.

—¿Como un cuarenta y dos por ciento seguro?

—Como un ciento ocho por ciento seguro.

Tiro de él para abrazarlo. Sus brazos me envuelven.

—Me muero de miedo —susurro en su oído.

—Todo es parte de la experiencia del idiota vulnerable.

Me alejo.

—¿Y qué tal tú? ¿Qué pasará con el divorcio? Tendrán que lidiar con eso de nuevo.

—Estoy mejor preparado esta vez.

—¿Cómo están tus hermanas?

—Están superándolo. Hemos hablado una vez por semana. Puedes conocerlas la próxima vez que hablemos en Skype, si tú quieres.

—Eso me gustaría.

—Ayer subí el video.

Mi rostro se ilumina.

—¿Qué? ¿«Wrecking Ball»? ¿De verdad?

Se mueve para levantarse y me ayuda a ponerme de pie.

—De verdad.

—Oh, Pilot. Estoy tan orgullosa. —Aprieto su mano—. Espero que Usher esté listo para darte trabajo el lunes —me burlo. Me inclino hacia delante y nuestras frentes se encuentran. Nuestras narices se rozan. Veo sus pestañas aleteando.

—Creo que te amo —susurra.

Me relajo, una onda de diamantina tintinea sobre mi pecho. Me alejo unos centímetros de él y me entrego por completo a la tonta sonrisa que cosquillea en mis labios.

—Bueno... Yo amo el *shawarma* así que, por lo tanto...

Sus ojos se iluminan, pero no sonríe. Se muerde un labio.

—Es sensual cuando me comparas con un *shawarma*.

—También te amo.

Lo sujeto de la playera y lo acerco a mí.

Caminamos cuesta abajo, tomados de la mano. Mi bolsa vibra sobre mi cadera.

Levanto las cejas.

—¿Por fin respondiste mi mensaje?

—¿Me enviaste un mensaje?

—Sí, hace un rato. —Le suelto la mano para sacar mi celular de la bolsa. Es un mensaje de texto, pero no es de Pilot.

DONNA:
Por fin tuve respuesta de mi amigo en *Diecisiete*. Tienes una entrevista el lunes. Besos.

EPÍLOGO

http://.www.unaestudiosadeloslibros.com/entrevistasaautores?-sandiafrancesa

ENTREVISTAS A AUTORES. HOY SANDÍAFRANCESA19

Publicado el 24 de enero de 2017 por Dani, mejor conocida como Estudiosa de los Libros.

Sobre la autora: Dani tiene dieciséis años, es presidenta del club de Creación Literaria de su preparatoria y aspira a ser escritora.

¿Quién es Sandíafrancesa19?, se preguntarán. Es el alias de Shane Primaveri, la autora del best seller *Cayendo en picada*. La secuela llega a las librerías esta semana (gracias a Dios, porque moría por leerla) y tuve la oportunidad de entrevistarla después de su firma de autógrafos en Nueva York. (No pude llegar al comienzo del evento, cuando dio entrevistas más largas; ¡la escuela... ash!).

Si no lo saben, Shane comenzó como bloguera. Trabajó para la revista *Diecisiete* por tres años y después fue editora de la revista *Maletas Hechas* con sede en Nueva York por tres años más mientras escribía su saga.

Ayer, la librería estuvo abarrotada. Fue una ocasión especial porque ella es de Nueva York. Después pude conocer a su novio (ojos de corazón, sigan leyendo para saber más). Sus padres también estaban ahí y como diez primos que se ven igual a ella. Solo reconocí a Leo porque siempre aparece con ella en Instagram. Sus padres, de hecho, caminaron por el pasillo de en medio y usaron el micrófono para dar un pequeño discurso sobre lo orgullosos que están de ella. Shane lloró. Tenía puesto un saco negro sobre un lindo vestido rojo que resaltaba su cintura y el mismo camafeo plateado que usa siempre colgado del cuello.

Después de una ronda de preguntas y respuestas y de la firma de autógrafos, ¡fue tan amable que se quedó para hablar conmigo! Me dieron quince minutos. ¡Disfruten!

Así que ¿cómo se siente haber acabado esta saga?
¡Es increíble! Atemorizante. Nunca pensé que esto pudiera pasar y... estoy tan agradecida y emocionada con todos aquellos que leyeron esta historia hasta el final. La llevo en mi corazón.

Parecías muy emocionada hace un rato. ¿Sabías que tus padres vendrían esta noche?
(Se ríe) ¡Sí! Los invité, pero no esperaba el discurso. Hemos pasado tantas cosas y ahora somos muy cercanos por eso.

En este punto ella me pidió amablemente si podía correr al baño (no había podido ir en horas). Su novio se acercó cuando ella se levantó, la besó y le recordó que tenían una reservación en algún lugar. Ella sonrió y le susurró algo al oído. Él estaba muy bien vestido, tenía puesta una camisa roja que combinaba con el atuendo de ella. Tiene el cabello ondulado y castaño. Shane se apresuró al baño y él tomó su asiento. Me sonrió.

Él: ¡Hola!
Yo: ¿Hola?
Él: Estoy aquí para entretenerte mientras Shane está en el baño. ¿Así que tienes un blog?
Yo: ¡Sí! Y Shane es mi escritora favorita. Ya acabé su segundo libro. Estuve despierta toda la noche el día en que salió.
Él: Eso es maravilloso. Me pasó lo mismo cuando por fin me dejó leerlo.
Yo: (Me río) ¿También eres escritor? ¿También trabajaste con ella en *Maletas Hechas*?
Él: No, yo me dedico a la música, produzco y escribo piezas para nuevos artistas.
Yo: ¡Oh! Eso es genial. ¿Eso significa que tú...? ¿Estás tan obsesionado con los Beatles como Ian en el libro?
Él: Pues...
(Él se encoge de hombros y saca de su bolsillo una extraña muñeca de madera en versión John Lennon, sonríe como un niño pequeño con un juguete y lo agita. Escucho que hay algo dentro).
Él: Oh, ya viene de regreso.
(Sonríe y guarda la muñeca en el bolsillo antes de levantarse de un salto. Shane le lanza una mirada juguetona antes de volver a la silla. Él se recarga en la pared y observa. Volvemos a la entrevista).

¿Tienes un consejo para quienes sueñan con ser escritores?
Sigan adelante, no importa qué tan sombrías parezcan las cosas. Lo lograrán.

Haz clic para continuar leyendo>

—¿Ya llegamos? —pregunto otra vez.

—Relájate, Primaveri. Yo me encargo.

Me río y aprieto su mano con emoción.

—Bueno, estoy relajada. ¿Puedes darme una pista? ¿Por fin lograste conocer a Taylor Swift en el trabajo? ¿Vamos a salir con ella hoy por la noche?

—Sí, me descubriste. Son las once de la noche, una noche de miércoles, y vamos camino al departamento de Taylor.

Resoplo y me tropiezo un poco.

—Eso me recuerda: iremos a cenar con Leo y Jared el próximo viernes.

—Suena bien. Tenemos un marcador en Taboo que ajustar. No debimos dejar las cosas así la última vez. ¿Jared cocinará?

—Sí, estoy muy emocionada.

—Increíble.

Me tropiezo y Pilot me sostiene, rodeándome con los brazos.

—Con cuidado, subiremos escalones. —Subo uno—. Sigue subiendo. Okey, detente. Ahora solo camina.

Una puerta se abre. El aire se vuelve más cálido cuando entramos. Pilot me suelta y yo me tenso por unos minutos.

—No puedo ver nada aquí, Pays —le recuerdo.

Siento cómo regresa a mi lado.

—Está bien —susurra. Quita la banda en mis ojos y la desliza hacia abajo, acomodándola alrededor de mi cuello.

Parpadeo unas cuantas veces, mis ojos se adaptan a la luz. Hay muchas lucecitas, como hadas, un enjambre sin fin. Cuelgan por todas partes. Me toma un segundo verlo todo.

—Guau —murmuro.

En medio de la habitación hay una mesa redonda con cosas encima. No es una habitación, estamos en una recepción. Hay elevadores plateados por toda la pared izquierda y un mostrador a la derecha donde alguien...

—¡Ah! —grito, retrocedo y me tropiezo con los tacones. Pilot me equilibra desde atrás.

—Shane —comienza, tranquilo.

—¿Qué hace ella aquí? ¿Qué haces aquí? ¿Dónde...? —Giro el cuerpo para examinar todo a mi alrededor, boquiabierta—. ¿Esto es...? ¿Por qué estamos aquí? ¿Qué hacemos aquí? ¡Estamos cansados de ti, guía espiritual! —La apunto con el dedo.

Ella levanta los brazos en señal de rendición.

—Querida, está bien.

—Shane. —Pilot me sujeta de los hombros y me hace girar para enfrentarlo.

Inclino la cabeza para tenerla en mi campo visual.

—No querrás... ¿Qué estamos haciendo aquí, Pilot? —No puedo formar oraciones completas. Sujeto el camafeo en mi pecho.

—Shane —dice Pilot de nuevo. Volteo a verlo—. Respira. Ella es buena. —Choca su frente con la mía. «¿Ella es buena?».

—Lo siento, estoy muy confundida. —Intento no elevar el volumen de mi voz. Mi corazón late a toda velocidad.

—Me preguntó si queremos quedarnos con esto —señala el camafeo—, o si puede llevárselo de nuevo.

Parpadeo. Mi voz se diluye en un susurro.

—Yo no lo necesito. ¿Tú quieres quedártelo?

Pilot sonríe y niega con la cabeza. Con cuidado, aparta mi cabello para desabrochar el collar y lo pone en la palma de mi mano.

Mi vista salta de él a la guía espiritual, aún estoy desorientada. Ella estira la mano. Camino despacio hacia ella y dejo caer el camafeo sobre su palma.

—Eh... gracias.

Ella asiente y se da la vuelta, sale veloz por la puerta detrás del mostrador. Giro hacia Pilot para verlo con los ojos muy abiertos.

—Pays, ¿qué, cuándo, qué...?

Él se acerca y toma mi mano. Me guía hasta la mesa que vi en medio de la habitación. Unos cuantos objetos están alineados alrededor de la circunferencia. ¿Hay un candado de gimnasio? Una foto de nosotros besándonos, una llave, una pieza de cerámica en forma de un pay de manzana. Muevo la cabeza, y levanto la mirada hacia él, otra vez confundida.

Él toma mis manos entre las suyas y busca mis ojos.

—Este es el lugar en el que cambiaste mi vida —señala. Hace un gesto hacia el pay en la mesa—. En nuestra primera caminata en Londres me llamaste Pays y dijiste algo como que yo era... ¿cálido? —Sus ojos destellan bajo las luces—. Ese fue el momento en el que sentí que algo cambió.

Mira hacia la mesa.

—El candado es de la primera vez que estuvimos juntos en París.

Agacho la mirada para verlo, ahora me cuesta trabajo respirar. La fotografía es la siguiente. Al verla ahora, me doy cuenta de que es la que tomamos cuando bajamos por el peñasco en Edimburgo. Pilot la señala con los ojos.

—El día que decidimos quedarnos.

Me muerdo un labio.

—¿Tú hiciste todo esto? —Mi voz tiembla cuando señalo las luces que nos rodean.

Él apunta hacia la llave junto a la fotografía.

—Esa es la llave de nuestro diminuto y feo estudio-departamento. —Una lágrima escapa de mi ojo. Me encantaba nuestro diminuto y horrendo departamento. Me encantaba trabajar cerca de la ventana y poder verlo a unos metros de mí, tocando la guitarra en nuestra cama. Nos mudamos a un lugar más grande el año pasado, después de que vendí mi segundo libro y contrataron a Pilot como un productor de tiempo completo en Stone Glass Records.

Sigo la curvatura de la mesa, llego a una pequeña figurita, el último objeto: la matrioska de John Lennon. Está acomodada justo frente a mí.

—¡Oh, Dios mío! ¿Dónde la encontraste? —exclamo de pronto y la señalo.

Pilot la levanta con una pequeña sonrisa.

—La compré cuando volví a la tienda esa segunda vez.

—¿Cuando compraste las cartas? Aún no puedo creer que fuiste sin mí —reclamo—. ¿La guardaste desde entonces? —pregunto, incrédula. Él baja la mirada antes de volver a buscar la mía.

—Shane, te amo. Quería detenerme aquí y rendir homenaje a todos esos momentos que nos trajeron hasta aquí.

Suelto una risita.

—Te amo.

Me ofrece a John Lennon. Mis cejas se arquean juntas, estiro la mano lentamente y lo tomo.

—Ábrelo. —Sonríe. Yo entrecierro los ojos y después los llevo hasta la muñeca.

Abro a John Lennon. Dentro de él, abro a Paul. Después, a George. Luego, a Ringo. Dentro de Ringo hay una diminuta guitarra tallada en madera y... un anillo.

Pierdo el aliento. Levanto la vista hacia Pilot, pero no está parado frente a mí. Está sobre una rodilla. Mi quijada se cae.

—No me arrepiento de nada. No tengo ningún interés por volver, solo quiero seguir adelante contigo.

Agito la cabeza sin poder creerlo, esbozo la sonrisa más radiante de la historia.

—Yo, yo... —Con cuidado, me pongo de rodillas y sujeto su barbilla con una mano—. Pilot Penn —comienzo suavemente—. Vete al diablo, nunca lograré superar esta jugada.

AGRADECIMIENTOS

No puedo creer que llegué a esta etapa en el viaje de *Esta vez será mejor*. ¿Estoy escribiendo los agradecimientos de mi primera novela? Esto es irreal. Tengo a tantas personas a quienes agradecer. Las primeras dos deben ser mis padres. Gracias por darme la oportunidad de estudiar fuera del país. Esos cuatro meses me cambiaron a mí y los caminos que debía tomar.

A mi agente, JL, y a mi editora, Eileen: gracias por creer en este largo libro contemporáneo, en el que pude explayarme, y por desafiarme continuamente en todo el proceso de revisión. Gracias a todo el equipo de New Leaf y Wednesday Books.

Gracias a mi mejor amiga, la doctora Katie McCormick- Huhn, por sentarse al teléfono conmigo, hacer lluvias de ideas de títulos y nombres, ayudarme a trabajar las escenas a todas horas de la noche. Gracias por ser la primera persona en leer esta historia cuando estaba en su estado inicial. Gracias por siempre animarme. Tu entusiasmo y palabras de aliento fueron cruciales para este libro.

Gracias, Julia Friley. Has leído toda mi basura y me has ayudado a mejorar desde 2011. Gracias por ayudarme a quitar lo que no funcionaba en este libro, ayudarme con emails y tolerar mis llamadas y mensajes inseguros. Gracias por responder el teléfono y hacer lluvia de ideas para la trama cuando me encontraba en un callejón sin salida. Gracias por leer las tres versiones de la primera parte. Este libro no habría sido el mismo sin ti.

Gracias, Kat O'Keeffe, por ser una compañera crítica incluso cuando yo era terca. Tu retroalimentación y apoyo siempre dan en el blanco.

Gracias, Natasha Polish, por leer el tercer borrador y ayudarme a discutir sobre los personajes cuando lo necesité. También gracias por el tiempo que pasamos sentadas por ahí, durante una tormenta eléctrica, para leer capítulos en voz alta y a oscuras.

Gracias a mi otra mejor amiga, la doctora Jenna Presto, por leer una gran parte del primer borrador y ser mi fuente oficial de conocimiento para todas las cosas de la escuela de Medicina.

Gracias a Tiernan Bertrand-Essington y Christina Marie por proveerme de valiosa y sabia retroalimentación cuando más la necesité.

Gracias a mi prima Holly Springhorn, por ser la primera persona menor de veinte años en leer el primer borrador. Gracias por enviarme tanto amor.

Jesse George, Kat O'Keeffe, Sasha Alsberg, Kristina Marjieh y Allison Gottlieb: gracias por su infinito apoyo en este proceso.

A mis hermanos, Olivia y Paul: si llegaron hasta el final de este libro, gracias por leerlo completo, significa mucho para mí. Olivia, me honra haber escrito el segundo libro que has leído de forma voluntaria. Espero que no estés leyendo esto antes de acabar el libro de verdad.

Gracias, Juan, por el ánimo sin fin hasta la última etapa del proceso de publicación.

A toda la familia Booktube, Bookternet, TODOS USTEDES: gracias por ser los mejores amigos, los más generosos, cálidos, comprensivos, alentadores y hermosos que una chica puede pedir.

Gracias a mis suscriptores y espectadores. Gracias. Gracias. Gracias. Ustedes son una perpetua fuente de felicidad para mí. Han enriquecido mi vida en todos los sentidos. Espero que hayan disfrutado mi primer libro. Espero que los haya hecho feliz de una u otra forma. Espero que se hayan reído. Espero que los haya animado a enfrentar sus miedos. *AGRESIVOS ABRAZOS PARA USTEDES* *DISCULPAS*

Nana, gracias por bendecirme con tu pasión por leer. Señorita Gearing, gracias por leernos en voz alta en clase y hacer que la pasáramos tan bien en cuarto grado. J.K. Rowling y Stephanie Meyer, gracias por las historias que hicieron que me enamorara de los libros.

Querido lector, gracias por tomar este libro y apoyar esta aventura. Espero que *Esta vez será mejor* te haya traído alegría. Si no eres un gran lector, espero que esto te haga querer leer más. Si no fue así, contáctame por YouTube para que pueda intentar convencerte con videos.

Besos y abrazos.
2018

http://youtube.com/polandbananas20